U0880970

诗学

2015 第七辑

吕进　熊辉◎主编

巴蜀书社

《诗学》编辑委员会

主　任：吕　进

主　编：吕　进　熊　辉

委　员：陈本益　代　迅　古远清　蒋登科

梁笑梅　陆正兰　骆寒超　毛　翰

蒲华清　邱正伦　王　珂　万龙生

熊　辉　向天渊　杨本泉　张传敏

张立新　朴宰雨（韩国）　岩佐昌璋（日本）

目　录

卷首语

新诗的建构之路

吕 进 熊 辉

每年编辑《诗学》之余，总有很多沉重但却难以抒发的感慨。中国高校因循西方大学发展之道，一直处在不停的改革和变化中。我们似乎进入了一个思维的怪圈，没有变革和创新，就无所谓发展；但事实上，一味地变革和创新可能意味着残缺和稚气。长此以往，何来稳定的发展和底蕴的积淀？

鸦片战争的失败结局导致中国千年的海禁被迫打开，傲气的知识分子逐渐从器物到文化层面上认识到自身的弱势地位。于是，那些东渡岛国或西出洋关的人们，怀揣“师夷人长技以制夷”或兴国的理想，在向中国输入“格致”之学的同时，也引入了异邦的文学“新声”。

毫无疑问，这是救国救民道路的合理追寻，所有为中国输入新知的“盗火者”都理应被视为“先驱”。但在这条自我拯救之途中，我们却不能忽视国人文化心理的颠覆性变化，那就是唯西方论或自我否定论，因此“昌明国粹、融化新知”的“学衡派”才会被讥为“保守”。

这种文化心理在20世纪80年代开放的文化语境中迎来了更加适合的土壤，尤其是在西方解构思潮的影响下，我们对传统文化的皈依变得越发困难。所有凝重的传统文化符号都会招致平面化或日常化的解构，所有神圣的文化大师或英雄人物都逃不脱低俗的讥讽，所谓的多元文化语境由此洞开。

在“创新”或“革命”的不断驱使下，民族文化的承传或新传统的积淀如何展开？就中国新诗而言，这不仅仅是一个严肃的创作问题，也是一个严肃的民族文化建构问题。从胡适靠着翻译外国诗歌开创了中国新诗的纪元开始，在近一个世纪后的今天，我们的新诗仍然处于发展期，形式的建构或精神的追寻一再变化却终未成熟。尤其是在“多元化”或“个人性”写作环境中，公然挑战诗歌艺术或精神的底线早已屡见不鲜，那些所谓的“写作”或“体”除了“哗众”外，于新诗的发展没有益处。

正因为我们太热衷于“革命”，致使中国新诗一直处于滑动之中，并没有从一而终地积淀起自身的精神和艺术传统。新诗自诞生之日起就具有的开放姿态和求新求异的“革命”气质使它一次次地被置入“创新”和“转向”的创作语境中，忽略了自身传统的积淀和承传。虽然中国新诗革命本质上是一种形式审美革命，但“五四”时期思想和文化的开放格局无可避免地会使西方的新思想和观念不断地渗透进新诗精神的肌理。新诗人在“革命”的思维模式中追逐着精神的解放：胡适认为开创了中国白话诗“新纪元”的《关不住了》是渴望爱情的解放，田间的《假如我们不去打仗》是渴望民族的解放，白桦的《阳光谁也不能垄断》是渴望权利的解放，邵燕祥的《中国的汽车呼唤高速公路》是渴望思想的解放。从中国新诗发展的历史来看，新诗在社会革命中扮演的“先锋”角色使它不停地变换着精神内容，“五四”时期是为了“启蒙”、20世纪30-40年代是为了“救亡”，50-60年代是为了“政治”，如今是为了“经济”，是为了“消解”和“解构”中心和权力话语，因此难以积淀起自己的精神传统。

而新的时代语境让诗歌在文体建设、精神建设和传播方式建设等方面产生了新的美学诉求。20世纪80年代末开始的经济体制转型改变了诗人的精神信仰、思维方式和价值取向，使诗歌精神开始疏离传统、社会和时代，诗歌因为过度地张扬物欲而彰显出形而下的世俗品格，“个人写作”、“身体写作”、“下半身写作”等成为诗歌新潮和时尚的标志。很多诗人的创作目的仅仅局囿于自我精神的愉悦和表达，缺少“为民请命”的担当意识。“五四”时期，“人的文学”和“为人生”的文学使当时的诗歌因为契合了启蒙精神而显示出深刻的人文关怀品格，然而，社会经济体制的转型使新诗精神内缩为个体生命虚无玄奥的体验，从而引发了诗歌的精神危机。

因此，新诗有必要进行“二次革命”，积极地从建构的角度去反思自身的发展道路，才能在摆脱平面化的精神旨趣和世俗化的精神“卖点”后，回归诗性轨道。诗歌应该坚守社会责任和时代精神，自觉传承古典诗歌“兴”、“观”、“群”、“怨”的社会功能，秉承忧患意识和“救道”思想，尤其是在社会价值和礼仪“失范”的语境下，诗歌不能沉溺于个人情感的宣泄和个体经验的表达，而应该在关注个体情感的基础上达到使命意识和生命意识的和谐。

正是在对历史和现实的反思中我们深刻体认到了建构新诗的必要性。而怎样才能够实现诗歌的建构呢？重建新诗精神和艺术并非要求新诗创作遵循统一的精神旨趣，因为不管承认与否，主流意识和权力话语已经无法抵挡诗歌创作向多元化时代的迈进，我们不能够一味地用“共名”写作去拒绝乃至排斥“无名”写作。如果今天再确立一个具体的能够被各种“写作”接受的精神和艺术方向显然无法满足诗歌新的美学要求，必然遭遇众多的非议和否定。

由于缺少对自身传统的积淀和传承，中国新诗在经历了近百年的发展历程后出现了“定型难”和精神“向下”的病症，因此新诗需要注重自身精神传统的积淀和传承；由于缺少价值认同感和转化意识，中国新诗在不断地解构传统和移植西方的发展道路上失去了持续的创作资源，因此新诗需要注重对中国古典诗歌和外国诗歌合理因素的借鉴与转换；由于缺少主流精神和时代叙事，当前诗歌的“无名”写作在张扬物欲和消解崇高的浪潮中失去了强大的精神和价值支撑，因此诗歌在强化艺术超越的同时要注重精神建构；由于缺少对社会和时代的审视，当前诗歌的个人化写作失去了抒发社会和民族情感的“大我”情怀，因此新诗精神需要做到生命意识和使命意识的结合。

这些建构理念是应对诗歌现实困境和启示新诗创作路向的一种观念，是在充分认同当前各种诗歌创作元素的基础上提出的，不是要消除诗歌的多元化和丰富性，也不是要用诗歌艺术的一元化去覆盖不同的诗歌艺术取向，它的提出有利于在保持诗歌现有格局的基础上提升各种诗歌“写作”的文化、精神和艺术品格，在促进每一种诗歌创作不断成熟的同时为将来诗歌的发展积累丰富的经验，为我们的新诗启示合理的发展路向。

本期《诗学》在沿袭以往编辑和选稿风格的基础上，重点推出了“新来者诗群”研究，因为我们认为当代诗坛不只有“因袭”的传统派或归来者，也不只有“创新”的朦胧派。“新来者”为新诗的发展提供了新的建构思路，所以对中国新诗传统而言，亟须我们认真地研究和对待。此外，“重庆诗人访问”栏目本期开始调整为“诗评家专访”。作为新诗研究的重镇，中国新诗研究所培养了大批诗评家，他们活跃在当代新诗评论界，对之加以访谈，也是出于“建构”新诗评论的目的，彰显一种诗学批评路向。

中国新诗行走在建构之途中，中国新诗研究所必将对之投以深情的观照，《诗学》的编辑出版便是一例。

"新来者"诗歌研究

主持人语(吕　进):

编《诗学》第六辑时，我说这个栏目会持续几期，因为中国新诗的新来者实在是一个重要课题。与新来者几乎同时涌现的，还有众多的新时期诗歌研究群体，比如山东师范大学的新诗研究团队、西南大学的新诗研究团队等，他们无一例外地关注到了新来者诗歌创作现象。本期所刊《山师团队八十年代的新时期诗歌研究》，研究的既是关于新时期诗歌研究团队，又是关于新来者研究的团队。《"新来者"诗人群落简论》一文，从诗歌理论和诗歌历史等角度对新来者诗群展开言说，具有较强的学理价值。

山师团队八十年代的新时期诗歌研究

吕 进

由田仲济、薛绥之先生在20世纪50年代初奠基组建的山师团队是中国现当代文学研究的光荣。在朱德发、吴义勤、魏建等几代学人带领下，这个学术梯队突出重围，打通古今，纵横求索，在现代中国文学学科的建构上作出了引人注目的贡献。学术团队既把握了学科的文艺学性质，也把握了学科的历史学特征，海阔凭鱼跃，天高任鸟飞，新论迭出，著述很多。2007年，建成以朱德发先生带头的中国现当代文学国家级重点学科。皇皇十卷的《朱德发文集》既记录了一个勤奋有为的学者的探索足迹，也披露了一个成绩卓著的学术团队的成长历程。近期出版的由朱德发和魏建先生主编的三卷集《现代中国文学通鉴（1900–2010）》，是重构中国现代文学史的重要成果。

新时期文学是山师团队致力研究的对象之一，形成学科主要方向之一，成果颇丰，《目击与希望》、《文学现场》、《文化冲突与文学对话》、《远龙之扪》、《缪斯之恋》、《二十世纪九十年代的中国文学批评》、《中国当代先锋文学思潮论》、《中国当代文学50年》、

《中国现代主义诗学》等等都是扛鼎之作。

在新时期文学研究中，新时期诗歌研究是山师团队卓有成绩的领域，在20世纪80年代就对全国新诗的发展产生了影响。也许山师团队人才济济，硕果累累，新时期诗歌研究的成就有些被遮盖，应该给予更高评价。

新时期诗歌的研究队伍，拥有冯中一、孔孚、袁忠岳、吕家乡以及年轻的后来者。本文仅就山师团队在20世纪80年代的新时期诗歌研究做一梳理。

冯中一先生是团队在80年代新时期诗歌研究的奠基人。

他从20岁开始就发表了《盲人》、《蜗牛》等近百首新诗，步入文坛，后来，由创作转往诗歌评论，有《诗歌漫谈》（1956）、《诗歌的欣赏与创作》（1959）、《学诗散记》（1962）等著作问世。进入新时期以后，冯先生培养了我国最早的几批新诗研究生，出版了《诗歌艺术论析》（山东人民出版社，1983）、《诗歌艺术教程》（山东教育出版社，1990）、《新诗创作美学》（与鹿国治、王邵军合著，吉林文史出版社，1991）。

1986年重庆出版社出版古远清先生撰写的《中国当代诗论50家》，列出胡适、郭沫若等50位当代诗评家，冯中一是其中的一家。古远清说："粉碎'四人帮'后，尤其是十一届三中全会以来，冯中一精神振奋，意气风发，以高度的热情探寻新诗前进的踪迹，注视着新老诗人的艺术成就。"冯中一先生是忠厚的长者，治学严谨而严肃，他的现代诗学和写作学研究别具一格，他的诗论是新时期诗学的新收获。冯先生是由诗人而进入诗学殿堂的，这就决定了冯中一诗论的基本特点：他的研究比较偏于艺术赏析，注意具体地分析一诗一人，不做空泛之论；凭借自己的创作经验的积累所进行的诗歌基础理论和诗歌教学研究往往科学而实在。

如果说，冯中一是从创作出发最后到达诗学理论彼岸的与创作有千丝万缕联系的学者，那么孔孚先生就主要是一位诗人，但是，他是一位有理论主张的诗人。诗歌理论历来有两种：诗人的，诗歌理论家的，前者如艾青的《诗论》，后者如朱光潜的《诗论》。孔孚的诗论属于前者，是具体感性的诗人的理论。

有人说："孔孚是一位生不逢时的诗人。""他在一个文化贬值的时代投身于文化，他在一个没有诗意的时代选择了诗，他在一个金玉满眼的世界里固执地寻觅一种素朴而纯洁的境界。"的确，孔孚经历了太多的坎坷，60 岁始得出版第一本诗集《山水清音》，这本诗集由钱锺书先生取名并题签，是重庆出版社副总编、诗人杨本泉从来稿中慧眼识珠发现的。后来他又陆续出版《山水灵音》、《孔孚山水》、《孔孚山水诗选》。山之空灵，水之纯净，构成孔孚诗的灵魂。更进一步，在孔孚的诗里，我们可以读到的是朱德发先生所说的"几乎每首诗都具有象征寓意"（《朱德发文集》第 6 卷，281 页），诗人给我们披露的是"忧伤之魂与孤独之魂"（《朱德发文集》第 6 卷，282 页）。山师团队的孔孚山水诗研究在全国遥遥领先，视野比较广阔，思考比较深入。由冯中一担任主编，袁忠岳、吴开晋担任副主编的《孔孚山水诗研究论集》（山东文艺出版社，1991），由朱德发主编的《中国山水诗论稿》（山东友谊出版社，1994，由王琳、张光芒、姜振昌、张清华、鹿国治、袁忠岳、吕家乡撰稿），都是重要文献。

在诗学研究方面，孔孚出版了诗论《远龙之扪》（山东文艺出版社，1992）、《孔孚论：透视本》（山东文艺出版社，2001）。他的诗论深得道家精华和禅宗神妙，饱含诗人自己的创作经验，发前人之未发，妙语连珠，趣味盎然。美国纽约《华侨日报》誉之为"当今中国新诗坛山水诗派的祭酒"。

袁忠岳先生是团队在80年代研究新时期诗歌的另一位健将。他虽然是以在大学就读时的一首歌词开始文学之旅的，但是，他此后的全部精力都用在了理论研究上，他是典型的学院派。1989年，花城出版社出版了他的诗论集《缪斯之恋》；1999年，他的诗论《诗学心程》问世。同时，他也参加过一些颇具影响的诗学书籍的编写，是朱先树、阿红、吕进主编的《诗歌美学辞典》的主要撰稿人之一。

在80年代的新时期诗学版图上有三个理论群落，依形成群落的时间为序，他们是传统派、崛起派和上园派。上园派是80年代中期《诗刊》在京举办的两次读书班里形成的。1986年，广州一家报纸在一次诗歌问题笔谈的编者按中，首次使用了"上园派"的冠名，这个名称后来就被袭用。古远清在《中国大陆40年诗歌理论批评景观》一文中说："这三大诗歌群体两头小中间大，上园派人数多，且以中年为主。"黄子健、佘德银、周晓风合著的由重庆出版社1993年出版的《中国当代新诗发展史》中写道："新时期诗歌理论批评中所谓稳健派代表了企图超越崛起派和传统派各自偏颇的'第三条道路'的努力方向。在新时期围绕朦胧诗展开的论争中，这一派稍为后起，但人数更多，实力较强，是前两派所不及的。其中包括诸多诗人和诗评家，如沙鸥、公刘、牛汉、刘湛秋、杨匡汉、陈良运、吕进、阿红、杨光治、朱先树、袁忠岳、叶橹、朱子庆等。后七人还因合作出版了《上园谈诗》，明显呈现出'一个学派的整体印象'，被称为'上园诗派'，是稳健派的中坚。该派诗歌理论批评的突出特点是力求平稳，力戒片面。'求实、创新、多元'则大体反映了这一派诗论的基本风貌。"

1987年，重庆出版社出版吕进主编的《上园谈诗》，这是7位有代表性的上园派理论家的合集，袁忠岳先生就是其中的一位。该书的《附录》收入宋遂良先生的文章《情通理达觅诗美——略谈袁忠岳的诗歌评论》。宋遂良写道："袁忠岳的文章总是从诗歌创作的实际出发，明白而不浅露，丰富而不繁杂。"

吕家乡先生也是团队研究新时期诗歌有成就的学者。1991 年，他家乡的江苏文艺出版社出版了他的论文集《诗潮·诗人·诗艺》，1995 年与人合著的《现代三家诗精品赏析》（安徽文艺出版社）问世。吕家乡在考察新时期诗歌时着力于诗歌本体的"内在律"的研究，有些见解非常到位。比如他认为，对于新诗而言，并不像古诗那样需要意境，新诗需要的是意象，这就推出了一个新的诗学理论亮点，显示出论者的独立思考的学术风范。

本文的宗旨是研究 20 世纪 80 年代出现的新时期诗歌研究者，但是我也乐意指出，山师团队培养出不少今天活跃在当代诗坛的青年学者，他们成了当今诗歌论坛青出于蓝而胜于蓝的接力者，罗振亚、张清华、鹿国治、吕周聚、敬文东、子张、王邵军，都是人们熟悉的姓名。在这一点上，其他高校很难望其项背。这些年轻学者富有才华，可以借用张炜先生在为张清华的《中国当代先锋文学思潮论》所写序言的评价："学术的缜密，辞章的灿烂，语势的雄辩滔滔，都给人留下长久的印象。"

山师团队对于 80 年代的现代诗学有两个重要贡献。

第一，开辟了山水诗研究的新天地。

现代山水诗理论是现代诗学的一个弱项，理论大大落后于创作，这种情况到了孔孚就发生了巨变。从研究孔孚的山水诗，到总体地研究山水诗，山师团队做出许多努力。山东的文化积淀特别丰厚，齐鲁文化是中华文化的源头，也是中华文化的内核。所以山东学者一般比较了解传统文化，总是能够举重若轻地将诗学创新与文化守成联系起来。在这个连接点上推进现代诗学，在孔孚身上体现得特别耀眼。

孔孚颇得传统文化之精要，用于山水诗研究，就能在丰厚的立足点上进入诗的内部，洞幽触微，发为新论。孔孚的“减字诗学”、“无象诗学”都十分精彩。在《远龙之扪》（山东文艺出版社，1993）中，孔孚写道：“三十年一悟，我得一‘无’字”，“上帝的创造是从无到有，诗人之创造则是从有到无”（159 页）。应该说，这个理论很有深度。诗人从有到无，读者从无悟有，这正是山水诗的创作与鉴赏的全过程。孔孚还写道：“法国之‘象征’，英美之‘意象’，也还是‘有象’的。有象则是有规定，那还是窄的。”“无象则是无限大。至少是宽泛得多。中国诗人将比他们走得更远。”他提出“否定现实主义之‘再现’，否定现代主义之‘表现’；而取‘隐现’”（192 页）。“不仅是情隐、理隐，连那个‘象’，也应该是有些隐的。”（《我与山水诗》，山东文艺出版社，14 页）真是神来之思，经他一点拨，人们发现，山水诗的美学本质的确是隐藏的艺术啊。孔孚的山水诗论非常丰富而深刻，值得后之来者认真研究和“淘宝”。

对中国新诗来说，山东是一方沃土。可以排出一个山东诗人或者在山东生活多年的诗人名留史册的长长的名单：闻一多、臧克家、李广田、高兰、贺敬之、苗得雨等等。20 世纪新时期以来的三十多年，享誉全国的山东诗人更是梯级般地涌现。我觉得，作为诗人，作为诗论家，孔孚应该有他的位置。

第二，丰富了上园派的诗学宝库。

在朦胧诗争论中，上园派一直主张宽容朦胧诗的存在，但是也表示了对于恶性西化、全盘西化的坚决反对。冯中一先生谈到新时期“多元、躁动”的新诗如何“升华”的时候就指出：“并不是越洋越好”，应该摆正新诗现代化与民族传统的关系。孔孚也说：

“‘五四’新诗是向西”，“所以先天不足”。他主张“大入，大出”，“从前人之悟那里去悟”（《孔孚论》，山东文艺出版社，2001，335 页）。袁忠岳则是直接介入朦胧诗争论的，80 年代初期，朦胧诗受压的时候，袁忠岳写了一系列文章为朦胧诗维护生的权利。他主张，与其去争懂与不懂，不如去关注美与不美。他批评那些抡着大棍的人：“这些人就喜欢在枝节上纠缠不休，又是洋货啦，又是难懂啦，而不首先看看它们是不是艺术，是不是美。”但是如同上园派其他诗评家那样，袁忠岳同时批评了那些一味求深、颠三倒四、空虚加繁杂的朦胧诗作（参见《上园谈诗》，445 页）。

“上园派”也像“崛起派”那样主张向国外诗歌借鉴，但同时主张要实现国外艺术经验的本土化转换；如同“上园派”也像“传统派”那样主张承传民族传统，但同时主张要实现传统经验的现代化转换。上园派理论家寻求诗歌里生命意识和使命意识的和谐，寻求在诗体上的现代与丰富，寻求诗歌传播方式的现代与丰富。

在朦胧诗争论中，中国新诗究竟应该如何建设，这是上园派诗评家谈得较少的话题，袁忠岳是提出最明确的理论主张的诗评家。收入《上园谈诗》的《中国新诗的选择》是一篇值得新诗理论界重视的诗学文献。袁忠岳问道：“什么是中国新诗的选择呢?”接着他给出了答案：“第一，它必须是中国的。时至今日，争论的问题已不是要不要借鉴西方，可不可以横的移植。……问题是如何借鉴？一种是恶性的全盘西化，成为西方现代派诗的低劣的仿制品；一种是合理的有机吸收，无论怎么变化，仍是具有中国味道的中国诗。”“第二，它必须是当代的。……不是盲目地反传统，而是主张对传统的东西必须具有清醒的批判意识，用当代的眼光进行审视，决定去留或进行改造。”“第三，它必须是人民的。……我们不反对诗人应有自己的个性，诗的感染力也只能来自个性自我的真切表现。同时我们又主张诗人的个性应植根于人民性。”“第四，它必须是诗的。……我们反对把诗的标准划得那么狭窄，纯以个人好恶定一尊。但也不同意什么‘诗属于未知领域’，无一定之规，爱怎么写就怎么写，一切已知要求都是限制束缚诗发展的说法。”（《上园谈诗》，重庆出版社，1987，25-32 页）袁忠岳的论述，从正面谈论了诗的审美标准，在新诗进入建设的时代的今天，袁先生的见解至今不乏指路的价值。

"新来者"诗人群落简论

王 淼[①]

引 言

"文变染乎世情，兴废系乎时序。"[②]

新诗百年来，曾出现过三次高潮。第一次高潮是"五四"前后，第二次高潮是新中国成立后的前十七年，第三次高潮是"文革"后到20世纪80年代中期。第三次高潮，相去不远，但是有许多问题尚不清晰。本文的侧重点在于这一时期诗坛的一部分诗人，试图从一个新的角度打量新时期的诗坛。

洪子诚、刘登翰在其著作《中国当代新诗史》[③] 中说道：1976

① 王淼（1986-），成都学院（成都大学）助理研究员。本文是成都学院校青年基金项目"弯路与正途：新时期以来的新诗文体学研究"（项目编号：2014XJR12）阶段性成果。

② 周振甫：《文心雕龙今译》，北京：中华书局，1986年，第404页。

③ 洪子诚、刘登翰：《中国当代新诗史》，北京：北京大学出版社，2005年（修订版）。

年“文革”结束后，新诗进入一个新的阶段，和三十年文学既有联系但又有重大的区别。艾青复出后的第一本诗集是《归来的歌》，以艾青为代表的老诗人被后来的研究者称为“归来者”，包括曾经的“七月派”诗人、“九叶”诗人[①]，以及在历次政治运动中被整下去的诗人。其实，这里遗漏了一些诗人，比如李瑛、梁上泉等，他们不属于任何一个圈子，也无法归类，我们暂且称之为“非群落老诗人”。

1978年邵燕祥发表《中国又有了诗歌》[②]，1979年郑敏发表《诗呵，我又找到了你》，“真实”、“诚实”成为了诗歌美学原则，或者说是区分诗歌和非诗的标准。

与这些老诗人不同的是年轻的一代，他们秉持的是不同的美学原则，虽然关注点仍然是当代政治与现实的关系，但是特殊的体验、特殊的环境，表现在语言层面则是完全不同的。

新时期的年轻诗人中，以北岛、舒婷、杨炼、芒克、梁小斌、顾城、王小妮为代表，称之为“朦胧派”。叶文福、傅天琳、雷抒雁、张学梦、杨牧、周涛、叶延滨、骆耕野、曲有源、熊召政、李钢、林子、李松涛、李琦、桑恒昌、李小雨[③]等等，则称为“新来者”[④]，他们秉持的是诗歌的现实主义传统，与朦胧诗人的美学追求相异，也与归来者大相径庭。无论是语言、思想，还是思维方式、描写对象，都有着显著的差异。

---

① 有论者将九叶派称为中国新诗派。

② 参见《诗刊》1978年9月号，同期的还有雷抒雁的《太阳呵，太阳》。

③ 关于新来者的年龄及现状。新来者现在大都七十岁左右，他们大都出生在新中国成立前后，早不过1940年，晚不过1960年。傅天琳、李钢现居重庆，年过六旬，还在创作；李琦现任黑龙江文学院院长；李小雨任《诗刊》副主编，已逝；骆耕野早年下海经商；雷抒雁常年笔耕不辍，已逝；叶延滨曾任《星星》、《诗刊》主编，仍在创作。

④ 吕进：《论新时期诗歌与“新来者”》，《文艺研究》2010年第3期，第43页。

翻阅大量的诗歌史著作、诗歌理论著作，这一群落很少引起研究者的关注，研究者对于同时期的朦胧诗、归来者兴趣更大。

今天，我们有必要重新打量这段历史。今天，“归来者”大都作古；“朦胧派”诗人或出国（如北岛），或者转向（如舒婷）；“新来者”却一直坚持创作，支撑着诗坛。

如果说“归来者”更多的是对于历史与自身的反思，“朦胧诗”是在艺术上对传统的反叛，寻求新的诗歌视野；那么，“新来者”就是在一定程度上融合了二者的某些特点，成为一种诗歌新潮。

一 “新来者”在新时期诗坛的定位

（一）新时期迄始

“文革”结束后，文坛出现了很多词语来概括当时的文坛，比如“新纪元”、“大转折”、“新时期”，但是被大众认可的还是“新时期”一词。“新时期”原本属于政治层面的词语，文学界是借用，不过却得到了广泛运用。

“新时期”一词在文学界使用非常多，但是对于新时期的具体时间划分却不一致。比如，陈坪的《“新时期文学”与“后新时期文学”分期之我见》（《晋阳学刊》2011 年第 1 期，124 页）中认为新时期应该是 1978-1989 年；董健、丁帆、王彬彬的《中国当代文学史新稿绪论》中将新中国成立后的文学划分为四个阶段，第三个阶段就是“1978-1989”；洪子诚的《中国当代文学史》（北京大学出版社，243 页）中将 80 年代文学划为一章，但是洪先生也承认“80 年代中期文学的变化，因 1985 年这一年发生的许多事情，使得这一年份成为一些批评家所认定的文学‘转折’的标志”；李恰在《大西南文化与新时期诗歌》一书中提到“如果我们把90年代的到来视作中国文学‘新时期’基本结束，那么经由天安门诗歌运动洗礼而出现的中国新时期诗歌经过了一个萌发、演进、壮大又消歇、转换的运动过程”，显然李怡划分的新时期是“1978－1990”；陈思和在《中国当代文学史教程》中没有具体的年份划分，甚至没有出现“新时期”的提法；随后一系列关于“重返新时期文学”的提法却等同于“八十年代文学”。所以，将80年代笼统概括为“新时期”是不恰当的。

我们再看“新时期”一词的源头。华国锋在《在中国共产党第十一次全国代表大会上的政治报告》中说：“第一次无产阶级文化大革命的胜利结束，使我国社会主义革命和社会主义建设进入新的发展时期。在进入这个新时期的关键时刻……”① 我们可以看到这里使用的是“新的发展时期”，由于文献不断修改，进而形成了“新时期”的叫法。

周扬在《关于社会主义新时期文学艺术的问题》② “社会主义新时期文学艺术”中对这一专用词汇进行了理论上的阐释；刘白羽在第四次文代会中国作协第三次代表大会上的《开幕词》中讲道：“……明确社会主义新时期文学工作的新任务，动员鼓舞全国各族新老作家”③；张炯的《新时期文学的又一可喜收获——简评中篇小说的崛起》④ 是第一篇在题目中使用“新时期文学”的文章。

---

① 华国锋：《在中国共产党第十一次全国代表大会上的政治报告》，《北京师院学报》，1977年8月29日。

② 周扬：《关于社会主义新时期的文学艺术问题——一九七八年十二月在广东省文学创作座谈会上的讲话》，参见《中国新时期文学思潮研究资料》（上）。

③ 参见《文艺报》1979年11－12期合刊。

④ 参见《文艺报》1980年第2期。

从此以后，"新时期文学"、"新时期文艺"的说法逐渐为文学理论界、评论界认同和采用，成为中国当代文学发展中一个重要阶段的说法。

1978 年，艾青复出，随后，沉寂多年的诗坛重现生机，而这一年也被誉为新诗的新纪元，将这一年作为新时期的起点再合适不过了。

1986 年秋天，《诗歌报》和《深圳青年报》联合举办了"中国现代诗群体大展"，一时间各种主义和流派粉墨登场，如南京的"他们"，四川的"莽汉主义"、"整体主义"、"非非主义"，还有"新感觉派"、"太极派"、"内心独白"等等。之后，内蒙古的《诗选刊》对这些主义和流派进行了转载，一时名声大振。这也意味着，之前朦胧诗、归来者、新来者、非群落老诗人的四个格局被打破，曾经甚嚣尘上的朦胧诗人只有退居幕后，一时的繁华成了落寞。新时期诗坛的繁荣景象也画上了一个句号。之后的先锋诗歌、第三代逐渐离开主流视野，就像王蒙说的"文学失去轰动效应"，百年新诗史的第三次高潮也谢幕了。因此，1986 年成为新时期诗歌的终点。

（二）新时期诗坛简述

新诗出生的那一刻就带有两面性，既是传统诗歌的反叛者，也是传统诗歌的继承者；既是西方诗歌的使者，同样也是背叛者。在近百年的中国文学史上，备受争议却一直是"急先锋"的恐怕只有新诗了。在近百年的新诗史上，曾经多次对新诗的身份合法性、新诗存在的必要性，提出质疑。

改革开放复活了中国，也救活了新诗。"冬天对不起我，我要对得起春天。"改革开放带来的是思想的解放，随之而来的是创作环境的改变——自由、宽松而又活泼。

在新时期，有四个诗人群落：归来者、朦胧诗人、新来者，还有非群落诗人，共同构成了新时期壮观的诗坛，四世同堂甚至五世同堂，这在新诗史上是前所未有的，呈现出一派繁荣的景象。

1978 年 4 月 30 日，艾青在《文汇报》副刊发表题为“红旗”的诗歌；1978 年 9 月，香港月刊《七十年代》发表对艾青的采访，首次披露了艾青的命运的细节。这时，人们才知道艾青还活着，被流放边疆达二十年后，又重新归来了[①]。

接着，胡风和“胡风案”的诗人绿原、曾卓、牛汉、鲁藜、罗洛等人归来了；九叶诗人郑敏、唐湜、唐祈等人归来了；老诗人公木、吕剑、胡昭、苏金伞回来了；曾经年轻的诗人公刘、昌耀、邵燕祥、孔孚[②]、梁南、林希、周良沛、孙静轩也出现在读者面前；受《星星》诗刊事件牵连的诗人流沙河、白帆、石天河等，随着《星星》的复刊也迎来了个人创作的新时期。归来者诗人群无论在技艺上还是生命体验上，都是非常成熟的。

朦胧诗是新时期诗坛上最引人注目的文学现象。朦胧诗的崛起，经历了从地下到地上的艰难曲折而又漫长的过程，是中国社会变动的必然结果，也是中国新诗发展的必然要求。朦胧诗的青年诗人，都经历过“文化大革命”，他们少年时的天真和单纯，都在这次浩劫中失落了；他们在精神上，经历了幻灭、彷徨、迷惘、觉醒的激烈动荡；他们在童年、少年时期培养出来的价值观、世界观，都被这场大火烧得一干二净。他们精神上的痛苦和灵魂上的不安，

① 艾青是大家公认的现代新诗的代表诗人之一，其成就在新诗史上是独一无二的。诗龄长、作品多、跨度长、质量优，这是他成为新诗数十年领军人物的要素。

② 孔孚曾因山水诗名噪一时。山水诗是古典诗的一个大门类，也是古典诗歌比较擅长的，新诗在这方面的作品比较少。孔孚能够运用新诗创作山水诗，独出机杼，实属难得。

通过诗歌得到了宣泄。朦胧诗人的主将——北岛、舒婷、芒克、江河、顾城——在20世纪70年代初就开始了自己的诗歌创作。当然，当时的诗作，只能通过手抄私下传播，被后来的研究者称为“抽屉文学”①。1978年，他们创办了自己的油印小报和刊物杂志，比如《今天》（1978–1981），这份刊物聚集了一大批的年轻诗人，如江河、杨炼、舒婷、北岛、顾城等。1980年《诗刊》组织了第一届青春笔会，这成了朦胧诗人的集中亮相。自此，朦胧诗人的作品，在广大青年读者中广泛流传开来。

朦胧诗一出现，就表现出一种反传统的姿态。不论在内容上还是形式上，都表现出一种新的发展趋势，一种新的审美趋向。朦胧诗以其内在的精神世界为主要表现对象，多采用象征、暗示的艺术手法，从而使其在诗意上，不再像“十七年”诗歌那样清晰、确定，而是出现一种模糊和朦胧，甚至在主题上也呈现出多义性。

朦胧诗这种和新中国成立以来新诗迥然不同的格调，引起了诗坛上的广泛关注和激烈的讨论。这一争论，前后持续了近五年的时间。

可以说朦胧诗所体现的诗歌新潮的走向，也是新中国成立以来新诗发展的一个必然结果。新中国成立以来，新诗在极“左”思潮的束缚下，路越走越窄，在形式上更加僵化。“文革”更使它在僵化板结的基础上，达到了“登峰造极”的地步。朦胧诗人比较清醒地认识到只有新的内容、新的形式、新的手法，才能使新诗走出困境。他们的创新意识，是应当肯定的。

对比朦胧诗和“五四”的诗歌，我们可以发现，“五四”新文

① 陈思和曾专门做过这方面的研究，也称为“地下文学”、“潜在写作”。参见陈思和《中国当代文学史教程》，上海：复旦大学出版社，1999年。

学的传统机制在朦胧诗人创作中起着非常明显的作用。在形式上虽然和西方现代主义很相近，但是在经验和内容上，朦胧诗仍然体现的是“五四”的意识。但我们不能将朦胧诗理解为一种简单的模仿，尽管这种情况在“五四”前后比较普遍。朦胧诗派一开始并不是一个有明确的艺术纲领的文学团体或者诗人组织。1980 年《诗刊》从第 8 期开辟专栏，展开了新诗的“问题讨论”。章明把那些“叫人读了几遍也得不到一个明确的印象，似懂非懂，半懂不懂，甚至完全不懂，百思不得一解”的诗称为“朦胧体”，这就是《令人气闷的“朦胧”》①，还举出了杜运燮的《秋》、李小雨的《夜》，他认为比这更朦胧的还大有诗在。

朦胧诗人由于亲眼目睹了“文革”十年的非人道暴行，亲身感受到人与人之间的仇视和冷漠，所以他们的作品几乎都是把人道主义的呼唤作为一个最响亮的主题，“痛苦上升为同情的泪”②。

（三）新来者的诗歌道路

“好像有一种规律，每一变革时期，诗总是起先锋作用的。”③

在新时期的诗坛中，最有生命力的现实主义诗人正是那些才加入到诗歌队伍的新生力量，而新来者则是这一批年轻人的中坚力量。在新时期的诗坛中，新来者是中间力量，也是中坚力量。

新来者在手法上主要继承了我国诗歌的现实主义，也借鉴了一

---

① 章明：《令人气闷的“朦胧”》，《诗刊》，1980 年第 8 期。

② 参见蔡其矫赠给舒婷的诗歌，也是对舒婷的勉励，写于 1975 年的《寄……》赠舒婷：“我仿佛记得/三月在高崖下/草木照耀着绿光/反射在你额发/心里曾萌生怎样的思绪/当我们坐在短墙上剥枇杷//…… 只有心灵为诗燃烧的时候/你才光艳照人/如果我能以语言/回答你独一无二的忧虑，请把/别人的悲伤盖过自己的悲伤/痛苦上升为同情的泪”。

③ 刘湛秋：《诗歌中现实主义的新开拓——简评 1979-1980 年获奖的新诗》，《人民日报》1980 年 6 月 17 日。

些外国的诗歌手法。在诗美上，积极探索，进行了一定的革新；在美学上，少了狂飙突进；在质感上，却多了几分厚实和朴素。所以说，没有新来者的新诗坛必将是单薄的，像雷抒雁、傅天琳、叶延滨、张学梦、叶文福等都是新来者的代表诗人。

1979 年 5 月 25 日的《人民日报》第一版发表文章《为真理而斗争》，披露的是烈士张志新被迫害致死的事件，举国震惊。张志民写了《你为大地添骄——献给张志新烈士》、艾青写了《听，有一个声音……》，还有李瑛的《红花赞》、梁南的《野百合花》、周良沛的《沉思》、雷抒雁的《小草在歌唱》，在这些诗作里面，《小草在歌唱》无疑是最出色的，也是公认的优秀诗篇。

雷抒雁的《小草在歌唱》一经发表便引起轰动，仿佛晴天一声雷，震惊了所有人。

……
如丝如缕的小草呦，
你在骄傲的歌唱，
感谢你用鞭子
抽在我的心上，
让我清醒！
昏睡的生活，
比死更可悲，
愚昧的日子，
比猪更肮脏！
……

诗人不仅仅是悼念烈士，更重要的是置身其中，袒露自己的迷惘，软弱，深深自责。在当时的“假、大、空”模式刚刚散去的时候，这首诗显得愈发清新而亲切。它的美学价值引起人们的瞩目：审美趋向现实化，诗思趋向个性化。也正是艾青的《听，有一个声音……》和雷抒雁的《小草在歌唱》的差异，体现了二者的美学差异。

叶延滨的《干妈》、李琦的爱情诗、傅天琳的果园诗和儿童诗都是较好的，此外还有林希的《无名河》、叶延滨的《二重奏》、叶文福《雄性的太阳》、雷抒雁《父母之河》、晓雪的《晓雪诗选》、熊召政的《请举起森林般的手，制止》、刘祖慈的《为高举的和不举的手臂歌唱》、曲有源的《关于入党动机》、陈显荣的讽刺诗《辣椒歌》、李发模的小叙事诗《呼声》，都为新时期的诗歌创作添砖加瓦。

二　新来者的诗歌史意义

（一）新来者和归来者——艾青与雷抒雁

1. 艾青

艾青，1978年4月重返诗坛，作为归来诗人的领袖人物，他归来后的第一首诗《红旗》发表于《文汇报》上。之后，他的创作激情便一发而不可收，1978年大半年时间，便发表了二十首，其中还包括《在浪尖上》那样笔锋犀利而有力度的长诗。1979年发表了五十余首，其中包括《光的赞歌》和《古罗马的大斗技场》那样的名篇。1980年又发表了五十余首。在此基础上，他在新时期的第一部诗集《归来的歌》于1980年5月由四川人民出版社出版，第二部诗集《彩色的诗》于1980年11月由人民出版社作为“诗人丛书”第一辑的首本出版，第三部诗集《雪莲》于1983年

11 月由黑龙江人民出版社编入“诗人丛书”第二辑出版。

诗歌界、评论界认为，艾青这一阶段的诗作，正是他一生中第二个创作高潮结成的硕果，为新时期的新诗坛作出了杰出贡献。自然，在这三个集子和一些散诗中，也有一些叙述事件过程、过于直白的应景诗，多是急就章，降低了诗的艺术感受力，但从总体上看，确实达到了一个新的艺术高度。

诗人重获艺术青春后的第一句名言便是：“诗人必须说真话，人人喜欢听真话，诗人只能以他的由衷之言去摇撼人们的心。”艾青之所以发出这样的感慨和呼吁，正是有感于十年动乱中假话、假诗的盛行。当时许多人出于各种各样的动机：或粉饰现实，或歌功颂德，更有甚者，还以谎言去诬陷别人，落井下石。这自然是诗人的堕落和诗的堕落，使现实主义丧失殆尽。艾青对此是深有感触的，因而在新时期出版的诗集中以及第一次正式发表的文章中便提出了“诗人必须说真话”的严肃命题①。

而雷抒雁在现实主义道路上比艾青走得更远，在诗美上也有所革新。融入了西方的一些技巧，但又不失中国风格，带来的是新的风格，新的写法。

两代新诗人，雷抒雁对于艾青的手法是继承，是革新。继承之后的革新生命更为持久，艺术性更强。没有继承的改革是空中楼阁，没有继承的改革是闭门造车。在新诗的传承中，我们缺少的正是对于前辈的继承，过多的革新带来的是完全的断裂，这样的教训是惨痛的。无论是新诗的出生之时与旧体诗的决裂，还是新中国成立后诗歌和之前诗坛的决裂，都告诉我们，继承是前提，革新总是第二位的。

---

① 艾青：《归来的歌》代序，成都：四川人民出版社，1980 年。

2．雷抒雁

在新时期的诗坛上，雷抒雁的名字是响亮的，他于1978年发表著名诗篇《小草在歌唱》，获中国作协举办的中青年诗人优秀作品奖。此后，1984年出版的诗选集《父母之河》，又获全国1983–1984年优秀诗集奖。除上述诗选集外，他还先后出版了《小草在歌唱》、《云雀》、《绿色的交响乐》、《跨世纪的桥》等诗集。可以说，他是勤奋的，也是收成颇丰的诗人之一。

雷抒雁认为，“旧现实主义还有匍匐现实主义的意思，即匍匐在现实之下。新现实主义是一种站立着的、清醒审视现实的现实主义，有一种猛烈地对现实中错误现象的抨击”①。

他在《父母之河》自序中曾说：“我的诗，是写给我们读者的，不管采用了什么形式，不管运用了什么方法，每首诗都是一条道路，读者从任何一条路上都能找到那一颗为他们而激烈跳动的心。”②

他说：“诗的奇丽与变幻莫测，是生活和心灵所决定的，任何一个流派，都只是巧妙地选择了一个认识生活和心灵的角度，他们的伟大之处在于此，渺小之处也在于此，因为那其中总难免于偏见，而哪怕最微小的一点偏见都会伤害艺术。”这段话可看作是他的诗学观的反映。好的诗确实是从生活和诗人的心灵感受出发而写成的，诗人并非为某某诗派而作。但是，作为一种客观存在，读者和评论家却总可以根据其总体特征划入某一流派，这无损于诗人及其诗作的价值。

---

① 雷抒雁、牛宏宝：《叩问变革时代的诗境》，《西北大学学报》（哲学社会科学版）2009年第5期，39（3）。

② 雷抒雁：《父母之河》，北京：人民文学出版社，1984年。

作为新现实主义诗派的雷抒雁及同伴，正是以其对现实生活的深刻观察和抒发真情使现实主义这一创作方法重新获得读者的信任。

他的获奖诗《小草在歌唱》，能在众多悼念张志新烈士的诗中受到赞扬，也在于它以真实犀利的笔锋，鞭挞了时代的罪人"四人帮"一伙对革命烈士的戕害。"正是需要光明的暗夜，/阴风却吹灭了星光，/正是需要呐喊的荒野，/真理却被把嘴堵上！/黎明。一声枪响，/在祖国遥远的东方，/溅起一片血红的霞光，/……法律啊，/怎么变得这样苍白，/苍白得像废纸一样，/正义啊，/怎么变得这样软弱，/软弱得无处伸张。"诗句形象而富有极强的概括力，诗人的愤怒也激起了亿万读者的愤怒之情。然而，本诗所以成功，还因为它的独特价值：在那人妖混淆，是非颠倒的时代，有多少人受到蒙蔽和欺骗，诗人并没有把责任推给客观，而是真诚地解剖自己，以自己的迷惘同张志新自觉地为真理而斗争相对比："我恨我自己，/竟睡得那样死，/像喝过魔鬼的迷魂汤，/让辚辚囚车，/碾过我僵死的心脏/我是军人，/却不能挺身而出，/像黄继光，/用胸脯筑起一道铜墙！/而让这罪恶的子弹，/射穿祖国的希望，/打进人民的胸膛！/我惭愧我自己，/我是共产党员/却不如小草，/让她的血流进脉管/日里夜里，不停歌唱……"诗人这种真诚率直的自责，代表了千百万青年共同的心声，也标志着青年一代的新的觉醒。从艺术上看，它虽然采用的仍是传统的直抒胸臆的方式，但因其感情强烈而真挚，并运用了许多生动形象的比喻，所以，其感人力量是很强的，并同样具有较高的审美价值。

然而，诗人这种浓重的忧患意识和社会使命感，并不仅仅采用《小草在歌唱》式的表达方法，稍后不久发表的《种子啊，醒醒》，便又借助于更加具体的象征物加以表现。诗人心目中的种子，自然是指年轻的一代，甚至是经历过大劫大难的人民，尽管砂石、碱土包围着它、挤压着它，并缺乏阳光和雨露，但它们却用顽强的身躯把大地顶开一条裂缝，诗人称赞它是“从黑牢里冲出来的勇士”，“那小小的两片叶子/挣脱了种子的坚壳/那片叶子上有不卷刃的刀锋”，“也只是因为有它们，/地球才不会像月球，/或别的星斗那样荒凉和冰冷！”这是生命之歌，也是奋进之歌，全诗的调子也是积极向上的。诗人是在十年动乱之后根据自己的体验写成的此诗，其背景是不言而喻的。

雷抒雁这一代诗人，是介于公刘、流沙河、李瑛等中年诗人同叶延滨、傅天琳、北岛等青年诗人中间的一部分。他们承袭了传统的现实主义诗歌的一些长处，但又不似更新的诗人以全新的角度和方法进行创作。然而，他们也不满足于新时期伊始所取得的震动诗坛的成就，所谓“轰动效应”，而仍然在竭力进行新的艺术探索。雷抒雁此后的创作，由于思想的更加开阔和深邃，艺术上的孜孜以求，又达到了一个新的高度。这些诗作中的代表篇章可数《火》，《阳光的弦》、《太阳》、《谜》、《悲哀》、《诗人的心》（见《父母之河》）等，其共同的特点，是对真理和光明的执著追求与献身精神及人的自身价值的充分肯定，艺术上多借助于广阔的时空和历史文化背景展开大胆的想象，并使自我形象同所咏客体融合无间，达到物我交融的地步。别林斯基说过，“诗歌不能容忍无形体的、光秃秃的抽象概念，抽象概念必须体现在生动而美妙的形象中，思想渗透形象，如同亮光渗透多面体的水晶一样”①。这里讲的是形象对于诗的重要性，也是讲的诗歌的表现艺术。可以这样说，没有形象，诗歌就无法表现，更不必说诗的艺术。

① 别林斯基：《别林斯基选集》，上海：上海译文出版社，2006年。

诗的语言朴实无华，但构思精巧，诗情融入深刻的哲理中，从而能发人深思。为了追求形式和表现手法的多样化，他又写了像《父母之河》、《海的向往》那样的长篇巨制，形式上采用了完全的自由体，具有强烈的抒情性。不足处是：由于在内容上和形式上都缺乏节制，有些段落锤炼不够；难免有拖沓冗长之嫌。此外，他还写了一些类似绝句式的短章，颇见功力，如被艾青称赏过的《雷雨》"夏天是强盛的/刚一进入它的疆界，/就听见隆隆的车马，/奔驰在夜的长街"。艾青说它无一字涉及雷雨，却充分写出了雷雨中的感觉，其成功处在于新奇的比喻。

雷抒雁是一个比较传统的诗人，这和他的阅历有关。虽然没有很多新奇的东西，但是作为诗人，他是厚实的；他的诗歌，是厚重的。

（二）新来者和朦胧诗人——傅天琳和舒婷

1. 傅天琳

> 那末，即使交臂而过
> 我们也能一同驶入烨烨之境
> 以深刻的风度
> 以理解和勇气
>
> ——傅天琳《致远方》

舒婷和傅天琳，是新时期两位优秀的诗人。她们都是女性诗人，都是因为家庭的缘故被下放，舒婷因为父亲的缘故被下放农村，后来回城当工人；傅天琳因为父亲的缘故中专毕业后就到北碚缙云山果园劳动，这一劳动就是 19 年，从青年到中年。她们都是在新时期登上新诗坛的。

傅天琳是由果园走向世界的。《绿色的音符》收了她早期的诗作，多是反映果园生活的，清新、质朴。《在孩子和世界之间》仍以个人经历为诗的基本素材，艺术视野扩大了，主要表现童心和母爱。《音乐岛》和《红草莓》则展开了一个更加丰富的世界，它不局限在果园生活里，也不局限于家庭范围中，它朝向大海、朝向森林、朝向城市、朝向沸腾的新生活和新时代。它也不再是对生活的再现、也不再是直接的抒情，它转向人的内在心灵世界，将再现与表现结合了起来，傅天琳的诗在艺术上越来越成熟了。《柠檬叶子》是傅天琳复出之后的第一部诗集，也可以看做是傅天琳诗歌生涯的第二个高潮，经过数十年的淘洗，她的诗作更加老练，炉火纯青，宛如“清水出芙蓉，天然去雕饰”。

傅天琳曾被编入最早的朦胧诗选，但傅天琳从不承认自己属于朦胧诗派，当然她的风格也不应被划入朦胧诗中①。傅天琳是山城重庆的诗人，独特的地理环境，形成了傅天琳特有的诗人气质，可以说，她是一位天生的诗人。无论是生活还是创作，都具有诗人的气质。傅天琳的诗歌语言经历了由浅唱低吟的有韵诗到泛着阵痛独语的无韵诗，从对音乐性的追求向散文化的延伸；在傅天琳后期诗作并没有将二者截然对立起来，而是做了融合并获得成功。傅天琳在新时期的创作是惊人的，也是非常成功的。

读傅天琳的《在孩子和世界之间》的诗，不由会想起泰戈尔的《新月集》，二者有不少相似之处。傅天琳同泰戈尔一样以满腔爱心注视着孩子的一举一动，体会着孩子那天真烂漫的感情。他们的诗都建立在深厚的爱之上，都建立在深情的观察体验之中。孩子从诞

① 阎月君、高岩等编选：《朦胧诗选》，长春：春风文艺出版社，1985 年。诗选把傅天琳列入朦胧诗人。

生那天起便用"放肆吮吸的方式""接纳了妈妈不可抑制的爱的流泉","尽情享受妈妈的给予,/让妈妈享受作的享受;/然后把妈妈的享受写进你生命的扉页"(《我的孩子》)。孩子与母亲的亲密关系从他诞生之时起便产生了,这是双向交流的爱之血脉。母亲给了孩子生命,孩子给了母亲欢乐。童心和母爱是傅天琳这本诗集的两大主题。

《大口罩》以儿童的口吻写出儿童特有的思维逻辑,表现出一颗天真烂漫的童心:"如果要选最不喜欢的人/我一定要选那个/戴大口罩阿姨//戴大口罩的阿姨不乖/别人头发痛/她还用针扎别人屁股/叫别人头发痛屁股还痛/不乖不乖戴大口罩的阿姨",这完全是孩子的心理。《我是男子汉》也写得好,突出了孩子想象的奇特,诗中的"我"要"把不听话的风/赶到/没有灯光的角落/让它罚站"并且"要摘来一颗星星/照你写字到很晚很晚"。这些孩子气的想象中也有一颗天真的爱心在闪光。在表现儿童之爱的诗中《夏夏》是最成功的一首,这首诗有个小序:"那时家里没有花瓶,我把这些花插在妈妈吃过药的瓶子里。——摘自夏夏的作文。"全诗如下:"这郁郁的潺潺的芳香/是从这些有淡淡药味的小瓶里飘出来的/是从你两泓亮亮的晨泉中流出来的,夏夏//这么多的药都没把妈妈的病治好/倒是这个药瓶给治好了/妈妈该起床了,夏夏//你的小小的无限的四岁的爱/让我们的竹棚子变成宫殿/让妈妈插一朵花在我的公主头上,夏夏//山野的金樱子花枕头草花紫绒球花花/你们不懂得你们自己多好看/只有夏夏知道,只有夏夏,我们的夏夏"。这首诗是从母亲的角度写的,从母亲的眼中写出四岁女儿的可爱,写母女间自然深挚的爱。

《大地》是献给童心和母爱的颂歌,以悠扬的韵调和舒缓的节奏,歌唱着纯真而深沉的爱:"在阵痛后的恬睡中/大地醒来/生命之钟和风扬起/线条/柔曼地向四野散开//母亲和孩子/在同一时辰/找到生存和奉献的依据/人类和自然的耳语/使一块朴素的白石头/变得神圣而庄严//这是花朵和雀鸟最喜爱的地方/星星们跳起碎步舞/时间和水/让崇高的慈爱融为潺潺乳汁/人类将长大/从形体到灵魂/纯真而深沉”。这首诗已从自身的母爱中超脱出来，变成对整个人类之爱的歌唱。诗集后半部的不少诗歌都体现着诗人爱之升华，《母爱》中的妈妈已不再是具体个体了，具有抽象的、世界性的含义：“我是你的黑皮肤的妈妈/白皮肤的妈妈/黄皮肤的妈妈。母爱是不受国界和种族限制的。我的爱黑得像炭/白得像雪/黄得像泥土/我的爱没有边界/没有边界没有边界我对你的爱”。这是一支深沉博大的人道主义之歌。也表现着诗人开始突破个人经历的局限，将诗的触角，向更广阔的世界伸展。傅天琳的诗质朴，自然，有天然的风韵，这种朴实无华的美展现着诗人纯洁无邪的诗心。

傅天琳的第一部诗集是四川人民出版社1981年出版的《绿色的音符》，这部诗集曾获中国作家协会第一届“1979-1982”全国新诗二等奖，这也是傅天琳的成名作。她是傅天琳在果园里19年的喜怒哀乐凝成的，也是漫长岁月的写照。它记录了傅天琳在果园里的点点滴滴。果园成就了傅天琳，当30年后，她再次走进果园，这个熟悉的地方时，她拾起了诗笔，为这果园的树木、曾经的姐妹画一幅像，留下一点纪念，于是有了《柠檬叶子》[①]，这或许不是她的最后一本诗集，但是可以看做是她的第二次复出，复出后给读者的一个答卷。《柠檬叶子》是傅天琳第二春的代表作，它之于傅天琳犹如《归来的歌》之于艾青，老树红花，分外耀眼。

---

① 傅天琳：《柠檬叶子》，上海：上海文艺出版社，2009年。

2. 舒婷

它是少女怀中的金枝玉叶，
也和少女的心一样多情，
残忍的岁月
终不能叫它的花瓣枯萎。

——《珠贝——大海的眼泪》

舒婷，这位新时期以来最受青年欢迎的诗人，在《西藏日报》和《星星》的两次青年投票推选青年最喜爱的诗人时，她都名列榜首，傅天琳也分别名列第五和第三①。她的诗，朦胧而不神秘，忧伤但不消沉，流溢着女性的温柔与细腻。浪漫主义、理想色彩是她的诗歌的鲜明特色。她的浪漫主义与古典韵味和现代主义的手法相渗透，显示出女性感觉世界的敏锐，具有独特的魅力。

揭示理想追求过程中的内心矛盾，表现青年一代从迷惘到觉醒的痛苦和追求，是她诗歌的一个重要主题。她从关心个人命运，追求自我价值的实现出发，上升为“同情的泪”②，上升为对民族命运和祖国前途的关切，表现出了强烈的责任感和自信心。这从《流水线》、《惠安女子》、《祖国啊，我亲爱的祖国》等诗中，都可以看出。

在《流水线》中，诗人所否定的是将人异化为物的单调机械的力量，感叹的是“我唯独不能感觉到/我自己的存在”的悲哀。这

① 坂井东洋男：《舒婷论——〈双桅船〉上的母亲之影》（日本学者中国文学研究译丛第六辑新时期文学专辑），长春：吉林教育出版社。

② 参见蔡其娇诗歌《寄……》。

表现了舒婷自我意识的觉醒，表现了人的主体精神的发现。

舒婷诗歌的另一主要内容，是对爱的咏赞和歌唱。她用诗歌去唤醒人们心中最美好的爱心。她说："我通过我自己，深深意识到：今天，人们迫切需要尊重、信任和温暖。我愿意尽可能地用诗歌来表现我对'人'的一种关切。"又说："我相信：人和人是能够互相理解的，因为通往心灵的道路，总可以找到。"因此，她要通过她的诗，"进入所有的心灵"（《馈赠》），"为开拓心灵的处女地/走入禁区"（《献给我的同代人》）。她歌唱的爱，既有对祖国和人民的爱，又有对母亲、爱人、朋友的爱。她的诗篇，真正深入到了个人感情的领域，扩大了当代诗歌的表现范围，提高了人们感情生活的价值。她诗歌中的爱，更深沉，更真切。

舒婷的诗中，有很多是涉及男女情爱的。在这些表现爱情的歌中，我们可以看到舒婷具有现代意识的爱情观，最具代表性的就是《致橡树》。在这首诗中，诗人用"木棉"与"橡树"相对应的方式，来咏赞她的爱情理想。"木棉"与"橡树"站在一起，他们不仅心灵相通："根，紧握在地下，/叶，相触在云里"而且人格相映："你有你的铜肢铁干，/像刀、像剑，/也像戟，/我有我红硕的花朵/像沉重的叹息，/又像英勇的火炬"。

舒婷在"文革"末期就闯入个人情感的"禁区"，用诗歌来倾吐自己的爱和恨，抒发个人的欢乐、幸福、悲哀、忧伤，这显然带有探险的性质；她的诗体现了由再现向表现[①]的转向。她的诗把传统浪漫主义与现代主义艺术手法相融合，对新诗艺术的发展作出了自己的贡献。

---

① 再现是最低层的文学要求，再现生活是基本的。表现就是通过艺术作品达到作者自己的意图，对生活进行艺术加工。来源于生活，高于生活。

傅天琳和舒婷的诗作数量在同龄人里不能算多，但绝对是优秀的。

从内容和形式来看，舒婷的诗歌更注重追求正统，从登上诗坛就是一种时代代言人的姿态。比如她表达女性独立和解放的诗歌——《致橡树》、《惠安女子》、《神女峰》，这三首诗可以看做她的“女性三部曲”。舒婷有着非常鲜明的女性独立意识，也有自己的爱情观，这在80年代具有特殊的意义。从这三首诗我们可以看出，舒婷运用的是借物说理，橡树、封面上的惠安女子、神女峰都只是诗人的切入点，诗人并没有将自己融入进去，我们看不到诗人自己，这也就是古人所说的“无我之境”。从这三首诗我们可以看出，体现的是“文以载道”的传统。舒婷的诗歌大都具有道德或者哲学的意义，这是朦胧诗的通性；崇尚的是一种宏大的抒情和叙事。

和舒婷不同，傅天琳则更多是具象的人和事，比如自己和孩子（自己的女儿，自己的外孙女）、自己和果园的姐妹、果园里的树木（更多的是柠檬），这些人和事没有更多的承载，就是自己的孩子，作为一名母亲对孩子的单纯的情感。比起舒婷，傅天琳更擅长从细小的地方显示自己的长处，从她的诗里，我们几乎找不到宏大叙事成分。虽然同是女性诗人，但是傅天琳没有明显的性别意识，她在生活中也不喜欢别人称自己为“女性主义诗人”，她没有舒婷的那种追求女性独立和解放的意识。她只是一名诗人，和其他所有诗人一样。这也是她和舒婷不同的地方。舒婷的诗有着浓郁的古典意味，也有着意象派的特征，还有浪漫主义成分。而傅天琳的诗歌则以现实主义手法为主，朴实无华。

舒婷在1985年之后转向散文创作，并出版了不少散文集，比如《心烟》、《秋天的情绪》、《预约私奔》等8本，诗集单行本只有4本。

傅天琳则一直从事新诗创作，2000年前后退休，之后在北京看外孙，淡出诗坛。2009年又出版了自己第二春的诗集《柠檬叶子》，在艺术上取得更大的成就，并荣获第五届鲁迅文学奖。

作为新时期同时出现的两位诗人，二者被关注的程度或者说知名度有天壤之别，提起舒婷恐怕无人不知，而傅天琳的名字仅限于圈子里的人。这也从侧面反映出朦胧诗人和新来者被社会关注程度上的差异，反映出整个诗坛对新来者的挖掘以及重视程度不够。

（三）新来者和非群落老诗人

1. 叶延滨

说到叶延滨，诗坛恐怕无人不知。这并不是说叶延滨的诗歌在全国是第一位，而是因为他曾在《星星》、《诗刊》担任主编长达数十年。他在《星星》待了整整12年。之后，进大学当了几年教师。1995年9月至2001年10月，任《诗刊》社副主编，2001年11月至2005年6月任《诗刊》社常务副主编，2005年7月至今任《诗刊》社主编。在《诗刊》已经待了17年①。叶延滨出生在一个红色家庭，父亲是老红军，母亲是教育家。叶延滨4岁的时候，母亲被开除党籍，叶延滨随着母亲下放西昌，之后父亲被点名批判，在那个“英雄”的年代，叶延滨满脑子都是英雄的思想，曾经和几个没有“革命”资格的同学步行4个月到北京，高中毕业之后，叶延滨插队到了延安一个贫户家里。老两口无儿无女，“干妈”新中国成立前还演过秧歌剧《夫妻识字》，可是她自己并不识字。老夫妇把叶延滨当儿子看待，就是这样的机缘改变了叶延滨的人生轨迹。如果没有碰到这老夫妇俩，也许叶延滨将终生待在延安当

① 参见《〈诗刊〉社历任主编》，《诗刊》2007年1月上半月刊。

农民。

在延安的插队生涯成就了叶延滨，没有这段经历，也就没有之后的《干妈》。叶延滨父母都是高干，相继受迫害后，叶延滨逐渐成了人人避而远之的"瘟疫"。

带色的风清扫这狼藉的战场，
我是卷进黄土高原的一粒砂。
连知青也像躲避瘟疫一样讨厌我，
丧家狗——实际，也不算难听的话。

可以说在延安，民众和知青都把他孤立起来了，或许人生就这样结束，但是：

"孩子，住到我们家吧。"
"不！我不需要听怜悯的话。"
"孩子，我们老两口也要个帮手，
我为你做饭，你替咱担水……"
也许，这只是一个借口，
但我的自尊的天平需要这块砝码！
从此，我有了一个家，
我叫她：干妈。

诗评人朱先树在《写自己和人民相通的那一点》说道："青年一代是思考的一代，这话在某种意义上是有道理的。他们敢于思考，而且非常敏锐和深刻。叶延滨的诗也具有这样的特点。”① 读着《干妈》我们可以看到艾青的《大堰河，我的保姆》的影子，艾青曾说：“呈给大地上一切的/我的大堰河般的保姆”，那么《干妈》也可以看做是对陕北甚至中国最辛劳的农村妇女的赞歌，是献给一切农村妇女的歌曲。

叶延滨曾这样说：“在我们今天的时代和社会中找到自己的坐标点，在纷繁复杂的感情世界里找到与人民的相通点，在源远流长的艺术长河中找到自己的探索点。三点决定一个平面，我的诗就放在这个平面上。”②

（1）叶延滨的坐标点——《环形公路的圆和古城的直线——献给北京第一条立交公路》③

在这首诗中，诗人表达了对新旧事物的看法，是适应当时改革发展潮流的一首诗。更体现了一种思想，我们要保守还是开放？要历史还是现代？

在诗中最主要的两个图形是方和圆，古代人很早就有天圆地方的思想，在这里，方代表了历史、代表了保守，圆代表了现代、代表了发展。

昨天，死去的昨天的城
无数的正方形——

这些正方形有麻将桌、茶桌、故宫的方砖、老百姓的四合院、

① 朱先树：《写自己和人民相通的那一点》，《诗探索》1982 年第 2 期。
② 参见叶延滨在青春诗会上的发言。
③ 《星星》，1981 年 8 月。

妃子们的禁苑，这些东西都是老北京城特有的。但是在改革大潮中，却不合时宜。麻将桌和茶桌消耗了太多中国人的生命，人们在麻将和茶水中死去。方砖、禁苑代表的是封建皇帝的奢靡生活，在这紫禁城里的生活，四合院是老百姓的，仍然是封闭的。这些在诗人看来都是"房屋的方块学"，是"僵死、呆滞和缓慢"，这些僵死的"条条框框"，"为活着的城市树立着无形而威严的栅栏"。几千年的条条框框，阻碍了城市的发展，这是需要打破的。这里的条条框框，就不再是简单的方形了，而是形而上的思想束缚。

圆是宇宙中最完美的图形。圆润、圆滑、圆通，从这些词语中我们可以看出，圆在国人的思想中是变通和发展。这也是诗人用它的缘由。北京在80年代初期修建了第一座立交公路，虽然在今天的北京随处可见，但是在当时却是不同寻常的。在本没有必要修桥的地方修桥，缓解交通压力，这就是变通的思维，也为城市的发展带来了生机。"立体交叉路口，车轮飞旋的风，/环城公路带来新的语言。"诗人欢呼这第一条立交公路，欢呼这方格城市中的一个圆。诗人还在结尾提到"像原子在回旋加速器中奔驰，/轰击着在僵死的格局中，/在古城盘踞了数百年，/尚未僵死的保守和自满!"诗人回顾着历史，关注着现在，放眼未来。一个个意象的铺陈，具象外物的摹写，像电影镜头一样，跳跃着，却是有规律的组合。这样的排列产生了特殊的力量和诗意。

这个圆和方形正是叶延滨在新时期的坐标点，圆的思维就是他诗歌的思维，不断的变通，不断的创新，不断的改革。

(2) 和人民的相通点——《干妈》

《干妈》一诗写于叶延滨上大学的时候，不过当时他已经到了而立之年，在诗坛，这个年龄并不能算早。"少不读三国，老不读红楼"，这句话用在诗坛也是合适的，可以改作，"少不做散文，老不做诗歌”。

《干妈》的成功得益于叶延滨的19年知青生涯，没有干妈，也就没有今天的叶延滨。诗人在当知青之前是一名高干子弟，拿今天的话来讲（不含感情色彩）算的上是“官二代”或者“红二代”，他的父母都是老革命，新中国成立后又在政府及高校任职。知青生活使得叶延滨从生命感上更接近老百姓，英雄主义没有了，看到的是延安的贫瘠、荒凉，老区人民生活的艰辛，农民的朴实和勤劳。《干妈》既可以看做是对干妈的赞歌，也可以看做是对所有农村妇女的赞歌。

在这首长诗中，有三个故事值得我们去注意。第一个是干妈给“我”买灯；第二件事是“我”嫌弃干爸用“我”的白毛巾；第三件事是干妈给“我”吃好饭，自己吃的苦苦菜、清米汤。

“我”虽然离开学校，农村晚上睡得很早，没有事情做只能看书，我只有在昏黄的油灯下看书。

> 穷山村最富裕的东西是长长的夜，
> 穷乡亲最美好的享受是早早地睡。
> 但对我，太长的夜有太多的噩梦，
> 我在墨水瓶做的油灯下读书，
> 贪婪地吮吸豆粒一样大的光明！

干妈为了能让我用上灯，晚上走几十里的山路给我去买。这个罩子灯花了她三天的工分一块二，一个裹着小脚的农妇，在大雪纷飞的夜晚如何走了几十里的山路？难以想象。她回来后腿疼得哼哼，干爸说道“疯婆子，风雪天跑三十里买盏灯/有本事腿痛你别哼哼！”干妈声音很低地说“悄些，别把人家娃吵醒，/年轻人爱光，怕黑洞洞的坟!"干妈和"我"没有血缘关系，却为了"我"不顾自己性命。

第二件事是干爸弄脏了"我"的白毛巾，"我"从箱子里取了一条新的挂在旁边，干妈看到后"娃娃别嫌弃你大叔，/他这个一辈子粪土里滚的受苦人，/心，还净……"一脏一净，从侧面反映出干净和肮脏真正的含义，干净不是表面的，在任何一个年代，心灵的干净才是最重要的。"我"在这里得到的是最朴素的教育——做一个心还净的人。

留给我的，
一碗米饭金黄，
洋芋酸菜喷香。
留给你的，
一碟苦苦菜，
一碗清米汤，
一个窝头半把糠……

第三件事是关于吃饭的，在那个年代，在陕北贫瘠的土地上，吃饭是最大的问题。陕北黄土高原历来贫瘠荒凉，不打粮食，百姓生活非常艰辛。干妈给我吃的小米饭、洋芋和酸菜，自己却吃的苦苦菜、清米汤、窝窝头，在今天看来，这些都不算什么，然而在那个物质极度缺乏的年代，在那个大家都吃不饱的年代，这些就显得尤为珍贵。这是怎样的情谊？不是母子，而胜似母子的情谊。

19 年的生活，重塑了叶延滨，从一个毛头小子长成了成熟的男人，朴实无华，心干净的人。

(3) 探索点——《现代九歌》

屈原的《楚辞》开诗歌浪漫主义先河，他曾作《九歌》，有学者认为是祭祀用，有论者认为是借祭祀以抒己怀。多数篇章描写神灵间的眷恋，表现出深切的思念或所求未遂的哀伤，是《楚辞》中的力作。

叶延滨能以“九歌”为题，提笔气度不凡。起点很高。《现代九歌》是 12 首长诗，也是诗人的第 20 本诗集。这本诗集可以看做是诗人的一种探索。诗中奇思妙想，新奇的比喻随处可见。在现代的工业化社会中，如何看待历史和现代的关系，这已经和写环形公路的那个叶延滨不一样了，诗人的观念发生改变了。

这三个点共同构成了叶延滨的诗意人生。

2. 李瑛

当那把瘦骨
溅起的水花平息之后
所有的江河都迷失了走向
使两千年的鱼
失眠至今

——《端阳》

李瑛在新时期的创作是丰富的，十年左右的时间先后创作和出版了 15 本诗集和诗集选本。单行本诗集计有：《难忘的 1976》、《早春》、《在燃烧的战场》、《我骄傲，我是一棵树》、《南海》、《春的笑容》、《美国之旅》、《江和大地》、《红豆》等，其中《我骄傲，我是一棵树》获得了第一届全国新诗（集）优秀创作奖。其他的选本有《李瑛诗选》、《李瑛抒情诗选》、《战士们万岁》（军事题材诗选）、《望星》（海岛生活题材的诗选）、《李瑛国际题材诗歌选》、《青春祝福》(写给青年们的诗)。其出版速度达到了一年一本,可谓量足质优。

李瑛在新时期的创作有以下几个特点:第一,题材的扩大,视野的展开,把诗的触角伸向了某些新的领域。十七年间,他的作品主要是军事题材和政治题材方面。当然,也有一些国际题材的(如《血在燃烧》等)和边疆少数民族生活的诗(如《花的原野》、《红柳集》中的作品),但相对来说还是显得单薄一些。

60年代,张光年曾这样评价李瑛"我们的革命军队是一个伟大的熔炉,单从文学上说,这些年来,从中锻炼出了多少优秀的作家和诗人!李瑛同志是从这个熔炉里炼出的一批文学新人中的一个"①。

新时期以来,他除了着力于军事题材和政治题材方面的创作外,还专门写了一些出国访问的诗作和描绘风物名胜及吟咏山水的诗,这在他过去的集子中是不多见的。国际题材的诗,变化也是显著的。尽管"文革"前也写了一些声援第三世界人民反帝、反殖斗争的诗篇,像《茶》、《血在燃烧》、《鼓声》等,但还是站在中国这块土地上呐喊呼吁(写朝鲜战场和东欧的诗除外),但现在却直接站在异国陌生的土地观察、思考和抒情,他以东方诗人的目光去审视这奇异的西方世界,既看到了它蓬勃的生命活力,独特的异国风光,又触摸到它身上的疤痕,看到了它的阴影。看《谒托马斯·曼墓》中的诗句:"细雨刚停,细雨刚停,/雨水打湿了基地的钟声;/最后——片云掠过教堂的尖顶,/头上,露出皎洁的月明。//踏着小径,拨开草丛,/夜风伴我们来拜谒他的坟茔。/谁说他总算

① 张光年:《李瑛的诗——序〈红柳集〉》,《李瑛抒情诗选》,北京:人民文学出版社,1983年,第691页。

躺下了飘零的身子，/不，他仍在沉思，仍在倾听。”作者怀着深深的敬意，对这位葬身异国的德国著名作家寄予无限同情，无论是作者内心感情的表达，还是周围环境的渲染，都能把读者带入一个幽静、深远的境界。

第二，在反映现实生活的同时，开始向心灵深处拓展。在五六十年代，李瑛以反映部队生活的诗作闻名诗坛，他对部队生活观察得细腻，对战士思想感情描绘得形象具体，赢得诗界的一致好评。然而，由于当时诗坛的主潮是革命现实主义诗歌，并不要求诗人展示自己内心的隐蔽世界。1977 年春，李瑛以他的《一月的哀思》震动了诗坛。在这首长诗中，诗人已开始向广大读者展示他内心的痛苦和悲愤。不过，对自己内心刹那间的感受，甚至忧伤痛苦，诗人还未能充分展现。

诗中的自我，不纯粹是个人，但他应该首先是个人。80 年代始，李瑛开始在某些诗篇中大胆地表现内心世界的思虑、怀念、喜悦甚至忧伤。虽然还不那么突出、强烈，但已是良好的开端。如《美国之旅》中的《登芝加哥塞尔斯塔》，在描绘了乘电梯登上高空的感受后，诗人写道：“这里没有花，我不能采一朵带回去，/只能俯身拾一片云，夹在书页中；/带回去，让我带回去献给你，/让你从梦和启示中苏醒……”诗中的“你”，自然是远方的妻子，诗中表达了诗人对妻子的思念之情。再如《偶遇》一诗，作者标的副标题是“给 S. Y”，是在候机室遇到了一位老友，于是勾起了诗人无限的感慨和对往事的回忆。这种纯生活化的诗，作者过去写得不多。而对这种分别后的突然相逢，又仓促分手，内心感喟良多：“沙发上，坐着十分钟，/坐着你和我。//已忘记乱世里是怎样的离别。/天涯海角四十年，/该如何诉说，/时间和空间压缩在十分钟里，/四十年可不是宁静的湖泊”。人世沧桑，离别相逢，相逢又离别的情景，正是人生这座大舞台演出的一幕幕戏剧，从中可看出诗人的感叹与伤感，这种感情是真实的，诗人心境的表达也是具体可感的。

第三，在诗艺方面的多种探索。李瑛是在诗艺探索上不倦的诗人；早在 50 年代末 60 年代初就在借鉴外国诗歌的一些表现手法上作了某些尝试，但在当时的环境下自难相容，因而有的调子稍低沉、手法较新颖却不甚好懂的诗还受到一些不公正的批评。新时期的到来，才为他的诗打开了广阔的探索天地。首先，在表现手法上把过去常用的直抒情怀转化为借助客体物象这个“对应物”来折射诗人的情感。80 年代初写的《我骄傲，我是一棵树》，虽说是借助树的口吻来抒情，但已多了若干象征色彩。

李瑛新时期的创作可说是丰收的，并且在诗艺方面进行了艰苦的探索，有所突破。

当我们今天回过头去看的时候，就不能不深刻地感悟到，在艺术曲折的发展中李瑛能够跟随郭小川、贺敬之、闻捷这些卓越的诗人们，在诗的道路上艰辛跋涉，以最大的可能性发挥自己的艺术才华，进而表现自己的审美个性，并同他们一道努力填补着新诗的空白，铸造了一个时代的诗美的巅峰，这是新诗史学家不能忘记的。

他信奉德国文学批评家弗朗茨·梅林的那句名言：“以战斗者姿态出现的诗人和艺术家出现的诗人的统一。”

李瑛和叶延滨都是军人出身，涉足过军事题材。李瑛更多的是家国为上的题材，较少涉及个人情感题材，而叶延滨更多的是写自己，从个人的经历看出大众，以小见大。李瑛、叶延滨都写过一些访问诗，但通过比较我们可以看出，他们的着眼点是不同的。显示的是两代人的诗美观、审美观、世界观。

李瑛属于十七年文学，而叶延滨属于新时期，他们都用自己的诗歌找到了自己的坐标，找到了属于自己的读者，并适应了自己的时代。

三　新来者的诗美

长达十年的“文革”结束了，接连不断的运动结束了，文学回归了本体。无疑，新时期十年是社会生活发生重大变革的十年，也是文学艺术发生深刻变化的十年，诗歌自不例外，而且在某些方面超出了其他文体。也正是由于社会生活的变化，才带来了诗歌内容和形式的变化，而形式的变化，又同诗人的审美心理结构的变化分不开。

“五四”以来的新诗发展史告诉我们：只有处在变革时期的诗歌，才会诗星竞出，使诗坛呈现繁荣，也只有在诗人的艺术观念发生变异的时刻，才会出现崭新的诗歌。新时期的诗歌发展，正体现了这一艺术规律。尽管诗歌是重抒情、重表现的一种文学样式，但它仍然是现实生活在诗人头脑中反映的产物。因而真实性及健康正确的思想内容是其存在的首要前提。60 年代和 70 年代的某些诗歌，由于极“左”路线的影响，成为“假大空”的口号式的虚假作品，背离了文学艺术真实性的原则，因而遭到了广大读者的唾弃。

（一）新来者的诗美追求

何谓诗美？简言之，即通过语言这一表达感情的符号创造出美的形象、美的意境，给人以美的愉悦。当然，这种美又是和真、善紧密联系在一起的。不过，也有其相对的独立性。艾青曾说：“真、善、美，是统一在先进人类共同意志里的三种表现，诗必须是它们之间最好的联系”；“我们的诗神是驾着纯金的三轮马车，在生活的旷野上驰骋的”；“那三个轮子，闪射着同等的光芒，以同样庄严的隆隆声震响着，就是真、善、美"[1]。所以说，真、善、美的标准亘古不变，历久弥新。

值得注意的是，诗人们不论是对客体物象的具体描绘，还是自我形象的塑造，都同样闪着个性的光彩，诗人的抒情个性都是突出而鲜明的，这对诗美的创造是有推进作用的。诗，是抒情的艺术，本来就具有更多的表现色彩，但纵观新时期以前的诗歌，除了某些直抒情怀、表现内心激情的诗外，多数还是对外部世界的再现，因而场景诗、情节诗、带有叙事成分的短诗比比皆是。

诗人隐秘的内心世界，那以复杂的感觉对现实世界的艺术把握并不多见。也即是说，以前的一些直抒胸怀的诗，还多是外部倾泻型的，而不是心灵深处的体验性的。诗，从某种意义来说，是心灵的歌，即便是对外部世界的反映，也应通过诗人心灵的折射，不仅要注入诗人的喜怒哀乐，而且要记录下那细微的颤动之音。新时期的诗人们，利用他们敏锐的触觉，用心灵去感受时代的变革，再把内心的感受抒写下来，向着人类这个无边的内宇宙——内心世界开拓，创作出新颖的诗篇。

诗人雷抒雁，他的名篇《小草在歌唱》，是歌颂张志新烈士的，但诗人对自己内心的解剖，诗中体现出来的那种自省精神也使人感动，也是以前歌颂英雄的诗篇中从未有过的，这种明显的变化，应该看到并给予肯定的评价。我们可以回忆一下那些歌颂雷锋、王杰及其他英雄人物的诗篇，作者都是怀着热烈的情怀由衷地赞美英雄，但由于特定的时代环境所限，作者们都未对自己内心世界作解剖，从而形成了那一时代英雄赞歌的特点。而在新时期的雷抒雁，经过对英雄人物的理解和对自己的反省，作者真诚地发出了自责之

① 艾青：《诗论》，北京：人民文学出版社，1980 年。

声："我恨我自己，/竟睡得那样死，/像喝过魔鬼的迷魂汤，/让辚辚囚车，/碾过我僵死的心脏/我是军人，却不能挺身而出，/像黄继光，/用胸膛筑起一道铜墙！"正因如此，才更增添了诗歌的感人力量。一批青年诗人的出现，使诗歌作为表现艺术去展示丰富的内心世界跨步更大。

叶延滨、骆耕野、张学梦、李琦、傅天琳等人，他们对内心世界的展露又具有了不同的层次。有的诗是抒写心灵里对一个事物的认识过程或诗人在一个较长时间和较宽阔的空间的深刻感受，有的诗则是表现在一个短暂的时空中的瞬间感觉，有的又把主观的心灵感受加以物态化，但又绝对不同于以前的场景诗和情节诗。表现诗人心灵感受过程的诗是很多的，比如傅天琳的《梦话》：

你睡着了你不知道
妈妈坐在身旁守候你的梦话
妈妈小时候也讲梦话
但妈妈讲梦话时身旁没有妈妈
你在梦中呼唤我呼唤我
孩子你是要我和你一起到公园去
我守候你从滑梯一次次摔下
一次次摔下你一次次长高

如果有一天你梦中不再呼唤妈妈
而呼唤一个陌生的年轻的名字
啊那是妈妈的期待妈妈的期待

妈妈的期待是惊喜和忧伤①

诗中是一位年轻的母亲听到孩子梦中呼唤自己时的心灵感受。她欣喜，为孩子的呼唤；她忧伤，为自己儿时的没有母爱；她期待，为孩子的将要长大。诗篇完全是心灵独白，一气呵成。作者并未对孩子睡觉时的姿态及屋内环境做铺叙，然而，众所周知，这在以前的同类题材的诗作中却是少不了的。而本诗却着重表现了诗人自己的心灵感应，这同以前的某些诗作相比，可看出侧重点的不同。在诗歌的内向化过程中，许多作品是瞬间的感觉，甚至是幻觉，为诗的存在又打开了一个新天地。

（二）新来者的诗歌精神

中国古典诗歌最注重诗歌精神。比如《诗经》的"风"反映的是下层劳动人民、普通老百姓生活的疾苦；"雅"则是庙堂之乐。再比如《离骚》以香草美人为喻，表达的是忠君爱国的品德。几千年的历史长河中，诗歌精神以家国关怀为上，其次是儿女情长，也就是个人情感。新诗出现后，立即以反叛者的姿态出现，意图彻底抛开家国为上的主流，但是在中国这样一个家族血亲制的社会，这是不可能。在潜意识里，国大于家，舍小家顾大家是每个中国人骨子里的观念。

在经历了数十年的动乱之后，新诗人仍然无法丢弃家国情怀。归来者以极大的使命感写出了不少关心国家政治的诗篇，在这一点上，以雷抒雁等人为代表的新来者和归来者是相通的。作为文学家，诗人当然不能例外，创作是带有使命感的，也就是一定的功利性，纯文学是不存在的。所以我们说，在使命感上新来者和归来者

① 公木编：《新诗鉴赏辞典》，上海：上海辞书出版社，1991年，第980页。

是相通的。

但是，新来者又是一批年轻的诗人，他们年轻，有着独特的经历，对诗的理解随着时代的改变已经和上一辈人完全不同，他们朝气蓬勃，意气风发，有着很强的生命力。在生命感上，新来者和朦胧诗人是相近的。新来者有着那种生命感，给人以春天的感觉。

（三）新来者的艺术经验

在艺术技法上，新来者算得上是转换派。他们并没有轻易放弃中国几千年优秀的诗歌传统，因为他们明白，没有继承就没有发展，但是他们主张要对传统的技法进行现代化转换，适合现代新诗的要求，适应新时期读者的审美。他们也没有闭门造车，而是积极地借鉴西方的艺术经验，他们积极地对西方经验进行本土化转化，因为他们明白新诗是中国人写的，是写给中国人看的。不能写西方诗歌的翻译体。

在诗歌道路上，新来者主张多元、包容，不同的艺术路向要相互尊重，相互包容，相互学习。所以，在新来者内部，并没有统一的理论思想体系，也没有统一的语言风格。他们有着大致相同的艺术追求，但是都有自己的个性。

当下，诗回归本位，同时，也产生了许多问题，这些问题该如何处理。新来者给我们许多启示，也留下了许多宝贵的艺术经验。

新诗的个人性与个性化、内视性与社会性应该如何平衡？新来者告诉我们：应该摒弃个人化，追求个性化，内心生活的价值在任何时候都取决于它与社会生活的联系。诗歌不是个人的行为，它一开始就带有社会性。任何诗人都无法离开社会进行创作。但又不能缺乏个性，千篇一律，要在百花园中开出自己独特的一朵。

诗的小众与大众、形式艺术与形式主义应该如何平衡？新来者告诉我们：诗是以形式为基础的文学，形式即内容。诗的形式本身就是诗的重要的一部分，诗情、诗意不纳入诗的形式就不能成为诗。然而过剩的外在形式，却是在玩弄形式，抛弃内容专门追求形式，使诗越来越小众，离开广大读者，这是当下新诗创作的一个弊端。形式的新奇古怪，并不能代表诗歌的质量。

诗的一元与多元应如何理解？任何艺术在任何时代都是多元化的，试图追求新诗的"一花独艳"是不可能的。我们需要自由诗，也需要大致押韵的格律诗，我们需要爱情诗，也需要风景诗。唯我独"花"，是违背诗歌的创作与发展规律的。

新来者是新时期诗歌研究的重要而复杂的课题，对新来者的研究，对于当下新诗的拯衰起弊尤其具有学术价值和现实意义。

主持人语(向天渊):

21世纪以来,新诗创作多元化格局逐渐形成,现代诗学所探讨的学术话题也日益丰富,本次选编的三篇论文,研究内容各不相同,正可以见证这种丰富性绝非泛泛之谈。第一篇是张德明教授的《论吕进"诗家语"观的理论内涵及当代诗学意义》,文章指出,吕进先生在四十多年的学术思考中,始终以"诗家语"为关键词来展开自己的理论言说,"诗家语"已经成为吕进诗学话语的重要理论范式,具有多层面的丰富内涵,对于理解新诗的历史与现状、纠正新诗的艺术偏颇具有重要的借鉴价值和指导意义。第二篇是赵金钟教授的《"网络诗歌"的语言特性》,文章认为网络是一个极其自由的场域,"自由性"是网络诗歌的灵魂,也是我们把捉其语言特性的钥匙,经由这种"自由性"视角,可以发现网络诗歌的语言具有个性化、原生性、生活化等几个显著特征,它们为诗歌创作带来新元素的同时也带来了新问题。第三篇是青年学者张昊的《宗白华的美学品格与小诗创作理念》,文章认为宗白华的美学品格与小诗创作理念互相交织、彼此融会,无论是"中国艺术本位的圆融美学"、"气韵生动的自然宇宙观"还是"与自然宇宙互为镜鉴的人格美学",对于我们探索新文艺、改革新文学、提升新诗创作品格乃至于思考社会人生都具有极其深刻的启示意义。

论吕进“诗家语”观的理论内涵及当代诗学意义

张德明

在吕进的诗学话语中，“诗家语”应该是非常重要的理论范式。这一范式不仅反复出现于吕进的诗学论文与专著之中，而且毫不夸张地说，它还贯穿了吕进四十余年来的学术思考与诗学体系建构的始终。分析吕进“诗家语”观的理论内涵，不仅有利于我们深入认识吕进诗学思想的丰富性与深刻性，而且还有利于我们对当代诗歌创作做出更正确的价值评判，从而有力地促进其健康的发展与有序的提升。

一

众所周知，“诗家语”一词并非吕进的首创，而是出自宋代诗人王安石之口。宋人魏庆之编《诗人玉屑》卷六载：“王仲至召试馆中，试罢，作一绝题云：‘古木森森白玉堂，长年来此试文章。日斜奏罢《长杨赋》，闲拂尘埃看画墙。’荆公见之，甚叹爱，为改作‘奏赋《长杨》罢’，且云：‘诗家语，如此乃健。’”在王安石看来，“日斜奏赋《长杨》罢”才是劲健的“诗家语”，“日斜奏罢《长杨赋》”则只是平常乃至平庸的诗句。为什么同样的词语经过不同的编排，便会出现“如此乃健”的“诗家语”与意味淡寡的平常语之别呢？“诗家语”的美学玄机究竟存于何处？古人对此似乎并未确切言明。直到现代，才由著名学者周振甫先生作了细致阐发。在《诗词例话》里，周振甫设专节来论述“诗家语”之义，并指出：“王安石说的‘诗家语’，就是说诗的用语有时和散文不一样，因为诗有韵律的限制，不能像散文那样表达。要是我们用读散文的眼光去读诗，可能会忽略作者的用心，不能对诗作出正确的理解，那自然体会不到它的好处，读了也不会有真感受。”① 这样的解释还是比较到位的。不过，作为重要诗学术语，很长时间以来，“诗家语”只是被用于古典诗词的创作、鉴赏与批评之中，而不被用于新诗之中。成功地将其移借过来，用以系统阐释新诗的创作与鉴赏的，正是吕进先生。从 1982 年出版的第一部著作《新诗的创作与鉴赏》，到 2014 年 5 月在《文艺研究》上发表篇幅达 16000 余字的《论“诗家语”》长文，我们能清楚地认识到，“诗家语”已然构成了吕进诗学的重要理论符号，它在吕进的诗学话语建构中一直扮演着重要角色，发挥出不可忽视的学术功能和作用。

吕进的第一部诗学专著《新诗的创作与鉴赏》由“本质篇”、“创作篇”、“鉴赏篇”三部分构成，其中“本质篇”的第三章“诗的形式”和“创作篇”的第六章“诗的修辞”已初步涉及“诗家语”的话题。“诗的形式”一章论及新诗所具有的音乐美、排列美

① 周振甫：《诗词例话》，北京：中国青年出版社，1962 年，第 8 页。

和精炼美等特征，并指出，“音乐美是诗的语言与散文语言的分水岭”①，“诗的篇幅小、文字少，每个词、每个句子都要十分精炼。诗要洗刷成晶体，去掉一切拖泥带水的成分。诗中重要词句，通过各种排列方式（单独成行、重要词语的跳跃等）而得到突出”②。“诗的语言来源于日常语言，但前者不是后者的复制，而是后者的加强形式。诗的语言不同于日常语言，是由诗的抒情决定的有较高价值的艺术语言。它不但有音乐美、排列美，而且有一切文学样式都望尘莫及的精炼美。”③“诗的语言的几种词义的并含，即诗的语言的弹性，是诗的语言特有的精炼美。”④ 上述论说虽未标以“诗家语”的诗学范式来直接点明，但其实都是“诗家语”的题中应有之意。因为此中言及的“音乐美”、“精炼美”、“弹性”等要素，正是吕进在后期谈论“诗家语”时反复阐释的内容。从这个角度上，我们不妨说，吕进《新诗的创作与鉴赏》的学术实践，为他后来提出“诗家语”概念并加以系统阐发作了厚实的理论铺垫。

1984 年出版的《给新诗爱好者》是吕进的第二部学术专著，在这部专著中，吕进将“诗家语”列为单独一节来具体阐释，这可以看做是吕进诗学话语建设的一个重要信号，它意味着“诗家语”作为一个具有极大理论阐释力的话语范式，正式出现于吕进的诗学言说之中。在这一节不足 3000 字的篇幅中，“诗家语”作为关键词就出现了 20 次之多，足见其频率之高。而围绕“诗家语”所作的理论概述，不仅言之凿凿、铿然有声，闪烁着灵性和智慧的光芒，

---

① 吕进：《新诗的创作与鉴赏》，《吕进文存》（第一卷），重庆：西南师范大学出版社，2009 年，第 89 页。

② 同上，第 105 页。

③ 同上，第 115 页。

④ 同上，第 124 页。

从而构成了吕进诗学言说中极为精彩的部分，而且还为其后期诗学理论的不断发展和深化埋下了伏笔。例如下述语句，“诗家语来自日常语，但又有自己独特的词汇、语法、逻辑、修辞，它是日常语的最高程度的提炼与强化。”①“诗家语不但要表达感情世界，而且它自身的音乐美也形成鉴赏者的鉴赏内容。”②“只求‘文理能通’，实际上是在运用日常语，而并没有寻求到诗家语。诗家语并不总是接受通常‘文理’的裁判。”③“诗家语是超越日常语的日常语。”④“非日常语化的日常语，是诗家语的极诣。”⑤，都是吕进对新诗创作中的“诗家语”进行的精彩的学术概括和理论总结，为我们准确理解新诗的成功要诀和美学精髓提供了重要指南。

吕进的《一得诗话》出版于1985年，在这部专著中，诗评家以诗话的形式阐释了若干重要诗学问题，其中论及的“无理而妙”、“诗出侧面”、“‘不尽意’与‘达意’”等话题，都可以说是围绕“诗家语”来做文章的。如论述“无理而妙”时，吕进提到了三种情态，即“情出常态”、“诗出常格”、“形出常规”，并总结为：“可以说，在大多数情况下，不摆脱常态、常规、常格的束缚，诗就成不了抒情艺术。”⑥ 吕进所说的“无理而妙”的三种情态，都是由诗家语所生发出来的，是由诗家语所促成的。没有“无理而妙”的诗家之语，抒情诗就无法呈现“情出常态”、“诗出常格”、“形出常规”的艺术妙境。因此，在论述完“无理而妙”的三种情

---

① 吕进：《给新诗爱好者》，《吕进文存》（第一卷），第343页。

② 同上。

③ 同上，第344页。

④ 同上，第345页。

⑤ 同上。

⑥ 吕进：《一得诗话》，《吕进文存》（第二卷），重庆：西南师范大学出版社，2009年，第45页。

态后，吕进接着对“诗家语”作了一定阐释，他说：“古人称诗家语为‘醉中语’。……在‘醒’者眼中，诗家语是违背常理、颠三倒四的语言。但这正是诗之‘善’者。”① 在论述“诗出侧面”的诗学观时，吕进指出：“诗歌技法中有‘侧面用墨’。不落墨于吟咏之物，而着笔于它给人的印象或反响，或着笔于相关、相似、相反的事物，就是这种技法的精髓。”② 这里隐含着这样的意思：诗家语一般情况下并非直接吟咏之物，而是“侧面用墨”之言。在此基础上，吕进后文中也特别指出了“锤炼‘诗家语’”的重要性③。谈到“‘不尽意’与‘达意’”的诗学话题时，吕进认为：“好诗，都是‘不尽意’与‘达意’的统一。”④ 在这一节的结尾处，吕进写道：“前引孟子的话的全句是：‘言近而旨远者，善言也。’大诗人都是‘善言’者。”⑤ 也就是说，在吕进看来，大诗人都是善于使用“诗家语”的语言大师。

《新诗文体学》和《中国现代诗学》这两部专著，在吕进的诗学言说和体系建构中具有里程碑意义，两部著作分别出版于 1990 年和 1991 年，著作中不少章节都对“诗家语”作了更深刻的阐发。在《新诗文体学》中，吕进论及“诗的通感”时，开章明义指出：“‘诗善醉’。这‘醉意’的表现之一就是通感。”⑥ 随后，吕进阐释道：诗家语即为“醉言”，无论是“主观性通感”，还是“客观性通感”，都是以“诗家语”来表现“各种感觉的有无相通、彼此

① 吕进：《一得诗话》，《吕进文存》（第二卷），第 45 页。
② 同上，第 62 页。
③ 同上，第 66 页。
④ 同上，第 79 页。
⑤ 同上，第 83 页。
⑥ 吕进：《新诗文体学》，《吕进文存》（第二卷），第 150 页。

相生、此叩彼应”的[1]。在《论诗的文体可能》一节里，吕进指出："诗是语言的超常结构”，在充分认可韦勒克、沃伦关于“诗是一种强加给日常语言的‘有组织的破坏’”的文学观念的基础上，吕进将这种“破坏”具体概括为两方面，即“破坏”词义、“破坏”语法，并认为：“破坏”的结果，产生了特殊的语言，中国人称为“诗家语”，西方人叫做“poetic diction”[2]。《论新诗语言的精炼美》一节里，吕进将通向精炼美的途径概括为“选词的独特性”、“词的组合的独特性”、“句法的独特性”三种[3]，其实正是在论述诗家语生成的几种方式。

作为国内第一部“现代诗学”论著，吕进《中国现代诗学》的学术价值不言而喻，这部著作中的大量篇幅都可以说是围绕“诗家语”来立论的。第四章《抒情诗的艺术媒介》曰：“诗没有现成媒介，它只好向一般语言借用艺术媒介。诗的创作就是诗美体验与一般语言的碰撞，碰撞的目标是使内在符号和外在符号相和谐。”[4]“所谓诗的语言方式，就是诗独特的用词方式、语法规范和修辞法则。具体说来，一般语言在诗中成为内视语言，灵感语言，实现了（在散文看来的）非语言化、陌生化和风格化。”[5]“内视语言”，“非语言化、陌生化和风格化”正是“诗家语”的基本特征。第五章《抒情诗的媒介特征（上）》，吕进主要论述抒情诗的“音乐性”问题，他认为：“新诗的音乐性包括内在音乐性和外在音乐性两个层次。”“内在音乐性是指诗情呈现出的音乐状态。音乐表现内心生

---

① 吕进：《中国现代诗学》，《吕进文存》（第二卷），第150页。

② 同上，第166页。

③ 同上，第175–178页。

④ 同上，第322页。

⑤ 同上，第327页。

活，并凭借最不便于造成空间形象的声音直接渗透到鉴赏者的内心。诗也是内心艺术，虽然它比音乐更带明确性和具体性。情绪的强烈起伏形成新诗的内在旋律。”① 第六章《抒情诗的媒介特征(下)》中，吕进着重阐释了抒情诗的“弹性”特征，他指出：“诗的弹性包括词语弹性、句构弹性以及由语言创造的意象弹性。”②“诗篇弹性的炉锤之妙，全在事物之间、情感之间、物我之间在语言上的联系和重叠。”③ 吕进还深刻地指出，诗的弹性是创作现象与阅读现象的统一，“诗的弹性是一种创作现象”。“诗人的诗美体验和笔下的诗句（意象、意念）总是出现不对称性。……诗人在写作中总是这样：他表现什么，并不就写什么；诗人写什么，并不就是在表现什么。这就是所谓的意指错位。错位，可以将抽象的心灵体验具象化，而具象化就给了诗减少可述性、增大可感性的机会，也给诗摆脱文体局限的机会，同时也给诗带来了弹性。”④ 同时，“诗的弹性也是一种鉴赏现象。诗人只把自己的诗篇看做诗美创造的阶段性成果。他同样看重下一个阶段性使命——让诗篇将读者变为合作者，变为半个诗人。诗篇以弹性技巧有意地给读者足够的鉴赏暗示，怂恿读者到‘象外’、‘意外’、‘言外’、‘诗外’等诗句之外的弹性天地里漫游”⑤。吕进所阐释的抒情诗的音乐性与弹性等诗学命题，无不是对“诗家语”所具有的美学特征的高度概括和精彩剖析。

此外，《诗家语：一种特殊的言说方式》、《“诗家语”的审

① 吕进：《中国现代诗学》，《吕进文存》（第二卷），第339页。
② 同上，第345页。
③ 同上，第347页。
④ 同上，第350页。
⑤ 同上，第351页。

美》、《论“诗家语”》[1] 等论文，也分别从不同角度，对“诗家语”之要义进行了集中阐释。由此可见，对“诗家语”的思考与阐发，贯穿着吕进学术生涯的始终，甚至可以说，“诗家语”已然构成了吕进诗学体系建构中最为关键、不可或缺的理论基石，构成了吕进诗学话语的核心范畴。

二

语言之于诗歌，其意义极为重大，这在中外诗家那里已是共识。宋人欧阳修语曰：“诗家虽率意，而造语亦难。若意新语工，得前人所未道者斯为善也。”（《六一诗话》）足见其对诗歌中独特语言之看重。德国人弗里德里希说：“语言的最高作用力是诗歌”[2]，并认为“诗歌是一种偏远的建筑”[3]，毋庸置疑，这“建筑”的基本材料正是“语言”。诗人诺瓦利斯甚至用带有神秘主义色彩的话语表述道，在一首诗里，“每个词都是召唤”[4]。因此我认为，吕进始终以“诗家语”为诗学关键词，来展开自己的理论言说，这既是诗评家具有的敏锐学术洞察力的生动体现，也是他对新诗本源性问题和理论内核有着深刻理解与独到发现的具体反映。

“诗家语”观已经在吕进的论文与著作中得到了系统和深入的阐发，那么，我们该如何理解这一诗学观念的理论内涵呢？在我看来，吕进“诗家语”观的理论内涵，主要体现在这样几个方面：其

---

① 三篇论文分别发表于《重庆邮电学院学报》2005 年第 1 期，《人民日报》2010 年 11 月 16 日，《文艺研究》2014 年第 5 期。

② 胡戈·弗里德里希：《现代诗歌的结构》，李双志译，南京：译林出版社，2010 年，第 114 页。

③ 同上，第 126 页。

④ 转引自胡戈·弗里德里希《现代诗歌的结构》，第 29 页。

一，新诗的文体个性。在论述“诗家语”之于新诗关系时，吕进常常将散文语言与诗歌语言两者相提并论，在比较中鉴别出“诗家语”的独特性来，他说：“文学语言有两种：散文的和诗的。虽然二者都来源于生活语言，它们又有很大区别。我国古典诗论将诗歌语言称为‘诗家语’，指出它与散文有别，这颇有见地。一般地讲，散文语言是叙述语言，理智语言；诗歌语言是抒情语言，灵感语言。前者因此更接近生活语言，而后者则是生活语言的更高程度的升华，是散文语言的加强形式。”① 将散文与诗歌两种文体的语言形式纳入到一起加以观照，是较能说明“诗家语”的审美特性，从而清楚地认识到新诗作为一种特定的文学文体在语言运用上的不寻常之处的。与此同时，吕进始终强调“诗家语”对于建立新诗艺术个性的重大意义，某种程度上也体现着诗评家对新诗近百年发展历史的独特理解与深度反思。我们知道，新诗是在胡适“有什么话，说什么话；话怎么说，诗怎么写”的审美约定上生成并发展起来的，胡适的观念对于诗人放开手脚大胆创作起到了极大保障作用，但在一定程度上也使得中国新诗长期未能摆脱诗意单薄、诗性不足的痼疾，吕进指出：“在语言上，胡适在新诗初期提出‘诗国革命何自始，要须作诗如作文’。其实，这样的设想意味着中国新诗在艺术的真正革命并没有开始。它给初期新诗创作和新诗理论建设带去迷茫，类似主张的后遗症是忽视新诗形式的理论建设和忽视新诗媒介学的意义，于是，新诗与散文的分界模糊了。”② 意思是说，按照胡适的诗学设想，新诗将与散文一直混淆在一起，不能凸显出自我个性来。在此基础上，吕进反复强调“诗家语”的重要性，正

① 吕进：《新诗文体学》，《吕进文存》（第二卷），第174页。

② 同上，第172页。

是要突出新诗在形式和媒介上的独特性，突出新诗所具有的文体个性，以补救胡适当年的理论过失，从而将新诗创作迅速拉回到正确的轨道上去。而吕进等批评家在21世纪之初极力倡导的“新诗二次革命”论，某种程度上也可看做是其一直坚持的“诗家语”观自然催生出的学术成果。

其二，新诗创作的美学要诀。诗歌创作的过程，就是从“寻思”到“寻言”的艰难过程，即将自己对于宇宙人生的深切体验与感受梳理清楚，然后用诗化的语言将这种体验与感受表达出来，“诗人在‘忘言’中寻思，在寻思之后还得重新寻言”①，如果说体验与感受是诗歌创作的基础与前提的话，那么，寻找到恰切的“诗家语”来表情达意则构成了诗歌创作中最关键的一环，也就是催生诗歌的艺术要诀。那么，如何在诗歌创作中让简明有效的“诗家语”浮出水面呢？吕进提出了“清洗”与“选择”两种路径。在《论“诗家语”》中，吕进指出：“诗歌创作的基本要义是黑格尔所说的‘清洗’。诗的内蕴要清洗，诗家语也要清洗。诗是‘空白’的艺术，清洗杂质是诗的天职。体验世界常常是说不出的，高明的诗人常常善于以‘不说出’来传达‘说不出’。”② 阐明了“清洗”的重要意义之后，吕进接着又着重分析了诗歌创作中的两种清洗方式，即“时空清洗”与“形象清洗”，并征引臧克家、艾青、徐志摩等人的诗作来具体说明。创作“诗家语”的另一路径是“选择”，吕进认为：“在清洗的同时，建构诗的言说方式就要从一般语言中进行诗意的选择。”③ 那么诗意选择的方式包括哪些呢？吕进

① 吕进：《论“诗家语”》，《文艺研究》2014年第5期。
② 同上。
③ 同上。

重点分析了三种方式，即“词的选择”、“词的组合的选择”、“句法的选择”等①。由此可见，吕进的“诗家语”观，一定程度上为新诗创作提供了某种具有操作性的诗学方案。

其三，新诗的价值评判标准。客观地说，新诗并没有形成一种永恒不变的审美标准，这是因为：首先，新诗所要表现的现实生活是纷繁复杂的，它呼唤着多种多样的艺术表达，各种艺术表达也因此获得了存在的合法性；其次，人们的审美趣味是多种多样的，对新诗文体可能的认识也将是各自不同的；第三，文学的本质也是多元化的，并不存在唯一性，这也决定了文学语言的多样性。不过，对于发展不足百年的中国新诗来说，又必须建立一种相对稳定的价值批判标准，用以规范其创作和批评秩序。从这个角度说，吕进的“诗家语”观，正是为中国新诗的价值评判提供的一种切实可行的审美标准。吕进认为，新诗应该具有“音乐美”、“精练美”、“弹性”等艺术优长，并说“音乐美是诗歌语言与非诗语言的主要分界”②，“新诗语言以它的精练作为与生活语言的主要区别之一”③，“一与万，简与丰，有限与无限，是诗家语的美学。诗人总是两种相反品格的统一：内心倾吐的慷慨与语言表达的吝啬。弹性是诗对其他文学样式的明显优势，是诗的能量与生命的显示。”④ 以吕进的“诗家语”观作为新诗衡量尺度，我们可以得出结论说，好的新诗应该是具有“音乐美”、“精练美”、“弹性”的诗歌，也就是以“诗家语”为基本的美学材料而构建起来的内容与形式和谐统一的诗歌。

---

① 吕进：《论“诗家语”》，《文艺研究》2014 年第 5 期。
② 同上。
③ 吕进：《新诗文体学》，《吕进文存》（第二卷），第 181 页。
④ 吕进：《论“诗家语”》，《文艺研究》2014 年第 5 期。

其四，新诗鉴赏的基本立足点。从《新诗的创作与鉴赏》这第一部专著开始，吕进的诗学言说和理论建构都是将创作者和阅读者公共纳入观照视野的，都体现着诗歌创作学和读者反应批评二者的统一，他的“诗家语”观自然也不例外。在吕进看来，“诗家语”既是诗人创作过程中必须努力寻找和探求的独特话语方式，也是读者阅读和欣赏诗歌时重点关注的地方，“在诗这里，诗歌语言会不断提醒人们主要应注意自己的存在，赞叹自己的美丽：诗不是情感的‘露出’，而是情感的‘演出’；读诗，其实主要就是读诗的语言”①。尤其是对“诗家语”所具有的弹性特征的体味和领悟，读者阅读中的再创作发挥着不可忽视的作用，“诗的弹性有时也来自读者的创造。和其他文学作品的受众不同，诗歌读者在文化素质、艺术修养上的要求要高得多，被称作是‘半个诗人’。诗篇大于诗人。有时候，诗人无意于弹性技巧，诗篇却因为遇到读者饱满的想象力而饱满起来，诗篇在读者的鉴赏活动中获得比诗人的抒情初衷更大的内涵。扩展地说，不同鉴赏者的不同审美规范的交替带来了诗义的更大丰富”②。

其五，新诗的本体论建构。之所以吕进的诗学言说中，对“诗家语”的阐释占据了很大的篇幅，是因为诗评家不只是从表现论的层面来分析新诗的审美现象，更是从本体论的角度来言说新诗的语言形式特征和特定艺术功能的，换句话说，吕进是将新诗中的“诗家语”作为主要的诗学内核，来建构新诗本体论的。在谈论“新诗的文体自觉”时，吕进深刻地指出：“内视点和语言的超常结构规定着诗的文体可能性。因为是内视点文学，所以诗的历史反省功能

---

① 吕进：《诗家语：一种特殊的言说方式》，《重庆邮电学院学报》2005 年第 1 期。

② 吕进：《论“诗家语”》，《文艺研究》2014 年第 5 期。

不如散文。诗只能以它对时代的情感反应证明自己的优势。因为是语言的超常结构，所以诗必须具备音乐性和弹性，只有在这个轨道上才能谈诗歌语言的风格化与个性化。”① 吕进的意思是说，诗歌语言的超常结构，以及由此生成的音乐性和弹性，构成了诗之为诗的内在根源和先决条件，“诗家语”为诗歌的文体独特性提供了可能性保障。

三

判断一种学术理论的合理性和有效性，不只应根据它的自圆其说的体系化和逻辑推衍的缜密性等条件，还应根据它所体现出的现实针对性，亦即根据其对认识和理解当下所具有的指导意义和启发作用。从这个意义上说，吕进诗学无疑是具有极大的理论说服力的，因为仅就“诗家语”这一观念的阐发来看，吕进就已建构出一个较为完备的话语系统，与此同时，对于准确认识和深入理解新世纪诗歌的美学特征以及存在的问题而言，吕进的“诗家语”观也提供了不乏启发和指导作用的理论资源。

不言而喻，历时近十五年的新世纪诗歌，已经取得了非常卓越的成就，这一时段的优秀诗人之多、优秀诗作之盛，着实是令人惊叹的。新世纪诗歌巨大成绩的取得，其原因是多方面的，既得益于新诗近百年的艺术积淀，也得益于开放多元的社会文化环境，还与21世纪以来诗人们知识素养的日益提升和诗歌视野的不断开阔等不无关系。在新世纪诗歌中，口语写作一定程度上成为了这一时期诗歌创作的主潮，正如女诗人安琪所说：“新世纪以来中国诗歌在

① 吕进：《新诗文体学》，《吕进文存》（第二卷），第172页。

口语写作上得到了充分的发展，恍然间已压倒书面语成为主流。”[①] 不过，口语写作犹如一把双刃剑，其功过是非无疑是各占一半的，它既激活了新世纪诗歌的创造活力，丰富和扩大了“诗家语”的领地，并催生了不少优异作品，也引发了新世纪诗歌口水泛滥、诗性贫弱、文体自觉减退等多种诗歌痼疾。对于口语诗歌的成绩和优势，有不少学者曾撰文进行过总结，此处不赘述。而对口语诗歌存在的问题，我们如果以吕进的“诗家语”观作为理论武器，就能既探知到这些问题的病源，还有望找到疗救的有效对策和方案来。

21 世纪以来的口语写作存在的问题有不少，粗略地说有以下几种：第一，日常语与诗语的严重混淆。一些口语诗人不顾诗歌的文体规范，将大量不符合诗歌资格的语言简单堆砌于诗章之中，造成了口语与诗语的混淆，造成了口语在诗歌中的泛滥，于是乎，我们看到，肮脏的骂人之语、不堪入目的性事之词都堂而皇之地入得诗来，中国新诗一时间成了垃圾的容留场、成了浊物的集散地，诗语的泛化导致了诗歌高贵精神品质的失落，这是口语写作的语言痼疾所造成的显著负面效应。此种情势下，吕进反复强调的诗人独特的言说方式即“诗家语”形式对我们认识和纠正新世纪诗歌的语言弊端显然是有极大助益的。吕进认为，诗人在创作中使用的这种“诗家语”，“来自一般语言，又高于一般语言。它们‘言在意外’，‘计白为墨’，比一般语言更精炼，容量更大，张力更强，留给读者的想象空间更宽”[②]。从这段阐释之中，我们不难理解到，所谓“诗家语”一定不是日常语的直接搬用，相比日常语，诗家语具有四个突出的特征：一是精炼性。也就是比日常语更精致，更简练，

---

① 安琪：《新世纪以来中国诗歌现状考察——答〈诗潮〉五问》，《诗潮》2012 年第 9 期。

② 吕进：《毛泽东的“新体诗歌”观》，《重庆社会科学》2004 年第 10 期。

删除了日常语的粗糙和冗杂，直现语言的意义指向功能。第二，容量大。诗家语是对日常语的加工和提纯，自然有着日常语难以比拟的思想和感情容量。第三，张力强。同日常语与现实生活的一体化相比，诗家语与现实生活本身存在着适当的距离感，诗中语词之间也存在很多的省略和空白，因此呈现出强烈的张力。第四，有宽阔的想象空间。诗家语讲究的是吞吞吐吐，讲究的是欲言又止，它只对读者说出冰山一角，而让读者发挥自己的联想与想象力，去构建出整座冰山来。对于口语与诗家语的关系问题，吕进也做过精彩的论述，他指出：“口语是可以入诗的。但这是经过诗的艺术处理的口语，这是注入了诗美灵魂的口语，这是‘诗家语’的口语。拒绝诗化加工的‘口语诗’实际是‘口水诗’，放弃了语言的提升，拒绝了诗的美质，最后把诗变成了非诗。”① 这就是说，如果口语诗人在使用口语入诗时，应充分考虑新诗的文体特征，考虑新诗的审美规范，对日常口语有所取舍，有所淘洗和拣择，这样才能避免新诗创作中的口水泛滥，否则，口语诗就将变成“口水诗”，新诗就将变成“非诗”。

第二，诗性与诗意的寡淡。当下的不少口语诗歌，由于不加选择地直接铺排了日常话语，表面看来是还原了日常生活场景，但从美学角度来看，这些诗不过是“分行的说话与说话的分行”（陈仲义语），其诗性与诗意无疑是不充足的。我们可以伊沙诗歌为例，伊沙的早期诗歌，例如《车过黄河》、《饿死诗人》、《结结巴巴》等，尽管也属于口语诗歌，不过由于是在一个文化转型的历史背景下应运而生的，因此有着独特的诗意内涵。但他的近期之作，却多存在缺乏诗性和诗意的弊端，例如《崆峒山小记》，这首被南京汉

① 吕进：《毛泽东的“新体诗歌”观》，《重庆社会科学》2004 年第 10 期。

诗中心评为“2007 年庸诗榜”第一名的口语诗作，就是典型的缺少诗性之作。全诗为：“上去时和下来时的感觉/是非常不同的——//上去的时候/那山隐现在浓雾之中//下来的时候/这山暴露在艳阳之下//像是两座山/不知哪座更崆峒//不论哪一座/我都爱着这崆峒//因为这是/多年以来——//我用自己的双脚/踏上的头一座山”。在这首诗中，除了“隐现”、“暴露”这两个词语具有某种“诗家语”味道外，其余的词语和句子都几乎是情采单调、意义贫乏的日常话语的排列，因此整体上说，这首诗的诗意和诗味是欠缺的。伊沙的这首诗，可以看做当下为数不少的口语诗歌的一个缩影。深究起来，造成新世纪诗歌诗性的贫弱与诗意减退的主要原因，恐怕也是口语诗人对诗歌艺术规定性的重视不够，对“诗家语”的使用不力所导致的。基于此，我认为，吕进“诗家语”观中反复论述的诗歌语言的音乐美、弹性和精练美等特征，是可以为纠正新世纪诗歌的上述弊端提供某种行之有效的警示和促进作用的。

第三，诗人的形式感淡薄，文体意识欠缺。作为有意味的形式，诗歌的文体个性是最为突出的，其形式特征也最为鲜明，成功的诗作通常都是诗人对诗歌这种文体所把持的确切的形式感和自觉的文体意识等的直观反映。不过，在新世纪诗坛，一些口语诗人对诗歌这种文体缺乏必要的审美自觉，也不考虑新诗区别于其他文学样式的独特形式要求，随意组合日常话语，没有一定的章法和持续，以至于诗歌的结构散乱，语言平庸，诗质低劣，被人们广为诟病的“梨花体”、“羊羔体”、“废话体”、“乌青体”等即是明证。要想解决新世纪诗歌存在的这种形式感不足、文体意识欠缺的弊病，重温吕进的“诗家语”观是必要的。吕进是极力主张诗人要具有强烈的形式感和明确的文体意识的，他曾说：“没有形式感的诗人绝对不是优秀诗人。”① “诗人没有文体自觉，就很少可能在诗歌史上站稳脚跟。”② 而他对“诗家语”的异常看重和反复强调，正是在这种突出的形式感和文体意识的审美要求下而进行的理论阐发。由此我们不妨说，只有对新诗保持明确的形式感和突出的文体意识，才有可能让自己的诗歌创作呈现出“诗家语”来，反之亦然，只有以使用“诗家语”为诗歌创作的基本原则，才能让新诗的独特形式艺术和文体特征得到彰显。

综上可知，对于深入我们认识新世纪诗歌的历史现状、用以纠正某些艺术偏颇而言，吕进的“诗家语”观是有较大的借鉴价值和指导作用的，它的当代诗学意义是极为突出和显在的。

---

① 吕进：《守住梦想——我的学术道路》，《东方论坛》2008 年第 6 期。

② 吕进：《新诗文体学》，《吕进文存》（第二卷），第 173 页。

“网络诗歌”的语言特性

赵金钟[①]

一

进入21世纪以来，利用互联网络进行创作或发表诗歌作品的现象十分活跃。学术界或网络界一般称这类诗歌为“网络诗歌”，也有人称之为“网络体诗歌”[②]或“新媒体诗歌”[③]。这是一种参与者众、发展迅猛的诗歌门类。它的出现是诗歌传播史上的一次深刻变革，“在改变了诗歌传播方式的同时，也改变着诗人书写与思维的方式，并直接与间接地改变着当代诗歌的形态”[④]。它给诗坛带来的冲击力不啻为一次强力地震，令人目眩，甚至不知所措。

---

① 赵金钟：岭南师范学院人文学院教授，岭南师范学院学报常务副主编。

② 桑克：《互联网时代的中文诗歌》，《诗探索》2001年第1期，第1–2页。

③ 吴思敬：《新媒体与当代诗歌创作》，《河南社会科学》2004年第1期，第61–64页。

④ 同上。

诗歌是一种语言艺术，而网络写作这种临屏书写模式首先就给诗歌语言带来了前所未有的冲击。赞成也好，不赞成也好，语言在"网络诗歌"写作中已经发生了"翻天覆地"的变化。这种变化"搅乱"了传统媒体业已形成的语言传统，并以狂奔的姿态与速度带领诗歌语言滑向新的"领地"，直至形成新的审美体系。对之进行总结、概括或定性判断都还为时过早。我们唯一能做的，似乎是根据现有的资料和认知对其作感性的描述。

网络是一个极其自由的场域。它的匿名性和虚拟性创造了一个"去中心"或"多中心"的民主意识形态空间，以让写作者自由地临屏徜徉。所谓"去中心"，就是消解主流（官方）媒体的话语霸权或意识形态霸权；所谓"多中心"，就是泛中心，人人都是"中心"。二者是同一生命体。网络作为巨大而自由的言说空间，为诗人存放或呈现真实的心灵提供了广阔无边的平台。这一写作环境给予写作者空前的"自主权"，使得写作真正实现了"自由化"。所以，我们讨论"网络诗歌"不能忽视"自由"二字。"自由"是网络诗歌的关键词，是其生成的外在条件，也是其赖以生存的内在精神。"自由性"是网络诗歌的灵魂，自然也是我们把捉其语言个性的钥匙。从"自由性"出发，我们似乎可以对网络诗歌语言的特性作如下概括：个性化、原生性、生活化。这是网络诗歌的语言特征，是其为诗歌创作带来的新元素。

在展开论题之前，我们还需要为网络诗歌做些"正名"工作。在一般的认识里，网络是一个大众狂欢的"染缸"，参与者不断地变换着身份在其中打转、欢滚、撒泼。网络诗人作为其中一群极为活跃的分子，身上自然也难脱"染缸"的污浊之气。诚然，这种现象的确存在。但我们似乎也不能忽视这样一个同样存在的现实：这一拨儿人在"狂欢"时选择了诗歌这一载体。接着的问题是：他们为何选择这种载体？这一载体为他们的狂欢带来了什么便利？人是一种“目的”动物，其一切活动皆有所求。所以，如果从“带来了什么便利”来求解，便难以得其解。因为诗歌是一种“弯弯绕”艺术，拙于说理、辩论或谩骂，十分不利于网上做生意、说事理或谈情说爱、打架吵嘴。从这一角度出发，它一无所用。那么，为什么还有人乐此不疲地以它为工具“欢滚”于诗坛呢？很显然，只有一种可能能够帮助我们进行解释，即：这些人身上还有着诗歌情结。正是这种“诗歌情结”潜在地规约着他们的言说取向与表达方式。舍此而无它解。这种“情结”使得他们选择了诗人的身份认同，从而也即选择了“精英”之路，虽然他们的现实处境使得他们不被统归于“精英阶层”，但“可以这么说，网络诗人是文化精英群体中的民间人士和民间的文化精英组成的边缘化群体”[①]。显然，现实的处境，不能泯灭这一群体作为“精英”的客观存在。

二

由上可知，“自由性”是网络诗歌的重要诗学特征。这一特征来自于其以网络和博客为主要活动场域的写作环境。“诗歌，这个从来以彰显人类自由精神引以自豪的文学样式，在网络的空间里又一次走到了时代的最前端。”[②] 进入21世纪以来，网络尤其是博客业已成为诗歌书写与传播的重要媒介。网络的虚拟性和宽松性，给诗歌的发表带来了空前的便利，自由、开放的发表空间极大地激发

---

① 张晓卉：《网络诗歌主体的退隐与主体性的消解》，《广西民族大学学报》（哲学社会科学版）2007年第1期，第164-168页。

② 蓝蝴蝶紫丁香：《论中国网络诗歌的自由指向》［EB/OL］. http://www.tianya.cn/publicforum/Content/poem/1/91883.shtml.

了诗歌写作者们的写作欲望。金铃子曾回忆道："2005 年 8 月 6 号的下午，我在百度里输入两个字'诗歌'，出现了一个网站，中国诗歌网。我当时非常惊讶，还有这么多人在写诗。仿佛一条即将干枯的河水，一下子来到了大海。"① 由此可以看出，网络给金铃子们带来多么大的震撼与惊喜。它似一股强烈的光束激活了诗人沉睡的潜质，撞开了其诗歌创作的闸门。网络（博客）无限大的空间（这是纸媒无法比拟的）和无限自由的发表权力（不再经过投稿——审稿——编辑改稿——主编定稿——印刷出版或编辑退稿等环节），极大地解放了诗歌生产与消费能力，在使诗歌创作数量成倍增长的同时，也给诗歌的写作与批评带来了前所未有的自由。——"我说了算"改变了传统写作与发表的路径，从而给诗歌带来了真正新的自由品性：这种自由，既是灵魂的自由，又是表达的自由。

极端自由化也即带来了极端个性化。所以，网络诗歌的自由性又转变成了个性化。诗人们大胆地写一己之私，一时之悟，一地之快；也写众生之苦，国家之幸，社会之杂。所以，不要一味地否定网络诗歌的社会担当。虽然它在这方面远不及平媒诗歌，但是诗歌里所流露或强调的现代人的生命投射则是不应该被忽视的：

检验单展开 / 有一句话念出声来：/"白细胞密布，/可见白细胞成团" / 咔咔你笑了 / 哦 / 要感谢白细胞啊 / 这些傻 B 白细胞 / 之后，你想了想 / 英勇地牺牲在 / 各条战线上的人们 / 以及所谓人间黑白正邪 / 最后想了想自

① 金铃子：《我只信任一种存在——诗歌》，毕光明、李少君、张德明主编《新红颜写作及其争鸣》，海口：南方出版社，2010 年，第 161 页。

己 / 写诗多年的自己

——李晖 2080：《感谢傻 B 白细胞》

这首诗有着明显的后现代主义色彩：反讽、反仿、娱乐化、消费性以及无深度等。诗人以一种略带调侃、游戏的口吻取消雅俗的二元对立，进而达到消解主题的严肃性的目的。这是后现代主义反叛古典主义和现代主义，消解中心、解构意义价值观的体现。不过，剥去这些表象，单从取材角度和情感取向来看，这首诗歌还是较为清晰地表现了对于生命价值乃至人类某种崇高性的思考。而一句“傻 B 白细胞”，除了显示些许亲昵或温柔之外，则标举着强烈的个性色彩。

冷面狗屎的诗《鸟》只有两个字：“飞了”。它让人想起北岛的诗《生活》，二者都凝聚着诗人独具个性的诗性体验。这首诗当年贴在网上时，被版主删除了，惹得冷面狗屎愤愤不平，嚷嚷着“我的《鸟》为什么不能一声不响地飞了？”是啊，诗是一种高度个性化的物种，它写“鸟”或写“猪”、“狗”，为什么一定要洋洋洒洒地描绘或抒情呢？自然，诗也可以洋洋洒洒地描绘和抒情。但三言两语，让“鸟”作智性的、空灵的、无声无息的“飞”，不也同样有味道么？在欣赏够了各种诗文中的“鸟”的各种飞翔姿势和作者们的各种铺叙点拨之后，品味一下它的无声的“飞”，不是别有一番滋味在心头么？其实，跟“文”（含散文、小说等）比，“诗”更看重内情的展示，看重结构上的化博为精、化散为聚，看重将“距离”截断之后的突然顿悟。因为“人们要求的是在极短的时间里突然领悟那更高、更富哲学意味、更普遍的某个真理。这可以是诗人感情的果实，也可以是理性的果实。诗没有果实，只有

'精美'的外壳(词句、描绘)是一个艺术上的失败。"① 无独有偶,OOOV 的诗《花》也异常的短:

枯萎中/请绕行

这一首短诗得到了冷面狗屎的激赏:"就此诗而言,对于有感知的同志,评论是多余的;对于无感知的同志,评论是多余的;对于若有所感的同志,评论是多余的。反正我的感觉是真好!"②

并不是说,只有短诗才富有个性,长诗中同样不乏个性味十足的作品。这是网络诗歌的优势所在。这些"个性"既有语言运用上的,也有取材上的,更有观察或表现角度上,不一而足。如口猪的《新中国》,从1949年一直写到2002年,一年不落:"一九四九年/一九五零年/一九五一年/一九五二年/一九五三年/一九五四年/一九五五年/一九五六年/一九五七年/一九五八年/一九五九年/一九六零年/一九六一年/一九六二年/一九六三年/一九六四年/一九六五年/一九六六年/一九六七年/一九六八年/一九六九年/一九七零年/一九七一年/一九七二年/一九七三年/一九七四年/一九七五年/一九七六年/一九七七年/一九七八年/一九七九年/一九八零年/一九八一年/一九八二年/一九八三年/一九八四年/一九八五年/一九八六年/一九八七年/一九八八年/一九八九年/一九九零年/一九九一年/一九九二年/一九九三年/一九九四年/一九九五年/一九九六年/一九九七年/一

---

① 郑敏:《诗歌与哲学是近邻—结构——解构诗论》,北京:北京大学出版社,1999年,第24页。

② 冷面狗屎:《网路诗典》(四)[EB/OL]. http://www.heilan.com/wanglushidian/4.htm.

九九八年/一九九九年/二零零零年/二零零一年/二零零二年”——这样的诗，我们自然很难说是好诗。但从取材与表现的角度来看，倒颇有些个性化色彩。它虽然玩了一把形式主义，但因为冠上了一个“新中国”头衔，似乎又给了人们一根隐隐可思的游丝。同时，它还让我们感觉到，不着一字主观之评价，也可以尽显诗人胸臆之风流。

当然，过度自由也带来了麻烦：一些诗人任马游缰，信手写来，又使得他们的诗作常常在艺术与责任上双重失范。这不是自由的错。但它提醒诗人：艺术的真正自由不是“无边界”，而是在有限中创造无限，在束缚中争得自由。自由的应是创作环境与创作心态，而不是创作本身。

三

网络诗歌的第二个诗学特征是“原生性”：非理念性，非概念化；诗人们从生命体验出发，写出有感性色泽的句子，活鲜而不陈腐，自由而不矫情。正如吕布布所说：“我写下的每一首诗，都是我要倾诉给我爱着的世界的礼物。”① 这让我们想起了20世纪30年代，胡风对田间的肯定。在一些人嘲笑、批评田间的时候，胡风力挺他，说他是“创造自由体诗的最勇敢的一人”，“勇猛地打破了形式主义的作者”。胡风这样说，除了欣赏田间的诗能够做到自己的情感与所写对象的高度融合之外，就是“田间君底字汇和句法含

---

① 吕布布：《诗本质》[EB/OL]. http://blog.sina.com.cn/lvmomo:2010-05-10.

有野生的健康色泽"[①]。这种"野生的健康色泽",强调的就是语言的"原生性"。胡风的话虽然过去了七八十年,但今天依然闪闪发光,灼人耳目。

20世纪80年代以来的诗坛上,理念化、概念化、公式化的现象一直存在,有时还相当严重。其突出表现是先发口号,抛出创作理念(或宣言),再依样画瓢,进行创作。这类创作不是从生活感受出发,而是从贩来的理念出发,是典型的"理念先行"。所以,理念与创作始终是两张皮,那些曾经激动过他们的"理念"依然只是激动着他们自己,而丝毫未能走进阅读者的心中。网络诗歌没有这种陋习,它带给人们的常常是欣喜。

我发现荒凉
是从四周逐渐围拢的
像潮水冲击着孤岛
一只鸟都不曾栖息

深夜的荒凉呵
到处奔跑的风
没有一棵树肯为它摇摆

——刘小雨《荒凉》

这是山西小诗妹(刘小雨)笔下的"荒凉"。发自于生命体验的原生性语言,将诗人在某一时刻所感受到的"荒凉"连根拔起

① 胡风:《田间底诗》,《胡风评论集》(上),北京:人民文学出版社,1984年,第407-408页。

(那从四周拢来、直逼人心的“荒凉”活生生地“立”在我们面前),非常质感,非常感性。这种原生性的语言所带来的直观性与冲击力比那种苍白的概念演绎不知要强多少倍。金铃子的诗歌也颇具这种“原生性”。这一点有别于当下的男性写作,也有别于以前的女性写作:“宽恕我,因为我爱得太多/我要做你的朋友,你的女人,你溢满的水/你智慧的那一页孤独”——《越人歌》一开篇,一个“第一性”的“我”便站在了纸上。“我”是主动者、索要者、施加者,而不是被动者、接受者、受施者。这种直白的宣言昭示出新时代女性独立的价值观。理论上,这些新女性接受了西方女性主义批评或女权主义思想的影响,但同时也继承了中国传统的伦理观念和价值体系。所以,她们的诗歌总有一种清晰的“中和性”,一种基于独立的女性视角和女性体验而诞生的浓厚的“原生”气息。

原生性的语言来自于原生性的体验。这是网络诗人的民间性与草根性身份所决定的。他们不是社会的主导者,不是有产阶级,也不是体制内的文化精英,他们多身处底层,对生活的艰辛有切身体会。所以,他们是真正的底层写作者,也是真正的“民间”。因此,他们对那些打着“民间”的幌子捞名逐利的“假民间”有着天然的警惕与鄙视:“别以为‘民间’被叫嚷得漫天乱飞就预示一个健康自由的文坛秩序要到来了,这里的‘民间’只是帮派攻讦的一张牌、一个论战据点而已,持牌者的民间身份早TMD在他们强奸‘民间’的过程中自我取消了。”“如果真有一个‘民间’存在于我们的视野,我说这个‘民间’在网上。”①

① 冷面狗屎:《网路诗典》(二)[EB/OL]. http://www.heilan.com/wanglushidian/2.htm.

不要问我沉睡之外弥漫的是什么？那些红色的棋子 / 或者豁嘴的星。它们不是，也不是妖精布置下的迷香 / 只有风吹城镇，酷似某个春夜 / 红色的石榴突然绽放 / ……这都是梦和纯美的一个片断 / 人不是人，神不是神 / 只有沉睡像个巨大的阴谋，像一匹白色虚妄的 / 布，抖开，忘了人间

——浪打郎《妖精之歌》

我希望我将来的老婆 / 有鼻子 / 有嘴巴 / 还有乳房 / 千万别像周星驰那样 / 是个男的

——邝贤良《我希望我将来的老婆》

《妖精之歌》是一首相当不错的诗。它有着巨大的张力和空灵性。一句"只有沉睡像个巨大的阴谋，像一匹白色虚妄的 / 布，抖开，忘了人间"，已足可以让其不朽：沉睡——阴谋——布，逐层叠加的比喻性意象，让"妖精"（实乃"沉睡"）的魔力活灵活现。《我希望我将来的老婆》则相对逊色，但它给予我们的原生态感觉还是蛮不错的。这一首诗，我之所以把它"捞"出来，原因也在这里。那一句"千万别像周星驰那样 / 是个男的"，充满了机智和幽默。源于"周星驰"的铺垫，即把诗的想象之网悉数打开。没有这一句，则整首诗就成了废话堆积场。

实际上，网络上的好诗并不多，许多诗都是废话堆积场，整个网络更是个大的堆积场。如："花间一壶酒，独酌无相亲。/ 举杯邀明月，对影成三人。/ 月既不解饮，影徒随我身。/ 暂伴月将影，行乐须及春。/ 我歌月徘徊，我舞影零乱。/ 醒时同交欢，醉

后各分散。/永结无情游，相期邈云汉。/这首诗是李白写的。”(乌青《月下独酌》) 这样的“诗”充斥于网络诗坛，是网络诗歌的一个十分尴尬的现实。

四

“生活化”或“日常化”，是网络诗歌的第三个诗学特征。这里的“生活化”，既是指网络诗歌写作贴近生活，表现生活的质感和生命，又是指写作是诗人们的生活内容，是他们为自己生产消费品的一部分，更是他们实现自我价值的重要途径。

在《1844年经济学哲学手稿》一书中，马克思首次把人的类本质规定为自由、自觉的生产活动，并明确指出：“宗教、家庭、国家、法、道德、科学、艺术等等，都不过是生产的一种特殊方式，并且受生产的普遍规律的支配。”① 在此处，马克思在将艺术活动看作一种生产的同时，又将它与政治、法律、宗教、道德等活动一同作为整个社会生产的一种特殊的精神生产形式加以论述。根据马克思对社会历史客观过程的分析，人类生活可分为物质生活与精神生活两大领域。为了满足自身这两种生活的需要，人类必然要从事物质的和精神的生产。同样的道理，网络诗歌其实也是网络写手们在为自己、扩展而为人类生产精神产品，并在这一生产过程中完成自我价值的实现。许多诗作者谈到了这一点。吕布布说：“诗表面的软弱，有时候也是它的强大，它退却到你的内心，在底线处发出声音，但却能帮助你生活，让你做个不同的人。”② 横行胭脂

① 马克思：《1844年经济学哲学手稿》，北京：人民出版社，1979年，第121页。

② 吕布布：《诗本质》[EB/OL]. http://blog.sina.com.cn/lvmomo:2010-05-10.

也曾谈到创作对于她的特殊意义："1993年遭受生活重创，年底第一次离开家乡，到了甘肃靖远。1994年回家乡短暂停顿，1995年再次离乡。从此正式开始了在西北的生活。如果生活稳定安逸，我也许与诗歌绝缘了。2004年学会了上网，看别人玩论坛，自己也很想把多年的奔走诉之于文字。经历了生活的很多打击和磨砺，再次写作，感觉到了庄严和凝重。"她还特别提到，写作使她多了一部分生活。"没有写作以前，我过着公众的晨昏。粗线条的生活。对世界的反应很简单，就是有一些金钱，一个比较稳定的男人，一个合理的家。写作以后，那些积淀的隐秘的孤独，不安，寻求，都爆发出来，生活的体积秘密地增大了。对世界的反应，不再只是冷暖，饥饱，夺取等浅层生存条件反射或竞技态势，而体验到了超越发肤，来自内部宇宙的震荡。"① 从这段文字中我们能够看出写作对于她的重要性。实际上，写作对于许多网络诗人，都是为了释放，为了交流，也是为了提升，为了自我实现。因此，写作成了他们生活的一个部分。网络诗歌是他们向世界发声或讨要生活的工具。

> 它有10个洞/大概是10个/小时候我经常看着它燃烧/但那时/我不知道/有个叫山西的地方/我也不知道/每个洞中的灵魂/发出的尖叫
>
> ——黑匣子《蜂窝煤》

> 那些年混浊的大眼睛/已经被他们/刺瞎了。我曾经试图毁灭的余生/被钓上来，保持着/鲜活，安静地躺在

---

① 横行胭脂：《发肤深情：关于诗歌的九点供词》[EB/OL]. http://blog.sina.com.cn/yanzhiguniang;2010-10-22.

> 餐桌/等筷子们捅,夹,或者咬,甚至撕掉。/懦弱。我没办法/让别人尊重,我贫穷/无助,就像生活的/某张选票,不能赞成不能反对/也不能弃权。
>
> ——斯人《弃权票》

这类较好的诗歌还有一些,比如人们常常提到的:张 4 的《冰》、竖的《石头剪子布》、木桦的《我被仰面抬进一座平房》、普珉的《一生》、余怒的《守夜人》等等。它们大都来自诗人的第一体验,是诗人们的"现场临屏"。它们以极简约的文字呈现着来自生活底层的真相。大量为往常诗歌所忽视或鄙视的形而下情状堂而皇之地进入诗的殿堂,生活里的吃喝拉撒成为诗的首选材料。"这些网络诗歌通过揭露阴暗场景,警示人们正视生活本身的真实;……通过体验时代变迁,透视中国诗歌发展的面貌。"①

但是,我们也切实地看到,有大量的网络诗歌充满着低俗、淫秽、暴力倾向,日常化变成庸俗化。诗作者"戏拟、恶作剧心理大量存在,诗的反文化、世俗化、极端个人主义倾向非常明显"②。大量的"卫生间诗"、"浴池诗"、"垃圾桶诗"以及"口水诗"、"废话诗"等被贴在网络平台上。一些网络写手为了博得点击率,消遣生活,提高知名度,使出浑身解数,"化身生产作品的机器,日夜开工",制造垃圾;有的出于同一目的,拉帮结派,互相谩骂,制造噪音。"他们对诗歌精神与人文关怀的不屑及因此引发的麻木,

---

① 任毅、朱瑜雯:《当下网络诗歌对诗歌精神的建构与解构》,《海南大学学报》(人文社会科学版)2008 年第 5 期,第 557-563 页。

② 王本朝:《网络诗歌的文学史意义》,《江汉论坛》2004 年第 5 期,第 106-108 页。

也导致了诗人自身及其作品中传统诗歌精神的支离破碎。”① 而被他们所涂抹或践踏的网络诗歌场，也变成了“新‘罗马斗兽场’”②，这是需高度警惕的。很多诗歌爱好者和专家学者呼吁清理、规范网络诗坛，引领网络诗歌健康发展。他们提醒诗人，不论科技如何进步，新媒体如何发达，“媒介只是媒介，诗则永远是诗”③。

① 任毅、朱瑜雯：《当下网络诗歌对诗歌精神的建构与解构》，《海南大学学报》（人文社会科学版）第2008年第5期，第557-563页。

② 陈仲义：《新“罗马斗兽场”——十年网络诗歌论争缩略》，《文艺争鸣》2009年第12期，第30-37页。

③ 吴思敬：《新媒体与当代诗歌创作》，《河南社会科学》2004年第1期，第61-64页。

宗白华的美学品格与小诗创作理念

张 昊①

在学科史上，诗学与美学向来是相互混融、相互渗透、相互影响的。而宗白华先生作为一位学贯古今、著作颇丰的诗学家、美学家，这种诗学、美学的圆融与统一在他身上表现得更为明显。一方面，他的诗学研究和新诗创作是其哲学、美学研究的一种自然延伸；另一方面，在具体的诗学研究与新诗创作过程中，其哲学、美学研究也得到进一步的深入与补充。这使得我们很难确化地分清其著述中的诗学成分与美学成分。如其所言："以前田寿昌在上海的时候，我同他说：你是由文学渐渐地入于哲学，我恐怕要从哲学渐渐的结束在文学了。因我已从哲学中觉得宇宙的真相最好是用艺术表现，不是纯粹的名言能写出的。所以我认为将来最真确的哲学就是一首'宇宙诗'，我将来的事业也就是尽力加入这首诗的一部分罢了。"② 可见，对宗白华来说，他的新诗创作不仅仅是其哲学、

---

① 张昊（1987－），河北新乐人，重庆通信学院人文教研室教师。

② 宗白华：《三叶集》，《宗白华全集》第1卷，合肥：安徽教育出版社，2008年，第225页。

美学研究的自然延伸，更是其哲学、美学思想的外化体现，而这一征象又集中体现在他的小诗创作之中。通过对于其小诗创作中所蕴涵的美学品格的探索与细读，我们不仅可以对于其美学品格有更深化的理解，对于其小诗创作的特点和成就也会有更细化的体认。对于当下的新诗创作与美学研究也有一定的启示与借鉴意义。

一　中国艺术本位的圆融美学

叶朗曾指出，宗白华的小诗给我们留下了两个方面的启示：一是中西文化的沟通与融合，即中西方两种不同的文化精神和艺术精神在宗白华身上达到了有机的统一与融合；二是传统文化（古典文化）和现代文化的沟通与统合，即宗白华既赞赏古典艺术也不排斥现代艺术，古典和现代在他身上也是高度统一与融合的①。叶朗准确地把握住了宗白华诗学、美学研究的主要特征。对于宗白华而言，可以说，这种古今中外的圆融与沟通是贯穿于其研究、创作的始终的。然而，这种圆融并不是毫无根脚、立场的左右摇摆，其立足点始终是中国传统文化，始终以中国传统文化为艺术本位。他曾直言："我们是中国人，我们要特别注意研究我们自己民族的极其丰富的美学遗产。"②"我以为中国将来的文化绝不是把欧美文化搬了来就成功。中国旧文化中实有伟大优美的，万不可消灭。……并且主张中国以后的文化发展，还是极力发挥中国民族文化的'个性'，不专门模仿，模仿的东西是没有创造的结果的。"③

① 参见叶朗：《宗白华给我们留下的启示》，《胸中之竹》，合肥：安徽教育出版社，1998 年，第 283–287 页。

② 宗白华，《艺境》，北京：北京大学出版社，1999 年，第 331 页。

③ 宗白华：《自德见寄书》，《宗白华全集》第 1 卷，第 321 页。

这种美学观念直接导致他的美学研究在圆融中又明显呈现出一种倾向性，在他的美学话语中，“空灵”、“意境”、“气韵”、“风骨”、“虚实”、“阴阳”等中国传统古典术语占有相当大的比重，而西化的美学术语，如“优美”、“壮美”、“悲剧”、“现实主义”、“浪漫主义”等等则很少出现。他所倾向的是中国传统的强调直觉体验、自由无羁、澄明无碍的感悟式思维观念。他的研究论述较少有从理论到理论的固化语言，而往往率性而为、不重体系，着眼于文学艺术创作实践，如诗歌、绘画、雕塑、书法、音乐等具体创作实际来论述诗学、美学问题。其诗学、美学的经典之作《美学散步》正是采用这样一种方式，“散步的时候可以偶尔在路旁折到一枝鲜花，也可以在路上拾起别人弃之不顾而自己感兴趣的燕石”①。自然而然，这种自由的、中式“散步美学”，直接影响到了他的诗学理论与诗学创作。

事实上，新诗中小诗这一创作形式与传统的《诗经》、唐诗、绝句、散曲、小令和子夜歌等有着直接的承继关系。宗白华曾认为郭沫若诗歌中的一些作品过于“简单固定”，欠“流动曲折”，建议他“但你小诗的意境也都不坏，只是构造方面还要曲折优美一点，同作词中小令一样。要意简而曲，词少而工”②。在宗白华早期的旧诗作品《别东山寺》中，我们可以看到他对于此种诗境的追求。

> 游屐东山久不回，依依怅别古城隅。千峰暮雨春无色，万树寒风鸟独徊。渚上归舟携冷月，江边野渡逐残

① 宗白华：《美学散步》，上海：上海人民出版社，1981 年，第 1 页。

② 宗白华：《三叶集》，《宗白华全集》第 1 卷，第 227 页。

梅。回头忽见云封堞，黯对青峦自把杯。

此诗含蓄悠远，诗意绵长，颇有古山水诗的意趣，但是旧体诗毕竟有诸多的缺憾，尤其他觉得心中的情绪若用旧体诗表达，容易显得老气横秋，之后宗白华便很少作旧体诗。不过，相反的在他的新诗写作中亦有感觉诗意不够深远幽邃，不如旧诗的情况。如他的《海上寄秀妹》：

> 星河流日夜，
> 海水永潮汐。
> 晓得么？
> 孤舟之上，
> 每晚梦中的你。

这首诗前两行用旧诗句法，后几句也颇有“何时共剪西窗烛”的旧诗意境，但他依然觉得要将诗境深化，于是又写了一首《海上寄秀妹》，此诗前有小注：（其三，原意，用古诗句法）

> 星河流碧夜，
> 海水激蓝空。
> 远峰载明月，
> 仿佛君之容。
> 想君正念我，
> 清夜来梦中。

其实很难简单地判断哪一首更为高妙，从意绪表达而言，这两首诗可谓互为佐辅。不过这种“新诗旧写”的“反复”也反映出宗白华的诗意追求恰在于诗境的清幽远邃，曲折悠远。事实上，意境理论向来是宗白华诗学的核心。他的《中国艺术境界之诞生》深入系统地探讨了意境的含义、创造、表现、特点等等问题。他认为，“艺术家以心灵映射万象，代山川立言，他所表现的是主观的生命情调与客观的自然景象相互交融互渗。成就一个鸢飞鱼跃，活泼玲珑，渊然而深的灵境；这灵境就是构成艺术之所以为艺术的‘意境’”①。在宗白华看来，主、客体之间的关联并不是简单的观照、移情，而是富有生气的交融、互渗，是一种互动的过程与状态。如他的《月落时》：

月落时
我的心花谢了，
一瓣一瓣的清香
化成他梦中的蝴蝶。
再如《雪莱的诗》：
虚阁悬琴，
天风吹过时，
流水超世的音乐。
蓝空云散，
春禽飞去后，
长留嘹呖的歌声。
雪莱（Shelley）！

① 宗白华：《中国艺术境界之诞生（增订稿）》，《宗白华全集》第2卷，第358页。

我听着你的诗了！

此种意境中，心景融合，以景寓心，以景写心，可谓“一切景语皆情语”，绝句、山水诗的情韵丝丝可寻。情绪、感悟直接融化进其对物象的直观体验之中。而表达上则更多的是直观的、感悟式的心绪状态。这与其诗学、美学研究是相映衬的：“实在告诉你，我平生对于诗词的研究简直没有做过，我从来没存过做诗的心，对于文学诗学的见解全凭直感，不能说出实在的根据。”① 当然，如向天渊先生所言，宗白华这种中国艺术本位的诗学、美学观念也导致其某种程度的偏失。“因此，宗白华的艺术理论更看重中国艺术的简约、空灵、禅境、气韵生动等精神层面，而对充实、厚重、力量等方面的论述则显得不足。”② 在宗白华的新诗创作中，尤其是他的小诗创作中，这就表现出其格局、诗境的局限，过于“简约、空灵、禅境、气韵生动”而缺乏“充实、厚重、力量”，过于“幽玄”、“静寂”而缺乏深邃的社会内涵与意义考量。随着当时社会现实的愈发残酷，这种幽思、玄想彻底成了幻梦，如朱自清所言：“《流云》出后，小诗渐渐完事，新诗也跟着中衰。”③

显而易见，宗白华的这种“以中国艺术为本位”的中西圆融的诗学、美学观念对于我们今天“不是西风压倒东风，便是东风压倒西风”的诗学、美学研究是有着非常深刻的积极意义的。如向天渊先生所言：“很显然，宗白华的论述，与中西比较诗学早期阶段所

---

① 宗白华：《三叶集》，《宗白华全集》第1卷，第227页。

② 向天渊：《也谈宗白华美学、诗学研究的启示》，《福建论坛》2007年第8期，第91页。

③ 朱自清：《中国新文学大系·诗集·导言》，杨匡汉、刘福春编：《中国现代诗论（上编）》，广州：花城出版社，1985年，第243页。

运用的'以西格中'的话语方式存在着根本性的不同，他一方面借西方之镜照出了中国艺术的独特精神内涵，丰富和加深了我们对传统艺术的理解，与此同时，他也将中国传统文化与艺术作为反观西方文艺的镜子，并照出其以前尚未被发现的新的精神内涵，从而也丰富和加深了对西方艺术的理解。"①

二 气韵生动的自然宇宙观

小诗向来与哲理有着千丝万缕的天然关联，"五四"时期的小诗更是自觉地向着哲理诗靠近，如朱自清所言，小诗的兴起"一半是衔接着那以诗说理的风气"②。而对于宗白华而言，这种小诗与哲理的联姻表现得尤为明显，他一方面从中国传统"以理为诗"的"理趣诗"为镜鉴，另一方面又从歌德等人的西方哲理诗中吸取养分。作为其哲学、美学研究的自然延伸、外化体现，宗白华小诗中的哲理意味可以说已成为其显要的标签。与冰心的小诗相比，他的哲理意味更浓，朱自清直言宗白华的诗"全是哲理"。不过宗白华的哲理小诗并不是简单的"以议论为诗"的"说理诗"，而在于以哲学的理念与内核去观照自然宇宙，靠感悟性的直觉把握自然宇宙所包蕴的哲学意味，通过自然意境打造哲理意境。如其所言，"中国人不是像浮士德'追求'着'无限'，乃是在一丘一壑、一花一鸟中发现无限，表现了无限，所以他的态度是悠然意远而又怡然自

① 向天渊：《也谈宗白华美学、诗学研究的启示》，《福建论坛》2007 年第 8 期，第 92 页。

② 朱自清：《中国新文学大系 · 诗集 · 导言》，《中国现代诗论（上编）》，第 243 页。

足的。他是超脱的，但又不是出世的"①。代表作有《流云小诗·小诗》：

> 生命的树上
> 凋了一枝花
> 谢落在我的怀里，
> 我轻轻的压在心上。
> 她接触了我心中的音乐
> 化成了小诗一朵。

细而观之，宗白华的小诗整体上贯彻了他气韵生动的宇宙哲学观念。在宗白华那里，自然宇宙向来不是静默的孤立存在而灌注了无时无刻不在运动的伟力。"我们知道'自然'是无时无处不在'动'中的。物即是动，动即是物，不能分离。这种'动象'，积微成著，瞬息变化，不可捉摸。……艺术家要想借图画、雕刻等以表现自然之真，当然要能表现动象，才能表现精神、表现生命。这种'动象的表现'，是艺术最后目的，也就是艺术与照片根本不同之处了。"② 他的这种观念受到了法德现代艺术"动象的表现"观念的影响，在《歌德之人生启示》这篇文章中他认为"动"是歌德诗在人类抒情诗上的特点，"这个心灵与世界浑然合一的情绪是流动的，缥缈的，绚缦的，音乐的；因世界是动，人心也是动，诗是这动与动接触会合时的交响曲"③。

---

① 宗白华：《介绍两本关于中国画学的书并论中国的绘画》，《美学散步》，上海：上海人民出版社，1981 年，第 125 页。

② 宗白华：《看了罗丹雕刻以后》，《宗白华全集》第 1 卷，第 312 页。

③ 宗白华：《歌德之人生启示》，《宗白华全集》第 2 卷，第 17 页。

投射到诗歌创作中，突出的表现就是宗白华对于动态词汇的偏爱，尤其是“流”、“波”、“流水”、“流云”、“星流”等等空明飘动的词汇在他的《流云小诗》中随处可见。他对“流云”这一气韵生动的自然意象尤其偏爱，在《我和诗》这篇回顾自己与诗歌结缘经过的文章中他回忆道，“云的许多不同的形象动态，早晚风色中各式各样的风格，是我童心里独自玩耍的对象。都市里没有好风景，天上的流云，时常幻出海岛沙洲，峰峦湖沼。我有一天私自就云的各种境界，分别汉代的云，唐代的云，抒情的云，戏剧的云等等，很想做一个‘云谱’”①。观天上流云、云卷、云舒而幻想出“海岛沙洲”、“峰峦湖沼”本是人之常有，而至于将云分成种种“境界”，并致力于做一本“云谱”则非对“流云”有特殊偏爱的“云痴”而不能。在《流云小诗》中，宗白华不仅偏爱以《流云》为题，更常常在诗句中吟咏这一漫卷飘逸的意象。例如“流云”诗的起首，《流云（读冰心女士〈繁星〉诗）（一）》：

理性的光，
情绪的海，
白云流空，便似思想片片，
是自然伟大么？
是人生伟大呢？

再如，《流云（赠童时女友）》：

她们么？

① 宗白华：《我和诗》，《宗白华全集》第2卷，第149页。

是我晴天底流星，
攸然起灭于蔚蓝空里。
唯有你，
是我心中的明月，
清光长伴我碧夜的流云。

《夜中的流云》：

流云啊！流云！
天宇寥阔，天风怒吼。
你一刻不停地孤飞，
是要向黑暗么？要向光明呢？
满天的繁星，
燃着无数情爱的灯，指点你上晨光的道路了！
……

“流云”这一意象的精妙之处在于，它既是一种静的存在，又是一种动的存在，寓静于动又寓动于静，包含着一种飘然物外、无挂无碍、遗世独立的气度境界。所谓“静故了群动，空故纳万境”（苏轼《送参廖师》）。唯有能“空”，能“舍”，能“离”才能体悟自然宇宙之中的幽深玄妙，才能体悟到动态宇宙之中的哲理意蕴。宗白华认为，“静不是死亡，反而倒是甚深微妙的潜隐的无数的动，在艺术家超脱广大的心襟里显呈了动中有和谐有韵律，因此虽动却显得极静。这个静里，不但潜隐着飞动，更是表示着意境的幽深。唯有深心人才能刊落纷华，直造深境幽境。”① 值得注意的是，宗白华这一“动象的表现”并不仅仅拘泥于对自然宇宙动象的把握与体味，在他那里，自然宇宙与人类心灵更是一种互动的过程，自然宇宙与人类心灵是相互交融而相互搏动的，是一根共颤而鸣的琴弦。正像他的《艺术》一诗所揭示的：

你想要了解“光”么？
你可曾同那林中透射的斜阳共舞？
你可曾同黄昏初现的月光齐颤？
你要了解“春”么？
你的心琴可有那蝴蝶的翩翩情致？
你的呼吸可有那玫瑰粉的一缕温馨？
你要了解“花”么？
你曾否临风醉舞？
你曾否饮啜春光？

宗白华认为，诗的形式包含两方面的内容：绘画的文字和音律的文字。诗的定义可以说是：“用一种美的文字——音律的绘画的文字——表写人的情绪中的意境。”② 他的“气韵生动的自然宇宙观念”所构建的诗境是空灵的，又是流动的，而其最形象、最恰当的表现便是音乐化的、韵律化的、节奏和谐的宇宙之歌。因为，“音乐是时间中动的美”。在宗白华的诗中处处可见音乐的影踪，处处可寻琴海音波的悠扬天籁。所谓“风声、水声、松声、潮声都是

① 宗白华：《凤凰山读画记》，《宗白华全集》第2卷，第377页。
② 宗白华：《新诗略谈》，《宗白华全集》第1卷，第168页。

诗歌的乐谱。花草的精神，水月的颜色，都是诗意、诗境的范本"①。其内在关联，正如《小诗》所揭示的那样：

生命的树上
凋了一枝花
谢落在我的怀里，
我轻轻的压在心上。
她接触了我心中的音乐
化成小诗一朵。

自然宇宙中的感悟情怀与诗人心中的情绪相互感染，结合其内心中的音乐韵律，化而为诗，成为诗人心灵的歌咏。再如《情海的音波》：

水上的微波，
渡过了隔岸的歌声。
歌声荡漾，
荡着我的寸心，
化成音乐的情海。
情海的音波，
充满了世界。
世界摇摇，
摇荡在我的心里。

① 宗白华：《新诗略谈》，《宗白华全集》第1卷，第169页。

外在自然宇宙中的节奏、音波，激荡起诗人心中的乐感，相交响、相应和，使其心灵宇宙音乐化，心物交融、交响，使其诗行自然而为心物交融的交响合唱。再如《生命的流》：

我生命的流
是琴弦上的音波
永远绕住了松间的秋星明月。

宗白华对于音乐是有着独特感受的，外祖父吟唱陆游诗句时沉郁苍凉的音调，舍友朗诵《华严经》时高朗清远有出世之概的音调，都曾引致他对宇宙遥远的相思的哀感。他曾说，在德国期间他印象最深的，不是艺术、政治、战后经济情况，而是德国的音乐。他对诸多德国音乐家的作品都有着深刻的感悟，甚至归结说，“德国全部的精神文化差不多可以说是音乐化了的。”① 对音乐欣赏和热爱，对节奏韵律的超然感悟，使得宗白华非常注重文字的音乐性，他曾说，“音乐不只是数的形式的构造，也同时深深地表现了人类心灵最深最秘处的情调与律动”，是“形式的和谐，也是心灵的律动”②。他的诗正是这种理念的艺术表现，在他的诗中往往具备一种音乐化的意境，这与其自然意境相结合，使得绘画的文字与音律的文字相契合，从而构成一种音画俱美的诗意境界。如《听琴》：

① 宗白华：《致柯一岑书》，《宗白华全集》第 1 卷，第 415 页。

② 宗白华：《哲学与艺术——希腊大哲学家的艺术理论》，《宗白华全集》第 2 卷，第 54 页。

我低了头
听着琴海的音波，
无限的世界
无限的人生
从我的心头流过了，
我只是悠然听着。
忽然一曲清歌，
惊堕我手中的花，
我的心杳然去了，
泪下如雨。

宗白华非常注重文字的音乐性，认为文字能具有“音乐的作用，文字中可以听出音乐式的节奏和协和”①。在具体词句的运用上，宗白华非常注重音律化的美感，他的“流云”小诗常用“连珠过渡”的技巧，也即“诗句中不断重复着某一个词，从而在诗句之间形成了一种回环复沓的语音效果”②。如《流云·了解》：

花儿，你了解我的心吗？
她低低垂着头，脉脉无语。
流水，你识得我的心么？
他回眸了几眼，潺潺而去。
石边倚了一支琴，

① 宗白华：《新诗略谈》，《宗白华全集》第1卷，第169页。

② 彭峰：《从流云看艺境》，叶朗主编：《美学的双峰》，合肥：安徽教育出版社，1999年，第506页。

我随手抚着他，
一声声告诉了我心中的幽绪。

这首诗颇有“短歌”的意趣，不仅有内在的音乐化意境，更有外在的音乐化韵律，“心中的幽绪”与脉脉无语的花、潺潺的流水相化而为自然宇宙的悠扬韵律，使得我们可以体味自然宇宙中微声妙韵，体味音韵飞扬的美感。

可见，这种气韵生动的自然宇宙观是宗白华诗学、美学观念中的重要方面，也是其艺术境界的奥妙所在，是其重要的美学征象。无怪乎有人说，“在此意义上，整个《流云》集其实是一首诗，它是宗白华追求‘动象的表现’的成果，反映出从不同角度观照自我与自然所共同组成的宇宙的动态之美，体现出他的‘美’来自‘真’的诗学追求”①。

三 与自然宇宙互为镜鉴的人格美学

宗白华向来是反对单纯追求形式上的推敲和诗句琢磨，他强调文学是人类精神生活的自然流露，强调诗是“写”出来的，而不是“做”出来的。对直觉、感悟的重视，使得与外在形式相比他更关注诗的诗意、诗境，“又因为我向来主张我们心中不可无诗意诗境，却不必一定要做诗”②。在他看来，诗意、诗境的存在是“做诗”的前提条件和基本要求，与诗的外壳相比，宗白华更关注的是诗的

① 李丹：《〈流云〉：“动象的表现”之“宇宙诗”》，《中国文学研究》2013 年第 3 期，第 97 页。

② 宗白华：《三叶集》，《宗白华全集》第 1 卷，第 214 页。

精神内涵，更关注其流注的是否确为诗人真实心灵悸动的弦歌。“所以诗人底文艺，当以诗人个性中真实的精神生命为出发点，以宇宙全部的精神生命为总对象。文学的实现，就是一个精神生活的实现。文学的内容，就是以一种精神生活为内容。”① 所谓：

诗中的境
仿佛镜中的花，
镜花被戴了玻璃的清影，
诗境涵映了诗人的灵心。

——《题歌德像（二）》

恰因为“诗境涵映了诗人的灵心”，所以诗人“灵心”的高下优劣直接决定了“诗境”的高下优劣。这种注重“心中不可无诗意诗境”，注重“灵心”，注重“天然去雕饰”，反对单纯形式主义的文学理念必然引致对创作主体人格的注重，对创作主体人格修养的强调。事实上，宗白华不仅认为这种“为文学底质的精神生活”的创造和修养是文人诗家最初最大的责任，更是中国新文学的源泉。可以说，“人格”是宗白华美学思想的核心范畴，“艺术是创作主体人格外化”的美学观念更是宗白华最基本的美学思想之一。

至于什么是理想的、应当的文人诗家的精神生活。宗白华认为应该具备“真实”、“丰富”、“深透”三种性质。具体而言，“真实就是诗人对于人类底各种感觉思想——他诗文中所写出的各种感觉思想——都是自己实在经历过的、绝不是无病呻吟，凭空虚构的。

① 宗白华：《新文学底源泉——新的精神生活内容底创造与修养》，《宗白华全集》第1卷，第172页。

他对自然底各种现象——他诗文中所描写的自然现象——也都是直接体验来的，绝不是堆积词藻，徒存想象的”。“丰富就是诗人底精神生活中具有多方面感觉情绪和观察。他心中曾经悬过普遍人类所具有的各种感觉思想，他的诗文是代表全人类的精神生活。”“深透就是诗人对于人性中各种情绪感觉，不单是经历过，并且他经历的强度比普遍人格外深浓透彻些。他感觉到人类最高的痛苦与最浓的快乐。”①

相应的，宗白华也提出了诗人人格养成的具体方法，也即“哲理研究”、“自然中活动”、“社会中活动”，他认为诗应多与哲理接近，多“读书穷理”，于书海中砥砺哲思。但这并不是诗人人格修养的全部，“自然中活动”、“社会中活动”更必不可少，从其“气韵生动的自然宇宙观”这一美学观念来考察，后两者甚至更为重要。“风声、水声、松声、潮声都是诗歌的乐谱。花草的精神，水月的颜色，都是诗意、诗境的范本。所以在自然中的活动是养成诗人人格的前提。因‘诗的意境’就是诗人的心灵，与自然的神秘互相接触映射时造成的直觉灵感，这种直觉灵感是一切高等艺术产生的源泉，是一切真诗、好诗的（天才的）条件。”“诗人最大的职责就是表写人性与自然。而人性最真切的表示，莫过于在社会中活动——人性的真相只能在行为中表示——所以诗人要想描写人类人性的真相，最好是自己加入社会活动，直接的内省与外观，以窥看人性纯真的表现。”② 可见，这三种涵养方法，“哲理研究”、“自然中活动”、“社会中活动”是与宗白华“气韵生动的自然宇宙观”

① 宗白华：《新文学底源泉——新的精神生活内容底创造与修养》，《宗白华全集》第1卷，第172-173页。

② 宗白华：《新诗略谈》，《宗白华全集》第1卷，第169-170页。

的美学观念丝丝契合的，无怪乎宗白华将它们看做是养成健全诗人人格必由的途径。

宗白华“艺术是创作主体人格外化”的人格美学，尤其是他的“新诗人人格”观并不单纯源于文艺方面的思虑而更有鲜明的时代印记与社会内涵。在宗白华看来，“少年中国”建造的关键正在于社会成员能否具有健全的人格，唯有社会成员能自觉形成健全的人格、高尚的道德情操，“少年中国”的理想才能成为现实。在当时的国际形势与国家需要压迫下，教育家多提倡实用主义的教育，只是应付一时之需，绝不是国家教育的基本原则。“徒然提倡实用，不注重精神人格的培养，在这国家危急的时候，流弊也很大。”①在宗白华的美学思考与文学创造过程中，他正是有着这一番深情的，在他的《流云》序里，有着同鲁迅《呐喊》序中“铁屋中的呐喊”相近的意味，“我梦魂里的心灵，披了件词藻的衣裳，踏着音乐的脚步，向我告辞去了。我低声说道：‘不嫌早么？人们还睡着呢！’他说：‘黑夜的影将去了，人心里的黑夜也将去了！我愿乘着晨光，呼集清醒的灵魂，起来颂扬初生的太阳”②，与鲁迅“现在你大嚷起来，惊起了较为清醒的几个人，使这不幸的少数者来受无可挽救的临终的苦楚，你倒以为对得起他们么？”的悲观化言语相反，宗白华“我愿乘着晨光，呼集清醒的灵魂，起来颂扬初生的太阳”的期望带有明显的乐观化、理想化的印记，在他那里，希望并不是渺茫的，并不是“然而几个人既然起来，你不能说绝没有毁坏这铁屋的希望”，而是确定的、显然的存在。

在宗白华那里，文学与民族精神是密切相连的，文学能激发民

---

① 宗白华：《〈美育〉等编辑后语》，《宗白华全集》第2卷，第261页。
② 宗白华：《〈流云〉序》，《宗白华全集》第1卷，第410页。

族精神，也会使民族精神趋于消沉。“我相信在人生和历史上，人的精神倾向，有绝大的势力。悲观底文学哲学可以造成时代的颓废。文学底责任不只是做时代的表现者，尤重在做时代的‘指导者’。……时代造成了烦闷，我们应当打破烦闷，创造新时代。”①因此，宗白华所呼唤的是乐观的文学、向上的文学、积极的文学，因“向来一个民族将兴的时代和建设的时代的文学，大半是乐观的，向前的。有惠特曼雄放无前的伟大乐观，所以也有了美洲人少年勇进的建设气象。法国颓废派的文学不足以振兴法兰西的民气。而罗曼罗兰的乐观文学于将来法国，将来的欧洲，必定有好影响。所以我极私心祈祷中国有许多乐观雄丽的诗歌出来，引我们泥涂中可怜的民族入于一种愉快舒畅的精神界。从这种愉快乐观的精神界里，才能养成向前的勇气和建设的能力呢!”②

但是，与诗人这种提倡乐观的、向上的、积极的人格、文艺的主张与期望相悖的是，他的诗歌之中却往往在乐观、飘逸的征象之下潜藏着暗暗的哀思，有人做过统计，在《流云小诗》中，“表示乐观进取的生命精神的意象，如‘光’、‘日’(含太阳)、‘海’、‘云’(含‘流云’、‘白云’)等只有十来个，而带有抑郁、悲怨情感色彩的意象，如‘夜’、‘梦’、‘月’、‘星’等，却接近九十个”③。这恰恰发生在他与柯一岑的信件往来中，提倡“乐观的文学”，说“我愿意在诗中多作‘深刻化’，而不作‘悲观化’。宁愿作‘骂人之诗’，不作‘悲怨之曲’”④。这样一种意愿与实际的背

① 宗白华：《乐观的文学——致一岑》，《宗白华全集》第1卷，第419页。

② 同上，第417页。

③ 彭峰：《引进与变异——西方美学在中国》，北京：首都师范大学出版社，2006年，第160页。

④ 宗白华：《恋爱诗的问题——致一岑》，《宗白华全集》第1卷，第418页。

反，其实也并不矛盾。一方面这与宗白华内倾性、多愁善感的诗人哲学家气质，与其自身经历相关；另一方面，也恰恰说明诗人精神人格与外在世界互为镜鉴、密切联系，说明了他脱离“城市社会”，于“山林高旷的地方”，另造个“山林社会”，创造一个“新中国”，以创造“少年中国”理想的缥缈虚幻、不切实际。说明了社会黑暗的强大，说明了疗救的迫切与必要。从另一角度来看，于黑暗中找寻光明，于绝望处找寻希望，于悲哀处找寻欢乐，于沉沦处找寻向上，恰恰也是宗白华提倡乐观的人格精神，呼唤乐观的文学、向上的文学、积极的文学的价值与意义所在。

结　语

通过以上的梳理与分析，我们可以看出，宗白华的美学品格与小诗创作理念是融合互通，互为交织的，有着鲜明的美学特色和独特的艺术理念。一方面，他秉持“中国艺术本位的圆融美学”，在中西艺术互为镜鉴、古典艺术与现代艺术互为镜鉴的同时，又坚持以中国古典艺术为本位与准绳，以之观照、赏鉴中西艺术。这使得他的小诗创作在吸收东西方优秀养分的同时，又始终贯穿着一种简约、空灵、飘逸而蕴藉丰富的意境。另一方面，宗白华的美学体系中又无时无刻不熔铸着一种“气韵生动的自然宇宙观”。在他那里，自然宇宙是气韵生动的，是无时无刻不在运动的，是流动的、缥缈的、音乐的。他的小诗贯穿着“动象”的表现，贯穿着跃动的灵音，拥有着“云卷云舒”的动态气韵。最后，宗白华始终坚持“艺术是创作主体人格外化”的美学理念。认为创作主体的人格是决定艺术境界的关键所在，他不仅提出了理想的人格精神应当如何，更系统提出了人格修养的实际方法。宗白华的人格美学是有着深刻的时代印记与时代内涵的，他期盼于借由乐观的、向上的、积极的人格能塑造新的国民，塑造新的国家，塑造理想的“少年中国”。今天看来，宗白华的这些美学品格与小诗创作理念固然有着一定的偏失与不足之处，但是所谓“白璧微瑕”，其积极意义是远大于这些纰漏的，无论是他的“中国艺术本位的圆融美学”、“气韵生动的自然宇宙观”还是“与自然宇宙互为镜鉴的人格美学”都对于我们今天探索新文艺改革、新文学改革、新诗改革乃至于对宇宙社会人生的思考有着非比寻常的启示与指导。

格律体新诗研究

主持人语（万龙生）：

一年来，关于格律体新诗的研究又有一些新的成果。本期选出的五篇论文各有特色，各有价值。

李长空就形式与内容的关系，对一些二者结合得好的作品进行了分析，提供了三种体式格律体新诗的佳品，做出了“未来格律体新诗创作会更加繁荣起来”的结论。赵青山则独辟蹊径，分析几位有代表性的自由诗人创作向格律的倾斜，或对自己言论的矫正，以此注明新诗格律的合理性，是有说服力的。

而对新诗格律本身的探讨仍在继续，并有所深化，晓曲对于诗行内部的标点问题做出的分析就颇有见地，值得重视。

开展对已有格律体新诗创作的研究很有必要。十四行诗在中国的移植是中国新诗发展中的一个重要现象，格律体新诗的研究者将其纳入了视野。许霆对此有“史”的考察，出版了专著。而今，他又对两位格律体新诗人的十四行诗创作的新成果进行了翔实的论述，令人鼓舞。

出于诸多原因，诗歌界迄今仍对新诗诗体建设抱有成见、偏见，格律体新诗自然也在否认之列。我们在注重理论建设的同时，也还有面对谬见为自己辩护的权利和必要。有鉴于此，发表了一篇驳论。这不是针对个人，而是据理力争。点名道姓，正是光明磊落的表现。

从形式与内容的结合看格律体新诗

李长空

诗歌是形式美的一种体现，而形式美是诗歌的美丽外衣。在诗歌完美的构架里面，还应该具有灵动的“诗魂”，还必须具有饱满的感情与丰富的想象，并高度集中地反映社会生活。著名诗歌评论家吕进把诗定义为“诗是歌唱生活的最高语言艺术，它通常是诗人感情的直写”是有道理的。对于完美的诗歌艺术来说，诗人也必须拥有一颗热爱生活并敏感于诗歌形式的心灵。

同古典诗词曲赋相比，当代诗歌在题材内容方面发生了较明显的变化：

1. 迫于现实社会生存的巨大压力和人类因物质文明进步而带来的精神困惑，对社会性问题的思考已经越来越少地为当代诗人所关注，当代诗歌的内容越来越局限于私人性的东西，正日愈失去处理重大社会题材的艺术能力，这就使得它日愈减少获得公众关注的机会，而只有在少数未被现代社会物质化的心灵当中获得知音，它已经成为对抗现实世界压抑生命活力的一种精神武器。

2. 随着诗人们从社会文化中心退却，科技英雄和商业英雄、娱乐英雄取代了艺术家的中心地位，诗歌越来越被推挤到社会的边缘，诗人们成为了一个不被社会关注的自我封闭、自我肯定、自我满足、自我安慰、自我陶醉的奇怪群体，这更加加剧了他们的自闭倾向，娱乐性、装饰性、自我消费性成了当代诗歌的中心。

3. 当诗人们精神的价值已经从崇高、纯洁、美好、自然过渡到了喧嚣、乐趣、庸俗、时尚的方向，于是平庸困扰着诗歌界，平凡者迷茫失语，媚俗者竞相争夺明星效应，只有少数智者在那抵抗、挣扎、怀着明知不可为而为之的愚勇精神在诗歌的高地坚守自己越来越虚弱的阵地。

面对这样的时代背景，格律体新诗只有志存高远，发扬其应有的精神文化提升作用，在主题内容方面深度切入自己的时代，始终高举诗歌精神的理想主义和竖起道德之剑，成为至真、至善、至美、至爱行为的歌吟者，成为道德和公德的立法者、引导者和监督者，成为当今社情的记录者，它才能够既有人性的纯美又有时代的气息还有历史文化的内涵，并因此而融入中华诗歌的优良传统，有机会成为新时代的经典诗歌作品流传于世，否则它将同那些某某主义一样，最终走入脱离时代、社会、人民的象牙塔。

格律体新诗虽然诞生已有近百年了，却依然难以登堂入室。主流诗界或嘲其形式主义，或讽其弃今复古，或讥其民歌打油，或鄙其诗意直白……格律体新诗要改变四面楚歌的局面，它再也不能单纯、片面地强调形式，而必须蕴含于深广的题材内容于其中，形式的创造、把握必须与题材内容取得艺术上的高度统一，其形式美也才能进入佳境，而诗人们心灵的广度、密度、浓度、力度和高度，诗人的思想和意志，也才能够依附于形式美中，如冬日阳光般直达读者心灵，让外在美放大成为更为完整和谐的精神、艺术之美。

虽然格律体新诗经受了误解与非难，至今仍是成长中的幼苗，但是几代探索者却从来没有动摇过对它们的信心，并在创作上取得了不少优秀成果。现对其中部分佳作，按整齐对称式、参差对称式和复合对称式诗体形式分别进行归类，并对每一首诗歌的形式与内容给予论述，希望对诗歌创作者有所借鉴与启迪。

一 整齐式格律体新诗形式与内容的统一

死水（闻一多）

这是｜一沟｜绝望的｜死水，
清风｜吹不起｜半点｜漪沦。（文 en，in，un，ün）
不如｜多扔些｜破铜｜烂铁，
爽性｜泼你的｜剩菜｜残羹。（庚 eng，ing，ong，iong）

也许｜铜的｜要绿成｜翡翠，
铁罐上｜绣出｜几瓣｜桃花。（麻 a，ia，ua）
再让｜油腻｜织一层｜罗绮，
霉菌｜给他｜蒸出些｜云霞。（麻 a，ia，ua）

让死水｜酵成｜一沟｜绿酒，
飘满了｜珍珠｜似的｜白沫；（波 o，e，uo）
小珠们｜笑声｜变成｜大珠，
又被｜偷酒的｜花蚊｜咬破。（波 o，e，uo）

那么｜一沟｜绝望的｜死水，
也就｜跨得上｜几分｜鲜明。（庚 eng，ing，ong，

iong)

如果 | 青蛙 | 耐不住 | 寂寞，

又算 | 死水 | 叫出了 | 歌声。（庚 eng，ing，ong，iong）

这是 | 一沟 | 绝望的 | 死水，

这里 | 断不是 | 美的 | 所在，（开 ai，uai）

不如 | 让给 | 丑恶来 | 开垦，

看他 | 造出个 | 什么 | 世界。（皆 ie，üe）

《死水》是闻一多先生的杰作，写得激愤、悲痛，表达了对丑恶势力的憎恨和对祖国深沉的挚爱。

从诗体形式看，属于“四步九言朗诵型整齐式”，是先生实验他的“三美”新格律体的典型。全诗共五节，每节四行，每行分别由三个“二字尺”和一个“三字尺”构成，组成 2232 或 2322 或 3222 音尺，最后以双音节收尾，虽然音尺的排列顺序不完全相同，但是其总数却完全一致，在变化中保持整齐，参差错落兼以抑扬顿挫，每节换韵（首、尾节押宽韵），各节大体均押 abcb 型的二四脚韵，读起来朗朗上口，节奏感很强，具有音乐般的美感。另外，诗歌借鉴了西方现代诗的反讽技法和“以丑为美”的艺术原则。诗的中间三节，展开丰富的想象，极力把死水内在的丑恶东西，充分地涂饰以“翡翠”、“桃花”、“罗绮”、“云霞”、“绿酒”、“白沫”等美丽的外形，以鲜明的色彩和响亮的声音，反讽死水的肮脏、霉烂、黯淡、沉寂。美与丑的交织反差，造成令人耳目一新的艺术效果。

从内容看，是用“一沟绝望的死水”来隐喻黑暗腐败的旧中国社会。诗的最后一节，表明先生一方面对黑暗不存在幻想，坚信丑恶产生不了美；另一方面也并非心如死灰，先生在绝望中还饱含着希望，在冷峻里还灌注着一腔爱国主义的热情之火，朱自清在《闻一多全集·序》说：“（不如让给丑恶来开垦）是索性让‘丑恶’早些‘恶贯满盈’，‘绝望’里才有希望。”

可见，本诗是内容和形式的完美结合的产物，也是闻一多先生自认的“第一次在音节上最满意的实验”。

哄小儿（流沙河）

爸爸 | 变了 | 棚中牛，
今日 | 又变 | 家中马。（麻 a，ia，ua）
笑跪 | 床上 | 四蹄爬，
乖乖儿，| 快来 | 骑马马！（麻 a，ia，ua）

爸爸 | 驮你 | 打游击，
你说 | 好耍 | 不好耍，（麻 a，ia，ua）
小小 | 屋中 | 有自由，
门一关，| 就是 | 家天下。（麻 a，ia，ua）

莫要 | 跑到 | 门外去，
去到 | 门外 | 有人骂。（麻 a，ia，ua）
只怪 | 爸爸 | 连累你，
乖乖儿，| 快用 | 鞭子打！（麻 a，ia，ua）

《哄小儿》是流沙河先生著名的《故园九咏》组诗中的一首，组诗以小见大，为后世铭刻下了不可遗忘的“文革”之痛，老诗人严辰曾称之为“不朽之作”。

从诗体形式看，属于“三步杂言吟诵型整齐式”，全诗三段，共十二句，逢偶行通押“麻”韵（a，ia，ua），摒弃藻饰刻痕，注重白描速写，悲剧的内容用喜剧的笔墨来写，益发掣人肝肠。

“爸爸变了棚中牛”，开篇即直截了当，述说了自己在“十年浩劫”中的不幸遭遇。“今日又变家中马。/笑跪床上四蹄爬，/乖乖儿，快来骑马马！”父亲与孩子一起玩耍，生活的苦涩、坎坷、愤懑都于明快的口语中化成快乐，“小小屋中有自由，/门一关，就是家天下。”屋内是温馨、自由、其乐融融的父子嬉戏情景，屋外却是凄风苦雨的阴郁岁月。“莫要跑到门外去，/去到门外有人骂。”父亲心事重重地叮嘱儿子，但儿子还是不能够理解：为什么乡邻们要骂自己呢？“只怪爸爸连累你，/乖乖儿，快用鞭子打！”既表达了父亲对儿子的负疚心理，又进一步渲染了父亲的痛苦之情和独自承受一切痛苦的胸襟，使得诗歌刹那间迸发出惊天泣地的感人力量。

本诗如果不是采用新格律体形式，这样普通的生活场景，是难以传达出这般复杂、悲痛、深沉的思想感情的，也就不会感人肺腑及催人泪下。

圈圈谣（黄淮）

你在 | 圈圈内 | 感觉 | 安全（寒 an，ian，uan，üan）

我在 | 圈圈外 | 活得 | 坦然（寒 an，ian，uan，üan）

再大的 | 圈圈 | 也很 | 有限（寒 an，ian，uan，

üan）

无限 | 风光 | 在圈圈 | 外边（寒 an，ian，uan，üan）

挤出了 | 圈圈 | 怀念 | 圈圈（寒 an，ian，uan，üan）

套进了 | 圈圈 | 害怕 | 圈圈（寒 an，ian，uan，üan）

残缺的 | 圈圈 | 无人 | 争补

镀金的 | 圈圈 | 人人 | 争钻（寒 an，ian，uan，üan）

深深地 | 再吸 | 一口 | 香烟（寒 an，ian，uan，üan）

吐一串 | 圈圈 | 随风 | 飘散（寒 an，ian，uan，üan）

从诗体形式看，黄淮的《圈圈谣》属于“四步九言朗诵型整齐式”，格律工稳，除第七行外，通篇押“寒”韵（an，ian，uan，üan），于半绕口令中呈现诗意。

北岛的名诗《生活》，以一个“网”字引爆读者的万千思绪：亲情、友情、爱情、同学、同事、战友、同乡、同志……都是生活巨网上的一根根网线，而它们本身也是一张张独立的网。本诗的表现也很别致，呈现给读者一个个圈圈，这些圈圈完全可以从“生活”、“视野”、“婚姻”、“世俗”、“生命”等不同角度来理解，给人启迪，令人思索，具有高度的概括性和艺术张力。而新格律体的成功运用，又使得诗歌诵来朗朗上口。

他们和咱们（万龙生）

他们｜住别墅，｜咱们｜住旅馆
不都是｜一样｜吹海风｜吃海鲜（寒 an，ian，uan，üan）

那边｜多清净，｜这边｜煮饺子
浴场｜分了段，｜各自｜不相干（寒 an，ian，uan，üan）

他们｜花的是｜纳税人｜的钱
咱们｜继续为｜税收｜做贡献（寒 an，ian，uan，üan）

是一幅｜多么｜和谐的｜图画
官人｜与百姓｜共享｜这海滩（寒 an，ian，uan，üan）

从诗体形式看，万龙生的《他们和咱们》属于“八行体四步杂言混诵型整齐式”，格律严谨，逢偶行押“寒”韵（an，ian，uan，üan）。

诗歌贴近现实生活，深入浅出，记事写理，都有独到之处。诗人开篇即呈现出“他们”和“咱们”的同与不同：相同的是“一样吹海风吃海鲜”，不同的是“他们住别墅，咱们住旅馆”、“那边多清净，这边煮饺子”；接下来诗人写道：“他们花的是纳税人的钱/咱们继续为税收做贡献”，原来“他们”是腐败官吏，“咱们”是普通百姓，难怪“浴场分了段，各自不相干”，因为“他们”害怕“咱们”知晓真情，为了防备“咱们”反对，“他们”不得不割断与“咱们”血肉相连的优良传统，在彼此之间竖起一道道自我保护的围栏；“是一幅多么和谐的图画/官人与百姓共享这海滩”，黑色反讽带给“咱们”的除了悲凉，还有从内心深处迸发出来的呐喊声：什么时候这些贪官污吏才会像臭鱼一样腐烂啊！

诗歌语言凝练、准确，意蕴饱满、明朗、深锐，结构紧洁，音韵谐调，如果不是采用新格律体式，是很难做到这些的。

地铁里的吉他手（孙则鸣）

地铁里 | 灯光 | 昏黄 | 而柔曼，
一位 | 吉他手 | 在轻轻 | 弹唱，（唐 ang，iang，uang）
轻柔的 | 吉它 | 抑郁 | 而悠长。（唐 ang，iang，uang）

哦，| 为何 | 弹得 | 这么 | 忧伤？（唐 ang，iang，uang）

它似乎 | 追忆 | 远去的 | 爱情，
它似乎 | 吟唱 | 流逝的 | 时光，（唐 ang，iang，uang）
它似乎 | 咏叹 | 世道的 | 沧桑。（唐 ang，iang，

uang)

哦，| 不要 | 弹得 | 这么 | 忧伤！（唐 ang，iang，uang）

我想唱 | 却已 | 冻哑了 | 歌喉，
我想弹 | 却已 | 崩断了 | 琴弦，（寒 an，ian，uan，üan）
听我 | 弹唱 | 的人啊 | 已去远。（寒 an，ian，uan，üan）

哦，| 转一个 | 曲子 | 换换腔！（唐 ang，iang，uang）

弹一曲 | 黄鹂 | 在柳林 | 鸣啭，
弹一曲 | 落日 | 映照着 | 池塘，（唐 ang，iang，uang）
弹一曲 | 滔滔 | 江水 | 向东方……（唐 ang，iang，uang）

从诗体形式看，孙则鸣的《地铁里的吉他手》属于“变步十言混诵型整齐式”，每节三个诗行，中间穿插了三个单行诗节，给人以一咏三回环的语势，增添了诗歌的灵动之感和音乐之美。除第三节押“寒”韵（an，ian，uan，üan）外，其他各节均押“唐”韵（ang，iang，uang）。

从内容看，诗歌由三部分组成，第一部分写吉他手，他在“昏黄而柔曼”的灯光中“轻轻弹唱”，从他“抑郁而悠长”的倾诉中“我”理解了他是在“追忆远去的爱情”、“吟唱流逝的时光”和“咏叹世道的沧桑”；第二部分写“我”在劝慰他“不要弹得这么忧伤”的时候联想到了自我的失恋，因为“听我弹唱”的伊人“已去远”，“我”现在“想唱”也已经“冻哑了歌喉”，“想弹”也已经“崩断了琴弦”，徒有自我怜伤了；第三部分写“我”请吉他手“转一个曲子换换腔”，要他“弹一曲黄鹂在柳林鸣啭，/弹一曲落日映照着池塘，/弹一曲滔滔江水向东方……”，因为生活还得继续，“我们”不能够被爱情的挫折所击倒，“我们”需要努力进取，去迎接未来的幸福。

音韵铿锵和谐、联想自然贴切、意境优美动人、情绪哀而不伤是本诗最大的特点，可谓形式与内容结合的佳构。

江村小夜曲（王端诚）

有斜阳 | 隐没在 | 林间（寒 an，ian，uan，üan）
有小鸟 | 飞停在 | 树颠（寒 an，ian，uan，üan）
那青山 | 静静地 | 睡了
盖上了 | 雾做的 | 被单（寒 an，ian，uan，üan）

有渔船 | 栖息在 | 岸边（寒 an，ian，uan，üan）
有水草 | 摇曳在 | 浅滩（寒 an，ian，uan，üan）
那小河 | 默默地 | 去了
带走了 | 喧嚣的 | 白天（寒 an，ian，uan，üan）

有花影 | 飘拂在 | 窗前（寒 an，ian，uan，üan）
有月光 | 洒落在 | 枕畔（寒 an，ian，uan，üan）

那远人 | 悄悄地 | 近了
送来了 | 迷人的 | 梦幻（寒 an，ian，uan，üan）

从诗体形式看，王端诚的《江村小夜曲》属于“三步八言朗诵型整齐式”，全诗分为三节，每节一、二、四行押“寒”韵（an，ian，uan，üan），语言朗朗上口。

从内容看，诗歌意境恬静舒缓，赋予读者似梦似幻的江村之夜：既有隐没的斜阳、飞停的小鸟、睡了的青山、栖息的渔船的静态美，又有小草摇曳、花影飘拂、月光洒落、远人走近的动感美，让我们在静谧和谐的氛围中感受到那份悠远的宁静。最后一句委婉点题，甜蜜柔情中透露出淡淡的感伤。

集建筑美、绘画美、韵律美、闲情美于一曲，而又抒写自然，非格律体新诗难以为之。

判决书（宋煜姝）

你这 | 可恼 | 可恨的 | 强盗
把我 | 珍贵的 | 劫掠 | 一空（庚 eng，ing，ong，iong）
你抢走 | 纯金 | 一般 | 的爱
连同那 | 晴虹 | 一样 | 的梦（庚 eng，ing，ong，iong）

你捉去 | 我的 | 那只 | 夜莺
想一直 | 独占 | 她的 | 歌声（庚 eng，ing，ong，iong）
你摘去 | 我的 | 园中 | 玫瑰

只留下｜一地｜败叶｜残梗（庚 eng，ing，ong，iong）

你这｜可恼｜可恨的｜强盗
还不｜收起｜无赖的｜笑容？（庚 eng，ing，ong，iong）
现在｜就判你｜无期｜徒刑
把你｜囚禁在｜我的｜心中！（庚 eng，ing，ong，iong）

从诗体形式看，宋煜姝的《判决书》属于“四步九言朗诵型整齐式”，格律严谨，全诗逢偶行通押“庚”韵（eng，ing，ong，iong）。

诗歌一反思维的惯性，“可恼可恨的强盗”、“无赖的笑容”“判你无期徒刑”、“囚禁在我的心中”等都是正话反说，语言甜蜜俏皮，比喻生动贴切，体现了“我”唯美纯真的情爱观，可谓构思奇巧，而“你这可恼可恨的强盗”叠句的运用又形成了一咏再叹的艺术效果。

二　参差式格律体新诗形式与内容的统一

一句话（闻一多）

有｜一句话｜说出｜就是祸，（波 o，e，uo）
有｜一句话｜能点得着｜火，（波 o，e，uo）
别看｜五千年｜没有｜说破，（波 o，e，uo）

你 | 猜得透 | 火山的 | 缄默？（波 o，e，uo）

说不定 | 是突然 | 着了魔，（波 o，e，uo）

突然 | 青天里 | 一个 | 霹雳

爆一声：

“咱们的 | 中国！”（波 o，e，uo）

这话 | 叫我 | 今天 | 怎样说？（波 o，e，uo）

你不信 | 铁树 | 开花 | 也可，（波 o，e，uo）

那么 | 有一句话 | 你听着：（波 o，e，uo）

等火山 | 忍不住了 | 缄默；（波 o，e，uo）

不要 | 发抖，| 伸舌头，| 顿脚，（波 o，e，uo）

等到 | 青天里 | 一个 | 霹雳

爆一声：

“咱们的 | 中国！”（波 o，e，uo）

《一句话》是闻一多的代表作之一。1925 年先生留美回国，看到军阀统治下的黑暗现实和民不聊生的景象，于是写了这首火山爆发式的诗歌。

从诗体形式看，它属于“凹型参差式”，形式自然天成，全诗押“波”韵（o，e，uo），富于节奏感和音乐美。

从内容看，它以“一句话”即“咱们的中国”为构思中心，运用写实和隐喻相结合的手法，反复咏叹，极力渲染烘托。第一节运用排比修辞手法，通过“祸”与“火”的写实和比喻，揭露黑暗现实对民意的压制，也寓示着民众积蓄着的巨大的力量。接着进一步用火山作比，它虽然沉默了千百年，但一旦爆发就会产生翻天覆地的威力，表明诗人对人民反抗黑暗专制的力量充满信心；第二节是对一些不相信民众力量者的警告，用“铁树开花”比喻建设

“咱们的中国”终会成为事实。通过“我”坚信与“你”不相信的对比，引发出不信者可能会产生的惊慌、诧异表现，从而进一步衬托出民众反抗的必然性，表明诗人对民众改造旧中国的潜在力量坚信不疑。

诗歌反复强调“咱们的中国!”传达出诗人对理想中国的强烈期望与追求，令读者记忆深刻，甚至过目不忘。

再别康桥（徐志摩）

轻轻的 | 我走了，
　正如 | 我轻轻 | 的来；（开 ai，uai）
我 | 轻轻的 | 招手，
　作别 | 西天的 | 云彩。（开 ai，uai）

那河畔 | 的金柳，
　是 | 夕阳中 | 的新娘；（唐 ang，iang，uang）
波光里 | 的艳影，
　在我的 | 心头 | 荡漾。（唐 ang，iang，uang）

软泥上 | 的青荇，
　油油的 | 在水底 | 招摇；（豪 ao，iao）
在 | 康桥的 | 柔波里，
　我甘心 | 做一条 | 水草！（豪 ao，iao）

那 | 榆荫下 | 的一潭，
　不是 | 清泉，| 是天上虹（庚 eng，ing，ong，iong）

揉碎在 | 浮藻间，
　　沉淀着 | 彩虹 | 似的梦。（庚 eng，ing，ong，iong）

寻梦？| 撑一支 | 长篙，
　　向青草 | 更青处 | 漫溯，（波 o，e，uo）
满载 | 一船 | 星辉，
　　在星辉 | 斑斓里 | 放歌。（波 o，e，uo）

但我 | 不能 | 放歌，
　　悄悄 | 是别离 | 的笙箫；（豪 ao，iao）
夏虫 | 也为我 | 沉默，
　　沉默 | 是今晚 | 的康桥！（豪 ao，iao）

悄悄的 | 我走了，
　　正如 | 我悄悄 | 的来；（开 ai，uai）
我 | 挥一挥 | 衣袖，
　　不带走 | 一片 | 云彩。（开 ai，uai）

《再别康桥》是徐志摩先生的经典之作，也是他的诗歌对“三美”要求的综合艺术性体现。

从诗体形式看，属于“开放型参差式”。诗歌语言清新，有着突出的通俗流畅的特点，但又深得锤炼功夫，不露雕琢痕迹，极富音乐美。其中第一段和最后一段句式是反复的，“轻轻”、“悄悄”等词也是重叠的，加强了节奏感。每节诗随着感情的变化而换韵，这点与闻一多先生的《死水》用韵可谓一脉相承。每节一、三句诗排在前面，二、四句诗低格排列，空一格错落有致，一、三句诗短一点，二、四句诗长一点，都呈现出建筑对称美来。而“金柳”、“柔波”、“星辉”、“软泥”、“青荇”这些词藻既形象又具有柔美感，苏轼在评价王维的诗时说：“观摩诘之画，画中有诗；味摩诘之诗，诗中有画。”品味此诗也给读者“诗中有画”的享受。至于诗中的比喻，也都新鲜准确，形象生动，宛如流水一样自然淌出，毫无当时新诗欧化的倾向。总之，《再别康桥》这首诗音节抑扬顿挫，声调回环反复，格式呈现对称，词藻形象柔美，在艺术上达到了炉火纯青的境地。

从内容看，《再别康桥》是诗人在1928年第三次来到康桥后的归国途中写下的切身感受。他曾经这样写道：“我在康桥的日子可真是享福，深怕这辈子再也得不到那样蜜甜的机会了。我不敢说康桥给了我多少学问或是教会了我什么。我不敢说受了康桥的洗礼，一个人就会变气息，脱凡胎。我敢说的只是——就我个人说，我的眼是康桥教我睁的，我的求知欲是康桥给我拨动的，我的自我的意识是康桥给我胚胎的。”诗歌通过美丽的意象和首尾呼应，构筑起梦幻般的氛围，如一首小夜曲，让人如痴如醉，表达了诗人在离别康桥时的那份依依不舍之情，是一首从心底里流淌出来的精美诗作。

乡愁（余光中）

小时候
乡愁 | 是一枚 | 小小的 | 邮票
我在 | 这头（尤 ou，iu）
母亲 | 在那头（尤 ou，iu）

长大后
乡愁 | 是一张 | 窄窄的 | 船票
我在 | 这头（尤 ou，iu）
新娘 | 在那头（尤 ou，iu）

后来啊
乡愁 | 是一方 | 矮矮的 | 坟墓
我在 | 外头（尤 ou，iu）
母亲啊 | 在里头（尤 ou，iu）

而现在
乡愁 | 是一湾 | 浅浅的 | 海峡
我在 | 这头（尤 ou，iu）
大陆 | 在那头（尤 ou，iu）

乡愁是中国诗歌中一个历久常新的主题，提起它，我们的脑里就会涌现许多相关的诗句，如："床前明月光，疑是地上霜。举头望明月，低头思故乡。"（李白）"君自故乡来，应知故乡事。来日绮窗前，寒梅着花未?"（王维）"日暮乡关何处是，烟波江上使人愁。"（崔颢）……台湾诗人余光中的《乡愁》就是这样荡气回肠的思乡曲。

从诗体形式看，它属于"凸型参差式"，全诗四节，借鉴北宋黄鲁直《阮郎归》中始创的"福唐体"韵式，每节三、四句韵脚用同一个"头"字，与其他诗歌之韵脚——同韵不同字——区分开来，很有特色。

从内容看，诗人运用托物寄情的诗歌创作方法，巧妙地提取了邮票、船票、坟墓、海峡四个联结亲情、爱情、爱国情的意象，以时间的次序为经，以两地的距离为纬，在含情依依、相思殷殷、哀痛深深、乡愁浓浓的情意递进中给读者一种动人心魄的艺术感染力，引起那些离乡的人们无限的哀愁和无尽的相思。而回旋往复、一唱三叹的格律体新诗形式的成功运用，更让诗人对亲人和祖国的眷恋之情显得深沉和绵绵不绝。

触电（北岛）

我曾 | 和一个 | 无形 | 的人（文 en，in，un，ün）
握手 |，一声 | 惨叫（豪 ao，iao）
我的手 | 被烫伤
留下了 | 烙印（文 en，in，un，ün）

当我 | 和那些 | 有形 | 的人（文 en，in，un，ün）
握手 |，一声 | 惨叫（豪 ao，iao）
它们 | 的手 | 被烫伤
留下了 | 烙印（文 en，in，un，ün）

我不敢 | 再和 | 别人 | 握手
总把手 | 藏在 | 背后
可当我 | 祈祷（豪 ao，iao）
上苍 |，双手 | 合十
一声 | 惨叫（豪 ao，iao）
在我的 | 内心 | 深处
留下了 | 烙印（文 en，in，un，ün）

《触电》是北岛的代表作之一，是对“文革”浩劫中一代人所饱受的肉体折磨与精神戕害的真实记录，诗人希望以此呼唤正义与人性的回归。

从诗体形式看，它属于“收缩型参差式”，语句短促，节奏顿挫，分别押“文”韵（en，in，un，ün）和“豪”韵（ao，iao）。

全诗共三节，具有鲜明的戏剧性。第一节是故事的开端：“握手”本是一种表明友好的行为，但“我”却受伤了。“无形的人”使我们联想到一种不可亲近、难以理喻的专制权威；第二节是故事的发展：“无形的人”使“我”受伤，“我”又给“有形的人”造成了伤害，受害者的“我”成了帮凶；第三节是故事的高潮和结局：“我”彷徨不安再也不敢同他人亲近，并试图以虔诚的祈祷来救赎自我，却反而使心灵惨遭重创，这又是更大的悲哀了。

诗歌运用反复、递进、对比、隐喻等修辞手段，把压抑、痛楚与愤懑之情藏匿在平易质朴的叙述中，给读者极度变形的逼真的视听形象，触目惊心。

三　复合式格律体新诗形式与内容的统一

空山鸟语（毛翰）

清晨 | 在空山 | 听鸟语
仿佛 | 听到了 | 神谕（齐 i，er，ü）
神说 | 大地 | 要有 | 诗情
大地 | 便有了 | 一派 | 新绿（齐 i，er，ü）

黄昏 | 在空山 | 听鸟语

仿佛 | 听到了 | 神曲（齐 i，er，ü）
神说 | 天空 | 要有 | 安宁
天空 | 便呈现 | 一盘 | 棋局（齐 i，er，ü）

人间 | 有太多 | 的浮躁
人心 | 有太多 | 的空虚（齐 i，er，ü）
误读了 | 人生 | 多少年
今日 | 在空山 | 听鸟语（齐 i，er，ü）

毛翰的《空山鸟语》属于“整齐参差复合式”，逢偶行押“齐”韵（i，er，ü）。诗歌语言率真、从容、清新、灵动，其所描绘的“空山”、“鸟语”、“新绿”、“棋局”等意象显得明净、清雅、脱俗，给人一种进入世外桃源的感觉，进而表现了作者忘情山林、爱慕自然的情怀。

毛翰先生在《诗美创造学》中说：“诗，作为一种艺术品，仿佛是由天工与人工合作而成，就像一件根雕作品，既是钟天地之灵气，自然生成，还须凭诗人之慧心，人为创造。”本诗正是诗人用其智慧为我们捕捉到的神奇“天籁”，它“清水出芙蓉”，于洒脱从容的语境中让我们感受到“天人合一”的宇宙法则。“误读了人生多少年/今日在空山听鸟语”是过来人对生命的解读和对自我生命价值的提升。

母亲给我的胎印（晓曲）

在我的 | 胸脯 | 偏东的 | 区域（齐 i，er，ü）
有一块 | 纺垂形 | 的胎记（齐 i，er，ü）
是母亲 | 浓缩的 | 永恒 | 记忆（齐 i，er，ü）

看着｜母亲｜给我的｜胎印（文 en，in，un，ün）

和自己｜的胸膛｜平行（庚 eng，ing，ong，iong）

那｜分明是｜宝岛的｜缩影（庚 eng，ing，ong，iong）

我的｜经脉｜绕成了｜纺线（寒 an，ian，uan，üan）

肋骨｜是那｜撑起的｜垂杆（寒 an，ian，uan，üan）

一生｜纺着｜母亲的｜期盼（寒 an，ian，uan，üan）

我把｜胎印又｜传给了｜儿子（齐 i，er，ü）

呵护在｜胸脯｜同样的｜位置（齐 i，er，ü）

让世代｜记住那｜不变｜情思（齐 i，er，ü）

从诗体形式看，这首《母亲给我的胎印》属于“整齐参差复合式”，全诗四节，一、四节押“齐”韵（i，er，ü），二节押“文（en，in，un，ün）”、“庚（eng，ing，ong，iong）”宽韵，三节押“寒”韵（an，ian，uan，üan），首尾呼应而韵式多变，参差错落兼以抑扬顿挫，节奏感很强，从整体上增加了诗的美感。

从内容看，“我”的“胎印”分明是“宝岛的缩影”，可谓联想丰富，寓意巧妙，胸怀博大，情感深沉，语言含蓄，把亲情和海峡情融为一体，将对母亲的爱升华到对祖国的爱，和台湾诗人余光中先生的《乡愁》有异曲同工之妙。“我把胎印又传给了儿子/呵护在胸脯同样的位置/让世代记住那不变情思”，意蕴饱满、深沉，赤子情怀令人动容。

四 小 结

通过以上剖析，我们可以获得如下启示：

1. 较之自由诗，格律体新诗非但毫不逊色，而且亦不像某些批评者所云“束缚诗人的思想感情”。提倡和实践格律体新诗的写作，非但不是什么形式主义，反而能推动诗思的运行和诗艺规律的发掘，帮助诗人迅速完成自己作品的艺术构思，并向诗的内核做一种逼近。

2. 一首好诗，肯定是内容和形式的完美的结合，美好的形式总要为美好的内容来服务，而美好的内容必须借助美好的形式来表达，我们在创作格律体新诗的时候，不能有所偏废。

3. 不同类型的格律体新诗没有高低之分，只要它的表现是完整的、自然的、和谐的，它们都可以是最美的，它们的美是不同形式的美，在不同类型的美之间，不存在优劣可比性。

4. 主题内容决定诗体形式，任何诗体形式都是为主题内容服务的。不同的诗体形式对表现主题内容的成效是决不相同的，甚至天壤之别，所以“量体裁衣”很重要。一旦诗体形式依据主题内容的需求来确定，伴着心声的节律载歌载舞，内容与形式便能达到高度的统一。而这一诗体形式，可以是独创的新的体式，也可以是活用原有的旧的体式，它没有任何预定的必须遵守的框框。

格律体新诗在新世纪的复兴，反映了对西方文化的批判吸收及对民族文化传统的顽强回归，也使中国诗苑多了一朵奇葩。相信伴随着民族信心的进一步增强以及新诗的螺旋发展轨迹，未来格律体新诗创作会更加繁荣起来。一个以自由体新诗、格律体新诗和当代诗词三足鼎立的局面终将形成。

自由诗之“天问”

赵青山

一

“我是谁？我来自哪里，将去向何方？”这样一个关于人类的哲学命题，如今用来思索自由诗的未来，是再恰当不过的了。

自由诗人大都认为自由诗除了分行外想怎么写就怎么写，其实并非真的如此。追根溯源，即使是自由诗大师，无论是理论认识还是创作实践，都与格律有着剪不断理还乱的情缘。因此，可以肯定地说，追求新诗形式的规范与秩序，是所有新诗人的永恒主题。

二

郭沫若被誉为中国白话自由诗的奠基者。新诗之初，郭沫若写诗崇尚质朴，不拘平仄音韵，专注自由抒写，追求直接宣泄，成为现代自由诗的宗祖。他的一些论述被自由诗人奉为圭臬，成为现代自由诗的理论基础。

“他人已成的形式，只是自己的镣铐。形式方面我主张绝端的自由，绝端的自主。”①

“新诗没有建立出一种形式来，倒正是新诗的一个很大的成就。新诗本来是诗的解放，它是从打破旧形式出发的。目的在打破既成的四言五言七言或以四言五言七言为基调的长短句的那些定型，而使诗的感性自由流露。因此，不定型正是诗歌的一种新型。”②

其实，纵向考察郭沫若的新诗历程，会发现以上都是其早年的新诗观。他早年激情四溢，崇尚自由，写下了被人奉为经典的自由诗《女神》、《星空》等。但是，到了后期，郭沫若对早年的自由诗进行了深刻的反省，他的新诗观逐步向格律靠拢，开始了对新诗形式美的追求，这却是为很多人所不知的。

郭沫若在1963年5月5日写给忘年交陈明远的信中说：“至于我自己，有时我内心是很悲哀的。我常感到自己的生活中缺乏诗意，因此也就不能写出好诗来。我的那些分行的散文，都是应制应景之作，根本就不配称为是什么‘诗’！别人出于客套应酬，从来不向我指出这个问题，但我是有自知之明的。你跟那些人不一样，你从小就敢对我说真话，所以我深深地喜欢你，爱你。我要对你说一句发自内心的真话：希望你将来校正《沫若文集》的时候，把我那些应制应景的分行散文，统统删掉，免得后人耻笑！当然，后人真要耻笑的话，也没有办法。那时我早已不可能听见了。”

郭沫若的感慨并非一时冲动。50年代正是我国社会急骤向“左”转，我国诗坛独尊民歌的年代。在这样的年代，郭沫若曾经想方设法探索中国新诗的形式。

① 郭沫若：《论诗三札·致宗白华》，《时事新报·学灯》，1920年2月16日。

② 郭沫若：《开拓新诗歌的路》，《人世间》，1948年1月31日。

1958年，郭沫若创作并出版了诗集《百花齐放》，赞美101种花，以歌颂“百花齐放、百家争鸣”的方针。值得提及的是，101首诗全是八行体新诗。这些诗，每首两段，每段四行；节奏大致相等（有些诗每行字数相等）；有的一韵到底，有的偶句押韵，有的有规律变化。如：

仙客来

请不要说我们是来自洋外，
来到中国就成为土生土长。
我们衷心地热爱中国人民，
他们称呼我们为萝蔽海棠。

我们和秋海棠原是姐妹行，
鲜艳的花瓣反开十分别样。
上海姑娘叫我们是兔子花，
怕是花瓣和兔子耳朵相像。

打破碗花花

我们的白色花冠是有五瓣，
有的花色是淡紫或者淡蓝，
也有双瓣的花名叫秋牡丹，
栽培在庭园里也十分美观。

但我们广阔的天地是在乡间，
农民们使用来驱蝇除蚊肥田，
叶茎有毒，要看是怎样使用，

只要使用得法并不必打破碗。

一品红

如果有人否认，说我们是叶不是花，
我们可以理直气壮地正面告诉他：
是的，你说的一点也不错，不要惊讶，
一切的花其实都是叶子之所变化。

我们要说枫叶是花你能反对吗？
诗人不是说过："霜叶红于二月花?"
何况我们的红真真算得一品红，
我们是红在万花凋谢了的寒冬。

陈明远是郭沫若先生的忘年之交。从1957年夏开始，陈明远就和郭老商量，要把他的旧体诗改写成现代的新体诗，郭老欣然应允。从此，陈明远利用课余时间将郭沫若新中国成立后写的一些旧体诗写成新体诗。写好后，寄给郭老。郭老看后作修改再寄回。从1957年至1963年六年时间里他俩共改写了300多首诗。其中一半改成自由诗，另一半改成新体格律诗。1992年曾由中国文联出版公司出版的《新潮》，第一辑就是十四行新体格律诗。如：

游里加湖

我恍惚飞驰向着家乡
汽车如快艇穿过巫峡，
故国的谣曲，耳边回荡
忘却了此刻身在天涯……

雪峰高悬于云岭之上
苍松、紫雾，交织青苔，
听那幽谷溪流的重唱
瀑布迎风动着虹彩——

感谢你！盛夏的奇迹，
把冬的壮丽、秋的雍容
和春的欢跃，合为一体；

我的心，也跟你相同，
汇集了老年的稳重，壮年的
坚忍，和童年的幻梦。

对于后期自己的新诗形式尝试，郭沫若有着截然不同的两种看法：对《百花齐放》中的八行体新诗，他全然否定。但对于陈明远用自己的旧体诗改写的十四行新体格律诗，郭沫若却倍加赞赏，并为此撰写了《新潮后叙》。无论如何，可以肯定的是，一代自由诗宗师晚年将观察思考提升新诗艺术水准的眼光瞄向了格律化。

三

诗人艾青也是现代自由诗的主要倡导者，堪称大师。他于1939年撰写的诗论《诗的散文美》也是自由诗的主要理论基石。他说：“有人写了很美的散文，却不知道那就是诗；也有人写了很丑的诗，却不知道那是最坏的散文。……我们既然知道把那种以优美的散文完成的伟大作品一律称为诗篇，又怎能不轻蔑那种以丑陋的韵文写成的所谓‘诗’的东西呢？……称为‘诗’的那文学样式，脚韵不能作为决定的因素，最主要的是在它是否有丰富的形象——任何好诗都是由于它所含有的形象而永垂不朽，却绝不会由于它有好的音韵。”（《诗的散文美》）

艾青强调诗的散文美、口语美，并非一概反对诗的格律和形式的规范。他认为，“艺术的规律是在变化里取得统一，是在参错里取得和谐，是在运动里取得均衡，是在繁杂里取得单纯、自由而自己成了约束”。[①] 所以，他一方面指出“当格律已成了仅只囚禁思想与情感的刑具时，格律就成了诗的障碍与绞杀”[②]；另一方面，他又肯定了格律的积极作用，他说“格律是文字对于思想与情感的控制，是诗的防止散文的芜杂与松散的一种羁勒”[③]。

艾青主张诗歌应“在一定的规律里自由或者奔放”[④]。所以说，“戴着镣铐跳舞”也是艾青新诗观的一个基本内容。

艾青曾专文《自由诗与格律诗问题》探讨新诗格律的问题。他认为：什么叫“自由诗”？简单地说，这种诗体，有一句占一行的，有一句占几行的；每行没有一定音节，每段没有一定行数，也有整首诗不分段的。“自由诗”有押韵的，有不押韵的。“自由诗”没有一定的格式，只要有旋律，念起来流畅，像一条小河，有时声音高，有时声音低，因感情的起伏而变化。

什么叫“格律诗”？简单地说，这种诗体大体上是一句占一行，或一句占两行；每行有一定音节，每段有一定行数；也有整首诗不

① 艾青：《诗论》，北京：人民文学出版社，1980 年，第 176-177 页。
② 同上，第 179 页。
③ 同上。
④ 同上，第 176 页。

分段的。“格律诗”要押韵，有的行行押，有的隔行押，有的交错着押；也有整首诗押一个韵的。有各种不同的建行的意见，有的主张以统一的字数为标准；有的主张以统一的节拍为标准，字数则可伸缩。“格律诗”总的解释是：无论分行、分段、音节和押韵，都必须统一；假如有变化，也必须在一定的规格里进行。

现在一般流行的“格律诗”，大都是四行一段，行无一定音节，韵也常常不一致。有的诗，看上去整齐，念起来不整齐，原因就是没有一定的音节。“格律诗”的种类很多，有的是从我国原有的诗、词及民间歌谣发展起来的；有的是从外国传来的。“五言”、“七言”是中国原有的“格律诗”体，而像“楚辞”和“宋词”也是我国的“格律诗”体。五四运动以后，从西洋传来了许多“格律诗”体。我们也的确产生了很多以“格律诗”体写的好诗。近十年来，由于诗人们对于民间歌谣和古典诗的研究，产生了许多比较优秀的“格律诗”，使“格律诗”有了新的发展。

就创作实践而言，艾青主要是以无一定格式的、自由的、活泼的自由体诗作为自己诗歌创作的主要形式，但他也不排斥别的诗体形式。在格律体新诗方面，他尝试过的形式有：

1. 整齐式。如《荒凉》、《泉》（五言）、《威尼斯小夜曲》（五言）。

2. 参差式。如《小蓝花》、《盼望》、《关于爱情》、《天鹅湖》、《向艾黎致敬》。

盼　望

一个海员说，
他最喜欢的是起锚所激起的
那一片洁白的浪花……

一个海员说，
最使他高兴的是抛锚所发出的
那一阵铁链的喧哗……

一个盼望出发
一个盼望到达

3. 十四行。如《监房的夜》。

值得提及的是，艾青的八行体小诗好像是着意而为，每首两节，每节四行；偶句押韵，或有规律变韵；或整齐，或参差；如《树》、《礁石》、《自由体操》、《小花答辩》、《刈草的孩子》、《泡影》、《天鹅》、《假如》、《珠贝》。

珠　贝

在碧绿的海水里
吸取太阳的精华
你是彩虹的化身
璀璨如一片朝霞

凝思花露的形状
喜爱水晶的素质
观念在心里孕育
结成了粒粒珍珠

假　如

假如死了的能活过来

闭着的眼睛忽然睁开
重新看一看周围变化
一定会吓得目瞪口呆
他活着的时候你曾骂他
恨不得把他整死才痛快
他死了却成了生前友好
站在遗像前面表示默哀

对于新诗到底是应该采用自由诗还是格律诗来写，艾青认为：“无论诗人采取哪种诗体写诗，都一样要求在群众中发生影响；而无论那个诗人又都是根据他自己的美学观点在对事物进行评价的。一面是群众的爱好，一面是作家创造的个性，只有具备了最高才能的作者，在这两者之间所存在的矛盾上会取得最好的解决。”（《自由诗与格律诗问题》）

四

现代诗人废名（原名冯文炳），以诗论《新诗应该是自由诗》为自由诗人所熟知。他说：“如果要做新诗，一定要这个诗是诗的内容，而写这个诗的文字要用散文的文字。已往的诗文学，无论旧诗也好，词也好，乃是散文的内容，而其所用的文字是诗的文字。我们只要有了这个诗的内容，我们就可以大胆的写我们的新诗，不受一切的束缚，‘不拘格律，不拘平仄，不拘长短；有什么题目，做什么诗；诗该怎样做，就怎样做’。我们写的是诗，我们用的文字是散文的文字，就是所谓自由诗。”（《新诗应该是自由诗》）

“我的本意，是想告诉大家，我们的新诗应该是自由诗，只要

有诗的内容然后诗该怎样做就怎样做，不怕旁人说我们不是诗了。”(《新诗应该是自由诗》)

这大概是迄今为止自由诗最为直接的表述了。

废名倡导自由诗时，是新诗刚刚兴起的时候，他为文《新诗应该是自由诗》是在1936年。然而，当他在1947年阅读卞之琳《十年诗草》和冯至《十四行集》之后，由衷赞赏两人的新格律诗。他说：“卞之琳与冯至的有规律体的诗确是很好了。我自信我没有成见，我是从事实观察，在我以前编讲义的时候，我还没有发现有规律体的好诗。”①

没有发现“有规律体”的好诗时，废名倡导新诗应该是自由诗；但当他发现“有规律体”的好诗时，废名就对卞之琳、冯至的“好诗”大加赞赏。看来，废名对于自由诗的坚守也不是一成不变的。

就创作而言，废名新诗主要是不拘任何形式的自由诗。然而，也有个别小诗，节奏鲜明，而且押韵，给人耳目一新之感。如他的《秋水》：

我见那一点红，
我就想到颜料，
它不知从那画一个生命。
我又想那秋水，
我想它怎么会明一个发影？

① 陈建军、冯思纯编订：《废名讲诗》，武汉：华中师范大学出版社，2007年，第117页。

下面是他翻译的一首泰戈尔小诗，上下两节完全对称：

你操的是哪一种语言呢？啊，海？
语言而为永永之问。
你回答的又是哪一种呢？啊，天？
语言而为永永之默。

五

自由诗将去向何方？统观自由诗大师们的探索与思考，答案是不言自明的。

【编后】本文是在“东方诗风”论坛贴出的，反响甚大。我跟了一贴：需要指出的是，艾青、戴望舒二位，并未将自己这一主张贯彻到底，他们晚期的作品走的是相反的路数，实行了自我“救赎”（我分别有专文论述），但是其对诗的误导却远未终止。这与碍于二人的声望，对他们的错误观点及其严重后果批评不足关系极大。

据查，谢向红亦有《艾青与新诗格律建设》一文，见于《湖南科技大学学报》（社科版）第七卷第三期（2004 年 5 月），副题为《艾青中后期创作的格律化倾向》。这一现象已经引起广泛的注意，网上搜索，相关论文不少。

标点符号在格律体新诗建行中的使用

晓　曲

当代新诗是通过分行来构建诗歌的外在形式的，且都可以在诗行中使用标点符号，自由新诗与格律体新诗都不例外。不同的是，自由新诗诗行中的标点符号无需考虑对诗行与诗节对称音步的影响；而格律体新诗由于规定不允许一个字词在句子中间构成音步，但可灵活运用标点符号来构建对称的诗行与诗节。下面着重以逗号为例来探讨其对格律体新诗诗行与诗节音步对称的影响与灵活运用的作用。

逗号在诗行中起到短暂停歇的作用，一般长于诗行中音步的停歇，即大多数情况下，逗号前后都有至少一个音步。逗号在汉语中占据一个字词的位置，在格律体新诗完全限步限字构建对称诗行与诗节理论前提下，逗号所占据的位置有时就成了影响诗行与诗节外在形式对称的因素，并直接影响到格律体新诗外在形式的“三分法”（整齐对称式、参差对称式与复合式）的确立。如果能灵活处理逗号在音步划分中的作用，既能增强创作的灵动性，又能更加有效地实现诗体形式的“三分法”。

（一）逗号只占据位置，相当于一个字词的停歇，不影响诗行与诗节音步对称。试举一例加以说明。诗文中的“|”为音步分隔线，阿拉伯数字为诗行的音步数量（后同）。

二月蓝（罗桥）

今晚 | 我送你 | 一座 | 小城 4
设起 | 一条 | 清浅的 | 河水 4
润着 | 红花 | 开满你 | 小巷 4
让月色 | 探问 | 你的 | 心扉 4
而在 | 夜深 | 我总会 | 担心 4
月落 | 以后 | 会有堆 | 惊雷 4
徜徉 | 在这 | 小巷的 | 桥头 4
只有 | 竹子 | 在和我 | 作陪 4
天上 | 地下 | ，倏忽 | 茫茫 4
烟火 | 人间 | ，无处 | 依皈 4
二月蓝 | 河边 | 独自 | 开落 4
又如何 | 心疼 | 一堤 | 轻肥 4
梧桐树 | 已经 | 开始 | 起风 4
眼前的 | 虚幻 | 又设给 | 谁 4
轮回 | 之间 | ，空空 | 如梦 4
造化 | 却给我 | 一夜 | 伤悲 4
老如 | 当初 | ，醉如 | 花奴 4
花谢 | 入梦 | ，花落 | 成堆 4
而 | 今晚 | 我穷尽 | 的醉意 4
不如 | 当初 | 劝你的 | 一杯 4

这是一首九言四步整齐式格律体新诗，其中第九行、十行、十五行、十七行、十八行这五行中间都使用了逗号，逗号占据一个字词的位置而不影响诗行与诗节的对称，标点符号起到一个字站位的作用，有效地实现了完全限步限字规则下的整齐对称形式。

另一种情况，当标点符号占据一个字位置而导致整齐式诗行或诗节参差不齐时，首先考虑减字或压缩标点符号；当无法做到减字或压缩标点符号时，此时标点符号可以不算作一个字。

（二）逗号占据位置，不影响诗行内在音步的对称，但影响诗行与诗行外在形式的对称。试举一例加以说明。

橘子花开十四行（晓曲）

昨夜｜梦橘｜今晨｜遇见 4
饮马｜河岸｜橘树｜花繁 4
梦里｜橘甜｜，梦外｜花鲜 4
既盼｜梦里｜常不醒 3
又盼｜梦外｜常不眠 3

曾经｜迷恋｜山野｜橘园 4
儿时｜玩伴｜识香｜游玩 4
花开｜不离｜，果熟｜不散 4
既盼｜橘花｜夜夜新 3
又盼｜橘果｜天天甜 3

这样｜恋橘｜年复｜一年 4
橘影｜橘香｜缠着｜思念 4
橘影｜时时｜眼前｜浮现 4

橘香 | 阵阵 | 涌入 | 心田　4

这是一首复合式十四行格律体新诗，前两节参差对称诗节的音步节式为44433，一、二、三行同样是八言四步，其中的第三行使用了逗号而与一、二行不对称，逗号影响了外在对称形式。但由于一、二两节诗采用了同样的形式，而成为完全对称的诗节。

（三）逗号前后允许一字词配合音步的划分，并可以在句子中间出现，能有效地构建诗体形式的“三分法”。试举几例加以说明。

怀　念（汪常）

夜 | ，是用来 | 撕破 | 记忆的　4
然后 | 不能眠　2
然后 | 不能 | 自已　3

泪 | ，是用来 | 清洗 | 往事的　4
然后 | 说再见　2
然后 | 好好 | 珍惜　3

此作是一首六行体参差对称格律体新诗，逗号前面一个字词，且在句首，虽然不用逗号分隔也可以作为一个独立的音步划分，但使用逗号则对这个字词起到了特定的强调作用。逗号后面的“是用来”三字词，一般以作为一个独立的音步划分；因为有逗号，且在句子中间，如果有需要，也可把“是”字独立化开成为两个音步配合构建其他诗行或诗节对称音步的需要。

雨中（李征）

小镇子丨手忙丨脚乱　3
且看丨一尾鱼丨，撑一柄丨荷叶伞　4
四野的丨钓线丨万千　3

飘来了丨你丨，飘来了丨咱　4
眼神丨水水丨水水丨水过去　4
哎哟哟丨伞外丨浮想丨翩翩　4

伞儿丨转呀丨转呀转　3
转得丨小镇子丨，向左转丨向右转　4
绕着丨黛绿丨荷叶伞　3

此作是一首参差对称式诗节与整齐式诗节构成的复合式格律体新诗，中间一节的首句“飘来了你，飘来了咱”，逗号出现在句子中间，按格律体新诗规范，正确的音步划分方式为“飘来了丨你，飘来了丨咱”四个音步，这是典型的一字音步出现在中间的情况，因为有逗号存在，起到了灵活的音步调节作用。

与诸位同窗长沙短聚，伤别（刘贵宝）

是长沙丨的雨丨不愿丨久留丨我这丨远游的丨人吗　7
可我丨依旧丨迷恋丨你的丨风景丨，你丨别样的丨婀娜　8
湘水丨滚滚的丨白，似舒卷丨的云　5
江花丨盛开的丨红，像旺燃丨的火　5

我 | 无法 | 承受这 | 短暂的 | 停留 | 强加的 | 失落 7

哪怕 | 将来 | 还有 | 方长 | 来日 | ，可 | 心生的 | 怯懦 8

是那 | 前程 | 未知 | ，人生的 | 未卜 5
是这 | 悠悠 | 离去 | ，形影的 | 零落 5

满桌的 | 佳肴 | 虽然 | 丰盛 4
满腔的 | 话语 | 欲言 | 难说 4
席上的 | 本就 | 不是 | 宾客 4
觥筹 | 交错后 | 依旧 | 沉默 4

沉默 | 已不是 | 青青 | 校园里 | 的柔波 5
别离的 | 模样 | 为最后 | 一杯酒 | 放歌 5

此作是一首参差对称式诗节与变步整齐式（两节不同音步的整齐式）诗节构成的复合式格律体新诗，一、二两节参差对称诗节的后两行都采用了相同的逗号二分方式来构建对称性。第一节的后两行，运用了“的”字等辅助词可以靠前或靠后划分的规则，并结合第二节的后两行来构建正确的音步的。具体划分音步如下：

第一节的后两行：

湘水 | 滚滚的 | 白 | ，似舒卷 | 的云 5
江花 | 盛开的 | 红 | ，像旺燃 | 的火 5

第二节的后两行：

是那丨前程丨未知丨，人生的丨未卜　5
是这丨悠悠丨离去丨，形影的丨零落　5

不难看出，第一节后两行的前半分句和第二节后两行的后半分句音步的划分是依照语法规则；“的”字靠前处理的，是按格律体新诗规范要求，对于辅助词的处理，能够依照语法规则的情况下，尽量依照语法规则。而第一节的后两行中“的”字则是配合第二节音步对称需要靠后划分的。第一节后两行的前半分句，因为诗行中有逗号，一字步则可以出现在诗行中间，“的”字位置优先依照语法规则处理；而后半分句则只能将“的”靠后处理。

（四）诗行中要避免随意胡乱使用逗号。前后语义连贯的整体，随意使用逗号分隔不当，不仅起不到强调情感的作用，反而会画蛇添足。其实，这种无意义的分隔强调，不如交给读者去感悟情感的起伏。

总之，逗号类似于音乐中节拍延时，占据一个音符的位置，对诗歌节奏可以起到有效的调节作用，能充分融入诗歌的建筑美与音乐美之中。类似于逗号作用的还包括顿号、句号、感叹号、冒号、分号等占用一个字词的符号；破折号、省略号占用多个字词的符号也可结合音步划分的需要作为特殊考虑；引号、括号占用的字符对外在对称形式有影响，但不影响内在音步的划分。

今天，不少成熟的格律体新诗诗人，已能熟练使用标点符号句式来构建更加丰厚的意蕴，避免了单一诗行可能导致的顺口溜式肤浅局面。

万龙生与王端诚的十四行诗

许 霆

万龙生和王端诚，是新时期以来力倡新诗格律的诗人，同为东方诗风核心人物，数十年来身体力行创作格律体新诗。他们有着基本一致的新诗格律主张。主要包括：一是认为“在诗里，最小的节奏单位是顿，即朗诵（默诵亦然）中产生的自然的必需的或长或短的停顿，类乎音乐的节拍”①。他们有时把这种最小的节奏单元称为“步”。二是由音顿（或步）建行就形成了格律体新诗的三大类型，每行顿数或字数相等的整齐式、节与节相应行顿数相等的参差（对称）式和以上两种方式综合的复合式。三是韵律就是新诗中的用韵的规律，格律诗押韵是普遍的规律，用韵方式不妨多样化。四是新诗应该建立几种固定形式，目前在探索的主要是四行体（可称“新绝句体”）、八行体、十四行体等。五是按以上规律写作格律体新诗，具有无限可操作性，诗人尽可遵循格律体新诗的产生规则，创造出新的作品，新的体式。万龙生、王端诚是把十四行体作为重

① 万龙生：《第五章　格律体新诗》，见吕进主编《中国现代诗体论》，重庆：重庆出版社，2007年，第320页。

要的新诗固定形式而纳入以上新诗格律理论的，并按照以上格律主张来创作他们的十四行诗。

万龙生（1941－ ），湖南衡阳人，自述自己从20世纪60年代以来，一直锲而不舍地从事着现代格律诗的研究和实践。“在这过程中，很自然地对十四行体产生了浓厚的兴趣。我读过一些外国名家十四行诗的译文，其中印象最深的是莎士比亚和白朗宁夫人的作品；而中国大量写十四行体的诗人，我最佩服的是朱湘和冯至（后来读到屠岸、唐湜先生的作品，我也十分喜爱）。读多了，也就试着写。写多了觉得不但不难，而且对这种形式很喜爱，犹如一种惯用的工具。”① 万龙生的十四行诗较多，大多收在他的个人诗集《戴“镣”之舞》、《献给永远的情人》和《当代重庆作家作品选·万龙生卷》中，他有意要把自己写的十四行诗集中起来，出版《十四行集》，一以赠知音，二以求教正，三以留纪念。“愿微弱的声音也会得到回应，/愿寂寞的事业终会得到理解，/朋友，请你品尝默默的耕耘/所得到的这捧果实其味如何?”在《当代重庆作家作品选·万龙生卷》中，诗人单列“十四行体”一辑，包括《矿灯之什》组诗（《回答》、《意外》、《行者》、《信件》、《忆昔》、《不能》、《矿灯浪漫曲》）、《骊歌》组诗（10首）、《骊歌（又）》组诗（4首）、《野菊之什》组诗（《春神》、《小河》、《题画》、《静夜》、《重返母校》、《宣言》、《步行》、《种子》）、《游踪》（8题）、《工地之什》组诗（《速写》、《送子赴工地》、《鹞子丘》、《堵车》、《滨江路开工即兴》、《井下》、《悼》、《咏服装》、《车行成渝路》）、《江南行吟》（4题）、《赠友之什》（8题）。2007年雅园出版公司

① 万龙生：《我与十四行》，见《诗路之思》，北京：中国三峡出版社，1997年，第64页。

出版了他的选集《十四行诗、八行诗百首》，其代表作，如他在自己主编的《东方诗风格律体新诗选》中所列，有《重庆“棒棒”》、《矿难》、《雁殇》、《死亡十咏》等26题。我们已经在其他章节中评论过他的经济建设诗，主要是《矿灯之什》和《工地之什》两组诗。这里再介绍他的《游踪》组诗，如其中的《桂湖十四行》：

我游桂湖，不值金桂香飘
却逢盛夏，得见红荷蹁跹
杨柳风中，似传来先生的吟声
升庵祠里，怎能不思绪万千

亭台楼台，处处有欢歌笑语
在我眼前，却幻化六诏风烟
当年，黄娥怎能不愁肠百结
而今，先生的坎坷仍令我泫然

据理力谏，只换取贬谪遐方
步步回首，忍泪别亲人故园
道德文章，竟在逆境中砥砺
把中原文化，播种在滇西高原……

漫步荷径，柳毵毵芳草芊绵
懿行亮节，掀起我心中波澜

万龙生的十四行诗在格律上最为重要的追求就是诗行间音顿的整齐或对称，这是一首音顿整齐的诗，每个诗行都是五个音顿，每行中间都有小顿，而且这种小顿所处位置都存在对应性，所以读来节奏鲜明。诗是记游诗，所以开始两个诗段是就实的细致刻画，这种刻画同样符合十四行体的结构特征。第三诗段继续推进，由景写到人，构成了诗的有层次有秩序的递进，形成了一种气势，自然地引出第四诗段的感慨抒发。因为有铺垫，结尾不仅有力度，而且成为点睛之笔，透出诗人的睿智。应该说，此诗是符合十四行体的格式要求的。万龙生两组《骊歌》也是非常有特色的。第一组《骊歌》明确是“十四行组曲”，包括着“序曲”和“尾声”两首十四行诗，中间是 8 首十四行诗，构成一首哀怨动人的离乱之歌，写得情意缠绵，与此情思相应，诗行采用了连绵不断的组织结构，如第 1 首的两节：

不料上当了，因为
这杯儿颇有些古怪
一件底又盛满新醅
尝尝，更苦得厉害

那么，就慢点，一滴滴
品咂，余生不间断
是否会出现奇迹
苦酒变淡了，再转甜

每行三个音顿整齐，诗行较短，但不断地跨行的诗句，就把情思的缕缕丝线拉长，绵延不绝，同特定的诗情达到契合一致，增加了诗的审美情意。

王端诚（1941－），号微斋，四川富顺人，新诗创作讲究格律的严格性和音韵的谐和性，较多地吸收了古典诗词的音律方式，用纯净的现代汉语，在规范的格律格式中传达出深邃的古典意境。学者评价王端诚的诗，是“新格律掌握得娴熟、古典基础深厚、构思颇有‘现代’风，集三点又一身”。王端诚 2007 年出版新诗集《秋琴集》，又称“格律抒情新诗录”，共收诗 99 首，由中国文化出版社出版。梁上泉在序中称赞“收入这个集子中的作品，无论述志、言情，还是山水、怀古，大多能动人心弦，容易引人共鸣”。2010 年出版《枫韵集》（世界文化艺术出版社），始终如一的是写作格律规范的新诗，而且每一首都明确地标示出具体的格律方式，体例分为整齐、参差和复合三种。这是一位严谨而勤奋的诗人。他的十四行诗是他的格律体新诗的重要组成部分，严格地说他并不有意创作十四行诗，而是把尝试这种诗体作为探索新体格律诗的一个组成部分。就格律实践来说，王端诚尤其重视的是诗行的音步（顿）和音数，基本上采用音步（顿）和音数的整齐式。在他的《枫韵集》中，有三步六言十四行体《游湘西“不二门八阵图”景区有悟》和《天空故事：09. 07. 22》，也就是说每行统一是三个音步六音；有三步七言十四行体《猛洞河的雨晨》，每行统一为三个音步七音；有三步八言十四行体《秋日黄昏》和《谢座》，每行统一为三个音步八音；四步八言十四行体《清明意画》和《雷公山中遇苗女歌舞》；四步十言十四行体《烟台至大连轮上》和《收到了远方的一条讯息》，每行统一为四个音步十音；六步十三言分段十四行体《杭州西湖即景》，每行统一为六个音步十三音，所谓“分段”就是十四行分成 ABCD 四个段落，每个段落又分成两节。此外还有变步十四行体《歌声苗寨行》，前十二行分成三段，每段两行是两个音步六音，两行是三个音步六音，末两行是三个音步八音，内部的诗行长度和音步数量呈现变化；还有普通组合十四行体

《给海棠》，前三段均为四行，每行均为三个音步，但每段四行的音数为8779，形成对称形式，末段两行三音步七音。这里转引《杭州即景》中的一个段落：

夕阳送给西湖片片瑰丽的树叶
西山送给西湖段段多彩的云霓
片片树叶连接成那秋天的诗句
段段云霓缝制起这西湖的新衣

孙逐明对这诗的评价是："把十四行分割为分段的整齐对称式，这也是微斋西为中用的一种创造。借鉴西方格律体式，使之中土化民族化，是一个很重要的课题。"宋煜珠的评价是："这首诗写得太美了，形式整饬，音韵谐和，语言工丽，意境清雅，余味绵长，充分体现了闻一多先生所说诗歌'三美'的境地。"① 应该说这种评价是适当的，诗在借鉴西方十四行体的基础上，融入了中国古典诗词的意境、意象和音节，创造了具有诗情画意的境界。就十四行体的运用来说，确实距离原本精神存在距离，但这是诗人的创造，也是一首汉式的十四行诗。诗人在诗体上遵循了4442的分段方式，但却把前三段四行都分割成前后两组，在对称的诗意和语言结构中更多层次地推进诗情诗意，这应该也属于诗人的有意探索。

王端诚有着古典诗词的素养，我们在网络上还读到了万龙生推荐的王端诚"十四行译宋词三首"，说"西方诗体成功移植为现代汉语格律体诗，是中国新诗的一大成就"。"这是王端诚以整齐体移

① 王端诚：《枫韵集》，香港：世界文化艺术出版社，2010年，第77页。

植宋词的尝试，译诗与原词相得益彰，读之如饮琼醪。”① 这里我们介绍王端诚所译辛弃疾所写宋词《水龙吟·登建康赏心亭》的十四行诗。原词是：“楚天千里清秋，水随天去秋无际。遥岑远目，献愁供恨，玉簪螺髻。落日楼头，断鸿声里，江南游子，把吴钩看了，栏杆拍遍，无人会，登临意。　休说鲈鱼堪脍，尽西风，季鹰归来？求田问舍，怕应羞见，刘郎才气。可惜流年，忧愁风雨，树犹如此！倩何人唤取，红巾翠袖，揾英雄泪？”王端诚把辛齐疾的这首词翻译成了如下的十四行诗：

水天远去好一片秋天的江南
美人的发髻化作远方的山峦
凭栏遥望更赠我无限的伤感
我是一个北雁南飞的游子啊
黄昏中无颜去面对手中宝剑
拍栏高歌谁知我悲壮的心愿
秋风起又是鲈鱼成熟的机会
那苦恋故乡的张翰回家了没
元龙和玄德的豪气哪儿去了
羞煞国难中自谋私利的鼠辈
将军的大树风雨里又长十围
半生戎马怎禁得身心的疲惫
英雄寂寞谁才是心灵的伴侣
温情的红巾揩净我男儿热泪

① 见万龙生的博客“诗酒自娱的个人空间”。

这诗采用十四行体的变格形式，段式为3344，主要是服从译诗中原词的意义段落，唐祈的《墓旁》和香港张错的《错误的十四行》之五也用这种段式。译诗每行的音顿和音数整齐，且四个段落的内在结构呈现着起承转合，是相当规范的十四行诗。通过翻译古典诗词来探索新诗的民族化，郭沫若和陈明远早就开始了，其目标是创建中国式十四行诗，因为这种译诗自然地吸收古典诗词的意象、意境和音节，王端诚用十四行译宋词的尝试是值得的。

王端诚在十四行诗创作方面，还尝试过难度最高的“花环诗”，这就是他自己题名为五步十三言整齐式十四行花环体《秋菊之歌》。诗人自己说：“‘花环诗’是传自西欧的十四行诗中一种十分严谨的体式。它是由15首‘十四行’合成的组诗，其中前十四首采用顶真手法，即每首的末行都是下一首的首行，而第15首又全部用前十四首的第一行组合而成。”他自己的花环诗，“以秋菊为题，其中第二曲至第十三曲这十二首，是根据我在2007年所作的旧体七言律诗《菊花诗》，在全新的百花语境和严格的‘花环’格律中采用五步十三言整齐式演绎而成。全诗大多数诗节用AAAA（全韵），少数诗节用BACA（偶韵）或AABA（首句起偶韵的韵式）”①。可见，诗人是较为严格地遵循着十四行花环诗体形式规范进行创作的。15首的曲名是：菊之前奏、菊之记忆、菊之专访、菊之栽种、菊之面对、菊之瓶供、菊之吟咏、菊之图画、菊之疑问、菊之簪鬟、菊之清影、菊之梦幻、菊之残篇、菊之遗韵、菊之回声。我们来看用前14首的首行组合而成的《菊之回声》，写得美轮美奂：

听一支／仙笛／吹奏起／季节的／悠欢

---

① 王端诚：《枫韵集》，香港：世界文化艺术出版社，2010年，第140页。

看几颗／星星／飘落进／银色的／庭院
西风哟／西风哟／捎来了／她的／请柬
清秋的／女神／赠予我／澄澈的／诗篇

也算／耕出了／一小块／避世的／桃源
笑看那／尘寰中／数不完／冷酷／威炎
互递那／妾意／郎情在／这一世／人间
一直到／永远啊／天长／地久的／那天

斜阳下／傲然／站立成／永恒的／经典
秋天的／问题／获得了／春天的／答案
采菊／东篱下／我采回／虔诚的／信念
我把那／艳影／种入了／清澈的／心田

不辜负／秋之神／这一番／痴情／缱绻
微斋中／向缪斯／献上／精织的／花环

《秋菊之歌》在菊花中融入了诗人的精神追求，表达了对秋菊真善、高贵、纯洁的秋菊的崇敬之情，是一首跳荡着活力的生命之歌。菊花与诗人合二为一，秋菊之歌就成为诗人的人格之歌。全诗15 首 225 行全部采用的是“完全限步说”，即严格限步又限字，而且结束的一个音组始终保持双字尾，这样严格地遵循格律，对诗人写作提出了很高的要求。网络评论说：“诗人王端诚对菊花也是情有独钟。他的这组新作，如滔滔不绝的大和又如回环往复之太极的鸿篇巨制，自始至终都押 an，ian，uan 韵，整齐划一，盘旋而下，绵绵不绝，谋篇布局呈现古典诗词‘起承转合’之结构美，吟诵荡气回肠，意境美不胜收。对菊花一往情深，借用古典诗词的意境，运用现代百花诗的语言及格律进行新的演绎，没有华丽的辞藻，没有晦涩的生僻字，于通俗易懂中给读者优雅古朴的回味，这样的诗者理应唤作'菊花诗人'。"① 这种评价是恰如其分的，王端诚的探索是应该充分肯定的。

① 王端诚：《枫韵集》，香港：世界文化艺术出版社，2010 年，第 157-158 页。

董培伦《新诗的文体建设》驳议

万龙生

在2014年9月24日《文艺报》读到董培伦《新诗的文体建设》一文，不由大跌眼镜。此君轻率为文，竟欲以两千字的区区短文，试图对这样一个大题目“一言以蔽之”曰“否”，真是令人惊诧莫名。

说董君轻率为文不是没有依据的，因为他敢于罔顾起码的常识、逻辑，信口胡言。下面且说几点：

一 杜撰假想敌而攻之

董文一开始就说：“新诗的诗体问题是新诗界长久以来都在探讨的问题。从字面来看，‘诗体’侧重于诗歌的形式方面，以此很多观点也是从这个维度提出的。”难道这有什么不妥吗？对此，此君却先是曲解，然后反对。也许是采取“擒‘贼’先擒王”的策略吧，他首先就把矛头对准了季羡林先生（或许也因为他已经不能“还手”了）：季氏明明说：“新诗至今没有找到它的表现形式。”

董君却笔锋一转，硬把“表现形式”偷换为“统一的表现形式”，说是“新诗至今没有统一的表现形式，却是不幸中的万幸”。众所周知，诗歌根本就没有什么“统一的表现形式”，其形式从来就是多种多样的。以中国充分发展的古典诗歌为例，单是大类就有诗、词、曲，又各自包含许多形式，怎么能够统一呢？找一个假想敌来实施攻击是多么容易哟！

到底谁说过新诗要有“统一的表现形式”呢？如果找不到出处，就只能说是董培伦自己杜撰的。

二 “格律束缚”论阴魂不散

董培伦继续着他自己杜撰的“统一形式”的思路，加以发挥，做出推断：新诗“如果找到了统一的表现形式，岂不是又要给解放了近百年的新诗重新戴上手铐脚镣，重新被束缚起来？”这是“格律束缚”论阴魂不散，又一次咄咄逼人地提出质问。诗的格律似乎真的就是罪莫大焉！

闻一多先生引用的“镣铐”之喻，可悲地引起了近一个世纪的误解。一些人连比喻都不懂，似乎依照一定的格律写诗，就是真正叫诗人戴着镣铐跳舞，岂不是荒唐之极！不过，即便他们的本意是指格律束缚了思想，妨碍了表达，这也是违背艺术格律的无知妄说。

其实，格律无非是诗的工具而已，优秀的诗人熟练地运用这种工具，完全可以达到运斤成风、庖丁解牛的化境，从而创造出精美的作品。中国古代诗歌的格律越来越严格，诗人们不是运用这些格律写出了无数佳品杰作吗？

退而言之，新诗采用现代白话为语言载体，没有现成的格律可用，这是事实。但是，诗歌毕竟有悠久的格律传统，中国古典诗歌更有着格律不断发展的轨迹。从一定意义上说，中国诗史也是一部格律不断发展、不断充实的历史，最终形成了一套完整的格律体系。那么，新诗是否能够经过努力，创造出一套适合现代汉语的格律体系呢？近百年的实践证明，这虽然是一条艰难曲折漫长的道路，却是有其光明前景的。

正是从“格律束缚”论出发，董培伦把新诗的“自由”捧到“客观发展规律”的高度，并且宣称：“新诗要改革”的追求“此路不通”。多么武断，多么蛮横啊！

三 重拾“新诗应该是自由诗”余唾

1943 年，废名曾经写过一篇有名的文章，题目就叫《新诗应该是自由诗》，在结尾处宣称：“我们的新诗就应该是自由诗。只要有诗的内容，然后是该怎样做就怎样做，不怕旁人说我们不是诗了。”这一结论完全无视新诗已有的格律建设成绩（如新月派的建树），为新诗极端“自由化”极力鼓吹，起到极其恶劣的作用。不意 70 年后，董培伦又重拾废名余唾，文中径称“新诗即自由诗”。这就又彻底否定了新诗文体改革的重要性、必要性，也完全抹杀了新时期尤其是 21 世纪以来在新诗格律建设上取得的重要进展，以及格律体新诗已经在探索中开始形成的事实。就连在新诗诗体上主张以自由诗为主的“泛诗体联盟”的陈仲义先生也还承认新诗格律建设的努力一直没有中断，理论探讨虽然“举步维艰”，但是还是有致力者“乐此不疲”，而未敢一笔抹杀。

让我们说什么好呢？董培伦的“文胆”也太大了！

四 董培伦的“维度”

“维度”，还有个时髦的“向度”，不就是角度吗？探讨诗体，不从“形式方面”，那又从哪个“维度”去探讨呢？董君找到的“维度”是“意境”。在这里，他又把“诗体”这个局部偷换成“诗歌”这个整体了。谈文体关意境甚事？

在董培伦看来，意境不仅探讨新诗文体的“维度”，而且这个“维度”还至关重要。他认为：“新诗体的建设，核心的核心，关键的关键，根本的根本，就是追求诗的意境美。”舍此，都是“舍本求末”。

对于诗来说，意境就这么重要吗？意境其实是文学的公用概念，非诗可以独占也。同时，它又属于文艺作品内容的范畴。就诗而言，意境是中国古典诗学的重要命题，是可以由任何一种诗体去营造的。那么，董培伦在题为《新诗的文体建设》的文章中，大谈特谈意境如何，岂非犯了文不对题的低级错误？

如果没有学过逻辑学，是不是该补得课了哦！

五 取其一点，不及其余

董培伦把朱光潜先生拉来为其“站台”：“朱光潜关于诗的境界说，已经把诗的意境及其作用说得极其透彻。”这当然是来自朱氏的经典之作《诗论》。查该书，第三章题为《诗的境界——情趣与意象》，终其全章，未见对“意境”之专门论述，怎么又变成把这一概念“说得极其透彻”了呢？诚然，意境与境界不无关联，但是毕竟有所区别。真正对“意境说”做了最充分阐述，堪称集大成的应是王国维。拿他的《人间词话》来做“后台”岂不更加坚实吗?

就算朱光潜先生把意境“说得极其透彻”,那么,你为什么只字不提他对于诗的格律所做的透彻论述、充分肯定呢?该书广西师大出版社2004年版第237页《诗与散文》一文中这两句话,董培伦你听听吧:

“实质与形式平行一致。”

“诗为有音律的纯文学。”

六 达成共识,谈何容易

董培伦以改革新诗(其实就是以建设新诗格律为主)的努力至今已经80多年,还“没有形成一个令人信服的共识”为由,而判定这是“此路不通”,不但武断蛮横,而且也很可笑,不啻自掴耳光。试问,一种新文体的确立,能够一蹴而就吗?80年没有成功就足以宣告其失败,判处死刑吗?那么,我要问,新诗目前还有那么多人反对(最近的一次是以新诗成名的流沙河老先生站出来与季羡林呼应),远未达成共识,你又作何解释呢?谁又能据此宣告新诗的死刑呢?

一种新文体的产生绝对不可能一帆风顺,甚至需要经过旷日持久的努力,这是有史可稽的。例如中国近体诗的确立,从南北朝到唐初,耗时岂止80年啊?产生于隋代的敦煌竹枝词公认是词的滥觞,及至北宋才成熟,又经历了多长时间呢?

七　灵魂与躯壳

董培伦的“意境至上”论甚至“意境唯一”论本来不值一驳，无须再多措意置词。他有一句话：“诗的意境就是诗的灵魂。”这本来就不尽恰当、贴切，我们姑且承认吧。那么，接着我就要问：魂安何处？魂归何处？要是没有躯壳，岂不是孤魂野鬼？

对于许多人来说，那个“内容第一，形式第二”或“内容决定形式”，即此二者二元对立的固有观念尚未破除，他们不知道二者是互相依存的，缺一不可的。凡是谈论、研究形式，往往被讥为“形式主义者”。而轻视甚至否定形式者往往自诩正确，甚至以真理的代言人自居。实际上，恰恰相反，这样就会妨碍形式的发展与创造，也就阻碍了艺术步伐的前进。一种新形式的出现往往会推动某一艺术的进步，难道还要举例证明吗？

设若这些“内容至上”论者听见“就诗而言，形式也是其内容”（语出吕进）之论，岂不视为异端邪说？事实上你把七绝的形式拿掉，只要其中的意思，还有《静夜思》和《春晓》、《竹里馆》这些千古名篇吗？

【附记】以上各点，其实都是常识性问题，本来无需多费唇舌。只是因为董培伦文章是发表在《文艺报》这样一份发到每一个中国作家协会会员手上的专业性报纸上，容易在已有对诗歌格律的诸多成见、误解基础上，继续谬种流传，才不得不予以驳斥。

主持人语（张传敏）：

抗日战争标志着一个波澜壮阔的大时代，抗战诗歌也是一个宏大的课题，但是对该课题的研究除了宽阔的学术视野之外，还需要扎实细腻的微观分析——这是本课题研究不断走向深入的基础与保证。本栏目所载的三篇文章正是这样的作品。

熊辉的《抗战大后方对雪莱诗歌的翻译》在充分梳理抗战时期大后方翻译雪莱诗歌史料的同时，对其翻译语境、翻译的价值与意义等等进行了细致解读；刘静、李珂的《中美二战诗回望与反思》比较了中美两国“二战”诗歌在抒情方式、情感取向、审美风格等方面的巨大差异，题目不小，但是对文本的分析却是细致入微的；张勇的《艾青抗战诗歌与图像的关系》更是以艾青大量诗歌文本为例，论证了画家身份对于艾青抗战诗歌的巨大影响及其表现，文章角度新颖、观点中肯。

谨以这些文章向伟大的中国抗日战争暨世界反法西斯战争胜利七十周年致敬！

艾青抗战诗歌与图像的关系

张　勇

语言与图像之间的关系是文学理论领域关注已久的问题，诗歌与绘画之间的关系则是语言与图像关系的历史性写照。中国传统文化认为诗画同源，诗是抽象的画，画是具象的诗，诗画互文是中国文学史、艺术史上普遍存在的现象，艺术家从诗歌出发来绘画，一方则是从绘画作品出发来创作诗歌，在讨论其中任何一方时往往以另一方进行诠释。在西方，苏格拉底最早认为绘画、诗歌与其他艺术形式具有同样的作用，他指出："图画和雕刻都经过视觉产生快感，而美的声音，各种音乐，诗文和故事也产生类似的快感。"这间接证明诗歌与绘画具有同样的艺术地位。从古到今理论家们不断争论诗歌与绘画之间的地位孰高孰低，而这个难题在中国现代诗人艾青的诗歌作品中则得到了让人满意的答案。

艾青早年学画，20 世纪 20 年代末期开始进行现代诗歌创作，他的诗歌融入了自己在法国学画时接受的印象派绘画理念，用绘画艺术捕捉瞬间的表现方法，大量采用光线、色彩、透视，以色彩和光线的明暗变化来建立诗歌形象，表述诗歌意境。他曾这样介绍自己的艺术思想来源："我爱上'后期印象派'莫内、马内、雷诺尔、德加、莫第格里阿尼、丢飞、毕加索、尤脱里俄等等，强调排斥'学院派'的思想和反封建、反保守的意识结合起来了。"① 他在作品中大胆使用丰富色彩传达诗人激昂变迁的情绪，其诗歌语言与绘画线条、色彩、结构融合在一起，加强了二者的隐喻意义，达到两种艺术形式的互相补充，形成了独特的诗歌风格。画家、诗人双重身份给他带来了创作灵感，塑造出彩色多变的诗歌形象。

抗战期间是艾青诗歌创作旺盛的阶段，诗歌数量、质量均属上乘，他创作出版了《北方》、《他死在第二次》、《旷野》、《火把》、《向太阳》、《献给乡村的诗》、《雪里钻》、《反法西斯》、《愿春天早点来》等诗集和一本《诗论》集，被誉为"吹号角的诗人"、"太阳与火把的歌手"。诗人臧克家曾这样评价："在抗战初期收获最大，成绩最好的是艾青。他连续发表了许多优秀的诗篇，发生了很大的影响。这些诗，歌颂了中国士兵的英勇的大无畏精神，但不是概念化的或口号的，而是通过了具体的人物形象的描写，在这具体描写里，沁透着诗人的真实的爱国主义的思想和感情。"② 1937年春至"七七事变"抗战全面爆发的前夜，艾青创作了《梦》、《春雨》、《太阳》、《煤的对话》、《春》、《生命》等诗作。在《梦》中诗人预见到战争即将爆发，描摹着惨烈的战争场面，躲避敌机空袭的老幼平民挤在防空洞中，看到"黑色的巨翼盖满了灰色的天"，他们忍不住惶恐，呼号着"旷野从什么时候起变成这样了？/没有树　没有草/一片青色到哪儿去了？/还有那些花香呢？/——我好

① 艾青：《母鸡为什么下鸭蛋》，《人物》1980 年第 3 辑。

② 臧克家：《"五四"以来新诗发展的一个轮廓》，《艾青专集》，南京：江苏人民出版社，1982 年，第 468 页。

像在这里躺过的/那日子是红的　绿的　黄的　紫的/谁欢喜这烧焦了的气息？谁欢喜天边的那片混浊的猩红?"[①] 安宁舒适的和平日子被迫终结了，诗人将其个人的"痛苦和幸福深深植根于社会和历史的土壤里"，秉持"对于人类再生之确信"，渴望"从敌人的死亡/夺回来自己的生存"，用诗歌鼓舞民众用战争烧毁枷锁，打破牢笼，得到自由。他的诗预示着民族的觉醒与时局的转型，其诗歌语言与绘画手法的结合也使诗歌具有更强的表现性和感染力。

一　诗歌语言与色彩

（一）早期印象派的色彩理论影响

艾青在诗歌创作中常用画家的眼光来调和色彩，他在《诗论》中指出："一首诗里，没有新鲜，没有色调，没有光彩，没有形象，——艺术的生命在哪里呢?"[②] 他自觉地吸收了前期"印象派"绘画理论中对色彩的强调和对光线变化的敏锐把握，主张以细致而斑驳的色彩来描摹自然，梵高和高更认为"色彩激情和'欲望'的'表现'，是原始生命力的燃烧。梵高的画里，大地象沸腾的火球，树根痉挛地伸向地下，高树繁枝向着太阳舞蹈"。艾青也将诗歌中的情绪以不同的色彩展现，他的诗作半数以上含有色彩词汇，据统计体上其诗歌常使用的色彩为白、黑、红、绿、黄、蓝、灰、青、金、褐、紫11类。其中黑、白、红色使用频率最高，同一种颜色在不同诗歌中可能代表截然不同的情绪，丰富的色彩运用与有

---

① 艾青：《梦》，《艾青全集》（第一卷），石家庄：花山文艺出版社，1991年，第127页。

② 艾丹编：《艾青全集》（第三卷），石家庄：花山文艺出版社，1991年，第48页。

力的节奏搭配，可更好地引导读者进入诗境。他的诗歌中不仅对单色进行大胆运用，同时也擅长将各种单色调和在一起，形成更为复杂多元的色彩感受，曾有研究者用“灰黄”和“金红”来概括艾青诗歌的两种色彩，这两种色彩是接近三原色，由多种颜色调和而成的浓郁的复色，这种色彩的调和表明艾青的艺术表达方式不是尖锐的冲突和夸张的对比，而是单纯又富有内蕴的抒情，复色与单色并用的色彩方案形成了艾青诗歌耐人品味的艺术特色。抗战时期艾青的诗歌作品类型多样，既有围绕抗战而作的悲愤之歌，也有大量的借景抒情的作品。围绕抗战这一主题而创作的诗歌中，黑、白、红色是艾青使用频率最高的色彩词汇。黑色多在表现贫苦、忧郁、凄惨的情绪；白色则代表衰弱或无尽的希望；红色的含义比较极端，既代表浓烈的热情，也代表战争的惨烈。艾青在诗歌中运用这三种颜色调和出了自己独特的诗歌色彩，他将三种基本色按照色度区分成有细微差别的色彩，如黑色可分为乌黑、泥黑、黑暗、黝黑、深黑、乌暗、锈黑、铁黑、浓黑、焦黑、暗黑、黑青色、黑绿色、黛色等谱色；黄色分为微黄、草黄、柠檬黄、淡黄、赭黄、枯黄、灰黄、土色、苍黄、土黄、粉黄、惨黄、米黄等谱色；白色可分出雪白、苍白、惨白、嫩白、洁白、灰白、银白、斑白等8种谱色。细微色调的区分更能展现出诗人描摹景色、抒发情感细腻之处。如《黎明》（1937）：“希望在铁黑的天与地之间会裂出一丝白线”[①]；《吊楼》（1938）：“只能用阴黑的固执的眼看着兴腾的人群”[②]；《我们的田地》（1939）：“以黑色的乳液哺育了我们的生

① 艾丹编：《艾青全集》（第一卷），石家庄：花山文艺出版社，1991年，第144页。
② 同上，第239页。

命"[①]。黑色成为艾青大量诗歌中的底色，它代表着保守混沌或稳重敦实。对待黑色的复杂情愫，同样体现在艾青对白色的使用上。"白日"与"白天"是艾青诗歌中与"黑"相比出现较多的颜色意象。然而它们只是理想的符号和抽象的追求。在 1938 年创作的《江上浮婴尸》多次使用白色、红色，并根据情境将其进行区分："被惊怖成惨白的母亲"，敌人将针"刺进你们嫩白的小臂"，"吸取鲜红的血"[②]，借白色与红色两种色彩的鲜明比对，展现出诗人得知日军残忍戕害儿童的震惊与愤懑及其对遇难的孩子的深切同情。1940 年创作的《旷野》："灰黄而曲折的道路……/在广大的灰白里呈露出的到处是一片土黄，暗赭，与焦茶的颜色的混合啊/……灰黄的道路的两旁/……灰黄而又曲折的道路啊。"[③] 诗人多次使用灰黄、土黄等色彩，用这种暗淡的颜色显示出这片惨遭荼毒的土地毫无生机的绝望，这片被灰白色的雾笼罩着的大地正是中国的写照："忧郁而容忍，不平而又缄默"，贫穷苦难伴随着他，坚韧顽强是他永恒的品格，虽然面对的静止僵持的战局，寒冷绝望的前途，但他如旷野的土地一般总有广阔深邃的生机，总期待着阴影过后的光明。当诗人试图乐观地看待战争时，他总会使用金色代表太阳所拥有的光明和希望。早在 1937 年战争爆发前，艾青心中"难遮掩光芒"的太阳就"从远古的墓茔/从黑暗的年代滚来"（《太阳》）。1938 年，艾青直白地袒露："太阳是金红色的圆体/是发光的圆体/是在扩大着的圆体。"（《向太阳》）1939 年他赞美着："黎明——这时间的新嫁娘啊/乘上有金色轮子的车辆，/从天的那边到来……" 1942 年，他讴歌道："太阳带着金黄的花束"，"洒满你心

① 艾丹编：《艾青全集》（第一卷），石家庄：花山文艺出版社，1991 年，第 301 页。
② 同上，第 247 页。
③ 同上，第 309 页。

的空间”(《太阳的话》)。同年，艾青再次咏叹：“让你把金丝织的明丽的台巾，铺展在我临窗的桌子上”，“你把日子铸成无数的金轮”(《给太阳》)。金色成为艾青诗歌中最特别的亮色，它代表诗人心中最崇高、最圣洁、最渴望的情感。

红色在艾青抗战诗歌中也常用来表示嘲讽厌恶，如《火把》(1940年)中形容宣传卡车上扮演汪精卫的演员时，艾青写道：“那脸上涂了白粉/眉眼下垂/弯着红嘴的/是汪精卫。”他描写日本军官与汪精卫在舞台上的丑态，特意将汪精卫塑造成阴柔卑贱的女性形象：“他的另一只手拿了一块粉红色的手帕/他用那手帕给那军官的脸轻轻的抚摸/那军官的脸是被那女人打红了的。”汪精卫忸怩作态，讨好日本军官，于是“那军官张开血红的嘴/大笑着　大笑着”①。这首诗中的红色非常刺激人的感官，借汉奸在日本军官面前的媚态描述展现出病态血腥的战争背景。浓重的红色营造了《火把》抨击时事，鼓舞青年抗敌热情的氛围。

艾青不仅善于用压抑、浓重的颜色塑造忧郁的诗歌风格，也善于用记忆中美好、明快的色彩促人直视现实的黑暗与残酷。抗战时期他在湘南、衡山、桂林、新宁、重庆等地曾创作了一批风景诗歌，这些诗色彩丰富，层次分明，诗人借精致的景色描述、独到的画家观察视角，再现了诗人、画家眼中的自然，这些诗如油画作品一样细腻动人，立体感突出，给读者带来耳目一新的感受。如《秋》(1939年作于湘南)，“那里，翻耕过的田亩的泥黑/与遗落的谷粒所长出的新苗的绿色”交相辉映在“无厌止的雨中”，人们躲在“浓黑的屋檐里”，只看到“慢慢地走向地平线”的“褐色的马”。无尽的秋雨中，哀愁地躲在屋檐下看雨的农人，黑色与绿色

① 艾丹编：《艾青全集》(第一卷)，石家庄：花山文艺出版社，1991年，第370页。

共同组成的田地景象形成了诗歌的忧郁底色，褐色的马在雨中寻觅着最后的一口青草。整首诗看起来像描绘田园风情的一副静物油画，色调整体是暗淡的，像是前途无着的诗人在晦暗未明的战争局势中不由自主的喟叹。1940 年在重庆创作的《初夏》则展现出诗人心绪的变化，开篇就奠定了明朗欢快的基调："初夏的晴空，/绮丽而净洁；/晴空下的江水，明亮而柔滑。"① 随后诗人视角从高到低不断切换，描述出碧蓝的天、软白的云下，矗立的松林和林间望去看到的远山，阳光照射下的江水不断奔流，褐色的船停靠着，田地里的农人在勤劳耕种，一派悠闲自在的风景画，很难让人联想到战局僵持的抗日战争，祥和的生活场景、美好的自然风光、明朗鲜艳的色彩组合，都展现出诗人对和平安宁的生活的向往，对战争的厌倦和憎恶。吕荧认为艾青诗作中的色彩都浸染了作者的主观情绪，"诗人，常常容易沉醉于自己的歌声与意象，他所倾听到的大地上现实的声音和语言常常被诗人自己喜爱地声音和语言所变形，大地上的生活的彩色容易染上诗人自己喜爱底自我心情的彩色"②。这种彩色的写作使得"他不仅完成了感情形象的彩色的画面，而且结合着他的完整的章法与深沉的格律，获得了诗章的典雅性与音乐性，织成了淳朴的素美的诗篇"③。

（二）后期印象派绘画与诗歌理论的影响

艾青受到后期印象派突出光线、色彩与音乐的协调的艺术影响，强调艺术要抒发艺术家的个体感受、主观情绪，表现"主观化的客观世界"，在艺术表现上注重形状、线条、色块、体积感等，

---

① 艾丹编：《艾青全集》（第一卷），石家庄：花山文艺出版社，1991 年，第 359 页。
② 吕荧：《人的花朵》，新新出版社，1948 年，第 17 页。
③ 同上，第 21 页。

对他而言自然不仅仅是具象的，更是抽象的，富有主体意识的。在接受印象派影响的过程中，艾青对法国象征主义诗歌观念的接纳为他找到了绘画与诗歌的结合点。法国象征主义诗人波德莱尔指出自然界万物之间、自然与人之间、人的各种感官之间、各种艺术形式之间，相互存在着隐秘的、内在的、应和的关系，诗人能够“勘破世界的整体性”。波德莱尔在《应和》一诗中具体分析了这种复杂的互相应和的关系：声音可以借助于视觉，颜色可以诉诸嗅觉，芳香可以得之于听觉。声音、颜色、芳香一切都是相互应和的，而种种感受都是在世界这个统一体中完成的。波德莱尔将应和理论作为全部诗歌创作的理论基础，他指出绘画与音乐具有文学自身无法比拟的暗示、象征功能，它们提供了超出文学之外的最大的隐喻、象征的可能性。由此，绘画的色彩与音乐的节奏等在诗歌创作中得到了空前的强调与运用。艾青接受并在自己的创作中不断阐释这一理论，他要“给颜色以声音，给声音以颜色”，着力于将语言的节奏律动与绘画中色彩的调和相统一，这甚至成为他评判诗人优劣的标准，“诗人在这个时候，显出了他的艺术修养：即除了他所写的事物给以明确的轮廓之外，还能使人感到有种颜色或声音和那作品不可分地融合在一起”。“调子是文字的声音和色彩、快与慢、浓与淡之间的变化与和谐。”

后期印象派画家为了生成“光”与“色”交织变幻，生动鲜活的形象，他们运用“色彩分割法”或“色彩并置法”，用细致的笔触将不同的色块一笔笔接着画到画布上，色彩并列、并置或交错、重叠，甚至会交织成厚实的网状，从而获得比单色更强烈的复色，并通过色彩的比对，使画面形成立体动感，看起来如同自然的色彩与光交错闪耀。艾青将印象派绘画的色彩使用技法转化成诗歌语言中具象化的形象不断组合、并置，形成了词语或句子过渡中的不确定性，让诗歌结构更灵动，语言更鲜活，更有想象空间，形成了诗歌语言与图像语言之间的隐喻再现，融合了文学与图像之间互相分裂后形成的解读界限。如艾青在其经典作品《雪落在中国的土地上》（1937 年）中通过诗句“雪落在中国的土地上，寒冷在封锁着中国呀……”在诗歌中不断地回环往复，借白雪、黑土地形成的白黑两色的视觉冲击，营造出苦痛忧郁的诗歌意境。而在《人造雨》（1940 年）中开篇和结尾都是“无数的雨喷射在黑色的水管上，像无数的蒲公英开在暗绿的田地上……”[①]，透明的雨水、黑色的水管、白色的蒲公英、暗绿的土地形成了色块的并叠，光与色融合成一幅雨中求生，压抑苦痛的情境，展现出诗人对现实的愤懑不满，对神佛及当权者的反叛，“人造雨”本身即代表着诗人“由自己的智慧”不断自救，寻找个体发展道路的过程。在《岩壁》（1941 年）中“那层层叠叠的/倾斜的缝隙间，/悬挂着无数被水冲流程的/红土的金黄的颜色，/灰白的颜色/和滴漏而成的石乳，/和茸绿的苔藓，/以及千万种的寄生植物……/而壁面，被风雨所侵蚀，/已染成了紫色的、褐色的、酱色的”[②]，诗句中将红色、金黄、灰白、茸绿、紫色、褐色、酱色多重色彩叠合在一起，形成了生动立体的画面，视角从低到高，对石壁的形态进行了细致的描述，诗句结构也呈现出特别的张力。艾青抗战时期的诗歌受到后期印象派绘画的影响，不仅在色彩上仔细推敲搭配，并大量使用象征、通感、拟物等手法，形成了别出心裁的诗歌形式。如《沙》（1940 年）中他说“我们呼叫着摆渡的过来/但呼声被风飘走了”。这些艺术手法的应用使得艾青在抗战时期创作的诗歌不仅具有时代

① 艾丹编：《艾青全集》（第一卷），石家庄：花山文艺出版社，1991 年，第 464 页。
② 同上，第 502 页。

特征，更有飘逸忧郁的艺术特质，具有超现实的变形效果，从而在艺术上生命力更长久。

二　诗歌语言与线条、构图

艾青的美术背景常被研究者认为是其独特的诗歌创作的艺术来源。美术训练使得诗人在观察及描摹事物时，关注事物形象，善于以线条勾勒事物形态，讲究诗歌结构，以简洁的诗句呈现出完美的画面。艾青认为："诗人应该有和镜子一样迅速而确定的感觉能力，而且更应该有如画家一样的掺合自己情感的构图。"

抗战时期艾青的诗歌创作多借鉴绘画中的线描手法，塑造出诗歌中的形象和画面，诗歌中的意象构建也极为生动细腻。他总是用画家的眼睛去看待世界，忠实地再现自己眼中如画的事物，用形象思维来塑造诗歌意象。这种倾向不仅体现在对具体事物的描摹中，如对岩壁、山泉、农田等景观的叙述皆适用，在描述抽象的历史、世界时，艾青也同样运用了这种手法，他眼中的历史会具化为细节、片段，以形象来构建历史，达到由点到面的艺术效果。他经常通过人物形象或具体景物的描绘，展现出诗人对逝去的历史的认识。他曾在《老人》（1940 年）中描述："他的衣服像黑泥一样乌暗/他的皮肤像黄土一样灰黄/……明媚的阳光映出他阴郁的脸。"这个终日"举着锄用力地继续着翻掘"的老人见证着中国现代史上的苦难，他阴郁的脸正是抗战时期朝不保夕的平民共有的类型化的脸，而他不断翻掘土地则象征着中国农民坚韧执着的求生意识及其对战争的冷静态度。艾青在《农夫》（1940 年）中曾以类似的视角刻画中国底层的农民："衣服像黑泥一样乌暗"、"皮肤像黄土一样灰黄"、"从土地里钻出来的""阴郁如土地"的农夫，通过对他们的衣服、皮肤的刻画，暴露出他们长久以来的困苦生活，他们是“被暴风雨击打着”的人，卑微而无人关注，满怀“悲愤”、“激怒”，这种对农民的描述可以唤起读者对于现代历史的停滞和阻塞的记忆。色彩与线条相结合的造型让他诗句中的人物有雕塑的艺术效果，“乞丐伸着永不缩回的手/乌黑的手/要求施舍一个铜子”。乌黑的“永不缩回的手”完全静态地定格在画面中，让人感觉不到人的生机，乌黑则暗示着乞丐悲惨的命运，这种选色、造型的手法简明深入地展示出诗人对战争的憎恶和控诉。

当然艾青抗战时期的诗歌不仅对苦痛的现实进行描摹，他以敏感而热情的态度看待抗战，创作了大量鼓舞民众抗日热情的诗歌，他在《吹号者》（1939 年）中强调要“以清新之声还于原野”、使“世界上的一切，充溢着欢愉”的号角，又呼唤着民众点燃思想的火把，“数不清”的“美丽”、“耀眼”、“热情”、“金色”而又“炽烈”的火把（《火把》，1940 年），诗人以乐观的态度期盼着：“让黑夜里的一切的心都因了你的召唤而震荡”的野火（《野火》，1942 年）、“请所有的人准备欢迎，当雄鸡最后一次鸣叫的时候我就到来”的黎明（《黎明的通知》，1942 年）。美术线条在艾青的诗歌中被转化成形象描述，这种描述不仅具有多变的色彩，且往往能于简短诗句中抓住事物的本质，寥寥几笔，事物形象便跃然纸上。

艾青不仅善于将绘画技法融入诗歌创作，更注重绘画与诗歌之间的汇合，他的诗歌构图多富有深层情感意义，这种含蓄的抒情使得他的诗歌不会沦为简单的口号或时代宣传工具，因为美国学者罗伯特·费兰德将艾青誉为“语言的画师”，并称赞他“诗中的形象，用墨不多，却栩栩如生，好像赋有生命，呼之欲出”。对亲人的感激，对友人的怀念，对民众苦难的同情，这些丰富的情感融入到诗歌艺术形象的塑造中，共同构成了艾青诗歌的独特魅力。抗战时期他的诗歌构图比较理性，塑造出大量典型形象，如1941年创作的《我的父亲》中诗人克制着自己对父亲既疏远又同情的复杂情感，塑造出“胆怯而能安分守己”、“中庸、保守、吝啬、自满”的士绅形象。艾青因父母迷信自幼被寄养在保姆大堰河家，直到五岁才回到家中，他对父亲的情感极为复杂，既有怨恨疏离，又禁不住感慨同情，因此在诗歌创作过程中诗人多用对比、白描的手法，勾勒出浙江乡下接受过新教育观念洗礼的地主的形象。他对父亲整体形象进行刻画，父亲“穿着长衫，留着辫子/胖胖的身体，红褐的肤色，/眼睛圆大大而前突，/两耳贴在脸颊的后面”。他不是固守传统的老顽固，“接受了梁启超的思想，/知道了‘世界进步弥有止期’，/成了‘维新派’的信徒，/在那穷僻的小村庄里，/最初剪掉乌黑的辫子”。但他又满足于地主的安逸生活，每天“抽抽水烟，喝喝黄酒，/躺在竹床上看《聊斋志异》，讲女妖和狐狸”，他是现代意识的追随者，也是传统糟粕的拥护者，是“《东方杂志》的读者，/《申报》的定户，/‘万国储蓄会’的会员”，他“经常翻阅世界地图，/读气象学，观测星辰。/从‘天演论’知道猴子是人类的祖先；但是在祭祀的时候，却一样的假装虔诚”。他希望儿子发财做官，读法律经济，可是又拗不过儿子取出自己埋藏的鹰洋供应儿子出国读艺术。这些对比鲜明的画面呈现出父亲身上的矛盾特征，诗人克制着自己的情感，直白地进行描述，并未进行价值评判，客观地呈现着父亲身上传统和现代、迷信和科学、享乐和革命等等一系列时代问题。在对比中体现出诗人对父亲的不满和同情，这种难以辨明的情愫在诗句中弥漫。在艺术上研究者对这首诗歌的评价不高，而艾青却曾多次谈到此诗的缘起：“我的出发点是写个典型，父亲这个典型，我是意识很强烈的，是有意识地作为那个时代的一个典型来写的。写他的环境，写他的社会关系等等。写这首诗,我是酝酿了很久的。在刻画典型方面,我觉得《我的父亲》比《大堰河——我的保姆》要好些。"

三 诗歌语言与空间感

抗战时期艾青的诗歌作品除了具有丰富的色彩、明晰的线条、完整的结构之外,还具有立体的空间感。这种空间感的建立同样得益于他的美术功底,西洋画在近代对中国绘画产生的最大影响就在于透视法的引入,艾青在巴黎游学期间,深受印象派绘画技法影响,之后他在诗歌创作中融入了透视法,对光线明暗、光与色的交融而成的几何效果、阴影等的透视技巧广泛使用,同时还有意利用西方绘画独特的"空气透视法",来增加形象塑造和结构拼接中的朦胧跳跃的效果和立体的空间感。

印象派画家非常重视不同光照效果对事物色彩等表征的变化,他们经常观察并创作同一个对象在不同时间、不同光影条件下的不同表征。艾青不仅接受了印象派的这种技法,还将其进一步发展,不仅关注光线投射到事物上对事物造成的明显变化,他还善于找到细微的明暗对比,并从中展现独特的、有对比的光线感,他强调"甚至光中也有暗"。在他的诗歌中充满了对明暗变化的有意追求。"在褐色的地上敷上白光/月明的夜是无比的温柔与宽阔的啊"(《月光》,1940 年)。褐色与白色形成了明暗的对比,安静的夜晚在白色的月光下诗人满怀温情,月夜安宁温馨的场景跃然纸上。"它肃静地站在夜色里,全身的黑毛映着雪光。"(《雪里钻》,1941 年)黑色的战马与雪白的大地互相辉映,显示了战士的锐气和战争的无情。艾青诗歌中呈现的光线并不是一成不变的,可称得上变化万千。"暗中的光"是他的诗句中比较独特的部分,他常用黑暗的背景描摹常人不易发现的光线，借事物本身的光泽来展现光影的细微变化，如“闪着白光”的“池沼”和“映着雪光”的“黑毛”是池水和战马上的自带的光泽，这种暗处的光展示出事物的生机与活力，色彩与光线在此得到了统一。这也是他的诗歌具有强烈的画面感和空间感的原因。

对光的重视使艾青很多诗歌以“光”为主题，并在诗歌中大量使用“太阳”、“夜”、“光明与黑暗”等，抗战时期艾青创作了《向太阳》、《太阳》、《火把》等以追求“光明”为主题的诗歌，同时也创作了《夜》、《黎明》、《黄昏》、《雪落在中国的土地上》等“黑暗”为主题的诗歌，塑造出明与暗、冷与暖对比鲜明的诗歌世界。当以“光明”为主题意象时，诗人在诗句中强调“光”的中心地位，如《给太阳》（1942 年）“我从睡眠中醒来/看见你的光辉就高兴/虽然昨夜我还是困倦/而且被无数的恶梦纠缠/你新鲜、温柔、明洁的光辉/照在我久未打开的窗上/把窗纸敷上浅黄如花粉的颜色/嵌在浅蓝而整齐的格影里”。明亮光洁的阳光照射在窗上，形成浅蓝的暗影，明暗交织组成了一副温馨的画面。而以“黑暗”为主题进行创作时，晦暗的色调成为构图的中心，“黄昏的林子是黑色而柔和的/林子里的池沼是闪着白光的”（《黄昏》）。暗淡的光线，闪耀着白光的池塘，黑色的树林共同营造出惨淡的基调，“希望铁黑的天宇之间/会裂出一丝白线”（《黎明》）。诗人在漆黑的黎明期待着即将到来也必将来临的光明。黑白色块的堆积，形成了诗歌的力度。色彩和光的交叠促成了艾青诗歌主题的深化和诗歌意境的独特。

艾青对诗歌空间感的营造是有意识的，他曾就此进行过理论上的探讨，1938 年给胡明树的信中提到：“在衡山住着，每日清晨写文一两千，大半属诗论。”在《诗论掇拾》里，诗人开始反省自己的创作，“我有着‘我自己’的东西了么？我有‘我的’颜色与线条以及构图么？”在不断反省自己的艺术创作的过程中，他不断进行艺术实验，创作了一批关于秋景的诗歌，包括《秋日游》、《斜坡》、《秋晨》等，这组诗被认为是艾青自觉建立自己的“颜色与线条以及构图”的作品，而在这组作品中诗歌所具有的立体空间观念也得以确立。自这组诗开始，艾青结合“空气透视”的方法来观察景物，试图以立体的结构和多面的眼光来塑造诗歌形象。诗句中常用“阳光”、“雨”、“雾”等意象呈现湘南衡山山中雨雾、阳光掩映下的景色，不断变换的光线给诗人带来了空间不断转换、移步换景的感受。“爱看晴朗的秋日的/云影走过的草原，/草原的低洼处/星散者白色的山羊/……新筑的黄土公路沿着小溪，/弯进了杂色的树林，/又出现在远方的，/照着阳光的山坡上……”秋日、云影形成了光线的敏感对比，草原、白羊、黄土、杂色树林则共同构成了秋日原野的景象，距离由近及远，形成空间广阔的立体画面。“金黄的太阳辐射到/远远的小山的斜坡上——/那斜坡刚才是被薄雾遮住的，/而现在，我们可以看见它的红的泥土和浅绿的草所缀成的美丽的脉络了……”这首诗诗人的视角固定在地平线上，阳光最初被雾遮住，而斜坡在雾气中朦胧一片，随后诗人的视角由远及近，从高到低，塑造出阳光照射下的斜坡的秋景，景物从模糊到清晰，红泥、绿草、金色阳光共同构成了鲜艳温馨的画面。随后诗人看到远处的林木，想象着林子背后的村庄里的农人和孩子。光线明暗的变幻在诗句中营造出远近不同的空间感觉，并且营造了迷蒙的艺术效果，而诗人对村庄生活场景的想象则进一步将空间开阔，形成了人在画中的艺术效果。这种空间效果的营造使得艾青的诗歌有了更耐人寻味的艺术价值。

抗战时期艾青的诗歌创作与图像尤其是绘画之间的关系密切，

他接受了现代派艺术的影响，但并未局限于此，在技法、修辞及其情绪传达方面，艾青的诗歌超越了美术的界限，语言在描景抒情过程中体现出无尽的可能，超越了绘画有限的空间和想象的局限。美术对新诗的规范作用在艾青的诗歌中被转化为图像与语言的互文互补。正如艾青所说："诗人的脑子必须有丰富的储藏无数的鲜活的形体和他们的静止与活动，无数的光与色的变化，无数的坚强与柔软，无数的温暖与寒冷，无数的愉快的与不愉快的感觉。"[①] 丰富的知识储备、美术技能训练和语言、美术艺术手法的融合共同组成了艾青诗歌中丰富的色彩、精准的线条、雕塑般的造型和立体的空间，塑造出诗画一体的现代诗人艾青。

① 艾青：《我怎样写诗的》，《学习生活》1941 年 3 月 10 日。

中美“二战”诗回望与反思[①]

刘 静 李 珂

“二战”诗歌以世界性的历史事件为主要题材，展示了风云激荡的时代画卷，它不仅是对社会发展的记录，更是对历史使命、民族审美心理与人类生存处境的深层反思，是人类文化史上巨大的精神财富。其产生、发展和所呈现的独特风貌与特定的政治文化和时代语境有着密切的关系。“二战”时期中美两国均被拖入了战争的漩涡，战争促进了诗歌繁荣，也让这一艺术形式处于战争的阴影和裹胁之下。今年恰逢世界反法西斯战争胜利七十周年，追忆那个战乱年代的民族文学风采，可以看到，周孔礼教和左翼文化场域中的诗人与宗教人文主义国度的诗人直面“战争”，在抒情方式、价值取向、审美视角等方面均呈现出不同的姿态。总体上说，粗犷、激昂的“救亡”与“大我”抒情是中国诗坛的审美关键词，而强调生命价值，尊奉自我言说，艺术上锤炼、细腻与则更能概括美国二战时期的诗坛艺术追求。

① 本文为重庆市抗战文史研究“两江学者”计划阶段性成果。

“九·一八”以后，中国诗人在时代的感召下，纷纷拿起诗歌作为武器传达昂扬的斗志，鼓舞士气。正如臧克家所说：“现在，我们向诗人要求的诗句，不是外形的漂亮，而是内在的‘力’！因为时代是在艰困中，我们需要大的力量！”[①] 当时疾驰诗坛的左翼诗歌的代表中国诗歌会提出了“国防诗歌”的口号，出版《国防诗歌丛书》，表现出对民族命运的高度关注，其作大多直接感应时代脉搏，采用直抒胸臆的方式宣泄情感，如关露的《故乡，我决不让你沦亡》、温流的《青纱帐》、任钧的《中国哟，你还不怒吼吗?》等一系列诗歌表达了热切希望建立起“钢铁的海岸线”的愿望。胡风带着他的《七月》，高唱着“祖国呵/你底儿女们/歌唱在你底大地上面/战斗在你底大地上面/喋血在你底大地上面”（《为祖国而歌》）。管火陵在《新蜀报》上呼喊：“谁再能像丧家之犬/谁再能在流亡线上苦爬/积年的愤火哪能消散啊/齐声呐喊吧/‘打回我们的老家’”（《家》）。朱子奇的《百团大战进行曲》：“炮声隆隆响，/军号多嘹亮，/抗日的烽火燃烧在华北，/战斗的热血澎湃在胸膛。”刘岚山的《赴战歌》写道：“号在吼，/马在嘶，/火在燃烧着每个人的心；/——从戎千百日，/此是志酬时。/号在吼，/马在嘶，/火在燃烧着每个人的心；/——执枪跃马前去也，/饱杀他片甲不留！/号在吼，/马在嘶，/火在燃烧着每个人的心；/——奋勇向前，/为了家和国，战死也光荣!”诗人通过三次重复“号在吼，/马在嘶，/火在燃烧着每个人的心”，加强语气，酣畅淋漓地抒写愤怒，并显示出气贯长虹的豪迈奔腾之势。

当时的中国诗坛，以左翼为代表提出“真正的伟大的诗人，必

① 臧克家：《新诗片语》，《文学》1937年9卷第2号。

须是全民族的代言人，必须是全民族的感情代达者”①。认为“没有能够激扬起伟大的时代的感情，而反把狭义的、薄弱的自我的感情，游离的、浮动的心情，拿了出来，这就是过去一二年间的多数人的一个通病”②。呼吁诗人在与时代洪流的遇合之中获得一个“大我”，这个“大我”是有着与民族时代共同律动、共同颜色血液的“大我”。因此，中国诗坛展现给世人的是一种同声歌唱的局面。创作的诗歌大多是第一人称，“我”、“我们”等，因为第一人称给民众带去的是祖国山河破碎与自己的命运息息相关的抒情效果。“亡国是可怕的”，是象征主义诗人李金发发自肺腑的声音，这其实也代表着当时中国大多数诗人的想法。可以说，在国土沦丧，生灵涂炭的非常时期，讴歌全民热血献身、举国抗敌，控诉战争给家国带来的灾难，成为压倒一切的主题。诗人们处于民族意识、群体意识高度自觉的时代，“自我”与“大我”高度统一的年代，诗人已不属于自己，而是抗战精神的传递者。田间的《中国的春天在号召着全人类》写道：“人民的 / 手 / 在抚着 / 枪口 / 向法西斯军阀 / 人民的 / 公敌 / 战斗 / 中国的春天是生长在战斗里 / 在战斗里号召着全人类。”

而与中国诗人直抒胸臆，语言疏放却畅快淋漓的抗战审美倾向不同，大洋彼岸的美国“二战”诗歌则表现出注重意象营造与诗歌的审美张力的特色。这也许与二战前期战火并没有在美国大地上燃烧，给予了美国诗人宽敞的书桌和自由的写作环境有关。“二战”时期美国诗歌总体不如中国的情绪激昂，更多表现了对于诗歌艺术本身的锤炼与追求，尤其表现在意象营造上。塔特的《邦联死难者

① 穆木天：《目前新诗运动的展开问题》，载蔡清富、穆立立：《穆木天诗文集》，香港：时代文艺出版社，1985 年，第 356 页。

② 同上，第 351–352 页。

颂》，通过“秋叶”这一意象，运用反讽手法抒写人们对这些邦联死难者的疏远和遗忘。诗人感叹“邦联死难者”生前为国家冲锋陷阵，死后长眠于地下，无人理会。诗中也明显地显示出美国民众对于“二战”的态度与中国的慷慨激昂迥异。由于他们的国家没有遭到直接的蹂躏，自己身边的亲人也较少参军和惨死，因此他们对于“邦联死难者”的态度是“冰冷”的。诗的最后，诗人也走了，留下的是这些“邦联死难者”永恒的凄凉与悲哀。摩尔的《何为岁月》通过“飞得越来越高／它在歌唱的同时越来越强大／不断向上攀升”的“鸟儿”这一意象，抒写身处战乱的人们对于缺乏安全感的焦虑和对自由自在的生活的向往。人们渴望像鸟儿那样远离陆地上的烦扰，远离战争，获得快乐。

较之中国诗歌在整体上粗犷豪迈而言，美国“二战”诗歌整体上表现出情感细腻委婉，注重细节刻画等倾向。这或许与美国当时的现实状况有关，不需要诗歌表现出鲜明的战斗性来调动民众。如摩尔的《精神是一个迷人的东西》、埃兹拉·庞德的长诗《毛伯莱》、罗厄尔的《生活的探索》等诗作，诗人们用细腻的笔触着眼纤微之处去表达心灵的颤动。雷克斯罗司在《加利福尼亚之秋》一诗中，想象了一个中国少妇在日本飞机轰炸南京时惨死的情景：

第一枚炸弹落在南京时，
一个纤瘦的圆脸少妇跑到街上，
扔下泼洒的米饭碗和哭叫的孩子。
她僵直地站在那儿，脸朝着天空，静静地诅咒，
突然，她像一只水袋炸开。

诗人以特有的对死亡的敏感，用慢镜头回放少妇惨死的过程，

让读者更深切地体味生命在战争面前的脆弱与无助。诗人用“像一只水袋炸开”来描绘鲜活生命的消失，并从视觉、听觉等多角度烘托这场惨无人道的大轰炸，揭示战争的残忍与恐怖，并对漠视生命的行为表达强烈的愤慨。“二战”的美国诗人在进行诉说时多采用这种个体描写的方式，并创设一种细致入微的情景，同时将反战情绪与生命哲学的深层次思索联系在一起。这显然与其宗教人文主义传统有关，从美国近代诗歌的开创者惠特曼开始，美国诗歌对人性的思索就没有中断过，尤其在谴责用科学技术制造杀人武器方面，美国诗歌是毫不含糊。

在血雨腥风的战争年代，中美诗坛的另一个差异表现在诗人对战争的态度上。中国诗人们面对外族入侵、山河破碎的局势，不约而同地发出了团结对外、救国自强的口号，整体上表现为同声歌唱，抗敌卫国，具有鲜明的战斗性；在“二战”时期美国文坛虽然出现了“第二次繁荣”，但诗人们在“自我言说”，有对战争支持的，有反对的，也有诗人对战争漠不关心，诗坛之中没有指挥的声音也没有共同的写作标准。当然如庞德的《诗集》、史蒂文斯的诗集《世界的组成部分》、塔特的《南方同盟烈士颂》等大多数诗作还是诉说战争所带来的毁灭性，是反战的。只不过这种反战情绪更多的不是出于国家利益，而是宗教人文主义。如摩尔的《不要相信功绩》（*In Distrust of Merist*）真挚地写道：“他们作战，作战，和那些盲目／发动战争却自以为目光远大的人作战”，诗人还将病态与战争联系在一起，写道：“他们作战，而我可能痊愈。”告诫人们不要参战，这样就不会被病态的社会所污染。

美国另一部分诗人，如具有冰冷的厌世情结的罗宾逊·杰弗斯称自己的哲学是“非人道主义”，他反对传统的人道主义，认为正是文明使世界走向毁灭。在他看来暴力可以净化世界，长期的和平会使人类堕落，战争可以让人们重塑道德。诗人在《血腥的创造者》中欢呼：“很好，让他们耍吧。／让大炮狂吠，／让轰炸机大放厥词。／赤裸裸的暴力仍是世界全部价值的创造者／／难道不是恶狼的利齿，／把羚羊的四肢磨得飞快？／……／暴力一直是世界全部价值的创造者。”显然，诗人是支持战争的。在他看来，人类因为战争进行的相互残杀可以起到净化人类的作用。当然这其中也隐含着他对于死亡的迷恋。

还有一个值得注意的现象是，“二战”时期，美国不似中国诗歌大多与战争有关，美国诗坛异彩纷呈。“逃逸派”诗歌、纽约知识分子学派以及芝加哥学派等均在“二战”时期十分活跃。这些诗派或与诗歌相关的学术派别在“二战”期间创作了大量与战争无关的诗歌，例如“逃逸派”诗人喜欢采用象征的手法，表达对青春易逝的感慨、对衰老和死亡的无奈，以及对现代人局促的空间和贫乏的想象力的悲叹。

总之，中美“二战”诗歌在抒情方式、情感取向、审美风格等方面表现出较大的差异性。中国诗人的书写多气势豪迈，整体上疏朗奔放，感情酣畅淋漓；而美国诗人表现出的多是细腻的感情，诗歌多通过描述细微之处，去揭示微妙曲折的内心世界。中国诗坛在“二战”时期似乎有一个“大”声在领唱；而美国诗坛对于这场战争呈现的是众声喧哗的状态。这既与战火是否在本国的国土上燃烧相关，也与中美两国的传统文化有着密切的联系。

中国由于自古受到周孔礼教的影响，文学一直有着“文以载道”的传统。这一传统在近现代“启蒙”与“救亡”的浪潮中发扬光大。“二战”时期中国战争诗歌的作用是号召全民抗战。七月诗人阿垅发表的话语可以说明这点：“今天，我们需要整治内容，不是技巧!”[①] 国难当头，祖国深陷战火纷飞之中，强烈的使命感使作家们没有多余的情绪或者说是心力去咀嚼文学作品的文学性或者审美性，在慌乱的时代中的中国诗人没有心力去抒情伤感，而是以粗犷、雄强的旋律大声呐喊，用短小的政治抒情豪歌来振奋民众、刺激民众，这是抗战时期流行的诗歌价值观念和审美风尚。诗歌大多是以“民族救亡”为主题，正如胡风所说：“诗人的声音是由于时代精神的发酵，诗的情绪的花是人民的情绪的花，得循着社会的或历史的气候；……诗人的生命要随着时代的生命前进，时代精神的物质要规定诗的情绪状态和诗的风格。”[②] 中国的诗坛偏重社会功利，让诗歌参与历史变革、促进社会进步，是“五四”开创的传统。抗战诗歌功利意识的高扬，既是对“五四”及30年代左翼文学观的继承，也有着“诗言志”、“天下兴亡，匹夫有责”的文化传统在特定历史条件下对知识分子心理结构的渗透。但相对于美国战争诗歌中的人性意识而言，中国诗人更注重宣传战争的社会使命感，同时却“忽略对战争过程中‘这一个’人的情感描绘”[③]，缺少对人的心理状态和精神层面的生命哲学的透视与考量。美国战时大环境以及政府没有提出对于文学相关的导向性政策，诗坛也没有出现如同中国“文协”类似性质的组织。美国诗人尊奉自由言说，以自己独特的角度审视所经历的战争，其反战诗大都从宗教人文主义和人性、生命价值等角度深刻地思索战争给人类造成的混乱与恐怖，谴责现代科学技术高度发达所出现的“非人化”社会，同时也捍卫生命的尊严，探索个人精神苦闷，刻画“反英雄”形象，

① 阿垅：《今天，我们需要政治内容，不是技巧》，《诗垦地·滚珠集》，1946年。
② 牛汉、绿原：《胡风诗全编》，杭州：浙江文艺出版社，1992年，第755页。
③ 靳明全：《抗战时期重庆文学的战时性》，《文学评论》2002年第4期。

重意象营造，感情细腻，多姿多彩，与其反战小说一起在世界文学中异军突起。

诗歌是最高的语言艺术，每个字都有广阔的天地。任何战争都有属于它令人难以忘怀的地方，第二次世界大战更是如此。战争诗歌最能体现出一个民族、国家的心灵关注点，通过简略地对中美两国战争诗歌审美风格与价值取向的对比，可以更加深入地了解两国文化的异质性，同时也反思我们抗战诗歌留下的曲折和无奈的脚印。二战时期，我们以诗代枪去“宣传”和“宣泄”的诗歌观念，增强了诗的呐喊、呼啸和煽动性，同时也将诗之为诗的文体因素挤压到边缘，而且受战时文化心态的影响，我们的抗战诗歌缺乏对战争中人的生存状态、心理状态和精神状态的深层次揭示。梁实秋的“抗战无关论”遭遇围攻，四面楚歌，也从一个侧面印证了这一问题。

抗战大后方对雪莱诗歌的翻译

熊 辉

波西·比希·雪莱(Percey Bysshe Shelly, 1792–1822)是英国杰出的浪漫主义诗人，主要作品有《无神论的必然性》(*The Necessity of Atheism*, 1811年)，这部反宗教的作品是诗人在牛津大学读书时发表的，显示出雪莱从一开始就具有强烈的反叛精神；接着雪莱参加了爱尔兰的民族解放运动，并发表了《告爱尔兰人民书》(*Address to the Irish People*, 1812年)。其主要诗歌作品或诗剧包括长诗《麦布女王》(*Queen Mab*, 1813年)、《伊斯兰的反叛》(*The Revolt of Islam*, 1817年)、《解放了的普罗米修斯》(*Prometheus Unbound*, 1819年)、《阿多尼斯》(*Adonais*, 1821年)、《西风颂》(*Ode to the West Wind*, 1819年)、《云雀颂》(*OdetoaSkylark*, 1820年)，以及诗歌理论作品《诗辨》(*A Defense of Poetry*, 1821年)。

对浪漫主义诗人雪莱诗歌的翻译是抗战时期大后方英国诗歌翻译的重点，雪莱主要作品中的主要篇目都得到了不同程度的译介，顺应了其时大后方的文学和社会环境。陈旭翻译的《夜之献辞》

（重庆《火之源文艺丛刊》，第1卷第5–6合期），林达翻译的《云之歌》（重庆《火之源文艺丛刊》，第2卷第2–3合期），愬凡翻译的《西风颂》（重庆《诗丛》，第5期），方敬翻译的《假面具》（重庆《文讯》，第9卷第1期），李蕾翻译的《西风歌》（桂林《诗创作》第8期，1942年2月20日，普式庚一百〇五年祭），立波翻译的《短诗》（《文学报》第1号，1942年6月20日），楚里翻译的《给英国的男子》（《文化岗位》，《救亡日报》副刊，1940年2月17日）。除了报刊上发表了不少雪莱诗歌的译作外，桂林雅典书屋1942年还出版了徐迟翻译的名为《明天》的雪莱诗集。这本译诗集的出版与徐迟朋友的鼓励有关，1938年5月因上海沦陷而内迁到桂林的盛舜，开办了名为“雅典书屋”的出版社，拟出版雪莱的诗集，就邀请徐迟代为翻译，于是徐迟就将在重庆和香港翻译的17首雪莱的诗歌交付典雅书屋出版。《明天》收入的译作依次是《赞知性底美》、《给玛丽》、《攸加尼群山中作》、《西风歌》、《敏感树》、《歌》、《云》、《云雀颂》、《问题》、《时间》、《无常》、《哀歌》、《希腊寄诗》、《明天》、《赠诗》、《歌：当灯火粉碎》、《挽歌》。至于为什么会翻译雪莱的作品并出版这部译诗集，徐迟在书末附上了《雪莱欣赏》一文，认为雪莱“是一个一直到骨头里都是革命的诗人”①，其为了追求自由敢于和一切反对势力对抗的精神值得抗战时期中国人学习，使人们领悟到为实现民族自由和独立而与日本侵略者斗争到底的革命精髓。

文艺阵地社于1944年出版了袁水拍等人翻译的雪莱和拜伦等人的诗歌合集《哈罗尔德的旅行及其他》。《文艺阵地》1938年4

① 徐迟：《雪莱欣赏》，《明天》，桂林：雅典书屋，1943年。引自《徐迟译品处女集〈明天〉》（叶嘉新，《出版史料》，2006年1期）。

月16日在广州创刊，茅盾任主编，由生活书店出版发行。1938年夏季因日军轰炸广州城而移香港编辑，出版至第5卷第2期后遭到当局查禁。1941年1月10日在重庆复刊并出版第6卷，回到重庆的茅盾继任主编，1942年11月出版至第7卷第4期后被迫停刊。之后只能以《文阵新辑》的名义在重庆编辑出版并延续之前《文艺阵地》的文艺观念，由于每一辑有专门的主题和内容侧重，因此《文阵新辑》相当于今天以书代刊的出版形式。第1辑名为《去国》（1943年11月），第2辑名为《哈罗尔德的旅行及其它》（1944年2月），第3辑名为《纵横前后方》（1944年3月）。《哈罗尔德的旅行及其它》收入了10位诗人的40首作品，包括袁水拍翻译拜伦的《哈罗尔德的旅行》、方然翻译雪莱的《阿多拉司》、袁水拍翻译雪莱的《雪莱诗抄》（七首）、冯至翻译歌德的《哀弗立昂》、李嘉翻译海涅的《山歌》、孙纬和吴伯箫翻译海涅的《海涅诗抄》、戈宝权翻译莱蒙托夫的《莱蒙托夫诗抄》、戴望舒翻译叶赛宁的《叶赛宁诗抄》、艾青翻译凡尔哈仑的《穷人们》、冠蛾子和邹绛翻译的《惠特曼诗抄》（四首）。《哈罗尔德的旅行及其它》收入方然和袁水拍翻译的雪莱诗作共计6首[①]，方然翻译的长诗《阿多拉司》（*Adonais*）现通译为《阿多尼斯》，是雪莱写给济慈的挽歌，阿多尼斯在古希腊神话中是美少年与死而后生的象征，雪莱以此为诗名意在赞美济慈的死。除在抗战大后方语境中，为什么要推出这样一个翻译诗歌合集，而且收入雪莱诗作的数量最多？最后的《编者附记》（书前的目录名为《译者附记》，正文中用的

---

① 在《阿罗尔德的旅行及其他》一书的目录和正文中均注明袁水拍翻译的《雪莱诗抄》共计有“七首”译诗，但实际上只翻译了5首，包括《致最高法官》、《给威廉·雪莱》、《一八一九年两个政客的喻言》、《卡斯尔累侯爵执政时期所作》、《自由》。这5首译诗加上方然翻译的长诗，一共翻译了6首雪莱的作品。

则是此名）中曾这样评价了雪莱等人的诗作："雪莱在批评家们的意见中总被描写得像一只翱翔至想象的最高境地的云雀。他诗中的形象好像都不是现实本身，而是他的影子或者象征，但这里一点作品则特别'功利性'的，他所攻击的人物，连姓名都不避讳。"①从中我们可以看出抗战大后方选择翻译的诗歌必须是与现实相结合的"功利性"的作品，正是这样的选材标准使雪莱的现实主义诗作被翻译到抗战时期的中国诗坛。雪莱抨击现实和追求自由解放的作品满足了抗战时期中国人的阅读期待：

> 空气与河流又恢复它们快乐的音调
> 蚂蚁，蜜蜂，燕子又重新出现了
> 新叶与花朵装饰着死去的季节底尸架
> 钟情的鸟儿在丛林中成对成双
> 筑起它们底苔色新巢在田野，在枝上
> 金黄的蛇与碧绿的石龙子
> 像迸发的火焰，从冬眠中醒转②

曾经被侵略者践踏得满目疮痍的"空气与河流又恢复它们快乐的音调"，这样的诗句无疑会唤醒中国人民与日本侵略者斗争到底的勇气，坚定抗日的信心和决心，让中国人民看到抗战胜利的希望。

大后方翻译的雪莱诗歌《给英国人民的歌》同样充满了战斗的

---

① 《编者附记》，《哈罗尔德的旅行及其它》，《文阵新辑》（第2辑），1944年2月，第116页。

② 雪莱：《阿多拉司》，方然译，《哈罗尔德的旅行及其它》，《文阵新辑》（第2辑），1944年2月，第43页。

豪情和革命的力量。《文化岗位》于1939年2月1日创刊，于1941年1月31日终刊，其办刊宗旨在夏衍先生的《关于关山月画展特辑》中表述得十分明显："以巩固文化界统一战线为职志……只要是对于抗战救亡多少有点裨益的文化工作，我们都不惜替他尽一点绵薄。"从发表的雪莱诗歌译文《给英国的男子》（*Song to the man of England*，现在通译为《致英国人之歌》）就可看出该刊物鲜明的抗战立场。本诗写于1819年秋，英国曼彻斯特几万名群众集会要求改革现有制度和普选权，遭到当局镇压并打死打伤数百人。远在意大利的雪莱闻讯后义愤填膺地写下了这首诗。由于本诗言词慷慨激烈，充满了极强的战斗性和鼓动性，因此在很长时间内出版商未敢承印，直到雪莱去世十多年后才发表。20世纪先后出现了江水华译本《给英国人之歌》（《英美名诗选译》，陕西人民出版社，1984年）、江枫译本《给英格兰人的歌》（《雪莱诗选》，湖南人民出版社，1982年）、杨熙龄译本《给英国老百姓之歌》（《雪莱抒情诗选》，上海译文出版社，1982年）、查良铮译本《给英国人民的歌》（《雪莱抒情诗选》，人民文学出版社，1958年）和黄杲炘译本《给英国人的歌》。这首政治抒情诗表现出雪莱对压迫阶级的强烈不满，希望英国人能站起来反抗剥削和压迫，将丰收的粮食、纺织的布匹、锻造的武器、建造的大厦从暴君手中夺回来。穆旦先生在谈论雪莱时指出："诗人生活在王权和教会的双重统治下，他要以诗来对阶级压迫的种种罪恶现象做斗争……当诗人以坚决的革命者的身份来讲话的时候，他的诗就包含着清醒的现实感觉，他的刻绘就中肯而有力，他的声音也成了广大人民的呼声。"① 《给英国的男

① 穆旦：《雪莱抒情诗选·译者序》，《穆旦（查良铮）译文集》（4），北京：人民文学出版社，2005年，第11页。

子》这首译诗所表现的精神内容也成了当时中国人反抗日本侵略的呼声，相当于一首致抗战语境下的中国人的诗篇，恰到好处地呼吁中国人民团结起来将抢夺我们财富的日本侵略者驱赶出境。抗战时期对雪莱这首诗的翻译虽然存在很多不足之处，没有充分地理解和把握诗歌的旨意，也出现了翻译语言和意义使用的错误，比如将题目中的“man”翻译成“男人”就是一例，但它却是雪莱该诗较早的译本，而且在抗战语境下将之译出具有更强的现实意义。

除诗歌之外，桂林的典雅书店1944年出版了方然翻译雪莱的四幕诗剧《解放了的普罗米修斯》。该诗剧是雪莱主要的诗剧作品，故事原型来自古希腊神话，普罗米修斯是先知的代表，站在人类一边蒙骗宙斯，导致宙斯从人间取走了火以示对人类和普罗米修斯的惩罚。普罗米修斯为了人类的生活便把火种盗出，教会人们怎样使用火，从此让火种留在了人间。这样做的后果导致宙斯让潘多拉给人类带来瘟疫和灾祸，同时把普罗米修斯钉在高加索的陡壁上，每天让凶狠的秃鹰去啄食普罗米修斯的肝脏。诗剧《解放了的普罗米修斯》集中表现了雪莱的社会思想。雪莱因为法律的蛮横对英国资产阶级法庭的芥蒂心理，在失去抚养前妻所生子女的痛苦中迁居罗马，加上欧洲神圣同盟和英国贵族资产阶级的黑暗统治以及它们对人民的残酷镇压，激起了他对现实社会的深刻思考。在这种情况下，雪莱用古希腊神话素材来表达自己反抗暴力统治的思想，鼓舞被压迫的民众积极投身革命的激流中，以获得最后的自由和解放。这部诗剧的主旨和雪莱所立意宣传的思想，在抗战时期正好适合被殖民统治的中国人的心境，有助于鼓舞人们与日本侵略者作艰苦决绝的斗争，迎来中华民族的独立和解放。当然，抗战大后方翻译雪莱此作的原因还不仅仅如此，因为刻写普罗米修斯的古希腊神话或埃斯库罗斯的剧本《解放了的普罗米修斯》就表现了反抗的主题。

从文本内容来看，雪莱虽然借鉴了神话故事或埃斯库罗斯的作品，但却在创作中有自己独到的创新，那便是“他大胆摒弃陈腐的传统观点，反其道而行之。在诗剧里，雪莱描写普罗米修斯坚决不向朱比特‘屈膝下跪’，‘低头祈祷’。他既不为神仙们的声色娱乐所诱惑，也不被恶鬼们的残酷刑罚吓倒，而是坚贞不屈，大义凛然，同暴君斗争到底……这个形象概括了工人阶级和劳动人民反抗专制统治，争取自由解放的革命精神……揭示出专制统治决不会自动退出历史舞台，只有通过暴力手段才能推翻暴君，实现人民的自由解放”①。正是雪莱诗剧内容的变化，使其更符合抗战时期中国人民的精神诉求，有助于鼓舞中国人民同残暴的日本侵略者斗争到底，绝不卑躬屈膝于他们的统治。侵略者绝不会自动退出中国领土，只有通过战争的手段打败殖民者，才能最终实现民族的解放。从这个角度来讲，雪莱的诗剧《解放了的普罗米修斯》在大后方的翻译出版与古希腊神话、埃斯库罗斯的《解放了的普罗米修斯》相比具有更为重要的现实意义，因为它不单满足了中国人民战时在文学层面的需求，更是在精神和士气上鼓舞着人们去追求民族的解放独立。

此外，方然作为一位“七月派”诗人，抗战时期还翻译了雪莱著名的诗剧体五幕悲剧《沈茜》，该译作 1944 年 4 月由重庆新地出版社出版，是雪莱后期创作的重要成果。雪莱是英国浪漫主义诗人的代表，其作品集中代表了浪漫主义的反抗性和创造性，对其作品的翻译和介绍有助于声援国内的抗日战争，鼓舞人们通过革命和斗争迎来民族的解放和独立。

---

① 朱维之、赵澧主编：《外国文学史》，天津：南开大学出版社，2014 年。（参阅第六章《19 世纪初期文学》之第三节《雪莱》部分。）

中外诗歌关系研究

主持人语（熊　辉）：

中国新诗生长在民族传统文化土壤上，但却汲取着异域文化的营养。为此，诗坛上曾有关于新诗来源的论争，一说新诗起源于传统诗歌艺术，一说新诗起源于西方文化的东渐。此消彼长的论战毫无结果，对于新诗自身的建构而言也毫无意义，因为不管我们将新诗的源泉归咎于何方，它已然按照现有的路数发展起来了，而且还会沿着时间的河流继续向前。我们唯一可以肯定的是，任何民族文化包括文学的发展，都离不开与异质文化的交流；同理，只有在不断吸纳古今和中外文化营养的基础上，中国新诗才可能在突破中提升艺术表现力。

本期“中外诗歌关系研究”栏目所选文章，均涉及中国新诗与外国诗歌或外国文化的关系。邱食存博士的文章言及后现代主义，但更似一种平行研究，而非一贯的西方影响东方的研究思维。该文认为，后现代性话语从来都不是由欧美发达国家所独占，随着语境的转换，对后现代性的解读和运用也必然各具特色。在中国语境下，中国后现代诗歌的后现代性主要体现在以后现代解构策略进行时代精神的建构，是向“立”而“破”的。于坚诗歌是这一类诗歌的代表，即以后现代解构策略进行或表现日常生活美学或凸显具体而局部的稗史以便建构诗歌创作差异性和多样性。杨东伟硕士的文章从译介学的角度出发，重点分析了外国诗歌通过翻译与中国新诗发生的各种关系，有参与也有影响。翻译诗歌是中国新诗乃至中国文化的见证者，承载着一个时代的精神和社会症候。

向"立"而"破":论于坚诗歌的后现代性①

邱食存

作为一种20世纪50年代兴起、并逐渐发展成为具有世界影响的批评话语和文化思潮,后现代主义并不是一种统一的思想,在对现代主义颠覆的继承中,逐渐形成了众多不同的理论主张和思想倾向:有"极端的",也有"温和的";有"对抗的",也有"游戏的";有持"怀疑论"、"肯定论"还有"建设性"的。然而,这些差异背后无不隐含着某种时代精神,要求人们以新的思想与行为方式去思考、感知并采取相应的行动。这种时代精神就是所谓的后现代性,主要表现在对现代性的批判、对"统一性"与"整体性"思维的超越以及对"差异性"与"多样性"的追求。现代性与后现代性的不同在于"时代精神的转换",这种转换主要表现在知识观的变化上:知识"不再被看作是什么客观性、普遍性、必然性与

---

① 本文为重庆市研究生科研创新项目"'第三代'诗歌与'垮掉派'诗歌后现代性比较研究"(项目编号:CYB14065)和重庆市研究生教育教学改革研究项目(项目编号:yjg143047)的阶段性成果之一。邱食存:西南大学中国新诗研究所2013级中国现当代文学专业中国现代诗学方向博士生,四川文理学院外国语学院讲师。

确定性”，而只是被看做“进行某种解释活动”；意义在解释的过程中产生，即它“并非是某种单一的、可一次性地解释完毕的东西”①。语境不同，解释的过程就会生发出不同的理解和意义。由于后现代主义话语“不应当、也不可能是发达国家独有的话语，而应是全人类共有的话语”②，在中国语境下，必然会生发出其独特的解释、理解和意义。鉴于中国学界引入西方后现代主义思潮已是“百年来中国系统地吸收、学习西方理论的整体进程中的一个组成部分”③，我们的研究重点不是中国文学是否存在后现代主义，而应该是梳理具体作家在何种语境下基于自身的生命体验和感受给予时代精神以何种阐释以及这种阐释背后所生发出来的具体意义。

一 后现代诗歌批评现状与于坚的后现代诗论

后现代小说一直是后现代文学批评的重点对象。事实上，正值1984年小说界的文化寻根创作活动高潮之时，“他们”诗人群的“创作意向中早就具备了后现代主义文学中解构精英文化的先锋意识”④。1984年，中国式的后现代写作就已在“他们”、“非非”、“莽汉”、“海上”等诗群中出现，他们的诗“既拆除深度，又拆除

① 陈嘉明：《现代性与后现代性十五讲》，北京：北京大学出版社，2004年，第326页。

② 苗东升：《后现代：现代之后，还是后期现代？——中国需要怎样的后现代主义》，《首都师范大学学报》（社会科学版）2004年第3期。在该文中，苗东升还认为，“西方后现代主义思潮的诱因是中国的文化大革命，例如福柯曾自称是毛主义者，意味着‘毛主义’曾带给西方以后现代灵感。这些事实恰好表明，到20世纪后半期，东方与西方在思想深处也已经不可分割地联系在一起了，彼此都在反思现代性，都在构建后现代主义，而且是在相互借鉴中构建后现代主义的”。

③ 范方俊：《后现代主义的现代性之思》，《外国文学》2006年第2期。

④ 梁云：《中国当代新诗潮论》，沈阳：春风文艺出版社，1998年，第98页。

对深度的拆除；既消解价值，也消解对价值的消解；既反抗意识形态集体顺役的‘崇高’，又使自由自为的个体主体性竖立；既采用习语、口语等‘大众’语型，又通过这一语型来对‘大众’进行讥讽”①。孔范今主编的《二十世纪中国文学史》（1997）认为“新生代”诗歌的出现“或许可以视为‘后现代主义’文化与艺术思潮的一次初步的冲击与尝试”②。田中阳主编的《中国当代文学史》（2003）也明确指出80年代末文学中盛行的“零度写作”和“冷抒情”手法韩东“早在80年代最初几年就已使用”，尤其是《有关大雁塔》已经“成为后现代诗歌在叙述方式上的一个范式”③。总之，“朦胧诗后先锋诗歌已经进入后现代主义时代”④。在中国当代诗人中，于坚以他的诗歌创作和诗论独树一帜，具体而微地考察其诗论中的后现代观点以及诗歌创作的后现代性维度具有重要意义。

诗论方面，于坚认为诗歌是“时代精神的产物”，它和传统文化的本质区别在于它是“无礼的、粗俗的、没有风度的”，“敢于把自己（个人）社会最隐秘的一面亮给人看”，在精神上与惠特曼、金斯伯格等西方诗人有“相通之处”⑤；表现着“时代精神”的诗歌从来都是对“现存语言秩序”、“总体话语”和“主流文化”

---

① 李志清：《现代诗：作为生存、历史、个体生命话语的特殊“知识”——陈超先生访谈录》，《学术思想评论》第二辑，沈阳：辽宁大学出版社，1997年，第16页。

② 孔范今主编：《二十世纪中国文学史》（下），济南：山东文艺出版社，1997年，第1450页。

③ 田中阳：《中国当代文学史》，长沙：湖南师范大学出版社，2003年，第417页。

④ 罗振亚：《朦胧诗后先锋诗歌研究》，北京：中国社会科学出版社，2005年，第22页。

⑤ 于坚：《棕皮手记（1982-1989）》，《拒绝隐喻：棕皮手记·评论·访谈》，昆明：云南人民出版社，2004年，第5页。

的挑战，是对“一种语言的张力与活力的考验”①。诗人写作反对诗歌写作中的“进化论倾向”②，后现代是“对进化论的一种反动”，应该看做是“一种个人看世界的幽默方式”③。于坚认为，“二十世纪崇尚的是‘升华’，用解放者的眼光看待旧世界，看待大地”，“以抽象的‘终极关怀’否定具体的存在，否定‘日常关怀’”④。他的写作方法强调的是“要深入到云南生活的日常性中，与它认同”，诗人“不是它的解放者”⑤。诗人写作与人生世界是“一种亲和而不是对抗的关系，它不是要改造、解放这个世界，而是抚摸这个世界”；在诗人写作中，“世界不是各类是非的对立统一，而是各种经验和事物的阴阳互补”⑥。

诗歌语境与其所处的具体历史语境难以分离。20 世纪 60 年代中期至 70 年代中后期，朦胧诗“最早从文化专制中觉醒，面对整体性的人道失落，故不得不‘整体性’地施救”，朦胧诗中“严峻宏大的‘人’的形象”，是“整体社会历史语境的严寒季节”“准确的反映”；而当 80 年代历史的季节温度转换时，在“经过前代诗人‘整体性’地对整体历史的反思、批判、否决”以及“整体话语”开始破裂之后，后起诗人才“可靠地赢得了他们进一步反思历

① 于坚：《棕皮手记（1990-1991）》，《拒绝隐喻：棕皮手记·评论·访谈》，昆明：云南人民出版社，2004 年，第 10 页。

② 于坚：《棕皮手记（1999-2000）》，《拒绝隐喻：棕皮手记·评论·访谈》，昆明：云南人民出版社，2004 年，第 74 页。

③ 于坚：《棕皮手记（1997-1998）》，《拒绝隐喻：棕皮手记·评论·访谈》，昆明：云南人民出版社 2004 年版，第 63 页。

④ 同上，第 69 页。

⑤ 同上，第 68 页。

⑥ 于坚：《棕皮手记（1999-2000）》，《拒绝隐喻：棕皮手记·评论·访谈》，昆明：云南人民出版社，2004 年，第 74 页。

史生活细部的权利”[①]。随着“三个崛起”论遭到批判以及“清除精神污染”运动的展开，具有现代主义特征的朦胧诗逐渐失去其批判精神和先锋意义，成为主流诗坛的一部分。在于坚看来，朦胧诗诗人已不再适应“过去时代建立的意义系统与日益小说化的存在现场”“分离”的“辞不达意的时代”[②]；朦胧诗所代表的现代主体性是“强制的主体性”，是一种“伪深度”，真正的现代性深度“从未在中国当代文化中生产过”，而中国式后现代性则是对这种“强制的主体性”和“伪深度”的“消解”，从而“创造生产真正的深度”，因此，它“具有后现代的面貌，却有着现代主义的理想和工作”[③]。中国式后现代主义既有解构的策略，同时又有着建构的方向，它是向“立”而“破”的。针对包括朦胧诗在内的强调“统一性”、“普遍性”、“整体性”的意识形态写作，于坚所要创作的是“具体的、局部的、碎片式的、细节的、稗史的、就以往时代的价值、隐喻系统呈现为0的诗”[④]。

二　具体之美

于坚的诗歌是“具体的”。后现代诗歌意味着创作要“具体”

① 陈超：《“反诗”与“返诗”——论于坚诗歌别样的历史意识和语言态度》，《南方文坛》2007年第3期。

② 于坚：《棕皮手记（1996）》，《拒绝隐喻：棕皮手记·评论·访谈》，昆明：云南人民出版社，2004年，第32页。

③ 于坚：《关于后现代》，《拒绝隐喻：棕皮手记·评论·访谈》，昆明：云南人民出版社，2004年，第168–169页。

④ 于坚：《棕皮手记·从隐喻后退》，《棕皮手记》，北京：东方出版中心，1997年，第250页。

到“现场”“当下”和“日常”，而不是指向“历史或未来”[①]。而中国诗歌“害怕形而下，害怕具体的事物”，害怕“与小、与俗联系在一起”，害怕“当下”和“现场”[②]。相比之下，具体是“西方传统”，而后现代“实际上有返回‘具体’这一传统的趋势”，譬如“卡洛斯·威廉斯，‘只有具体的事物才有思想’”[③]。在于坚看来，中国当代诗歌中的大量隐喻只是类聚化的文化所指，是缺少原创力的复制。针对这种僵化的所指系统，在诗歌创作中，“如果一个诗人不是在解构中使用汉语，他就无法逃脱这个封闭的隐喻系统。……在后退中重建能指和所指的关系的游戏……诗是从既成的意义、隐喻系统的自觉地后退”[④]。后现代是一个“解构的时代”，是“对隐喻语言世界的解构”，而“解构的过程本身是语言还原的过程，是命名的行为”[⑤]。于坚首先所要解构的是具体物体和事件背后的隐喻义，还原其本意，从而对其重新命名，这注定是艰难的，因为汉语“命名人事物，不是扩大能指，而是在已有的能指中，强化或深化所指”，而“在太初，命名的人指着树说 shu”，“一个能指就是能指”，后来“人迷信所指，几乎到了所指崇拜的地步”[⑥]。

---

① 于坚：《棕皮手记（1992–1993）》，《拒绝隐喻：棕皮手记·评论·访谈》，昆明：云南人民出版社，2004 年，第 22 页。

② 同上，第 17 页。

③ 同上，第 18 页。

④ 于坚：《棕皮手记·从隐喻后退》，《棕皮手记》，北京：东方出版中心，1997 年，第 244–246 页。

⑤ 于坚：《棕皮手记（1992–1993）》，《拒绝隐喻：棕皮手记·评论·访谈》，昆明：云南人民出版社，2004 年，第 22 页。

⑥ 于坚：《正在眼前的事物：散文》，昆明：云南人民出版社，2004 年，第 273 页。

例如，《鱼》① 把杀鱼做菜这一具体的日常生活事件写得细致入微、跌宕起伏，日常行为中掺杂着一些革命话语如“潜伏”、“制服”、“守口如瓶”、“隐私”、“暗语”、“交代”、“坦白”、“蓄谋已久”、“革命”，幽默诙谐却又不失庄重肃穆。全诗共七节。第一节写隐喻的“鱼”：“它在深处　不是被我们叫做深沉的那里/不是　这动物早就越过这些浅水/在更深之处　进入令人不安的阴谋”；第二节写人对隐喻的“鱼”的“渴望”：“我们渴望被‘深’死死咬住/渴望那充满快感的下坠/几千年我们一直守在海边”；第三、四、五节写杀鱼的过程，具体的日常生活细节构成了前两节隐喻的解构；第六、七节颇有戏剧性，第六节写鱼僵而不死，两眼冒着“火苗”，“顽固地呼吸”，仿佛有着来自“陌生的海域”的原初生命力量，“良久　我们不敢碰它”；第七节写鱼被做成菜，“躺在”有着古老文化寓意的“蓝色瓷器　青铜汤勺”中间，而面对“鱼”所象征的、为人们所渴望的“深”的僵死，“我们”却“端坐如仪”。“我们”动用一切手段、不无残忍地宰杀来自深海鲜活而具体的“鱼”，得到的只是可以用“蓝色瓷器　青铜汤勺”盛放的“鱼”和“另一些肉”，原初的隐喻变成了僵死的隐喻，“我们”却守着，“端坐如仪”，前后对比，充满了反讽意味。从“我们”宰杀“鱼”、“兴高采烈”、“双目发怔”到“端坐如仪”，有惊无险的情绪波动暗示出人性的伪善、恐惧和怯弱，究竟是人“制服”了鱼呢，还是鱼最后的挣扎把人“怔住”？令人深思。

又如，《事件：装修》② 首先具体而全面地描写了装修前“家”

---

① 于坚：《鱼》，《我述说你所见：于坚集（1982-2012）》，北京：作家出版社，2013 年，第 139-141 页。

② 于坚：《事件：装修》，《我述说你所见：于坚集（1982-2012）》，北京：作家出版社，2013 年，第 168-170 页。

的感觉和“家”里的布置，如“一个家庭有一个家庭的佐料/导致阴影的密度　发霉的范围/红烧肉的味道　窗帘的厚薄　硬与软的比重”以及“椅子的据点　旧相片的次序　米袋的位置/依据的是独一无二的秘方/……《说文解字》是这家人的圣物　翻一翻就要放回原处/不可能把冰箱支在客厅里　也不习惯”，这样的家也许不够高雅，但至少还有自己独特的风格，暖心而实在。然而经过有着“统一祖国的标准”和“衡量贵贱的尺寸”的“至高无上的装修”之后，日常生活被提供统一的“色谱　光洁度　涂料　配方　以及墙裙的高矮”；刷了油漆、换上钢窗、裱以墙纸，外婆的气味没了，老鼠“被击毙在自己的窝里”，室内光线“有宾馆效果”；家长为了配合“新家”也穿上了“一身新衣服”，“像一个刚刚成家的青年”；多年不动的沙发也“移动了两米”，正对着“有些刺眼”的“彩电”。显然，现代标准化的装修让“家”失去了原来的独特性，让“家”里的人也只能配合着“物”，被“物”给异化了。更进一步，这一“装修事件”莫不是转喻着90年代诗坛的境况：多样性、差异性、具有独特意味的诗歌被所谓“统一的标准”变成了具有整体话语维度、放之四海而皆准的有普遍意义的“复制”产品。这些诗歌因高度复制而普遍相似，毫无亲和力，就如同装修过的、已经失去精神内里的“家”。

于坚的诗歌常有对具体事物或具体行为过程的量化，这在《便条集258》① 中达到极致：“不知几万里也/这是您的大地/20米×48米/占地960平米/这是您的公寓/23米×5.1米/占地117.3平米/这是您的套间/6.5米×4.2米/占地27.3平米/这是您的客厅/……1.6

① 于坚：《便条集258》，《诗集与图像（2000-2002）》，西宁：青海人民出版社，2003年，第163页。

米×0.5米×2/占地1.6平米/这是太太和您本人/0.2×0.3米/占地0.06平米/先生　这是……测量员停顿了一下/您的盒子"。全诗可以看做是"测量员"的独幕话剧，因为其叙述对象"您"自始至终没做任何应答。先是精确的物理测量与不动声色的告知，随着测量面积的逐步缩小，生活空间也逐步萎缩，从"大地"到"公寓"到"套间"到"客厅"到"卧室"到"厨房"到"卫生间"到"床位"到"本人"，具体而微，似乎可以永远就这么测量下去，量完骨灰盒，"测量员""停顿了一下"，这才反应过来，具体的生命空间已是量无可量了，反讽意味陡增。诗人对具体生活空间和具体测量过程的精确描摹是对具体生命存在过程的有力揭示。

三　日常生活美学化

后现代艺术意味着"艺术崇高性的破灭"，也就是"生活（或日常事物事件）的美学化"①；在题材上，后现代诗歌"回归到了一种不再一味追求高雅的纯艺术，不以自我为中心的叙事模式，善于接受语言和经验中松散的、偶然的、不全面的东西"②。"生活的美学化"原则是于坚诗歌另一后现代特质所在：在主流意识形态话语之外寻求以非隐喻象征性的原生态口语的作为言说方式，肯定当下的世俗日常生活，最终形成一种超越艺术崇高性指向的"生活的美学化"创作原则。

按于坚的理解，中国文化"重视的是生活的文化化，文化（动

① （美）叶维廉：《叶维廉文集（第五卷）：解读现代后现代生活空间与文化空间的思索》，合肥：安徽教育出版社，2004年，第28页。

② （英）史蒂文·康纳：《后现代主义文化》，严忠志译，北京：商务印书馆，2007年，第177页。

词）生活，而不是生活的日常化”，总是把“日常生活升华……变成日常神话”[①]；而20世纪“崇尚的是‘升华’，用解放者的眼光看待旧世界，看待大地”，“以抽象的‘终极关怀’否定具体的存在，否定‘日常关怀’”[②]。于坚作为云南之子，他的写作“强调的是方法，这方法就是要深入到云南生活的日常性中，与它认同……而不是它的解放者”[③]。诗的体验源于日常生活本身，而不是作为文明史的书记员，因为“概念化的文明史其实是一部对具体的在场的新鲜的日常生活的遗忘史”[④]。

在一篇文章中，于坚回顾了他当年读“垮掉派”诗人爱伦·金斯堡那些后现代诗歌时的“震撼”感受。1984年，金斯堡来中国访问，并由中国作家协会人员陪同，在云南大学外语系做了一场演讲。而此前，于坚已经读过金斯堡的作品，对《嚎叫》深为认同，认为它“简直”就是在写他自己的日常生活。由于“‘文革’延续过来的精神压抑和恐怖”，他们“危险”地写作，他们“留着长发，跳迪斯科，酗酒……处于‘主动疯狂’（金斯堡语）的边缘”；对于于坚，“垮掉的一代是个光辉的名字”，命名的就是他们那样“自以为是”的一代人。青年于坚“热爱金斯堡，并不关心他反抗的是什么”，令他“着迷”、“颤抖”的是“嚎叫”之声；压抑之下，于坚的生命里需要“嚎叫”，需要“从某种以坚硬强悍僵硬死板支撑的水泥物中垮掉”，因为对于他们那一代人来说，“垮是一种

① 于坚：《棕皮手记（1996）》，《拒绝隐喻：棕皮手记·评论·访谈》，昆明：云南人民出版社，2004年，第38页。

② 于坚：《棕皮手记（1997-1998）》，《拒绝隐喻：棕皮手记·评论·访谈》，昆明：云南人民出版社，2004年，第69页。

③ 同上，第68页。

④ 于坚：《穿越汉语的诗歌之光》，杨克主编：《1998年中国新诗年鉴》，广州：花城出版社，1999年，第7页。

力量，垮就是反抗，就是拒绝”[①]。在当时具体的历史社会语境之下，这些回忆并没有丝毫夸耀之意，毕竟当时“整个主导意识形态”是“和人的自然本性相悖的”，而“政治说教最终还是干不过人的自然本性”[②]。整个80年代，一方面由于市场经济的引入，经济得到高速发展，逐步形成了市民社会奉行的经济实力原则，另一方面中国社会的“中心化”“整体性”价值体系失去了创造功能，政治和文化精英确立的社会秩序面临着“合法化”危机。一边是依然强大而坚硬的制度体系，一边是随机应变的日常生活，人们在社会秩序的裂痕之间游离，各行其是，不同的观念和行为方式汇聚一处，“整体性”、“普遍性”受损，“多样性”、“差异性”丛生，这些催生了表现中国式后现代性的“时代精神”。于坚诗歌很好地体现了这种“时代精神”，诗人的首要目标就是要消解浸透着主流意识形态的宏大叙事对芸芸众生的压制或遮蔽，于细节和局部中展现整体性权力话语覆盖下各色人物的命运，在日常生活中展现平凡真实的人性和生活的真谛，这方面的代表诗作有：《尚义街六号》、《罗家生》、《感谢父亲》、《纯棉的母亲》、《作品100号》、《女同学》、《下午，一位在阴影中走过的同事》、《作品52号》、《文森特·凡高》、《澡盆里的拿破仑》、《伊曼努尔·康德》等等。

在于坚看来，好的诗歌“不虚构环境”，总是可以从中“看出一个时代的心态……使人热爱生活、并且提供最客观的、实在的爱的方式”，让人们觉得“正因为生活如此，我们才要生活”[③]；真正

① 于坚、斯图尔特·珀科夫、张子清：《从垮掉到疲脱——从美国诗歌和〈后垮掉派诗选〉的出版说起》，《山花》2009年第1期。

② 李建周、陈超：《回望80年代：诗歌精神的来路和去向——陈超访谈录》，《新诗评论》2009年第1辑。

③ 于坚：《棕皮手记（1982-1989）》，《拒绝隐喻：棕皮手记·评论·访谈》，昆明：云南人民出版社，2004年，第6页。

的生活“就是所谓常识的生活，这种生活其实正由于它的无意义才成为生活的常态和永恒”[①]。于坚一直致力于拨开集体的历史记忆，还原生活的日常面目；他情愿确立一种平民身份，坦然地关注那些琐屑的、世俗的、无“意义”的日常生活经验和事物。如《感谢父亲》[②] 通过“我”围绕“父亲”对家庭的责任和对子女的爱，回忆起父亲日常生活中的点点滴滴。在物资匮乏的年代，“您深夜排队买煤/把定量油换成奶粉/您远征上海/风尘仆仆/采购衣服和鞋”；为了躲避时代暴力，“父亲”“老谋深算/能屈能伸/光滑如石”，主动“揭发　检举　密告”他人，在夜里“悄悄起来/检查儿子的日记和梦话”，担心“我”说某些不该说的，被别人告密，招惹祸端；“作为好人”的“爸爸　活得多么艰难”，“就这样在黑暗的年代/在动乱中/把我养大领到了身份证”。诗中，“父亲”是日常生活中的父亲，带有小市民习气，关乎家人安危时，明哲保身，为了表明自己的革命觉悟，也会“交代　揭发　检举　密告”。的确，人民不是抽象的，不是都有着“铁板一块”的“真善美”，人民就是“每一个具体的个人，他（她）既是历史压迫的客体，又很可能是历史权力主动的载体或工具，他们会为了生存自保或隐蔽的人性之恶而相互倾轧，自我压迫，对他人冷漠，甚至庆幸灾难没有降临到自己头上”[③]。

在当代，诗歌精神“已经不在那些英雄式的传奇冒险、史诗般的人生阅历、流血斗争中”，诗歌“已经到达那片隐藏在普通人平

---

① 李劼、于坚：《回到常识走向事物本身》，《南方文坛》1998 年第 5 期。

② 于坚：《感谢父亲》，《我述说你所见：于坚集（1982-2012）》，北京：作家出版社，2013 年，第 262-264 页。

③ 陈超：《“反诗”与“返诗”——论于坚诗歌别样的历史意识和语言态度》，《南方文坛》2007 年第 3 期。

淡无奇的日常生活底下的个人心灵的大海”，而诗人们也“终于勇敢地面对自己的生命体验，哪怕它是压抑的，卑俗的甚或变态的”[①]。事实上，于坚于凡尘俗世中呈现“日常生活美学”的目的是要回到具体性的“当下”，回归大地，摒弃“生活在别处”的乌托邦臆想。于坚经常摘下“英雄伟人”身上的光环，凸显他们日常俗性的一面。在《文森特·凡高》[②] 这首诗中，被誉为后期印象派绘画大师的凡高也只不过是“外省地方的乡巴佬/红头发的疯子　一辈子　只会画画/种了几株向日葵　无人理睬　只有太阳/悄悄跪下来　为它们祈祷”。凡高被还原为一个在日常生活中也一样有着普通人的无奈和孤独的平凡人：“世界无视你的视觉　它分派你贫穷　饥饿　卑贱/人不助你　神不助你　痴人一意孤行”。反讽的是，在他身后，他的“葵花子　被神的大锅炒熟了/每一粒都价值千金”，他成了“亲爱的文森特”，“女士们久仰了/男诗人为您献诗”，站在那副“难看”的、“尖嘴猴腮”、“还绑着一头绷带”的“不朽的肖像下”，“艺术人士/个个神经正常　耳朵完满无缺”。凡高自身肉体遭受贫穷、孤独、苦痛折磨的命运从未得到“世界”女郎的关爱，到头来，作为他“身外之物”的“永恒的向日葵”倒是得到了“雅正”。诗人平静而略带调侃的言说下，生活的残酷和世人的虚伪构成了强烈的反讽效果。而《伊曼努尔·康德》[③] 呈现的“德意志大脑”并不像哲学、思想史中的形象，而是一个有着肉

① 于坚：《棕皮手记·诗歌精神的重建》，《棕皮手记》，北京：东方出版中心，1997 年，第 231 页。

② 于坚：《文森特·凡高》，《我述说你所见：于坚集（1982–2012）》，北京：作家出版社，2013 年，第 181 页。

③ 于坚：《伊曼努尔·康德》，《我述说你所见：于坚集（1982–2012）》，北京：作家出版社，2013 年，第 189–190 页。

身、“一生都蛰居在他的钟里”、“哥尼斯堡最矮的市民”，他也有自己的日常生活习惯：五点起床，“七点　他背着手去大学上课”，“一点整　仆人出现在墨水瓶旁”，饭后，“优雅”地散步，“下午　他穿着背心整理房间　阅读杂志”，“十点　康德关灯睡觉”。在《弗兰茨·卡夫卡》[①] 中，患了“写作这种病”的现代主义大师卡夫卡也有自己的日常生活，作为“小市民　肺病患者　保险公司的职员”，他“多年来一直在谈恋爱”。《澡盆里的拿破仑》[②] 中，拿破仑没有了威仪四方的帝王形象，小时候，妈妈也会给他洗澡，他也会说“妈妈　水烫”，而“妈妈像母牛那样笑笑/拍拍他的黄毛小头/在大木盆里/加了一瓢科西嘉的井水”。于坚笔下再现的这些伟大者的日常生活细节，解构了具有“整体性”和“统一性”理性话语意义的宏大叙事，代之以活生生的具体的、差异的世俗常态，这是一种日常生活美学化建构。

这种生活美学化建构需要在语言中落实。相对于充满文化隐喻的普通话书面语，于坚更愿意选取口语、方言乃至粗俗语等“软”的异质语言。《灰鼠》[③] 中这样写道：“不请自来的小坏蛋/在我房间里建立了据点/神出鬼没　从来不打照面”。口语词“小坏蛋”和“不打照面”透着亲切与温情，把诗人和灰鼠之间的微妙关系给写活了。于坚还运用了大量的云南方言，如《云南汉子》[④] 中“赶

---

① 于坚：《弗兰茨·卡夫卡》，《我述说你所见：于坚集（1982－2012）》，北京：作家出版社，2013 年，第 184－185 页。

② 于坚：《澡盆里的拿破仑》，《一枚穿过天空的钉子：诗集（1975－2000）》，昆明：云南人民出版社，2004 年，第 35 页。

③ 于坚：《灰鼠》，《一枚穿过天空的钉子：诗集（1975－2000）》，昆明：云南人民出版社，2004 年，第 208－209 页。

④ 于坚：《云南汉子》，《一枚穿过天空的钉子：诗集（1975－2000）》，昆明：云南人民出版社，2004 年，第 26 页。

街的日子”一句中的“赶街”方言应读成“gan ge（类似英语短元音/e/）”，“赶集”之意。《致父亲》[①]中“您就莫管我的头发裤脚衬衫莫管我几点钟回家”的“莫管”在云南方言中通常读作“mo guan”，用的是“入声”。《作品19号》[②]中：“我老是穿一条有补巴的灯芯绒裤”中的“补巴”即“补丁”。此外，其他云南方言还有“背箩”、“灶房”、“掼碎”等。这些方言让于坚诗歌充满了云南本土化特色，还起到了“陌生化”效果。最后，于坚甚至还动用了粗俗语。如《丑话》[③]淋漓生动地展示了泼妇骂街那些让人害臊的粗俗语。“那些丑话　在舌头上暴跳如雷/……破了口的泼妇　一个名词后面/跟着一窝‘傻B!’教授先生　傻B!/保安先生　傻B!主任同志　傻B!/骑摩托车的小杂种　牛B!/一句话里面挤着一大群‘杂种!’/‘他妈的太阳!’‘狗日的玫瑰!’/‘操蛋的麦子!’要‘做爱’/就直截了当　叫做‘ri!’/连舌头都害臊得红起来　它是纸做的/老想把这些　没教养的词”，这一系列粗俗语赤裸裸地呈现不禁让人怀疑诗人用意何在？骂街语言日常生活中随处可见，但何以入诗？根据马尔库塞的“社会交往”理论，“由于社会交往是凭借语言实现的，社会的一维化带来语言的一维化”，“‘伤风败俗之词’在晚期资本主义一维社会的当权者的说话和文字中是禁用的，那末，使用这样的词语就会打破虚假的意识形态的语言，宣告这种语言的意义无效……这种颠覆性的语言才能使社会

---

① 于坚：《致父亲》，《一枚穿过天空的钉子：诗集（1975-2000）》，昆明：云南人民出版社，2004年，第41页。

② 于坚：《作品19号》，《一枚穿过天空的钉子：诗集（1975-2000）》，昆明：云南人民出版社，2004年，第63页。

③ 于坚：《丑话》，《一枚穿过天空的钉子：诗集（1975-2000）》，昆明：云南人民出版社，2004年，第352页。

交往从一体化社会的垄断中解放出来”[①]。诗人是否也是看中了骂街话语的对社会当权者的垄断话语的破坏力以便在诗歌中构建多元的日常生活话语呢？只是诗歌创作日期显示是2000年，彼时，“口水诗”“下半身”等诗歌充斥诗坛，粗俗语、涉性话语也俨然有成为诗歌主流话语之势，鉴于此，全诗的结尾自是重点，颇有警醒意义：“哦　千万吐不得/如果它们全部从狗嘴里/跳到世界上/它们就会变成/獠牙”。

四　稗史之诗

后现代性诗歌意味着“稗史”，“关注的是局部、个别”而不是“公共的、整体的”，“不受作者感情或意识形态、自我的左右”，是“零度写作”[②]。于坚的许多叙事诗都可以看做是这种“稗史”写作。作为一位有时代历史意识的诗人，于坚自然不会放弃对时代历史的书写，但诗人关注的不是宏大历史，而是个人视角中的稗史。从《罗家生》到《0档案》，完成的都是某种个人的、局部的稗史性建构，其中“文革”经验的书写占有很大的比重，在《感谢父亲》、《舅舅》、《往事二三（组诗）》等回忆往事的诗篇中，历史场景在私人视角中得以客观而平静地再现。“普救论被驱除了，现代性的宏大叙事……在我们眼前土崩瓦解，并让位于大量异质的、局部的‘小史’（petites histories），这些小史常常具有高

① 胡经之主编：《西方文艺理论名著教程》（下），北京：北京大学出版社，1989年，第469页。

② 于坚：《棕皮手记（1992-1993）》，《拒绝隐喻：棕皮手记·评论·访谈》，昆明：云南人民出版社，2004年，第22页。

度自相矛盾和悖谬推理式的本性。”① 于坚的“稗史”意识体现的正是卡林内斯库所描述的这种“小史”，它是对“整体性”、“统一性”宏大历史的解构，同时也建构了充满“多样性”和“差异性”的局部而个别的“小史”，这在当代诗歌发展史上具有积极的建构意义。

《芸芸众生：某某》② 以四十行的短句讲述了“某某”出生以来颇具故事性的“小史”：“出生于一家医院/早年在大公司上班”，早年“黑皮包里/夹着许多少女的照片”、“密告过一个女人”、“多年孤独的生活”、“夜里他静静地手淫”，“近年他做起香水生意”、“老光棍”“夜里不再离群索居”、“他在舞池中复出”。“某某”是“芸芸众生”一凡人，他并不高尚，还很懂得审时度势，任何时候都可以全身进退，“三回犯错误/三次晋级”。经过宏大历史变迁的磨砺和锻造，他懂得如何更狡黠地书写自己的个人“小史”：“他的历史像一件旧式家具/纹饰发暗 模糊不清”。“某某”内心阴暗却能长袖善舞，最终是“如鱼得水 心平气和”，“风度翩翩”。

相比之下，《罗家生》③ 的主人公罗家生的一生可谓悲凉、凄惨：孤独地生活（“谁也不知道他是谁/谁也不问他是谁”）——因私藏领带被赶出工厂——悄然结婚（“一个人也没有请”）——意外死亡（“电炉把他的头/炸开了一大条口”）——被寂寞地埋葬（“埋他的那天/他老婆没有来”）。同《芸芸众生：某某》一样，《罗家生》也没有采用“宏大叙事”，而是通过书写工人罗家生默

---

① 马泰·卡林内斯库：《现代性的五幅面孔：现代主义、先锋派、颓废、媚俗艺术、后现代主义》，顾爱彬、李瑞华译，北京：商务印书馆，2002 年，第 294–295 页。

② 于坚：《芸芸众生：某某》，《一枚穿过天空的钉子：诗集（1975–2000）》，昆明：云南人民出版社，2004 年，第 33–34 页。

③ 于坚：《罗家生》，《我述说你所见：于坚集（1982–2012）》，北京：作家出版社，2013 年，第 328–330 页。

默无闻的一生来折射大时代的变迁，"文革"和"平反"等历史重大事件都被诗人设置成了模糊的背景。整首诗充满着现场目击感，"普通人的日常生活方式，为人处世风格，时代暴力强行闯入后带来的命运颠踬，都于波澜不惊中得到显现"①。读完全诗，读者会明白，"文革"受难者不只是"老干部"或"高级知识分子"，受难也可以"不崇高"；罗家生悄无声息地来去、默默无闻地生活和寂寞地死，这些为整体性"宏大叙事"所忽略的、存于历史细碎角落"褶皱"中的普通民众生活史莫不更有历史真实性，与罗家生同时代的读者多多少少也可以从中找到自己当年生活的影子。可以说，《罗家生》是一部普遍性和个别性结合得较完美的"小史诗"。谈及此诗，于坚写道："我甚至敢说这是一首史诗，至少我理解的史诗是如此。史诗并不仅是虚构或回忆某种神话，史诗也是对存在的档案式记录。"② 对这类诗作，诗人韩东也有同感："于坚写出了第三代诗歌中可称之为史诗的东西——在我看来，史诗至少要符合以下两个条件：一定的历史实录性质……和绝对的非个人化。至于规模的宏大和不朽的预期则在其次。……于坚从一个观察者变成了研究家。他记录并讨论了历史，于坚的品质规定了他是当代精神的研究家，而非代言人。"③

"非诗"一直跟于坚如影随形，于坚本人对此却不以为然："《罗家生》在很多场合，尤其是在文化人那里，一直被视为'非诗'，我一直以此为自豪，那时我写作的力量就是要使某种士大夫

① 陈超：《"反诗"与"返诗"——论于坚诗歌别样的历史意识和语言态度》，《南方文坛》2007 年第 3 期。

② 于坚：《谈谈我的〈罗家生〉》，《棕皮手记》，北京：东方出版中心，1997 年，第 171 页。

③ 韩东：《第二次背叛》，《百家》1990 年第 1 期。

的现成的充满腐朽的高雅趣味（所谓纯诗趣味）受到伤害”[①]；“真正的诗人，他总是以非诗的方式进行写作”，既“反抗诗歌自己的历史”，也“反抗诗人自己”[②]。“非诗”的非议在1994年1月的《大家》杂志创刊号发表长诗《0档案》后，达到高潮，该诗甚至被斥为“语言垃圾”。其实，连于坚本人都在疑惑《0档案》到底是不是诗？据诗人在2003年的一次访谈中回忆，《0档案》的构思是在80年代，当时的题目是《一个诗人的物品清单》，1992年完成《0档案》，写完后“根本就不敢看它”，“直到今天”，于坚“都不看这首诗”，因为它“将毁灭掉”他“阅读文学史时所获得的那种自信”；创造“永远是一种毁灭性的东西”，“总是具有一种毁灭的力量”[③]。

“非诗”与否，可以商榷。但可以肯定的是，《0档案》[④]是对稗史性历史存在的一种澄明。1994年12月15日北京大学《0档案》专题讨论会上，谢冕教授在最后的总结性发言中指出：“诗人不应该忘记历史，忘记是文学家的不幸，诗人必须直面自己所面对的大地和天空，面对自己的内心世界。于坚是这样做的，和那些游戏式的诗人不一样，和那些粉饰性的诗人也不一样。”[⑤]《0档案》是一种以冷酷而机械的档案语体对一个出生于20世纪50年代中期、成长于意识形态全面宰制的特殊年代的无名男人前半生的稗史

① 于坚：《谈谈我的〈罗家生〉》，《棕皮手记》，北京：东方出版中心，1997年，第171页。

② 于坚、谢有顺：《于坚谢有顺对话录》，苏州：苏州大学出版社，2003年，第167-168页。

③ 同上，第166页。

④ 于坚：《0档案》，《我述说你所见：于坚集1982-2012》，北京：作家出版社，2013年，第196-210页。

⑤ 《对〈0档案〉发言》（1994年12月15日北京大学讨论会记录），《台湾诗学季刊》1995年第4期。

性摇滚书写。“0”，像鲁迅笔下阿Q名字里的“Q”，意味着“无名”，同时又是一代人的“共名”，昭示了主流意识形态整体性话语对个体生命的漠视、压抑乃至删除。诗人刻意地凸显了“非诗”的、社会体制“习语”或“关键词”所代表的意识形态话语对个人生存的影响，激活了人们的历史记忆，是“深入具体历史语境，犀利地澄清时代生存真相的作品”①。主人公“他”的成长史影射着特殊时代意识形态话语对个体的压抑史。如《卷二　成长史》中“一份检查：1968年11月2日这一天　做了一件坏事/我在墙上画了一辆坦克洁白的墙公共的墙大家的墙集体的/墙被我画了辆大坦克我犯了自由主义一定要坚决改过”，这份看似孩子气的检查中折射出文革前期高度紧张的气氛，所有的个性、差异性都要被统一到强大的集体主义精神话语之下，否则便是被消灭的对象，哪怕是童真。再如《卷三　恋爱史（青春期）》描述了青春期里躁动不安的敏感和自觉：“四月的正午　一种骚动的温度　一种乱伦的温度　一种/盛开勃起的温度　凡是活着的东西都想动　动引诱着”，“历史从未记载/只是动作的各种细节　行为的各种局部”，动作的细节和局部是个体的，充斥着多样性和差异性，是宏大叙事所要排斥和遮蔽的。然而，青春的冲动不可阻挡，诗人一连用了17个“和……有关”来书写青春期那种感官的、失控的而又无以名状的个人感觉和生命体验。当然，这些都是档案所代表的意识形态话语所不容的，才有最后一行冰冷的“批复：把以上23行全部删去　不得复印　发表　出版”。这里，诗人探索的是“‘文革’公共书写和个人话语的关系……档案代表着一种最具效力的公共书写方

① 陈超：《“反诗”与“返诗”——论于坚诗歌别样的历史意识和语言态度》，《南方文坛》2007年第3期。

式”，对“个人话语的有力钳制，既是它的天性，也属它的职能”；全诗是“对这种公共书写的背弃和反动……具有无可置疑的历史内涵”[①]。

进一步来说，《0档案》又具有超越具体的历史时代的普遍意义。意识形态话语与普通民众之间的关系并非简单的“压抑/反压抑”二元对立关系，被意识形态整体话语所压抑的人们自身也可能是这种权力话语的有效载体，就像《感谢父亲》中的“好人”、“父亲”那样，为了表明自己的革命觉悟，为了保全自己和家人，也会“交代　揭发　检举　密告”。如《卷五　日常生活》第六节：“6 一组隐藏在阴暗思想中的动词/砸烂　勃起　插入　收拾　陷害　诬告　落井下石/干　搞 整　声嘶力竭　捣毁　揭发/打倒　枪决　踏上一只铁脚　冲啊　上啊/批示：此人应内部控制使用　注意观察动向　抄送　绝密/内参　注意保存　不得外传‘你知道就行了　不要告诉他’”，可见，意识形态权力话语之下，普通民众之间的信任感降到了冰点，互相倾轧、尔虞我诈。再如，《卷二　成长史》：“小字条：报告老师　他在路上捡到一分钱　没交民警叔叔/评语：这个同学思想好　只是不爱讲话　不知道他想什么/希望家长　检查他的日记　随时向我们汇报　配合培养”，老师、同学、家长都是意识形态整体权力话语的有效载体。可以说，正是对这种普通民众与权力话语相互选择相互配合的运作关系的揭示，才让诗人在反讽意识形态权力话语的同时，没有落入另一种整体话语：“我们是无辜的受难者。”

总之，于坚的诗歌创作有着消解强调统一性和总体性宏大叙事的后现代解构策略，同时也具有或表现日常生活美学或凸显具体而

① 贺奕：《九十年代的诗歌事故——评长诗〈0档案〉》，《大家》1994年第1期。

局部的稗史、建构诗歌创作差异性和多样性的一面。当然，诗歌永远有悖论的一面。作为一名反传统的诗人，于坚既要在对传统的反叛中创造历史，又要让这历史成为一种新的传统得以延续。“在文化、艺术的发展中，全盘接纳固然不对，而全盘消解、一味否定也是有局限的”①，所以，消解中要有建构，一味的反文化、反知识、反道德，反到极端，便成为了彻底的非诗，这是对西方后现代主义的“生吞活剥”。的确，于坚在80年代对金斯堡一派的美国后现代诗歌无比欣赏，但他也清楚，因为有具体语境的差别，他所接受的“垮掉派”也许“完全风马牛不相及”；令于坚一代人“惨叫的是封闭的社会，是对现代化、对普世价值、对生活常识、对世界潮流采取排斥消灭态度的主流意识形态”，而这些却是“令爱伦·金斯堡们绝望呕吐嚎叫的东西”②。说到底，于坚需要的是用后现代解构策略进行时代精神的建构，于坚诗歌的后现代性是向“立”而“破”的。

---

① 蒋登科：《偏于一极的诗歌时代》，《北方论丛》2010年第1期。

② 于坚、斯图尔特·珀科夫、张子清：《从垮掉到疲脱——从美国诗歌和〈后垮掉派诗选〉的出版说起》，《山花》2009年第1期。

论 80 年代《诗刊》的译诗①

杨东伟

20 世纪 80 年代是中国文学发生转折的关键期，其时，旧有的“社会主义现实主义”一统天下的文学传统与格局逐渐被打破，多元的写作模式百花齐发，文学爆发出巨大而令人惊讶的能量②；另一方面，政治上的“改革开放”则重新开启了中国文学与世界文学对话的可能性，文学翻译的兴盛成为了这个时代最耀眼的风景线。与其他文类一样，这一时期对外国诗歌的译介也突破了“文革”时量少且风格单一的“内部发行”模式，各类复刊或创刊的文学杂志如《外国文艺》、《世界文学》、《译林》、《星星》等都大量刊登翻译诗歌，多家出版社也组织译介并发行了各类诗歌译丛，如漓江出版社的《域外诗丛》、《国际诗坛》；国际文化出版公司的《二十世纪外国大诗人丛书》；湖南人民出版社的《诗苑译林》等。总之，翻译诗歌呈现出一片繁荣之势。

---

① 本文为重庆市研究生科研创新项目：1980 年代的翻译诗歌研究（项目编号：CYS2015085）的阶段性成果之一。

② 南帆：《八十年代：话语转换与叙事的转换》，《文学评论》2011 年第 2 期。

与此同时，早在1976 年就已复刊的《诗刊》在80 年代也登载了大量的翻译诗歌，据笔者统计，其在1980–1989 年发表了翻译诗歌600 余首。作为一个并非以翻译为主的纯诗歌刊物，在十年内发表数量如此巨大的翻译诗歌是一个不容忽视的现象，它构成了我们回望80 年代译诗热潮的一个侧面；又因《诗刊》自身特有的文化属性，其在80 年代所处的位置及其译诗所发挥的重要作用更值得我们深入探析。

一

《诗刊》是由中国作家协会主管的国家级刊物，其在1976 年的复刊是由毛泽东亲自批示的，它“不再是创刊时由几个诗人发起、请批后办理同人刊物的自由文化行为，而成了国家机构发起组织、最高领导人‘批准复刊，并指定李季为该刊主编’的国家政治活动”[①]。因此，复刊后的《诗刊》成为中国诗歌级别最高的“国刊”。进入80 年代，这一刊物虽逐渐摆脱了跟政治的绝对联系，积极地以崭新的面貌参与文学秩序的重建，但其作为“国刊”的权威及其对中国诗歌发展的领导仍然是不可置疑的普遍共识。这种特殊的地位和身份对翻译诗歌的走向也会起到指示、监督与引导的作用。

从译诗的宗旨来看，《诗刊》旨在提供窗口，接通与世界诗坛的联系，打破以往封闭隔绝的诗学环境。因此，自1980 年伊始，《诗刊》专门辟出了“外国诗”专栏，大量译介外国各流派的诗

① 张自春：《从同人刊物到诗歌“国刊”：〈诗刊〉1980 年前的转变历程》，《文艺争鸣》2015 年第 1 期。

作，并大声宣称“要向世界打开窗户，要向中国读者介绍外国诗歌。不但要介绍大家比较熟悉的作者，也要翻译一些国内一般还不熟悉的外国诗人的作品”[①]。这是《诗刊》首次旗帜鲜明地表明其译诗立场，并在当年第1期即刊载了卞之琳翻译的《奥顿诗五首》，另外还配有译者撰写的长文《重新介绍奥顿的几首诗》，详细介绍了奥顿及其诗歌艺术特色，这是一次大胆的尝试，正如《编后》所说“英国诗人奥顿，似乎就属于后者（不熟悉的外国诗人）”[②]。在思想刚“解冻”的80年代初，连能否接纳“朦胧诗”都还存疑，《诗刊》却率先译介了20世纪杰出的现代主义诗人奥登的诗作，是需要莫大的勇气的。自此以后，西方各种诗歌流派的作品都相继出现在《诗刊》上，如美国的华莱士·史蒂文斯、罗伯特·弗洛斯特；英国的T·S.艾略特、戴维·劳伦斯；苏联的茨维塔耶娃；瑞典的托马斯·特朗斯特罗姆等等诗作都陆续被译介到中国。《诗刊》作为一个专门刊发和评论原创诗歌的刊物，在80年代主动自觉担负起译介外国诗歌的重任，并且在译介的过程中不再固守僵化的诗歌观念，而大胆地坚持“百花齐放”的方针，允许“有各种题材、体裁、风格、流派的作品”[③]出现（具体的译介情况见下文的统计表）。这一时期的《诗刊》原创与译介并重，在译介方面充分明确自己的“窗口”身份，为中国重新发现世界诗歌提供平台，“也为不同文化间人们的相互理解搭建了一座桥梁”[④]，与此同时，为本土的诗歌创作提供世界诗歌的参照系和充足的西方诗歌的养料。

---

① 诗刊社：《编后》，《诗刊》1980年第1期。

② 同上。

③ 同上。

④ 李卫华：《中国新时期翻译文学期刊研究（1978–2008）》，北京：中国社会科学出版社，2012年，第82页。

《诗刊》能够在 80 年代大规模地译介外国诗歌，充当翻译诗歌的“先锋”角色，与时代语境以及刊物自身的文学环境有较大的关联。首先，从时代语境来看，邓小平在 1978 年的“十一届三中全会”中做出了“改革开放”的决策，中国开始在政治、经济、文化各方面向世界打开国门。那么，在文学方面首先对这种“开放”政策做出迅速反应的就是翻译文学，“开放”理所当然地意味着让本土文学走出去，把世界文学引进来，对后者而言，大量地进行文学翻译便是其最好的阐释方式。对于像《诗刊》这样的文学刊物，不像一般的图书出版周期缓慢，它具有高时效的特征，每月发行一期，因此它能敏锐地嗅到政治松动与文化解放的气味，并适时地刊登外国诗歌。《诗刊》于 1978 年与 1979 年零星刊载了诸如莎士比亚、惠特曼等人的诗歌，笔者认为，这些是刊物面对时代语境发生转变的“试水”之举，译诗的风格也偏于保守，其目的在于试探社会、主流意识形态以及诗坛对译诗的反应和态度。直至进入 80 年代，译诗活动才大规模地开展。因此，翻译诗歌乃至翻译文学是与时代变迁最紧密相连的文学类型，它与时代构成某种互动关系，“五四”时期诗歌的新变、文学的转型甚至社会革命都是由翻译文学引发，80 年代同样如此。《诗刊》就在 80 年代的文学变革中充当着“翻译诗歌”领头羊角色，从而参与新的诗歌写作模式和文学秩序的重构。

其次，从刊物的文学环境来看，《诗刊》领导班子的更换、文学观念的转变以及新人的加入也对其译诗起到了重要的推动作用。《诗刊》在 1980 年以前是由李季担任主编，葛洛等人担任副主编；自 1980 年之后开始由严辰担任主编，邵燕翔等人任副主编；后又经历了邹荻帆、张志民等人担任主编的阶段。从刊物领导班子在 80 年代的变迁、编辑思想以及栏目板块的设置上，我们可以清晰地感受到其编辑思想与文学观念的变革。李季认为组诗必须使其“艺术风格和格调大体一致”，而张志民等人则认为“随着社会生活的变迁，每个时代的诗歌，都有着不断的突破和革新”①。在1986年的一次编辑部谈心会中，《诗刊》更进一步阐明了自己的办刊理念：“《诗刊》以热情的手，迎接各种流派的诗作，鼓励各种流派、风格的探索和创新……读者可以有偏爱，编辑不可有偏废”②，从李季的“一体化”到80年代的“革新与突破”、“不可偏废”，刊物编辑理念的转变也对翻译诗歌的刊载产生了一定的影响，从70年代末译诗的“试水”到80年代的“百家争鸣”也正印证了这一变化。另一方面，从80年代开始，“外国诗”板块由诗人陈敬容主持，她是40年代“九叶诗派”的代表人物，在50年代就翻译出法国象征主义诗人波德莱尔的诗作，到了80年代，她仍然主动投入诗歌翻译工作，为译诗的繁荣贡献自己的力量，其对诗歌现代性的追求，也体现在对翻译诗歌的选择上。1985年，这一栏目又加入了诗人王家新，在他看来西方诗歌能够使他“体悟到诗歌的自由度，诗与现代人生存之间的尖锐张力及可能性”③，他进而认为从事诗歌翻译“并不仅仅是为了译出几首好诗，在根本上，乃是为了语言的拓展、变革与新生”④，在这种观念的指导下，“外国诗”板块对现代意识的追寻，对诗歌本体的重视逐步强化。正是陈敬容、王家新等诗人翻译家在艺术上的判断力与辨识力将这一时期《诗

---

① 诗刊社：《诗刊社历任主编》，《诗刊》2007年1月（上半月）。

② 诗刊社：《〈诗刊〉编辑谈〈诗刊〉——记〈诗刊〉编辑部的一次谈心会》，《诗刊》1986年第6期。

③ 王家新：《为凤凰找寻栖所：现代诗歌论集》，北京：北京大学出版社，2008年，第278页。

④ 王家新：《翻译与中国新诗的语言问题》，《文艺研究》2011年第10期。

刊》的诗歌译介水准向前推进了一步。

正是上述这些因素的合力作用才促进了《诗刊》在80年代译诗的繁荣景象，而这些翻译诗歌又滋养了在80年代投入诗歌创作的中国诗人们，他们从这些译诗中汲取诗学观念、表达技巧等，译诗反过来促进了新诗创作在80年代的再度繁荣，正如“五四”时期一样。

二

80年代的思想解放与诗歌创作热潮强烈地刺激着译诗的发展，而《诗刊》作为中国新诗的重要舞台，其所刊载的翻译诗歌，也呈现出国别、形式、流派、艺术风格等方面独特的审美追求。正如上文所述，《诗刊》并不是以翻译为主的刊物，在它周围也并没有团结一批有共同艺术趣味的翻译家，但其译诗的数量却远远超过了某些专事文学翻译的刊物，如《译林》杂志等。因而，它能够鲜明地凸显出80年代翻译诗歌的突出成就。对于其译诗的具体情况，我们可以做以下统计：

位次	国家（民族）	译诗数量	主要被译诗人	主要译者
1	美国	116	保罗·安格尔、弗罗斯特、惠特曼、狄金森、罗伯特·布莱、M·L·罗森萨尔、玛丽·埃文斯、朗费罗	袁可嘉、邹绛、李文俊、邱宜明、张子清、裘小龙、傅浩
2	俄罗斯（含苏联与俄国时期）	96	普希金、莱蒙托夫、屠格涅夫、马雅可夫斯基、布·奥库扎瓦、梅热拉伊蒂斯	戈宝权、乌兰汗、刘文飞、王守仁、苏杭

续表一

位次	国家（民族）	译诗数量	主要被译诗人	主要译者
3	英国	91	华兹华斯、弥尔顿、哈代、拜伦、托·斯·艾略特、理查·阿庭顿、奥登、威·白·叶芝、威廉·卡洛斯·威廉斯、迪兰·托马斯、A. E. 霍思曼	屠岸、袁可嘉、卞之琳、郑敏、林天斗
4	日本	46	水原秋樱子、荒原派诗群	林林、李芒、郑民钦
5	法国	38	雅克·普列维尔、弗朗西·亚默、安娜·德·诺阿伊、阿拉贡、夏尔·佩吉	沈大力、罗大冈，张放、罗洛
6	意大利	25	夸西莫多、马林、塞雷尼	吕同六、钱鸿嘉
7	智利	22	聂鲁达、密斯特拉尔	陈光孚、江志方
8	波兰	19	切·米沃什、斯坦尼斯瓦夫·平塔克、德罗兹多夫斯基	林洪亮、张振辉、王永年
9	德国（含西德与东德）	18	布莱希特、恩岑斯贝格尔	金弢、张佩芬、绿原
10	希腊	16	埃利蒂斯、乔治·塞菲利斯、里索斯	李野光、马高明
11	西班牙	16	西门尼斯、维森特·阿莱桑德雷	陈光孚、江志方
12	罗马尼亚	14	马林·索勒斯库、约安娜·叶若宁、图·阿尔盖齐	晓凌、徐文德、罗洛
13	南斯拉夫	13	多奈·巴夫切克、戴珊卡·马克西莫维奇	马福聚、柴盛萱

续表二

位次	国家（民族）	译诗数量	主要被译诗人	主要译者
14	墨西哥	12	密盖尔·瓜尔兑亚、胡夕安娜·伊内斯、维克托尔·班加拉里、奥克塔维奥·帕斯	叶君健、王央乐
15	奥地利	11	海因里希·埃格尔特、赫伯特·库纳尔、汉斯·吉加赫尔	绿原
16	印度	10	泰戈尔、阿绍克·维杰彼伊	邱宜明、杨榴红
17	加拿大	9	玛格丽特·柯特伍德、雅克·哥德布、海迪·波劳依	汤潮、沈睿
18	瑞典	8	南邻、托马斯·特朗斯特吕姆	李笠、张真
19	巴西	7	卡洛斯·德鲁蒙德·德·安德拉德、卡西亚诺·里卡多	王央乐
20	委内瑞拉	7	维尔特兰·盖莱罗、露斯·玛洽多	陈光孚
21	匈牙利	6	裴多菲、尤若夫·阿蒂拉	兴万生、冯植生
22	苏格兰	5	骚利·麦克兰、J·F·亨得利、爱德温·莫根、莫里斯·林赛、亚历山大·司各特	裘小龙
23	比利时	4	凡尔哈伦	杨钟、钟荣来
24	捷克	4	彼·贝兹普奇、维·哈列克屠	
25	挪威	3	R. 邓可布森	郑敏

续表三

位次	国家（民族）	译诗数量	主要被译诗人	主要译者
26	乌克兰	3	谢甫琴柯	戈宝权
27	芬兰	3	拉斯·海尔顿	李笠
28	非洲	3	民歌	周国勇
29	古罗马	2	贝特洛尼乌斯	叶君健
30	古巴	2	瓦斯盖斯·博尔达尔、拉乌尔·路易斯	陈光孚
31	新西兰	2	詹姆斯·K. 巴克斯特	西川
32	尼泊尔	1	玛·普·格依米列	陈敏毅
33	澳大利亚	1	班约·佩特森	陈泯
34	象牙海岸	1	贝尔纳·达迪耶	思宁
35	塞尔内加	1	戴维迪·迪奥普	周国勇
36	瓜德鲁普	1	吉·蒂罗连	张放
37	牙买加	1	麦凯	荒芜
38	扎伊尔	1	艾莱贝·黎桑贝	金志平
39	保加利亚	1	列夫切夫	杨燕杰
总计	39	639		

注：（1）表格中的有些国家名和诗人名尽管不符合现在的通译法，但仍保留原状；

（2）表格中统计了 1980—1989 年间《诗刊》的译诗情况；

（3）转译的诗歌仍旧按照原作本来的所属国划分。

三

从译诗的国别来看，80 年代的《诗刊》不再以意识形态作为刊登译诗的主要标准，而是力争“百花齐放”，在所涉及的 39 个国家中，既有苏联、古巴等社会主义国家，更有大量如美国、英国、德国等西方资本主义国家；而美国、英国、法国，包括日本的译诗数量则占了较大的比重。这证明了在 70 年代末、80 年代初的社会转型中，中国文学翻译的标准也在逐渐发生变化，从新中国成立以来的“政治标准第一”转向了尊重文学本身的艺术价值，译诗的价值取向逐渐突破政治的禁锢，回归到诗歌的“文学性”上来。因此，虽然美国乃至日本在意识形态上与我们有较大差异，但却并不影响对其诗歌艺术的甄别与吸纳。并且，此时期的翻译诗歌不再像“十七年”、“文革”时期对某一国家的某一作家集中翻译，而是呈现出“散漫而无中心”的状态，翻译家们大面积撒网，如饥似渴地发掘外国有价值的、在艺术上有创造力的诗人，并将其译介给中国的读者，他们并不试图长期对某一诗人集中译介，而是“浅尝辄止”，努力挖掘各类风格迥异的外国诗人。

值得注意的是，虽然文化语境的全面敞开为译诗提供了国别与艺术上的无限可能性，但是翻译诗歌自“五四”以来形成的钟爱俄苏文学的传统并没有被丢弃。从上面的列表中，我们可以看到，80 年代《诗刊》对苏俄诗歌的译介在数量上达到了 96 首，位居第二。被译介的诗人既有像普希金、莱蒙托夫以及十二月党人的诗歌，也有阿赫玛托娃、茨维塔耶娃等白银时代的诗人，有时翻译视野更延伸到当代，如日丹诺夫、赫列勃尼科夫等人。俄苏诗歌对现实的深刻反映及其传达出的不屈不挠的抗争精神、战斗精神、人道主义精神为历代翻译家所欣赏。因此，80 年代的翻译家如戈宝权、王守仁、苏杭等人仍然延续“现代文学”的翻译传统，持续译介俄苏诗歌。与此同时，《诗刊》对东欧小国的关注也是此时译介的重点，如罗马尼亚、南斯拉夫、奥地利、匈牙利、波兰等国。虽然东欧有些国家在 80 年代仍属于社会主义阵营，《诗刊》对这些国家诗作译介的侧重也许有意识形态方面的考量，但纵观这些译诗的特点，很显然政治目的已不再是重中之重，翻译家们更多的是被其诗歌艺术本身所吸引，如波兰著名诗人切·米沃什的诗歌对极权统治的反抗，对社会的批判等特质感染了林洪亮等人；而罗马尼亚诗人马林·索勒斯库对爱情、死亡、命运、瞬间与永恒的关系的关注，对人与自然的冲突与融合、世间荒谬以及内心微妙情感的深刻摹写与探讨才是翻译家们译介他们的最初动因。总的来说，“国别”不再成为此时期《诗刊》译诗的重要参考标准，也即是说，“国别”已不再构成翻译诗歌的基本问题，不再限制译诗在当代的发展。当然，之所以在上表中呈现出译诗国别不均衡的问题，这一方面是关乎源语国诗歌艺术的发展与水准，另一方面也关乎翻译界的视野。

从译诗的时代选择方面来看，《诗刊》在兼顾对20世纪之前“经典诗人”译介的同时，展现出明显向当代倾斜的偏好。《诗刊》译介的20世纪之前的“经典诗人”包括华兹华斯（顾子欣、林天斗、杨德豫译）、拜伦（姚奔译）、弥尔顿（方平、唐湜译）、哈代（袁可嘉、李文俊译）、惠特曼（李视歧、李野光译）、普希金（戈宝权译）、莱蒙托夫（钱新哲、俞齐煜译）、屠格涅夫（戈宝权译）等等。《诗刊》在译诗方面坚持的“经典性”是有目共睹的，它并没有在80年代“国门大开”的放空状态中失去自我中心意识，一味地求新求异，而正如上文所指出，其作为“国刊”的权威性及其所坚守的“精英意识”潜移默化地渗透在对译诗的选择上，即对“经典”的持续翻译，《诗刊》并不像《译林》杂志那样追求大众化与普及化，而是试图在翻译经典与阐释经典的过程中强化它作为“国刊”的立法者形象。还有对“经典”的译介也是注重其艺术魅力的恒久性，无论是弥尔顿还是拜伦，他们的诗歌散发出来的艺术魅力与精神魅力都是跨越时代的，对“经典”的重译能够使诗歌在新的历史语境中得到新的解读与阐释。

对"当代性"的强调，则是80年代《诗刊》译诗的另一大特色。这不仅体现在它登载了当代各国诗人的散译诗作，更重要的是它对80年代各国诗歌的集中推介。主要推出过以下几种译诗小辑：《苏联诗小辑》(1983年第2期)、《南斯拉夫诗束》(1984年第5期)、《日本徘人访华徘句选译》(1984年第6期)、《巴西当代两诗人诗选》(1984年第8期)、《拉丁美洲新诗集锦》(1985年第4期)、《八十年代外国诗》(1985年第7期)、《八十年代意大利诗抄》(1985年第7期)、《波兰当代诗抄》(1986第2期)、《日本当代女诗人诗选》(1986年第9期)、《智利当代诗选》(1986年第12期)、《日本荒原派诗抄》(1987年第9期)、《当代苏联青年诗人诗一束》(1988年第6期)等。《诗刊》虽然是"一个讲政治、有自己的明确方向和鲜明立场的刊物"①，但在译诗方面对"当下性"与"时代性"的看重，则表现出它与当代世界诗坛接轨与对话的无限渴望。更值得注意的是，推出上述译介小辑的翻译家们为小辑所精心撰写的或长或短的简介，在当时读者对各国诗坛一无所知的情况下，为他们勾勒出了世界诗坛的基本面貌，为重新认识外国当代诗坛提供了新的切入点，如陈光孚对当代智利诗人的推介；张振辉、林洪亮等人对当代波兰诗坛的介绍等。强调译诗的"当代性"既是对"世界时间"与西方"现代性"的竭力追寻，也是诗歌的"先锋精神"在翻译上的一种体现。80年代经由这些翻译家们介绍来的外国诗人如波兰的切·米沃什，美国的布罗茨基、西尔维娅·普拉斯与沃莱士·斯蒂文斯，英国的迪兰·托马斯等等，不仅为当

① 杨志学：《奔涌的诗歌大潮——改革开放三十年〈诗刊〉创作主流及审美取向》，《诗刊》2008年7月上半月。

时的诗歌创作提供了重要的写作资源，这种影响也延伸到今天的诗坛，促使当下的诗人不断地去重新翻译他们、阅读他们，成为诗人们宝贵的精神财富，而这都要归功于80年代《诗刊》对他们的译介。

从译者队伍来看，80年代《诗刊》的译者队伍分为三类：一类为专职翻译家，如陈光孚、屠岸、方平、杨德豫、傅浩、李文俊、江枫、飞白、乌兰汗、戈宝权、王守仁、谷羽、刘文飞、吕同六等人，这一类是《诗刊》翻译队伍中人数最多的中坚力量，他们既是国别文学的翻译家，又是本领域的研究专家，“他们的译作已经达到了某种炉火纯青的地步”①，其译诗能够在统一的国别文化语境中把握原作，并将其完整而精准地传达给中国读者，如吕同六对意大利诗歌及其他文类的持续译介，不仅体现出高度的敬业精神，更体现出其对诗歌、对文学的坚守与执著。第二类是诗人翻译家，如卞之琳、袁可嘉、邹绛、郑敏、陈敬容、严力、绿原、李笠等人，他们都是诗人而且大多在20世纪三四十年代都已成名，这种诗人译诗的传统在80年代得到了延续，诗人们对诗歌思想、形式、技巧的精到把握为其译诗提供了良好的先决条件，因而他们的译作既能够忠实原作又能完成高超的“创造性叛逆”，而且“不断拓展和刷新了人们对诗的认知，不断推进新诗在语言和技艺上的成熟。它不仅深刻地参与了新诗的历史进程，为新诗对‘现代性’的追求带来了最需要的东西，其优秀的译作也构成了新诗历史中最有价值的一部分”②。第三类则是业余的翻译家，他们或出于对外国

① 李卫华：《中国新时期翻译文学期刊研究（1978-2008）》，北京：中国社会科学出版社，2012年，第37页。

② 王家新：《诗人译诗：一种现代传统》，《扬子江诗刊》2012年第2期。

诗歌的喜爱、或出于对翻译的热衷而偶尔从事诗歌翻译，成为了《诗刊》不可忽视的点缀。从整体来看，《诗刊》的译者队伍呈现出多元化的趋势，因为他们不像"五四"时期的文学社团，能够团结在统一的文学旗帜下，遵从统一的文学口号，80 年代的《诗刊》没有完整而同一的宗旨，因此翻译家们都"各自为政"，凭借自己的喜好与兴趣自由地从事翻译，诗歌形式上大都采用自由体，而翻译的整体风格大都是踏实而严谨。大多数译者都进入老年阶段，因而其译笔总体来讲都经得起推敲，翻译家们忠于诗歌、忠于文化，对"信"、"达"、"雅"的融合度完成较好。相对于 80 年代"先锋四起"的失控状态，《诗刊》在译诗风格方面的坚守与有序则反过来成为打量那个时代的另一个坐标，这一点值得深思。

从艺术品格方面来看，80 年代《诗刊》所刊载的译诗风格多元，流派各异，最重要的是对翻译诗歌现代性的重申。这一时期，既有传统的现实主义、浪漫主义诗歌的译介，如弥尔顿、华兹华斯、拜伦等；也有对象征主义、现代主义等各流派重要作家的重新发掘，如奥登、T·S·艾略特，甚至对"二战"后新崛起的重要诗人也有持续关注，如美国自白派诗人西尔维娅·普拉斯、流亡诗人布罗茨基、垮掉派诗人加里·斯奈德等。不同派别、不同风格，熟悉的、不熟悉的，老一辈的、年轻一代的都在这一时期的《诗刊》上竞相登场，对审美现代性的召唤，成为这一时期诗歌翻译的基点。袁可嘉在 1989 年第 2 期中撰写了《美国后现代主义诗歌与中国诗》一文，深入挖掘了美国后现代主义诗歌中的中国元素。在当时，袁可嘉能敏锐地意识到西方诗歌的"后现代"特征，并向中国读者介绍、阐释其意义与价值，这种洞察与"创举"则体现出《诗刊》在译介上的"先锋性"，也展现其在翻译上求新求变，不断突破自我的诉求。随着 80 年代政治环境和文化环境越来越宽松，

《诗刊》的译诗所体现出的包容性也越来越明显，因而对翻译诗歌现代性的张扬也更加鲜明，诗歌翻译家们都力图通过译介在当代的文化语境中重申被“十七年”及“文革”压榨殆尽的诗歌精神，展示外国诗歌多元的现代性风貌。

当然，《诗刊》在80年代的诗歌译介方面也有不尽如人意的地方，例如，只关注诗歌文本的译介，而忽略了对西方诗歌理论的介绍。这一方面是受刊物理念的制约：即《诗刊》更侧重于中国本土诗歌的原创性与评论的时效性；另一方面，这也从侧面反映出作为“国刊”最致命的缺点，即缺乏对外国诗歌理论的消化与创造性转化以及对诗歌理论本身的建构与阐释。虽然大部分译者在译诗时都会煞费苦心地对外国诗歌流派及诗人的创作风格做出相应的介绍与阐释，但限于篇幅，都只能做浅显的解读，并不能深入外国诗歌理论的肌理做详细而深刻的辨析。因此，《诗刊》在诗歌译介方面呈现出的整体特征是：“文本大于理论”、“介绍大于建构”。但总体来看，无论《诗刊》在“朦胧诗”运动与“第三代”诗歌浪潮中所扮演的角色多么保守，被评论家与研究者诟病，甚至还有论者认为：“1985到1989年是《诗刊》被迫后撤的一个过程”，并“最终被新诗潮抛到后面”①，但笔者需要在此澄清的事实是：《诗刊》在这一时期的诗歌翻译上的成绩是巨大的，其所作的努力是功不可没的。无论是从数量上，还是从其呈现的整体风貌上看，它的译诗活动既能反映出80年代“诗歌热”与“翻译热”的表征，又能切实地参与时代，从而有效地推动了中国当代翻译诗歌的发展。

① 高旭：《裂变时代的后撤——管窥1985-1989年的诗刊》，《扬子江评论》2013年第2期。

研究生论坛

主持人语（梁笑梅）：

新诗因为余秀华的走红和汪国真的逝世而再次进入大众的视野，而新诗所的学子始终以自己的方式轻声细语地表达对诗歌的理解和尊重。

从意象的视角研究诗人作品是比较安全可靠的。陈敬容是中国新诗史上的重要诗人之一，她的诗歌历经了早期浪漫主义的浸染，又自觉深入到现代主义的肌理中去，最后生成独具特色的诗艺追求，韩一嘉的论文从意象入手，结合陈敬容生平事迹，探寻人格与风格的互证关系，从而对陈敬容的意象建构与人格抒写进行讨论，论文主体以描绘精神人格图景为主，探求诗人人格理想在自我完善与否定中的建立，并分析刚毅性格的生成和功能性作用，对传统诗学和现代理论的平衡处理得较为自然、妥帖。秦健则从北岛诗歌意象群中拈出能够反映其创作主线的镜类意象，并从这一特殊而富有挑战性的视角出发，深入细致地从“对镜确认：高压下的反抗”、“对镜审视：开放中的反思”以及“镜中重构：围困中的突围”三个时间段同时也是三个重要侧面，对其文本中的镜类意象与历史观、人生观的同步关系进行层次井然的勾勒，论文作者能够深切体悟研究对象，对北岛本人的遭际也给予了“理解的同情”。对一些被历史尘埃遮蔽或探索意识强烈的个性鲜明的诗人给予关注是本届论文的另一个热点。周俊锋的论文从语言艺术、意象艺术、结构艺术三个方面系统论述了戈麦诗歌艺术的核心与精髓，其中对于戈麦诗歌语言“技艺”的分析较为深入——破裂重组与语言节制、意义匮乏与意义剩余、语义混淆与语义聚合等等不仅是对戈麦诗歌技巧的学术总结，也对当代诗歌创作具有启发性。樊忠慰的诗歌在两不相属的知识分子写作和民间写作的论争中走出一条带有宗教情怀的审美主义之路，并在自然与生命的混融中追寻诗意的栖居地、善良真诚的人性和炽热单纯的爱情，李徵的论文将审美主义作为切入口来分析樊忠慰诗歌，在梳理了审美主义的发展流变的基础上，借鉴西马、存在主义和心理分析等理论资源，着重从主题、思维方式和表现方式等方面探讨樊忠慰诗歌中的生命哲学。中西比较诗学是不可缺少的一环。唐世奇以平行与影响研究相结合的方法，对中国初期新诗“神秘”向度的发展路径及其与法国象征主义诗歌的关系进行了细致的梳理与合理的阐释，其创新性主要体现在对神秘、象征与初期新诗之关系的发掘与分析。

在此仅以这5篇论文集中展现他们如何把青春晃荡在这些美好的事物上。

陈敬容精神人格转型中的意象建构①

韩一嘉

这一时期，主要是指 1945 年。也就是在这一年，陈敬容以一种逃离的方式离开了沙蕾和兰州，其中自有人生的苦闷与生活的艰辛，但在很大程度上，还是作为诗人的陈敬容自身人格无法在一种

① 改选自硕士学位论文《意象建构与陈敬容诗歌的人格抒写》第二章。全文摘要：作为“九叶派”诗人之一的陈敬容（1917–1989），也是被唐湜称为最优秀的抒情女诗人。长时间内没有被学界广泛而深入地研究，大多集中在微观的诗评或宏观的概述。本文拟从诗人的精神人格入手，结合其诗作，深入到肌理层面，探寻人格与风格的互证关系，从而对陈敬容的意象建构与人格抒写进行全面的研究。第一部分，着重分析考察诗人于生存环境中造成的内在生命的困顿，并分析阐释诗人人格如何从“经验”走向自觉，并指出其童年时期的精神人格的图景，主要解决刚毅性格在其人格精神中的生成和作用等问题。第二部分，探求诗人人格理想在自我完善与否定中是如何建立。结合诗人生平及时代背景，在思想史的大框架下考察作为女性的诗人如何摆脱公共风格，并在 40 年代如何又走进公共空间，其道德激情如何被大时代的政治神学（激情主义或现代主义）所“收编”，而诗的抒情主人公又如何被强行想象成为共同体（九叶诗派）里的碎片。第三部分，试图说明陈敬容诗歌当中人格因素在“诗”与“人”这一维度上如何达到统一。也就是说，分析诗人如何从对意象的凝视转变成意象本身，从告别童年经验的感伤到现代城市人的焦虑与困窘，这里面既有女性感触的深度与细腻，也有男性所能感受的宽广与力量。结语部分对陈敬容作出整体评价，指出陈敬容的“焦渴”所暗示的“自由”人格特征，才是其“创造性”的内生性动机。

家庭主妇的身份中得到舒展，在同时期的散文中，她说“既不计较怎么活，也不计较怎么死……而叹息眼泪倒尽有的是，为了点缀无聊”。

一　感伤词汇的泛滥——夜色，窗子和足音

正如很多诗评家所言，陈敬容前期诗歌所表现出来的大多都是接续着 30 年代的泛滥感伤，也投射了 30 年代象征派诗歌的公共风格：苍白、纤细、柔软和病态，一种质地的孱弱。正如我们前文所谈，这一时期的陈敬容处在童年经验的胶着期，是人格形成的前关键阶段。根据笔者的统计，这一时期（主要是指 1935 年到 1945 年初），陈敬容的意象和词汇使用，频繁集中在感伤的个人表达上，如寂寞、迷失、忧伤、惆怅、绝望、幽怨、哀愁、幽幽、寂寥、忧郁等，这一时期的陈敬容在诗歌意象的使用上基本是一种人生经历的感性抒发，这本身是由于其敏感的心智以及初涉人世所造成的。不论是离乡伤怀，还是青春迷惘，陈敬容记录的都是直接的生命感受。换句话说，这是成为一个诗人前必经的试炼，其所具备的正是成为一个诗人所具有的那种敏感和真实。但是，这一时期的陈敬容也仅仅只是谛听命运的“足音”。

“足音”作为一个意象来说，是诉诸于听觉的，缥缈抽象的，但这却是陈敬容的一种自我暗示，暗示中透露了其脆弱敏感的心灵还未得到“急速旋转的力度的生成”。

进入现代生活之后，人的生存就依照分裂的社会法则和生命法则来进行。白日的正常秩序，就是依靠人与人、人与社会的契约来维持。而进入夜晚，往往是心思细密的诗人直面心灵的最好时候。从心理学上讲，夜色代表未知或所知甚少的自我的属性，但从另一

方面来讲，夜晚也成全了自我的暴露。正如加斯东·巴什拉所言："童年持续人的一生。……童年从未离开它在夜里的归宿。"因为那最真实的内心往往是脆弱之所，如敞开的大门，需要一种真正的回应。但是，此时的陈敬容还未成熟到可以对抗夜色对其的诱惑。作为梦的劫持者——夜色，与梦想有着同构异质的关系，最为不同的一点，就是在梦想中，诗人的主体意识会贯穿其间，而于夜梦中，主体则被欺骗，自我认知的过程被跳过，何者为真何者为假已不再重要。所以，陈敬容对于夜色，总是怀揣着一种兴奋与惶恐，在这种力的平衡中，她所偏爱的，就成了"黄昏"。"黄昏"作为昼夜过渡的一个时段，本身就缺失了一种界限分明的空间感，但却因此具有了一种标记性明显的时间的质感。它一方面指向诗人走向自我的必然和期待，另一方面，又指明诗人对白日所赋予的确定性的存在的流连和犹豫。诗人既希望"驶向黄昏，/日和夜/在我的船舷交替"，又暗自沉吟，"别向黄昏瞭望……谁的惆怅"。而且，在陈敬容眼中，"黄昏"远没有古代诗歌中苍朗的气象，而是一种自身状态的投射，"亲爱的，薄暮已栖息在/你迷失于雾的眼睛"。透过"眼睛"看到的"雾"，恰恰是与"黄昏"意象所构筑的时间向度相辅相成的，就是"窗"。

正如有论者指出，窗是失落的象征。但是，我在这里想着重指出的是，窗与"黄昏"事实上是异构同质的过渡象征。窗是人通向外界或观察外界的媒介之一，但是窗又不同于门，它暗含着一种犹豫和自我保护的姿态。门的出现，就是为了人走出去。窗的出现，仅仅是一种期待和观察。因为窗户自然而然地划分了屋外与屋内的空间，它一方面能带来不封闭的安全感，另一方面，这不封闭的窗又时时招引着屋内的人出去。这一时期最明显的就是在 1939 年 4 月写于成都的《窗》。在这首诗中，情感动机是空寞和不安，抒情动力是期待与惶恐，有窗可以透露阳光，但是却被内心的"重帘"遮住。陈敬容就总是在这样的莫名的不安与悸动的内心氛围中铺展感情[①]。不论是在黄昏的迷失，还是对夜色的无言，还是失落的叹息，都是未经锤炼时的陈敬容概念化的情感表达。"心理混沌是闲散的心理状态，是梦想者具有形象的次存在。"加斯东·巴什拉的意思再清楚不过，他所强调的就是诗人在童年经验的蒙昧中，只能靠夜色和窗子来限定时间和空间，只有这样，形象才能在心理混沌中实现统一的秩序。

当"夜色"、"雾"、"黄昏"和"窗"不再是简单的意象，而是一种潜意识的流露和秩序统一的意象群之后，我们再来看"足音"就会明白，在黄昏晦暗不明的时刻，"足音"是一种"期待"的来临。一方面，它是外界的声音，不一样的世界的脚步，想象另一种生活的可能。所以，充斥在陈敬容前期诗歌当中，我们可以看到，她曾说"我将怎样寻找/那些寂寞的足迹"。另一方面，陈敬容又"谛听自己寂寞的足音"，这样的足音，轻踏在黄昏时的不安中，自然就带有少女的那种迷茫与恍然。

所以，我们就能看出，稍显泛滥感伤的诗歌风貌最能体现出其尚未脱离童年经验的桎梏，而被动的等待与忍受这种潜意识里的苦难，成就了陈敬容的坚毅与清朗，但在事实上也为后来她急速投身陌生的乌托邦理想埋下伏笔。

---

① 直到四十七年后，陈敬容在一首名为《桥梁门窗》的诗中说："桥——连接此岸和彼岸，门窗——为了开启，也为了关闭。"似乎成为前期"窗"意象的总结。

二　动物意象的自身指涉——猫和鸟

与之前的泛滥感伤词汇形成互文关系的，是陈敬容作为诗人主体，与大量的动物形象“对话”。但是，陈敬容在审视这些动物的时候，不是从这些意象作为公共符码入手的，也就是说，它是一种极为个人化的审视，和传统沿承下来的具有约束力的公共意象并不一样。其中最为重要的莫过于“猫”与“鸟”。

荣格认为，动物代表了人身上最低级的本能。事实上，荣格的意思是指，这种本能是祛除理性后留下的具有自我保护性的本真。而猫作为家畜史上驯化程度最低的动物，其中暗含着一种独立的韧性和自由的精神。黑猫作为意象，在陈敬容的诗中出现过两次。两次都是夜暗风朔的寂寞时候，在这样风雨如晦鸡鸣不已的夜晚，陈敬容的耐心惶惑不安，伴随着对于未知生命的期待，她只祈求“静静吧，静静吧”，并“永不要敲响那些”象征命运的“寂寞的钟”。“黑猫”就在此时悄然而至，它一袭黑色，是灵动的生命和隐没的命运，它的响动比安静更静。更重要的是“它眼中的火，在颤抖”。它所反馈出来的，是诗人的敏感与警觉，不安与恐惧。而“火”在此时也只是瑟瑟发抖的颤动。此时的背景又是微寒的春与“荒凉”的兰州，诗人自觉是一行“动如匆匆的云，静如艾艾的草”的荇藻。漂泊的自身感慨与脆弱多愁的对象化实现，成为陈敬容与黑猫之间的互文关系。但在另一首更为著名的诗中，它则赋予了猫独特的演绎。写于1937年秋的《哲人与猫》，大面积地抒发了诗人与猫在心理层面上的互依互赖。起初，也并没有逃脱少女的自怨自艾，剖露了白日等待的凋残与雨落清秋的伤感，而困守屋内的自己，“冷而寥寂”，“雨如细珠轻滚着屋瓦”，锁住了她“黄昏”的心灵之“窗”。而后，诗人与猫相互凝视，诗人眼中的满贮的疑虑与猫儿双瞳中明净的温柔，安息了所有的不安与寂寞，并在石室中成了诗人燃去无聊的“两粒青色灯焰”，并在这双瞳中看到了日后铺演成象的星空意象，那是心灵的自由，也是胸怀的旷阔。白日的流去也不再是凋残，而是成为动态化的“无声的拍子”。猫，诗人与自己的影子之间构成了新的自足关系。

而与猫形成对比的，是陈敬容终其一生都很热爱的“飞鸟”意象（这里包括“翅膀”）。在长达半个世纪的使用中，诗人未曾改变“飞鸟”作为自由的象征这一基本内涵，这也符合诗人一生的追求和其人格心理的外化表征。但是，这并不是我们关注的重点，“飞鸟”意象的沿用，不管是有意为之，还是无心潜默，都构成了诗人自身投射的一个侧面。在这里，我们就会发现，诗人的意象使用，一方面保持了自由的象征，另一方面又倾注了情感的体悟。所以，“飞鸟”也是一个成长中的意象。起初，飞鸟的“倦飞”、“倦鸣”不是因为人生的跌宕和命运的无常，而是因为“倦于安卧的”池水。内心对于未知世界的向往和自由的冲动，使得诗人也想像“随季候迁徙的鸣鸿，飞燕”，“欣欣地迎接阳光和月明”。就是带着对于白日的阳光和黑夜的明月的向往，“梦的飞翔”，“去多多地承受阳光，也用无比的欢乐，迎接一切美丽的风暴”。这与诗人在《自画像》里所言：“我爱生命，连痛苦也爱”，在心理层面上是一致的。而飞鸟与猫的搭配，是一天一地，一禽一兽，一动一静，一鸣一谧，一显一隐，一群一体的对比。正如猫的自我指涉是在相对密闭的空间内进行的一样，诗人基于飞鸟的是一片广阔的蓝天，诗人寻找一群翱翔的飞鸟，“好像你在辨认自己的影子”。当得到这种自我认同之后，诗人投射的飞鸟便具有诗人的特质，在1945年献给飞鸟的一首诗中，诗人一方面明白这种对于未来的执著是一种负驮，“负驮着太阳，负驮着云彩，负驮着风”，并总想“从疲乏的肩上卸下艰难的负荷”，但正是因为这种分量，才让翅膀“更为轻盈”，“当你们轻盈的翔舞，大地也记不起它的重负”。真实的飞鸟不仅让诗人忘记了重负，对象化的飞鸟在寄托了诗人之思后也让大地变得轻盈。但这并不是一种肤浅的“希望”，而是“带着岁月的灰尘，扑动你希望的翅膀”。值得一说的是，在此处，“飞鸟”象征的“自由”可以在词源学意义上进行讨论。事实上，古汉语中并无与 free 同义之概念，因为 free 除了“自由自在”的含义外，还有“从……脱离而独立”之意。汉语中的“自由”仅与受束缚相对，而 free 不仅与受束缚相对，还与受“保护”相对①。如果我们再次直逼文本，在词与词，句法与句法之间找寻某种摩擦的话，那我们就可以发现，这里的“自由”与前文聆听“足音”时的“沉默(安静)”构成了“飞鸟”和“屋子”的对立②。海德格尔说：“语言是存在的居所。”“居所”之意，既有“家园”，也有“囚牢”，安全之所在，恰恰也是困顿之所处。这样我们不禁会发现，陈敬容对“自由”向往是在哪一个时空唱出来的？

正如前文所言，动物的出现代表我们的本能特性及其与我们周围环境的联系。我们在陈敬容的诗中可以看出，猫的安静与鸟的振动，都是投向夜色这一时间。时间存在于诗人主体之中（猫眼的火焰)，也投射于外物之上（飞鸟的翱翔)，在昼夜交换的黄昏黎明

---

① 此处参考秦晖、金雁合著的《田园诗与狂想曲——关中模式与前近代社会的再认识》。此书虽然是一本农民土地制度分配方面的著作，但其中关于“自由”的讨论对理解陈敬容以及同时期带有浪漫主义或激进主义式的知识分子和前近代田园牧歌的情怀有很大帮助。秦晖、金雁：《田园诗与狂想曲——关中模式与前近代社会的再认识》，北京：语文出版社，2010 年，第 158 页。

② 陈敬容在使用“沉默（安静)”这一词汇时，连带着时间和空间都是确定无疑的——“晚上”和“屋子”。

的更替中，诗人不断在对象身上实现自身的潜意识的指涉。换句话说，人作为高级生命的存在，动物的对象化表明人要调节同周围的时空关系。事实上，荣格所定义的“主动意象”就是这样，它是一种特定的冥思方式，借此，人们可以从容不迫地同潜意识接触，并且有意识地同心灵现象建立联系。陈敬容诗歌中动物形象的大量出现，正是情感丰沛并脆弱敏感的少女的潜意识的流露。芭芭拉·汉娜曾说，猫在埃及本是一种太阳性的动物。这似乎也蕴含着陈敬容下一阶段光与火的自身革命。

三　人格转型中的意象跨越——大海与梦想

与前期诗歌当中浪漫主义自剖式的感伤不同，随着其人格的自然形成，陈敬容诗歌意象逐渐由情感的表达转向到形象的确立。

为评论家所注意的，是陈敬容创作于1945年10月的《小儿女的哀怨流去吧》，似乎从题目中我们就可以体味出诗人要与过去哀伤感怀的浪漫主义一刀两断。在内容层面上，也是如此。辗转各地，体味各色生活之后的陈敬容，觉察出更广阔的世界在变化，尽管也有过“灿烂的梦”，但已经没什么可惋惜，没什么可伤悼，“该忘记的终归要被忘记”。过去的诗作和自己，也将在火的笑容中燃烧殆尽。首先我们要说明的是，这首诗在独白与对话的不断变化中进行。前面独白的过程是一种慷慨激昂的情绪冲动和寻找新我的意义实现；后面一句“我将可以告诉你”，把时间切换到了未来，但这不是幸福希望的预言，而是沧桑半世后的“久别重逢”。如果说陈敬容不同于一般女诗人的童心、母爱和自然美，那就是她一再体认的苦难增加了她不同于一般女诗人的厚重。苦难在陈敬容笔下不是精神财富的积累，也不是抱怨命运的材料，而是一种淬炼。

但是，诗人视野真正意义上的开阔，是告别了童年经验的山与河，而迎来大海与天空象征的梦想与自由。这一时期陈敬容使用的意象基本定型，也预示着一生都将围绕以“山”与“海”的变奏来抒发融入时代洪潮之中的个人思考。如果说，前期诗歌中更多展现的是故乡里面的童年经验，那么，后期陈敬容所传递的则更多的是一个老人对于文化和文明的生命体悟。介于此间，则是从大海走向燃烧，从梦想走向乌托邦的过渡。在算作早期诗作的《白鸟》中，诗人感慨南柯一梦终会碎成灰尘，从而不想再作“大海”，只想学“白鸟”，“自由地在白波上飞”。此时的诗人正处在“爱惜走进去，痛苦走进去，并且迷失，找不到归程”的人生阶段，对于自由的一时向往，超越了梦想的追求。但是，正如加斯东·巴什拉所说，“就心理学而言，在梦想中我们才是自由的人”。紧接着第二年，陈敬容在一个“风雨夜”中想起兰州四年“做荒凉的梦，流感伤的眼泪”时坦言：“别笑我对于大海的固执的想念”，“一片澎湃的涛声”，呼喊召唤着“我”，“在风雨中奋飞”。在这一阶段，陈敬容的梦想才从夜梦中脱离出来，超越界限，逆流而上，重新找到时间在其中不再流逝的大海的渴望。创作于1946年的《一滴水》，承前启后般地为我们揭示了诗人的“自我矛盾”。作为体验性的感伤的少女时代被诗人流放之后，诗人似乎要奔向大海而去，但在想象自己是一滴水一条鱼的时候，也认同了每一滴水都有海的气息。但如果奔向大海而“消失在无形的水里”，内心又会跳跃出“一些问号”“在沉默的中心”。个体生命所体验到的那种切实的情愫要被摒弃时，诗人犹豫了一下，但一想到回到过去就是“终古长垂的帘幕”和“骷髅不变的笑颜”，诗人连自身对象化的影子也不相信，期待“生一对翅膀，飞向水底的蓝天”。事实上，诗人渴望的还是自由，所以把“游鱼”的身份置换成了“翅膀”，而象征终极梦想的大海不可怀疑，只好带着自由的翅膀，“飞向水底的蓝天”。是蓝天还是水底，诗人自己也未必清楚。那幻化成的美好的愿景，是诗人自己构筑的想象空间。

《小儿女的哀怨流去吧》仅仅是直接而浅白的表达，早在四个月前写就的《船舶和我们》中，陈敬容对于未来的想象就不再是早期的惶恐与不安。目下的大千世界，是一片“风浪翻涌的海上”，熙熙攘攘的人群则是一脸“漠然”，热闹和喧嚷，亲切和漠然，荒凉和亲切，都成了已知世界呈现的状态。这种状态的无望就在于平庸，一种挣扎无奈，挑战无力的挫败感，而唯一能做的就是“等待着陌生的话语”。在这里，“话语”也和“足音”一般，不是主动的寻求，而是一种被动的等待。在这样不可希望的等待中人对未来的想象有了某种焦灼感，“放射的意志让位于集中化的想象”，基于此，我们就可以理解陈敬容诗歌当中丰富的“火焰”和“燃烧”。

四　自我的否定与重建——燃烧和火

在陈敬容前中期诗歌当中不得不说的是其对于“火焰”和“燃烧”的痴迷，如果说山与海是其精神人格的标高，猫与鸟是其内心世界的欲求渴望，那么，火焰和燃烧就是她理想的生存状态。

在很多学者的研究当中，已经注意到陈敬容的“焦渴”，但在语词层面上，焦渴只是一种状态描述，它背后应有更深层次的心理动因。陈敬容第一次[①]使用“焦渴”是在1944年仲夏的兰州，此时的她已经厌倦家庭妇女式的禁闭生活，在这样失望而疲倦的状态

① 1943年冬天，诗人也曾使用“渴意”一词，但与这里讨论的一种胶着状态焦渴截然不同。

下写了《倦读》。在这首诗中，诗人也察觉出没有生活的写作是一种“文字的绳戏”，虽然对智慧一再渴望，可还是不能满足以至于“眩晕”和“疲惫”。之后，诗人在不辨幻觉还是幻想的状态中，感受到了清风的吹拂、小鸟的鸣歌、阳光的照耀和海水的闪现，虽然这些“将休息和清凉”倾注于诗人，但一个“将”字，却宣告了与现实的距离。也就是从这首诗开始，诗人逐渐不再迷恋于明和暗的对比，而是转入到一种未来的期待和现时的状态的反差当中，这种期待是诗人自身对于“自由”的需求，而当这种需求反照现实的时候，就会产生强烈的焦渴感，熔冶的钢铁置入冷水的那种凝炼，也是从诗人这个时候开始形成的。使得前半部分是在一种眩晕的恍然的感觉中写起，落笔是耽于沙滩徐步和静静躺下看一群裸戏的儿童。其中海洋的延伸意象也从此诗展开。在关于焦渴的讨论中，张同道与马媛总结出来的“焦渴—解渴—愈渴”的诗歌状态引起了我的注意，这似乎是从辩证的角度发现了一个螺旋上升的精神状态。但我在这里着重指出的是，“焦渴”作为一种精神状态的描述，是一种常态，而不仅仅是某一阶段现象的表现。作为表现“焦渴”的生存状态，其实是陈敬容大量使用的“火焰”和“燃烧”①。

前文关于陈敬容的“甬道”状态已有分析，而且我们也知道，不论是出于猫的自我保护，还是“鸟”对于自由的向往，陈敬容都渴望走出这心理的“甬道”。行走其间，她最渴望的就是“光”。

---

① 这里似乎需要进一步解释一下。“焦渴”长久以来作为陈敬容的特点乃至特质来进行探讨，这其实是一个本质主义的问题。但这类问题探讨的“本质”多于陈敬容本身。于是，我把问题置换，陈敬容是靠什么达到焦渴的状态？于是我找到了“火”，那么，陈敬容为什么选择了“火”？或者说，“火”带给了陈敬容什么？这是这一节主要探讨的问题。根据统计，在其前中期诗歌当中，关于“火”的意象集中出现在 1945 年，总共出现九次。

于是，主体性投射在成就理想的诗作当中，便有了光。“遐想者随着微光的遐想有回归家园之感……在面对微光的遐想中拥有存在的安全感。”火焰与燃烧，作为意象来讲，正是陈敬容的一体两面。火焰，始于陈敬容对光明的期待。燃烧，是据陈敬容内在人格的状态。

对光明期待时，是“烛火燃照”的温暖，是“照彻五月的心”，是“赤日的温柔”。陈敬容对于意象符码的利用，有着自己独到的精神贯注。在她的世界里，价值判断和符指意义之间没有必然的联系。当她憧憬于对未知的兴奋中时，夜色带来的就是新鲜而刺激的体验，当她迷茫于对歧路的艰险中时，夜色又成了笼罩四野不明的黑暗。正是在这样的黑暗中，陈敬容对于“烛火”的渴望，从根本讲是一个有着存在困境的遐想者显现为对于彼岸、对于天空的非存在伸展，因为烛火的垂直性，确定了它向上的激情，“火苗是一种坚强而又脆弱的垂直物。一吹气就会扰乱火苗，但苗会重新立直”。一种上升的力量重建它的魅力。这是不同于前文所言“韧性”的一种特质。“韧性”更多的是具有以柔克刚的意味，而烛火的这种上升的力量，本身就是一种“刚”，它与之对抗的，恰恰是“风”。这种烛火的精神，外在于光明的引导，内在就成为陈敬容这一阶段的精神人格。在《边缘外的边缘》里，陈敬容既希望自己是一片白帆能去远航，又希望自己是一道河溪，能去奔腾。但遇到夜的长堤，陈敬容就希望“是一支白色的蜡烛，安静地燃烧，燃烧而却照亮着”①。“烛火在燃烧过程中，火焰必须不断自燃，与粗糙物

① 这样直接的比喻后面常常用到，比如《自画像》中“你是一支温婉的烛火”，在《漫游》中“一块比火更热的地方”，《向明天瞭望》中“以最大的热力燃烧着”，《新鲜的焦渴》中“我的灵魂不安地炽燃”等。

质进行斗争，维护它对光明的统帅权”，陈敬容也是在这样的燃烧中与自身的“粗糙”相“斗争”。加之其自身的阳性气质，使她能够更决然的燃烧自己，在燃烧的过程中，是一种人格的冶炼，我们更能体味到的是前期那些感伤意象如笼盖四野的草原燃起了大火，潮湿导致浓烟，青翠伴着红光，而诗人把这“一齐投入生命的熔炉，铸炼成金色的希望”[①]。但是，这并不意味着陈敬容在人格上已经成为一个男性，恰恰相反，她所有的意象在炽热的燃烧后都赋予了一种金属淬炼后的柔性之光[②]。

光明在陈敬容的诗里，不仅是一种象征，更代表一种纯洁性。这种纯洁性向来与中国20世纪的乌托邦思想有着莫大的关系。在充满着灾难与希望的20世纪，中国诗人有着空前的焦虑，中国诗人也就在这样的焦虑中承担起盗火者的身份，从郭沫若到闻一多，从艾青到胡风，直到新文学的海子，都在追风逐日的路上焕发着惨厉、冲突、崇高和张扬的精神风采。“全力营造着以太阳与火为核心的光的系列意象，并挟带着风云雷电，承载着虚幻的现代神话内涵”，最终通过诗人意象的营造转换为由心灵走向现实的革命力量。陈敬容正是在这样的时代背景下，“里应外合”燃烧了自己。但我并不想把重点放在这一时期的思潮研究上，我想从陈敬容自身的“燃烧”说起。

---

① 人对于火所能给出的梦想，早在人类学的研究著作中就已经指出，在集体无意识的潜流里，已深深烙下，火是改变世界和人的主要动力。它不仅能够照亮前程，还能烹煮食物，更能引来灾难。加斯东·巴什拉：《火的精神分析》，杜小真、顾嘉琛译，北京：生活·读书·新知三联书店，1992年，第8页。

② “当用响亮，坚定、男性化的声音宣扬这种坚信，或者用兽性般的情感压迫别人坚信时，女人心灵世界中潜在的男子气概很容易被认知。”参考卡尔·荣格等《人类及其象征》，沈阳：辽宁教育出版社，1988年，第166页。

陈敬容的这种燃烧，在行动上是一种自我否定[①]。这里想要的分析，恰恰是其阳性气质所带的负面因素，尤其是受到进化论影响的一代青年在激进主义的催动下，否定自身与个体，投身革命的传统。或者说，这也是陈敬容“青春型人格”的特征[②]。早在1939年，陈敬容在其散文《荒场之夜》中就流露出一种准前行者[③]的焦虑。在这篇带有叙述与独白性质的散文中，诗人身处坟场，头枕墓碑，看鬼火飘零，腐臭的气味飘荡空中。而一个幽灵对诗人忙于赶路产生了疑问，诗人无法作答，动机不明，终点未知，只看到长长的行程和那终点——铭刻自己名字的坟。这篇散文中，陈敬容所展现出来的不是一般意义上知识分子前行者的那种社会启蒙式的担当，而是出于一种个体生命在虚无的“荒场”中无法确认存在的困扰。这种被“前行”束缚的压抑，也只能通过不断“前行”来突破，“甚至连我的焦渴我也要厌倦，假若它已经不够新鲜”（《新鲜的焦渴》）。所以，在过去的分析当中，似乎没有注意到“新鲜”一词是一种将来时的感觉，它一经体验，就不再新鲜。所以，诗人用来满足焦渴的都是海水与天空，因为只有海水与天空才有无限感。正如前文所言，这种焦渴是一种燃烧自身粗糙物质的状态，所以，陈敬容不断地站在火焰中心，以自身的否定为自身提供了永恒的敞亮。完全的、不留痕迹的决然是一种保证，可以快速地奔向乌托邦的世界，“丧失一切以赢得一切”。但是，陈敬容本身所具有的阳性特质“很少以性爱的幻想或情节的形式出现，它更多的是以隐

---

① 这里的自我否定，似乎在很多学者那里成了陈敬容人格当中可供敬佩的地方。

② 关于川渝两地“青春型人格”的作家论述，参考李怡《现代四川文学的巴蜀文化阐释》，长沙：湖南教育出版社，1995 年。

③ 之所以说是“准”前行者，是因为此时的陈敬容还未脱离童年经验的反哺，也未对现代意义上的生活产生思考。

蔽而神圣的坚信的形式出现”。所以，我们就能明白，诗人作品中那些响亮、坚定、男性化的声音是为了某种坚信。当然，女人心灵世界中潜在的男子气概很容易被认知，而这种被识别出来的部分往往会遮蔽掉女性诗人本身的特质，“即使是一个外表很柔弱的女性，其阳性特质同样也是棘手而无情的力量”。

“阳性特质代表了一个集体而非个人的因素”，正因为这种集体意识，诗人通过“新生的人类”来试图走向一个集体的愿景。就在诗人人格成熟期的1945年，还创作了《为新人类而歌》，它仿着交响乐的结构从序曲开始，铺张扬厉的抒发着对新生活的期待，渴望着“爱的烈火或是恨的烈火，燃焦你们灼热的咽喉”，并且，在谈及这种愿景的行动指向时，常用的词有“就是”、“猛地”、“断然”、“只要”和“一定”等，而时态往往都指向将来，“当”完成某种条件时，“将会”出现新人类的未来。“在凄伤时从不哀哭”，“在痛苦中从不流泪”，“因为它有火焰似的眼睛和纯钢似的翅膀”，这种刚毅，已经超越了同时代女性诗人所能抵达的纯度。正是因为这样，才有论者指出“这种对奇迹、剧变及明天充满信心的期待，是中国现代史激进主义文化思潮的必然心态。……这一品质正是知识分子的一种顽疾”。但是，“热的出现为火提供了阴性温柔的支援”。也就是说，诗人即使在这样追风逐日的时代裹挟下，还是本能地提出了自己的思考。诗篇从一开始，诗人仿佛面对的就是除自己之外的新生的人类，因为在所有赞颂之前，诗人略带惋惜地说，“太阳不复是我们所惯见的红色同金色，也许你们所嗅到的芳香，比我们曾经嗅到过的更为沉醉，更为清冽”。当情感抒发达到高潮，诗人于第八节开始期待“痛苦”的来临，“狂饮它一如欢乐的醇酒”。第十一节开始构筑乌托邦的想象，但是，就是缺少诗人的身影。在最后，前文中的“我们”，则置换成了“我”，“我为你们的时代祝福，也为我自己的时代悲伤”。就是在这样刚毅炽烈的诗篇中，我们还是能读出潜移默化的母性大爱，不论是前面医生和护士守护下的“母亲的挣扎”，还是风、海、春、秋等童年意象对应下的“躯体”、“意志”、“欢乐”和“肃穆”化成少女过多的期望，还是大地之上的姊妹兄弟在跳舞绘画中发现宇宙最初的星光。这些都不再是灼热的期待，而是一种温暖的吸引，一种深入于生命体内部的直觉的吸引。

陈敬容的“火焰”和“燃烧”的纯洁性，不仅仅是指向对象化的他在，更是指向自身的自在。所以，燃烧的另一种象征就是净化。

（指导教师：蒋登科　教授）

樊忠慰诗歌中的醉[①]

李 徽

尼采在分析非造型的音乐艺术的源起时，认为音乐艺术源起于人的另一种生理——心理本能，即醉。代表醉的神是狄奥尼索斯。尼采说，“狄奥尼索斯的本质——用醉来加以类比是最能让我们理解它的。无论是通过所有原始人类和原始民族在颂歌中所讲的烈酒的影响，还是在使整个自然欣欣向荣的春天强有力的脚步声中，那种狄奥尼索斯式的激情都苏醒过来了，而在激情高涨时，主体便隐失于完全的自身遗忘状态”[②]。也就是说，生命的巨大能量、激情，能够像酒一样使人进入一种醉态之中，遗忘周围所有的一切，甚至遗忘自己。这种巨大的能量与激情来源于贯通着自然规律的生命本

① 改选自硕士学位论文《植根于本然生命的审美主义诗歌——樊忠慰诗歌论》第三章。全文摘要：90年代以来，樊忠慰的诗歌在诗坛中可谓独树一帜。他既没有像知识分子写作那样讲究写作的谱系，讲究诗歌文本中文化、历史等学科知识的异质混成，讲究思想体系的构建及其对诗歌文本的渗透；也没有像民间写作那样有时流于口语的粗鄙化、审美趣味的低俗化。他诗歌中有一种醉的特质，是向下流动的、切实的、受阻的，是自然万物生命力量的爆发，是诗人自身的苦难体验，是其他艺术家的苦难体验。

② 尼采：《悲剧的诞生》，孙周兴译，北京：商务印书馆，2012年。

身。它是顺向的，自由流淌的。此外，还有一种生命能量与激情处于受阻状态。但当它最终克服这种受阻状态时，则会显得更加气势蓬勃、力量饱满，“就像药物让人想起致使毒鸩，只有狄奥尼索斯狂热信徒的情绪中那种奇妙的混合和双重性才使我们想起了它，才使我们想到那样一种现象，即：痛苦引发快感，欢呼释放胸中悲苦。极乐中响起惊恐的叫声，或者对一种无可弥补的失落的热切哀鸣”①。处于受阻状态时，痛苦、苦难、孤独感、悲哀，以及其它种种不可名状的潮湿心绪，突显于生命面前，成为障碍；但生命本身的能量与激情总在不断聚积，最终会形成洪涛并滚滚地越过所有的苦难与悲哀障碍。尽管这种能量与激情可能不体现在现实中，而是体现在精神世界中。

樊忠慰在其诗集《绿太阳》的序言中说“写诗靠天才的想象和激情”。他认为“诗人是发光的感情细胞”，又说“建立在欢乐基础上的诗是轻浮的，有大痛大梦才会有大诗”。很显然，无论是“激情”，还是“发光的感情细胞”及“大痛大梦”，指的都是生命能量与情感的强度达到了一种激烈喷张的程度。这种生命能量与情感既可以是处于正常的奔腾状态，此时表现为强力、雄壮、奋发、昂扬等；又可以是处于受阻状态的痛苦、悲哀、孤独或受阻状态被克服时的悲壮、庄严等。樊忠慰的诗歌观念，实际上与尼采所主张的审美艺术源于酒神精神有着很大的相似之处。因此，我们也可以说樊忠慰的审美主义诗歌，除了根源于梦幻之外，也根源于本然生命的醉。

① 周国平：《苦难的价值》，《时代青年》2009年第10期。

一 樊忠慰动物诗歌中的醉

樊忠慰主要选择一些本身代表着力量的动物来表现生命的醉，如金雕、鹰、老虎、豹子、奔马等等。生命的醉本身呈一种奔腾状态，是无拘无束、天然地要求自由，因此它不会接受任何的压迫、奴役。这种生命的醉既是野生动物本身的力量体现，也象征着人的身体与精神所具有的能量与激情。具体而言，这种生命的醉体现在以下几个方面：

（一）动物强盛的生命力及其象征的抗争精神

《虎啸》一诗中，诗人写道“虎的啸叫从森林的落日开始/抵达落日的森林/虎啸里，石头颤抖/植物颤抖，动物和风的腿颤抖/万物颤抖”。老虎如此强盛的生命力喷涌而出，使得万物不得不感到心惊胆战，乃至五体投地。这种生命力如此强盛，又会使人不由自主地羡慕、赞叹。因为生命力本身就是一种美，一种壮丽的景观。于是诗人感叹道，“我多想去森林学一声虎啸啊/哪怕被虎吃掉。一无所有的诗人/住进虎斑斓的宫殿，得到了虎的心”。《巴比伦金雕》一诗中，巴比伦金雕拥有的强力甚至能把王权与城堡都摧毁。“巴比伦金雕，披一身栗褐羽毛/剑光托起白昼/利爪在石柱上刻下泣血的风暴/踩在脚下的王权和城堡/在冬云密布的夜，破碎如彩陶。”在如此的生命强力面前，代表着专制与奴役的王权如此地脆弱不堪。《雪豹》一诗中，有这样的诗句，“雪豹，寒冷的闪电/不在纸上流血/在冰原把鲜血变成火焰”。这里映射的也许是人类猎杀雪豹的行为。奔跑如闪电的雪豹，没能逃离人类的猎杀，最后遭遇了血染冰原的命运。不在纸上流血，表明雪豹守护着生命本身的尊严，不像人类那样在现实生活中为了利益而卑躬屈膝、见风使舵，在纸上却虚伪地表达痛苦。在雪豹看来，屈服人类的淫威是一种虚假的、完全丧失了尊严与力量的生存方式。因此，它宁愿让自己滚烫的鲜血在冰原中熊熊燃烧。显然，具有强大生命力、血染冰原的雪豹所象征的正是抗争精神。

（二）动物强盛的生命力及其象征的自由精神

《奔马》一诗中，一匹“带上夜奔驰的马”，由于处于夜的黑暗之中，所以它就用“蹄声溅起星花”来为自己照亮前路。“它撕毁陈腐和衰落/它比刀还快/砍断了时间的脚/割落了九个太阳”，这样一匹奔马，其速度如此之快，以至时间仿佛都已经停止了流动。这一柄闪电般飞动的大刀，就连太阳都能够割下来。因此诗人“面对这血与火的魂”，不由得感觉“我只是一把灰烬”。这野生动物，如血如火，似乎已经具有了扭转乾坤的巨大力量。“我只是一把灰烬”，是从反面衬托奔马所拥有的旺盛生命力。而奔马所象征的，是人应当发展壮大的超越精神、自由精神。《蒙古马》一诗并没有按照一贯的套路那样先赋后兴，具体到这首诗上，即没有先状写蒙古马本身的强力与显现这种强力的奔腾情景，然后抒发诗人自己对这种强力的欣赏与羡慕、感叹，而是直接进入了抒情的状态——“马、蒙古马，我身体里咆哮的马/逐草四方，饱餐自由的马呀/埋了不灭的是你，灭了又生的是草地”。“我身体里咆哮的马”，表明蒙古马的生命强力与野性已经融入了诗人的体内，蒙古马所象征的自由精神也已经泛滥在诗人的每一根血管里。

（三）动物强盛的生命力及其所象征的宗教情怀

《消逝的鹰》中，鹰“把精血给太阳/把利爪给闪电/把沉默给雷霆/把呼吸给青草”。这样的鹰，已经完全超越了平常我们对鹰的评价与定位。它不再只是拥有强力，在天空中独自翱翔而显得孤傲的野生动物，不再只是凶猛的捕食者。它似乎已经成了类似于造物主那样的主体，把精血给了太阳，把利爪给了闪电，把沉默给了雷霆，把象征着生命与爱的呼吸给了青草。这位“撕碎天空的英雄”，它“抛下的酒壶灌倒了海洋”。这表明它还是一位酒神。这位酒神就像尼采笔下的酒神那样活力非凡，为人们带来了希望，使人们重新团结，因此便出现了这样的情境——“鸡鸣啄将残星的清晨/牛羊挤出奶水的黄昏/你会不会归来/翘盼的人们热泪盈眶”。《最初的鹰》一诗中，诗人将鹰比喻为“黑色闪电”，它“以翅膀搏击雷鸣/溶入夜色，如冰消于水/飞向晨曦，似火点燃血/歇踞大树/悲悯地凝视众生”。这时候的鹰，并不仅仅是具有强力的野生动物。它具有了一种宗教情怀，会如太阳那样飞向晨曦，会像上帝那样“悲悯地凝视众生”。同样是写鹰，《神鹰》一诗中，“神鹰是天空的钥匙/打开电闪雷鸣/还有狂风，自由的云/眼睛滚动着火焰/把白昼的阴影召唤/血，骨头的灯盏/在皮肤下”。这鹰确实已经神通广大，如同钥匙一样能够启动整个天空的世界。它的眼睛如同火焰，驱赶着黑暗。它身体内的血液，如同灯盏一样明亮温暖。这样的鹰“凌驾于枪声之上”，具有了如同造物主那样的本领，那样的爱心。综上所言，诗人笔下的鹰，不仅仅具有强盛的生命力，也具有了悲悯、宏大的宗教情怀。

二　樊忠慰景物诗歌中的醉

如同樊忠慰诗歌中的动物，他诗歌中的景物也同样具有强盛的生命力。这种生命力超越渺小的人类，如同天与地一样恒久，延伸在漫漫的历史之中。

《黄河》一诗中，“黄河是奔泻的母马，我是它的一根汗毛”。处于奔腾状态中的黄河，气势如此浩荡，力量如此撼天动地。诗人站在它身旁，不由地感受到自己力量的渺小。“躺在岸边/想黄河不尽的往事/鼓声敲打飞翔的灵魂/听见的人/满脸都是黄河浪”，轰轰隆隆地发出巨大声响的黄河水，如同鼓声一样以其强力激荡、敲打着正在追忆、思考历史的诗人。于是，本身浩荡的黄河浪与诗人怀想悠悠历史而起的浩叹便交织、撞击在一起，形成双重的生命强力。

《太阳》一诗中，“天空不死/它高高地站着/鸟更高，啄饮大神的血浆/太阳上热恋的人类呀，心脏相撞”。一种天地永恒，时空苍茫的感觉扑面而来。天地的生命力永不衰退，鸟与人类的生命力也是如此。太阳在天空中如同“大神的血浆”，此一场面可谓壮阔，意蕴可谓悲壮。在此场面中的太阳，实际上具有了神性，是作为终极依据的“大神”的化身。因而，鸟去啄饮太阳，人受阳光照耀，实际上也就是吸收神性或者说汲取大神的生命力。“太阳上热恋的人们呀，心脏相碰”，男女的相恋，不再戴着面具，不再扭扭捏捏，不再弄虚作假、矫情煽情，而是坦荡地以生命本身的能量与激情相互碰撞，赤诚相见。在另一首同名诗《太阳》中，诗人把太阳比喻为“英雄的头颅”，它“在天空的血泊怒吼/染红了永恒，凋零了时间”。这种激烈悲壮的情境激起了诗人内心同样的豪气快意。于是，“黑暗、黑暗、黑暗/被我顿生的豪气/盈袖的剑光削断”。《太阳颂》这首诗中，太阳同样带着强盛的生命力，它“流泻滚烫的鲜血”。与此同时，它也代表着一种拯救的力量，“别诅咒我激情的燃烧/别再对我挽弓搭箭/谁不以真诚的双臂拥抱我/谁就会陷入黑暗”。

三　樊忠慰苦难题材诗歌中的醉

苦难是生命能量与激情的受阻。苦难能够直接把人从梦境中拉回到坎坷的现实世界。于是本来轻飘飘地飞翔着的人类突然间沉重起来。原来，梦是灵魂的翅膀，它有着天然的带着灵魂飞翔的本能。它是一种向上飞升的本能。而苦难作为醉的一种形态，能够束缚住梦的翅膀，乃至折断梦的翅膀。这样一来，人类便无法再飞升，只能与大地，与生活现实紧紧地贴在一起。在此情况下，苦难或人生中种种的不如意便乘机进驻人的生命，并试图攻克生命的核心。而生命的核心就像处于太阳中心的热核反应区，能够通过原子核的聚合作用发出强大的能量与激情。在此情况下，苦难与人的生命能量、激情便展开了激烈的战斗。个体生命能量与激情的强弱不同，战斗的结果也会不同。诚如周国平先生所言，“苦难可以激发生机，也可以扼杀生机；可以磨炼意志，也可以摧垮意志；可以启迪智慧，也可以蒙蔽智慧；可以高扬人格，也可以贬抑人格——全看受苦者的素质如何。素质大致规定了一个人承受苦难的限度，在此限度内，苦难的锤炼或可助人成才，超出此则会把人击碎”。在樊忠慰的诗歌中，无论是强力型野生动物还是拥有强大精神能量的诗人、艺术家等，在遭受巨大苦难亦会陷入危机，身与心都风雨飘摇。尽管如此，他们还是顽强地抗争着，并最终将苦难克服，让生命力、精神能量不可阻挡地奔涌。

（一）动物苦难体验中的醉

《黑豹》描写了一只被人类囚于笼中的黑豹。它“饥饿的胃翻卷鼠毛、枯草、湿土”。这个“苦难的王子”，身体已经病弱得像一幕皮影戏。但“锁比利齿咬得更紧”，表明已经没有了逃脱的机会，因此，它“不静止，也不移动”，像“一团渴死的自由”。处于如此的困境之中，它最后只能“梦穿破栅栏，幽灵般拷遁入深林”。诗人笔下的这个受难的黑豹，是生命的强力与激情受阻的表现。但受阻并不意味着生命就会屈服，因此诗人发出这样的声音——“嚎叫吧！诗歌/不幸的生命，因破碎更美”。由此，我们可以发现，诗人笔下的黑豹，象征的其实是一种面对苦难而强悍不屈的精神。《虎囚》展现的也是本然生命受困的苦难体验。虎“饿得精瘦”，它“渴望咆哮”，“渴望血与火的目光”能够锯断铁栅。但是现实的状况却是“钥匙很远/锁就在身边”。因此，它只能悲哀地在梦中回到它曾经以咆哮震动大地，使万兽俯首的森林。《猎枪》中，“击落了翅膀的枪声”，象征着人类的贪婪与残暴。人类把鹰视为可以食用或者可兑换为金钱的对象，或者仅仅是供其玩乐的材料，不惜将其杀害。但是鹰本身的生命能量，所象征自由精神却不会消失，依然会由其他鹰来延续，并继续在天空飞翔，“鹰被击落之以后/天空仍旧在飞”。

（二）诗人自身苦难体验中的醉

《青年诗人遗像》有着自传的成分。在这个简略的自传里，我们可以看到这个青年诗人受挫的生命能量与激情——苦难，以及从这苦难中提炼出来的艺术的光芒。作为诗人，他“与巨人心灵沟通，与天地精魂相伴/最后听上帝吩咐/把遗像和玫瑰一起火化”。但在现实世界中，他不过“像死去的小猫、小狗、小猪一样难看”，而且“可怜的骨灰没有遗言”。就在这个短暂的人生，他扎进种种生命体验中，扎进苦难对生命的撞击现场，要把“皮肤下的血煮骨为金”，亦即把那些苦涩的生命体验提炼成诗歌。他毕生的愿望，是与那些用“思想点亮的诗篇”一起“枕着祖国的江山同眠”。

诗人樊忠慰有着幻听的疾病，并深受折磨。幻听并不仅仅是一种身体上的病痛，也是一种精神的折磨。因此诗人在《炼狱或其它》一诗中说，“被幻听火焰焚烧的是谁/是我，还有我的灵魂”。在这种情况下，艺术有时候就成了一种对抗苦难的力量。故而诗人说，“诗歌的鱼儿，挣扎在情感的网络”。这里的情感，很大程度上指的就是苦难体验而引发的痛苦、恐惧、沮丧、绝望等。因此，诗人说，“你找到我悲戚的心灵/就懂得时间的病苦”。在苦难的持续侵略下，人心本有的种种过分的欲望逐渐被诗人抛弃，不再虚妄，不再骄奢。因为苦难的势力是强大的，人的生命是脆弱的。被笼罩在苦难的阴影下，诗人自然心感悲戚，但也因此谦卑起来，虔诚起来，纯净起来，仿佛生命的杂质、油腻与各种浮夸的欲望都已被苦难涤尽。此时，诗人开始懂得小心翼翼地去守护生命与世界的美好。艺术就是一种守护与保存生命与世界的美好的事物，尽管它面临着苦难的威胁与压迫，但它依然以强硬的骨头支撑着。这就是它的胜利与骄傲。因此，诗人说“你蔑视我天真的谦卑/怎羡慕艺术的骄傲?”

误入画框，挣扎着天空的向日葵叫美术
书法是瘦骨熬出的血染黑了路

闭眼听露珠与风吵嘴叫音乐
诗歌是文字的鱼儿把星星咬住

舞蹈是月下的影子发情的私语
头碰石头的响声叫哲学

给生命留下棺材的叫死亡

给死亡留下棺材的是艺术

《艺术：信徒的低语》这首诗，大体体现了樊忠慰对各种艺术形式的看法。这些看法其实是对各种艺术形式的不同特征的呈现，而不是表明它们在本质上有多大的不同。如诗人在观照诗歌时说，“诗歌是文字的鱼儿把星星咬住”，表明诗歌是一种以文字去捕捉闪光的美与思想并且需要丰富想象力的艺术。鱼儿与星星，在它们的隐喻义里，前者指的是物质层面的文字，后者指的是有着超验成分的精神世界，而这两者之间的巨大距离，只有飞翔的想象力才能够跨越。又如诗人认为“舞蹈是月下影子发情的私语”，形象地写出了人在生命能量与情感的驱动下而翩翩起舞的情形，暗示了舞蹈是种以肢体的活动为特征的艺术。各种艺术虽有不同的特质，但在本质上，它们都是源于生命。诗人评论书法艺术时说，“瘦骨熬出的血染黑了路”，这自然指出了书法是一种以墨水在纸上写字的艺术，但更重要的是指出艺术在某种程度上提炼于生命的苦难体验。这种浸染着生命能量与苦难体验的艺术，超越了苦难，超越了死亡。因此诗人说，“给死亡留下棺材的是艺术”。

在樊忠慰看来，县长、市长、省长、国王这些人都不过是国家的不同级别的政权统治者，从地球范围内看，数也数不清。他们虽然都很富有，而且可能拥有翻手为云覆手为雨、生杀予夺的大权力。但他们的统治，很多时候依靠的是暴力机制及以暴力机制为支撑的法律机制。很显然，这不可能代表人类精神境界的开阔壮丽，不可能代表人类思想上的光芒。因此，在《诗人与国王》这首诗中，樊忠慰认为，“诗人，这个时代金钱的贫儿”，才是真正的“精神的国王”。这并非樊忠慰对诗人的标榜，或者说对自己的标榜。就算是一种标榜，它其实也拥有强大的支撑力量。樊忠慰虽然贫穷，乃至比许多人承受着更严重的身体疾病，更沉重的精神痛苦，但他依然倔强而谦卑，依然执著于把各种生命体验提炼成释放着光芒的诗歌艺术，并坚信这样的诗歌艺术具有其诗中所说的影响力：

你的语言将成为孩子的乳汁
你的骨头将支撑民族的脊梁
铺好你的诗篇，让文字烙下真理
让感情渗透心房，把闪电留在纸上
等你消逝了一千年，人类仍在怀想

这是一个诗人的伟大志向，尽管这个志向也许很自负，也不合时宜。在这个时代，即使一个诗人创作出了真正具有思想深度与艺术美感的作品，也未必能够被世人看见，看见也未必能够认出来。轻浮的时代里，世人的目光是短浅的，因此即使有巨人站在他面前，他看到的也只是这个巨人的脚趾而已。而即使在这样的时代，樊忠慰也依然坚守着自己远大的理想，致力于诗歌的炼金术，致力于把自然界的壮美以及人类的苦难与美好、痛苦与欢乐、亲情的沉郁、爱情的醉感等转化、提炼成美感与智慧融于一体的诗歌作品。

苦难如果过于沉重，诗人也会承受不住，也会突然间愤怒于上帝的不公，命运的残酷。《我的灵魂已走远》透露了这个信息，“着魔的我疯狗般狂吠/诅咒神灵，夜空和苦难”。但神灵远离尘世，常常不问世事；而命运不可测，类似于一种盲目的力量。在这样的情况下，无论是信仰，还是诅咒，都成了虚无。于是，诗人只有独自哀叹，“可怜的家伙，错过了青春与爱恋/文字里流浪，诗歌里安眠”。哀叹，表明诗人内心其实还是无法接受过于残酷的命运。这种命运把沉重的苦难毫无缘由如同一座山峰一样压在他身上，完全不理睬他的任何抗议与不满，任何愤怒或悲哀。诗人不明白，为什么“我真的多年没变/像金子般善良而简单”却依然得承受这样残酷的命运。但抱怨、愤怒于变化莫测、不徇私情乃至恶意弄人的命运，很显然，没有意义，没有作用。因此，诗人最终只能许下了这样自信而美好的愿望——“我如果来自天堂/总要回去，不管离天堂多远”。

（三）其他诗人与艺术家苦难体验中的醉

诗人由于自己生命中的苦难体验，在人所具有的共通感的作用下，与司马迁有深刻的共鸣。在《司马迁》一诗中，诗人写道，“幻觉中我被阉割/醒来你已站在我窗前”。苦难体验的相通，使得司马迁能把“辉煌的精神和人格/注入我患病的身躯/使我的灵魂死灰复燃”。诗人其实是在苦难的境遇之中，苦苦抗争，即将被苦难碾碎、淹没之际，向历史上同样遭受巨大苦难的思想者、艺术家伸出援手，汲取其力量。诗人相信，拥有强大生命能量、精神能量的艺术家，即使命薄如纸，风吹即破，“但狂风怎能吹灭你闪光的名字”！从苦难中提炼出来的精神能量是如此的巨大。它发放出璀璨的光芒，永远闪耀在历史的漫长暗夜中，成为一代代诗人与艺术家的榜样与生命能量加油站。

“盲目的人/用手杖看世界/艰难和辛酸/脚一样跟着/你用二胡的呜咽充饥/以眼里的煤御寒”，是《阿炳》这首诗中诗人对阿炳形象的塑造。民间音乐人阿炳在晚年时有着苦难的遭遇：盲目、贫穷、病弱、饥饿。阿炳的伟大之处在于，尽管遭遇如些沉重的苦难，他依然没有熄灭精神的火焰，依然执著地以精神的火焰去点燃艺术、点燃音乐。苦难就在脚后跟着，但他就是拒绝把生命的能量、精神的能量如同骨头一样扔给它。他把它们给了艺术、给了音乐。于是他能够“以二胡的呜咽充饥/以眼里的煤御寒”。阿炳这种把苦难锤炼、转化为艺术的功夫，震撼了诗人，使诗人敬服不已。恍然间，诗人感觉“你眼泉涌现的月/已挂上中天”。这句诗可谓绝妙。它暗指阿炳的作品《二泉映月》已经广泛传播，获得了巨大的声誉。而这种艺术的胜利却是生产于苦难。阿炳的盲眼，是苦难的表现，但诗人却把阿炳的盲眼说成是眼泉，这看似矛盾而事实却不是。眼泉暗指的其实是阿炳的精神能量。这种精神能量能够将苦难转换成艺术，转换成如天上的月那样晶莹明亮的音乐，并给人们带来精神上的温暖与抚慰。这也即诗人接下来所说的，“一支照亮永恒的曲子/照亮人心的黑暗”。

综合以上的分析，我们可以看到，樊忠慰审美主义诗歌中的醉，植根于他的本然生命，也即是说，植根于他的本然生命、生命本能、潜意识世界。这种醉主要体现在他的动物诗歌、景物诗歌以及苦难题材诗歌中。动物诗歌中的醉，主要体现在野生动物具有强大的生命能量以及由这种强大的生命能量所象征的抗争精神、自由精神、宗教情怀中。景物诗歌中的醉，主要体现在景物如太阳、黄河等所具有的开阔气势、壮大场面、剧烈动感等之中。苦难题材诗歌中的醉，则主要体现在以下三个方面：动物遭受苦难却以坚韧的精神面对；诗人身陷各种身体病痛如幻听、思维鸣响、幻视以及各种精神之痛如孤独、虚无感、爱情无望之中，却依然以强大的本然生命能量与它们搏斗，并试图将它们超越；其他诗人与艺术家的苦难体验。醉，这种来源于本然生命的能量，自由自在地爆发，没有因为功利性的考虑而被压抑，没有因为世人的不理解即没有因为孤独就不再坚持，没有因为苦难的沉重就屈服。樊忠慰守护着他本然生命中的醉，尽管苦难重重，却依然坚持与它做不屈不挠的角力。

（指导教师：蒋登科　教授）

法国象征主义与中国初期新诗的神秘向度①

唐世奇

一 神秘与象征

毛峰指出“神秘”有三层意味，即“神秘”是：“宇宙存在的本然方式；有限时空中的人直观无限的宇宙生命时必然产生的认识

① 改选自硕士学位论文《法国象征主义与中国初期新诗的神秘向度》。全文摘要：伴随着法国象征主义诗歌与诗论的大量翻译，中国新诗的初期阶段（20 世纪二三十年代）也开始了以“象征”理论为核心理念的象征主义中国化。此时，与法国象征主义诗歌诗论紧密联系的“神秘”诗学也随之进入中国，并被当时的诗人及诗论家们有意无意地接受。因而在此阶段的中国新诗中出现了“神秘”化的现象，这就是初期新诗的“神秘”向度。这一向度的出现有助于迎合摒弃古典却为白话所困的“五四”新诗回归诗歌本质、崇尚艺术美的诉求。事实上，新诗的理论建构和创作实践也的确吸收了这样的营养，使中国现代新诗的发展向前迈出了勇敢的一步。本文的主要内容就在于梳理“神秘”与诗歌的关系，具体探讨初期中国新诗“神秘”向度的发展路径及其与法国象征主义诗歌的关系。绪论部分主要梳理本题的研究现状，说明选题原因，确定研究方法。第一章首先确定“神秘”概念的意涵，梳理“神秘”与诗歌的历史渊源；第二章理清“神秘”与“象征”关系，并结合法国象征主义的理论研究与创作实践；第三章则重点介绍中国初期新诗“神秘”向度的样态，并结合这一阶段的实绩加以说明。结语部分理清中国初期新诗“神秘”化与法国象征主义之间的关系，并确定其在中国新诗发展中的历史地位。

局限和心理感觉；人对宇宙生命进程的诗意惊奇。”① 其第一层意味指向的是人类对自己所立身的世界及宇宙的终极探寻，即“神秘”指的是“宇宙到底是什么?”、“它究竟是什么样子?”等几千年来人类文明所要解答的终极问题的概括。西方基督教文明把宇宙本来面目的解答归于“上帝”，即上帝创造了世界，创造了人类和文明。类似的，中国古代的神话也有“盘古开天地”的故事。“盘古”的神斧划天地为二，他的身躯也幻化成山峦树木、江流湖泊，最终孕育出人类文明。“神秘”的第二层与第三层意味可以说是第一层意味的形而下。其中第二层意味是人类解开宇宙存在与生命本质过程中的“神秘”感受，就如海德格尔曾定义“神秘”为：“根本上必然保持不被说状态的东西，乃被抑制在未被道说者中，作为不可显示者而栖留于遮蔽之域，这就是神秘。”② 换句话说就是，在近现代文明实证主义和科学主义流行的背景下，在归因溯源诸多灵异感受及现象的时候，人们并没有发现一个确定的形而上的实在，因而将之归于“神秘”。第三层意味是人们在此基础上进一步总结“神秘”，用“诗意”这一感性与理性的结合体来感受“神秘”，寻找“神秘”的形态，并以诗歌的样态消解“神秘”的不可触摸性，把它呈现在人们面前。马拉美就提倡通过“象征”思维的联结，把诗人创作时的灵感（诗人自身感性乃至超验的心理冲动）与选取的诗歌意象相契合，将难以言说的冥思或不易解释的客观事物幻化在诗中，进而在作品中呈现出了一种“神秘”氛围。

“象征（symbol）”一词来源于希腊文，其最初的意义是把一块书板一分为二，各取半块作为好友的信物，后来被引入文艺领域

① 毛峰：《神秘主义诗学》，北京：三联书店，1998 年，第 426 页。

② 海德格尔：《走向语言的中途》，《海德格尔选集》，上海：三联书店，1997 年。

中，其含义引申为在诗歌中呈现的以符号暗示情感、以抽象暗示具体的创作方式。德国哲学家伽达默尔曾系统地考察过“象征”的历史。他认为，“象征”先是被古希腊哲学家克里西普附以比喻的意义，经过普罗提诺等新柏拉图主义的改造后进入宗教领域。接着，在中世纪的神秘著作“伪狄奥尼修斯著作”中，“象征”开始被用来呈现超验的感性上帝的存在。“因而，象征在这里就获得了一个引申功能，这就导向了对神性事物的认识——完全就像比喻性的表述方式通向一个‘更高’的意义一样，解释活动的比喻方式和认识活动的象征方式就具有了相同的必然性根基。”① 要认知“神”性的最高存在必须从具体的感性事物着手，“象征”要成为这种解释活动的主要方式。

这样，“象征”概念在中世纪被引向“神秘”，被赋予了神学以及形而上的背景。上帝存在的“神秘”无法从尘世间的现象界中获得直接的显示和对应，因而只有通过“象征”的方式才能深入“神秘”，证明上帝的存在。于是，“象征”被赋予“神秘”意涵，神秘超验的“神”性存在通过“象征”可以被可见的具体事物感知。作为感性事物的能指与宗教内涵的所指之间的关系便不再是任意性的，宗教性象征的选择是以可见事物和不可见事物间的神秘关联为条件。

法国象征主义无疑是现代诗歌中与“神秘”联系最紧密的一个诗歌流派：法国象征主义的“鼻祖”波德莱尔认为，艺术越想达到哲学的明晰性，便越降低了自己；只有借助于诗歌，现世的灵魂才能找到彼岸世界——永恒的灵魂归宿。马拉美也指出，诗写出来原就是叫人一点一点地去猜想，这就是暗示，即梦幻。这就是这种神

① 伽达默尔：《真理与方法》，沈阳：辽宁人民出版社，1987 年，第 105 页。

秘性的完美应用，象征就是由这种神秘性构成的：一点一点地把对象暗示出来，用以表现一种心灵状态。“象征”理论的运用与“神秘”氛围的营造在法国象征主义诗歌中互为表里，融洽和谐。

二 神秘思维方式：“通感”

前文总结“神秘”的第二、三层含义更加侧重人们的神秘体验与表达，其支撑点则落在神秘思维方式上。神秘思维方式是神性体验与逻辑判断在诗歌中得以联通的桥梁，是二者融通共生的关键点，那么在充满感性体验与崇尚理性写作的法国象征主义诗人那里，“通感”便承担了这种重任，它是法国象征主义诗歌的内核。

“通感”是法国象征主义诗学最重要的基石，对“通感”的阐释集聚了众多象征主义诗人们的笔力，它首先被波德莱尔表述在题为“Correspondances”① 的诗中。在这首诗中“自然”是一座神殿，里面充满着神秘的天籁回音与交响，构成了一个“幽昧而深邃”的象征的统一体。就如诗的题目一样，自然是一座“象征的森林”，一切芳香、色彩与音响全在互相感应。

通感论是波德莱尔诗歌理念的核心，该观点的形成受到了斯威登堡和霍夫曼的影响。瑞典神秘主义哲学家斯威登堡关于两个世界的存在的观点启发了波德莱尔的思考：“而灵魂更伟大的斯威登堡早就教导我们说天是一个很伟大的人，一切，形式，运动，数，颜色，芳香，在精神上如同在自然上，都是有意味的，相互的，交流

① “Correspondances”的中文译名至少有八种：“通感”（陈敬容）、“契合”（梁宗岱）、“感应”（钱春绮）、“应和”（卞之琳）、“交响”（穆木天）、“对称”（颜元叔）。“通感”与“契合”是其中较为常用的译名。

的，应和的。”[①] 德国作家霍夫曼的“应和论”是波德莱尔“通感”论的另一个来源，波德莱尔曾引用霍夫曼的话来表达自己的观点：“当我听见音乐的时候，我就发现颜色、声音和香味之间有一种类比性和隐秘的融合。”[②] 还有“我们把人间及其众生相看作是上天的一览，看作是上天的应和”[③]。

波德莱尔的通感论一般分为三个层次进行理解：首先是人体各个感官之间的相互交感的可能性，比如视觉、味觉与听觉之间存在的隐秘的联结关系。其次是超验的精神世界与客观自然界的万物交互感应、普遍应和。最后是人的感官、精神世界与超验世界“上天”的应和。从这样的分层中我们可以总结出：前两个层次属于人类情感的发掘，属于人本象征主义的层面上；最后一个层面则构成了查德威克所说的“超验象征主义”。感性体验与精神世界以及超验世界的应和通感是波德莱尔诗学的核心部分，它属于“超验本体论”，即超验的神秘思维方式自觉化。

波德莱尔认为，在可见的现实世界之上，还有一个作为“神性”和“美”的化身的超验世界。对于彼岸世界的永不满足是人类之所以不朽的最生动的证据，现实世界的愿望召唤人们走向“神性”和“美”。在这个过程中，是诗歌、音乐而不是科学、真理成为人们的有效凭借。一首美妙的诗能使人热泪盈眶，这眼泪并非极度快乐的证据，而是表明了一种发怒的忧郁，一种精神的追求，一种在不完美之中流徙的天性，它想立即在地上获得被揭示出来的天堂。于是，诗歌在波德莱尔那里获得了天堂的本性，它是“只在一个世界是真实的东西”，是对超验的“神秘美”的暗示。诗人是神

---

① 波德莱尔：《波德莱尔美学论文选》，北京：人民文学出版社，1987 年，第 97 页。

② 同上，第 223 页。

③ 同上，第 206 页。

秘的彼岸世界的洞察者，是神秘的“象征”森林的翻译者和辨认者。

韩波广为人知的是他承袭波德莱尔的“洞察者”概念，他认为诗人是能洞察天机的通灵者，而“波德莱尔是第一位通灵者，诗坛之王，真正的上帝”①。他主张诗人要观察无形和倾听无声，并且能够重新把握死去的事物的精神。同时，诗人要成为通灵者，必须打破寻常的、有意识的联想使意识错位，用各种不同寻常的感情形态为未知的创造赋予新的形式。他进一步发展了波德莱尔的“通感论”，并发现了五个元音与色彩之间的“神秘”应和关系。他的诗歌《元音》构成了一个以元音为代表的语言与充满五颜六色、善恶美丑的现实相应和的世界。听觉、触觉、视觉等感官之间的界限被打破，它们各自融会贯通、交感契合。同时，它们又与道德、“美”等感性价值联结起来，整首诗包罗万象却不显凌乱，并创造性地共同指向灵魂与宇宙之中。

马拉美的诗艺探索更加晦涩、神秘，并指向他那座梦幻、可居住的诗意天堂。受到爱伦坡和波德莱尔的影响，他提出了这样的诗歌主张：当诗歌变做不可触碰的快乐，它将升上天堂。诗歌是引领诗人走向天堂的途径，因此，马拉美主张艺术的理想是去除寻常可见的自然物，让现实同它直接可感的方面分离，用诗艺魔法揭示客观事物的本质。他说：“当我说，‘一朵花！’这时我的声音赋予那湮没的记忆以所有花的形态，于是从那里生出一种不同于通常的花萼的东西，一种完全是音乐的、本质的、柔和的东西：一朵在所有

---

① 韩波：《致保尔·德梅尼的信》，《象征主义·意象派》，北京：中国人民大学大学出版社，1989 年，第 36 页。

花束中找不到的花。"① 这是一朵"提纯"的花，经过这种"提纯"，诗歌的神秘意涵便呈现出来。而马拉美"唯一可居住的宫殿"，正是由这些"所有花束中找不到的花"编织而成。

马拉美的"一朵花"形象地说明了象征本体对直陈客观事物表象特征的摒弃，转而追求事物的纯粹本质，用"象征"的"神秘"思维方式在具象中呈现理念。他的名诗《骰子一掷不会破坏偶然》就是在实践自己的理论设想。这首诗使用不同大小的字体排列，错位与空白互见，有时甚至一页只编排一两个单词。诗人像是一位乐队指挥审视他的交响乐总谱去演奏一首与上天的韵律神秘应和的辉煌乐章。

三　初期新诗的神秘向度

众所周知，中国新诗早期的理论构建和创作实践与西方诸流派的诗学观念是紧密联系的。现实主义、浪漫主义思潮在这一阶段占据了文艺流派中的"话语权"，讽刺现实、个人强烈情感的书写成为当时的创作常态，象征主义在其中是一种略显"边缘化"的文学思潮。然而，法国象征主义诗歌本身所拥有的极高艺术性及其诗性回归的内在诉求得到了当时的新文学界不同程度的呼应。中国 20 世纪二三十年代新诗的"神秘"化倾向也随着法国象征主义的传播深入中国现代诗学的构建中，形成了早期新诗的"神秘"向度。

较早有目的地将法国象征主义介绍到中国的是《少年中国》杂志。1920–1921 年间，这个杂志系统地介绍了法国象征派代表诗人

① 马拉美：《诗歌危机》，《现代主义文学研究》（上），北京：中国社会科学出版社，1989 年，第 341 页。

波德莱尔、魏尔伦、马拉美等，这些文章系统地论述了法国诗歌从浪漫主义经过巴拿斯派，发展到象征主义的过程和趋势。尤其值得一提的是周无的文章《法兰西近世文学的趋势》。他在文章中充分肯定象征主义在文学史上的地位，说它的崛起“确是文学上最大的事件，他能够将文学的范围更张大，艺术的力量也加强。并且他心灵的引导，可以使读者感觉到最深的境界”。同时，他对象征主义含有的“一种不健全的根芽”也提出了非议，说“他有时明明的倾向着神秘主义（Mysticism），叫人不知不觉的，便到了迷离恍惚的幻想”①。与此同时，文学研究会的《小说月报》、《文学周报》和创造社的《创造季刊》等刊物也开始介绍象征主义。

孙玉石认为闻一多是现代诗学史上最早关注诗歌神秘美的人。在论述先拉飞主义诗人与画家时，闻一多提到了神秘与诗意、神秘与象征之间的关系：“神秘性充满了罗瑟蒂全部的著作，神秘性本是有诗意的”，“早期意大利的名手都是神秘家，都没有鄙弃过象征”。在中世纪，“他们是在宗教里生活着，用不着靠宗教运动求生活；神秘是他们的天性，不是他们的主义；在他们无所谓象征，象征便是实体。我们认为实体的，在他们都是象征，有了那种精神，岂独在美术上可以创造奇迹，在文学上，在生活上，哪一项不够我们惊异，拜倒，向往的?”② 闻一多认为，初期新诗人的创作缺乏西方诗歌中浓重的想象力，因而作品显得过于单薄直白，全然没有诗的韵味。因此，他提倡将“神秘”的“象征”思维纳入新诗写作之中，疏通灵魂与自然、超验与现实之间的隔阂，找回诗歌的内

① 周无：《法兰西近世文学的趋势》，《少年中国》第2卷第4期，1920年，第21页。

② 闻一多：《先拉非主义》，《闻一多全集》第2卷，长沙：湖南人民出版社，1993年，第161页。

在美。

象征派与紧随其后的现代派诗歌及诗人的涌现无疑表明了中国象征主义经过早期探索走向成熟的趋势，一系列象征主义诗论及诗歌涌现出来，并开始在当时的文坛产生影响。1925 年，李金发出版了诗集《微雨》，标志着中国真正意义上的象征派诗歌诞生。此后穆木天、冯乃超、王独清等初期象征派诗人在创作和理论上为象征主义诗学的中国化打下了基础。

（一）李金发：中国的波德莱尔

李金发以青春的灵性进入了神秘幽暗的象征主义世界之中，其诗以怪诞、朦胧、神秘的美学特性震撼了中国诗坛。李金发的诗歌对于早期引进的象征诗学理论是一种很好的补充和证明。自他以下，汉语象征诗在一段极短的时间内形成一个独立的流派，这本身就证明了汉语在象征诗创作方面所具有的巨大潜力。同时，中国新诗的发展进入了瓶颈期，此时的诗歌创作出现散文化倾向，丢失了诗歌自身的特质，这也是诗人们不愿看到的。李金发的“怪诗”在此时应运而生就具有一定的历史合理性。

在“五四”时期的新诗作品中，李金发的《弃妇》无疑是独特的。该诗的前三句构建了一幅可怕而又神秘的画面，强烈的颓废、残酷、猜忌的“世纪末”形态被呈现出来。紧接着的四句选取“蚊虫”意象，不做直接说明，直至“清白之耳后”隐约使人觉得这是一种与弃妇的“清白”相对立的东西，那么这个意象可能就是对“流言”的暗示性隐喻，写法巧妙，有法国象征主义以意象来暗示情感的神秘色彩。第三节的开头又说明它的主旨是写“弃妇之隐忧”与“时间之烦闷”，但在接着的四句中展开想象，想着“夕阳之火”将这种“时间之烦闷”化为“灰烬”，并与烟飞起，然后染在“游鸦之羽”，于是与它一起“同栖止与海啸石之上，/静听舟子之歌”。这种丰富持续的想象性诗句在此前的新诗作品中确是罕见的。而接着的两句“衰老的裙裾发出哀吟，/徜徉在丘墓之侧”，将“裙裾”拟人化，并使之“徜徉在丘墓之侧”，愈加写出了“弃妇”的悲哀。诗人置身于一个死亡、衰败、颓唐的世界之中，他将不尽的战栗化为情爱的沉迷，写下了神秘动人的爱情篇章。

通过神秘象征思维的构建，李金发诗中显现的恶、阴暗、压抑，最终呈现出恶与美的和解。法国象征主义对李金发的影响无疑是极深的，从神秘思维方式到神秘意象的选取，李金发在这一阶段的创作不断模仿法国象征主义的神秘倾向。

（二）穆木天与王独清："纯诗"的追随者

与李金发在理论构建方面的缺乏不同，穆木天在追随象征主义的路上有了自己的理论实绩。在象征主义的氛围包围中，1925年前后，穆木天写作了诗集《旅心》。总结自己的写作成果之后，穆木天与王独清分别在《创造月刊》第一卷第一号上发表《谭诗——寄郭沫若的一封信》和《再谭诗——寄木天、伯奇》，这两篇文章成为中国象征主义诗学本土化的奠基之作。穆木天提出的这种“印象的写法”其实是对象征主义诗歌神秘思维方式的一种重提，他一反胡适“作诗如作文”的提法，运用神秘的通感思维，将月光的律动与诗人心中的“交响乐”融合在一起，形成灵动轻柔的“纯粹诗歌”律动。他进一步提出诗歌要有“暗示能”，因为诗的世界即是潜在意识的世界，诗歌虽然处在平常生活中，确是要表达平常生活的深处，诗的任务是“能暗示出人的内生命的深秘”，它最忌讳明白的说明。他的这种强调“纯诗”及通感的神秘思维方式与法国象征主义是有着紧密联系的。

王独清与穆木天同是“纯诗”观念的鼓吹者，他在《再谭诗》中说，“要治中国现在文坛审美薄弱和创作粗糙的弊病，我觉得有倡Poésie pure（纯诗）的必要”。在“纯诗”观念的阐发上，他“很想学法国象征派诗人，把‘色’与‘音’放在文字中，使语言完全受我们底操纵”。他欣赏韩波“唤起五个母音的色彩的观念”，主张“色”与“音”感觉的交错，在诗歌中实现一种“色的听觉”和“音画”的效果。王独清对“纯诗”观念的体味更加具体，对颜色、声音及画面的重视同时说明了他对“通感”的提倡，而他所要追求的诗歌效果则是平静而朦胧的神秘效果。

王独清与穆木天受李金发的影响展开对法国象征主义的研究与实践，但又不同李金发对法国象征主义的模仿。他们从理论上解构象征主义的神秘核心，更加注重诗歌内部结构的构建，减少诗歌语言本身的艰涩拗口，减少宗教性的神秘因素，努力使法国象征主义的神秘因素中国化。

（三）戴望舒：“雨巷诗人”背后的“神秘”

提起戴望舒，人们首先想到他“雨巷诗人”的称号以及那首脍炙人口的《雨巷》。朱湘认为《雨巷》“在音节上完美无疵”，“兼采有西诗之行断意不断的长处”，“在音节上，比起唐人的长短句来，实在毫无逊色”。叶圣陶认为这首诗“替新诗底音节开了一个新的纪元”。然而，很快戴望舒就抛弃了《雨巷》中为人所称道的音乐性，而走向了去音乐重情绪的路子。在《论诗零札》（即《望舒诗论》）中，他认为：“诗不能借重音乐，它应该去了音乐的成分”；“诗的韵律不在字的抑扬顿挫上，而在诗的情绪的抑扬顿挫上，即在诗情的程度上”①。稍晚于《雨巷》的《我底记忆》便是他最初的尝试，而于1937年1月编成的《望舒诗稿》收录的《古

---

① 戴望舒：《望舒诗论》，《戴望舒全集·诗歌卷》，杭州：浙江文艺出版社，1989年，第127页。

神祠前》则标志着戴望舒真正的成熟。

在该诗中，诗人一反《雨巷》那种相对来说比较直接的抒情调子，在这首诗中将自己情感的抒发表现得更为舒缓也更为深沉，而且，这种感情是通过一些意象暗示出来的，这与早期新诗象征派的创作有了不小的进步。该诗写的是诗人一次“思量”的旅程——“思量”的“脚迹”在眼前的风物上一一踏过，直到冲上云霄。然而，这“脚迹”无论在象征永恒时间的流水上踏过多少遍、在天空中有多么逍遥，最终面临的都是“绝望”的感慨。诗人在这首诗一开始就采用了“独特的抒情策略”。就整首诗而言，其抒情策略的独特在于神秘化抒情方式的应用，它更多的是借用含义丰富极具阐释性的意象来表现情感，使诗人的感性思维与自然界、与永恒相应和。诗人想要表现的是神秘化的朦胧，用象征主义常用的方式即用一系列的意象一步步地暗示出来。

可以说，戴望舒是象征主义神秘因素中国化的集大成者，他把中国古诗与法国象征主义诗歌的创作捏合在一起。中国古典诗歌与法国象征主义本身具有内在的相似性，神秘思维方式是其中一个重要的共通点。戴望舒去掉古典诗歌的陈词旧象，摒弃早期神秘新诗的艰涩语言，扩大神秘思维方式在诗歌中的影响，从而构建出一种中西融通的诗歌世界。

四 结 语

纵观中国早期新诗的“神秘”，它的发展或者说中国化不是孤立存在的，而是伴随着法国象征主义在中国的不断介绍以及象征、通感等手法在各类诗论及诗作中的应用，那么它在中国的扎根是离不开时代因素这一客观条件的。20 世纪二三十年代的诗人们逐渐认识到“五四”时期中国新诗呈现的口语化、散文化特点并不利于新诗的建立，诗歌的艺术美、内在美需要得到真正的复归。在这样一种诗歌内在需求的促使下，象征主义以其另类的思维方式及“纯诗”的艺术诉求为中国部分诗人所接受。与此同时，神秘思维方式便随着法国象征主义不自觉地进入到中国新诗中。

总体上，这一阶段的新诗“神秘”向度与象征主义在中国的理论建构与创作实践呈现出类似的发展方式：即先是大量翻译西方尤其是法国象征主义作品，各个诗人对其有一个初步的认识，尤其是被象征主义作品及手法所吸引；接着，以李金发、穆木天、王独清等早期象征派诗人为代表的法国追随者登上诗歌舞台，李金发是第一个用汉字写出类似法国象征主义诗歌的中国诗人，穆木天、王独清等则是“纯诗”、“通感”等象征主义诗歌主要理论中国化的核心；最后在现代派诗人戴望舒那里，中国的象征主义得到早期的成熟。

法国象征主义诗歌的引进既是其世界诗歌影响力的体现，同时也是中国新诗迈入现代诗歌需要借鉴的资源。但正如前文提到的那样，这种借鉴在20年代初的那段时间里更多是为现实主义及浪漫主义文学做补充，受文艺进化论及中国新诗创立的急迫要求，法国象征主义被吸收其中实用的部分去充实逐渐找不到艺术内质的现实主义及浪漫主义的实践，它的地位也排在两者之后，甚至被冠名为“新浪漫主义”。随着留法多年且中国古典修养较为薄弱的李金发以其极具法国象征主义的诗歌出现，最初受浪漫主义影响后走向象征主义的穆木天、王独清等诗人其理论探索的深入，现代文学中的“神秘”即超验思维方式与神秘语言的本体化在中国新诗中微弱地表现出来。直到戴望舒抛弃诗歌外在音乐性，转而追求诗歌内在情绪、诗歌自身律动等重诗质的表达，“神秘”才开始在象征的基础上得到体现。

“神秘”化在这一阶段的新诗发展中一直处于一种比较尴尬的位置。一方面它是诗歌内在美、艺术美不可缺少的部分，它所呈现的对诗歌本质的“洞见”、所运用的通感交互的神秘思维、所能激发诗歌内在的律动，都使“神秘”可以成为不仅是现代诗歌而且是优秀诗歌的本体。但另一方面，中国正统文学传统向来对鬼怪神仙不“感冒”，虽然中国优秀的古典诗歌讲求“言有尽而意无穷”的类似象征所能呈现的诗歌思维，但是在一开始并没有与象征做很好的结合；同时“神秘”所依附的法国象征主义中国化的势弱及实用化的偏离，共同将“神秘”导向了神。

（指导教师：向天渊　教授）

对镜审视：开放中的反思①

——北岛诗歌镜类意象中的历史与自我（1975–1986）

秦　健

有感于遇罗克之死和赵京兴身陷囹圄的遭遇，北岛于1975年冒生命危险写下《结局或开始》和《宣告》，表达“在那个悲愤的年代里我们悲愤的抗议”②，抗议“文革”对人性的扼杀，抗议

① 改选自硕士学位论文《北岛诗歌镜类意象中的历史与自我》第二章。全文摘要：北岛擅长用具有直觉性特征的意象来呈现丰富细腻、悠忽变幻的思绪。北岛在诗歌中建构了属于自己的独特意象群，如黑夜、太阳、雾、冬天、天空、红色、梯子、影子等。其中，“镜”意象在北岛诗歌意象中极具鲜明特色，也是北岛诗歌的重要标识之一。与镜子映照和虚实交错功能寓意同构的眼睛、水面、影子、玻璃、回声、梦、烙印等意象，以及与镜子见证时间流逝、将时间空间化等功能寓意相类似的壁画、岩画、日历、记忆等意象在北岛诗歌中多次出现，这些类似意象在本文中统称为“镜类意象”。镜类意象是诗人感受生命和世界的重要意象，同时也是寄予诗人对自我和历史思考的意象。镜类意象在中外文学研究中并不鲜见，我国古代诗歌、现代派诗歌及现当代女性诗歌中多涉及镜意象，而北岛诗歌中镜类意象尤为凸出。因而，本文试图以镜类意象为切入口，探究北岛不同历史时期对自我和历史的认识，以期对北岛及其诗歌有更加全面的理解与认识。正文分为三章，分别对应三种镜子的功能寓意。第一章是对照确认：高压下的反抗；第二章是对镜审视：开放中的反思；第三章是镜中重构：围困中的突围。

② 李润霞编：《被放逐的诗神》，武汉：武汉出版社，2006年，第413页。

“在没有英雄的年代里/我只想做一个人”① 之难。无视于政治意识形态的压迫，北岛执意追求成为一个独立而完整的“人”。为了实现生命的意义和存在的价值，为了唤醒更多后来人，北岛在1976年用《回答》正式发出了第一声反抗的呐喊，完成了由《告诉你吧，世界》和《结局或开始》开启的独立人格的构建。这大写的“人”在诗歌发表后，很快成为一代人的精神领袖，号召起一代青年人为自由平等、人格尊严而战。自此，北岛在诗行间构筑的承担意识和人道主义关怀得到了承接，某种程度上，北岛找到了自己在历史上的责任和位置，沉默的时代由他结束，反抗的时代由他开始。然而，不论在这激进的反抗过程中，还是“文革”结束后的政治松绑期，北岛也都在不断反思，反思对抗的姿态，反思历史（指“文革”前后这段历史）的本质，反思人与历史的关系。反思是北岛诗歌深度的来源之一，在反思之路上北岛不断走近自我和历史。

本文讨论的诗歌以北岛“文革”末期至出国前期（1975－1986年）的作品为主，关注重点在于北岛通过诗歌中的镜类意象对历史和自我的认识和思索。此时期诗歌主要创作于高压政治松绑时期，诗歌中的镜类意象集中于主体对镜审视、反思这一功能寓意。镜子成像，助人认识自我、强化自我认同的同时，也给人提供审视自我、透视内心的途径；映照人的同时，也关照世间万物，记录时间和历史，给人提供省察的空间。

一 历史同谋

在反思之路上，北岛首先想要厘清和展开的，是那些造就自己

① 北岛：《宣告——献给遇罗克》，《结局或开始》，武汉：长江文艺出版社，2011年，第3页。

现今一切，却又令他十分困扰的“历史”。首先是受赵京兴影响而产生的对历史的审视和思索：

> 以太阳的名义
> 黑暗公开地掠夺
> 沉默依然是东方的故事
> 人民在古老的壁画上
> 默默地永生
> 默默地死去
>
> 呵，我的土地
> 你为什么不再歌唱
> 难道连黄河纤夫的绳索
> 也像崩断的琴弦
> 不再发出鸣响
> 难道时间这面晦暗的镜子
> 也永远背对着你
> 只留下星星和浮云①

在“壁画”里，诗人看到人民默默地生默默地死，人民生死相依的土地失语，充满力量却也承受沉重痛苦的纤夫也沉默。在黑暗势力面前，人民没有言语的权利，唯有集体失语、愚昧顺从，才能继续生存下去。“壁画”犹如镜子，向诗人展示人民在历史中的存

① 北岛：《结局或开始——献给遇罗克》，李润霞编《被放逐的诗神》，武汉：武汉出版社，2006年，第415页。

在状态，诗人也从中看到自己的位置。人民本是构成历史的主体，但在这里渺小的人民被忽略不计，历史的书写从来与他们无关。审视画面，诗人明白，左右历史书写的是文字，是被权力意志所控制的话语霸权，文字历史从来不会记载土地上的劳动人民的生老病死。而面对这样荒诞、不公正的对待，“时间这面晦暗的镜子/也永远背对着你”。在诗人的概念里，时间之镜本是最公正的，它烛照世间万物，见证历史，客观公正地记录着过往发生的一切。而现实是，在黑暗势力面前，这面镜子也变得“晦暗”，甚至背弃了土地和人民，变得冷漠、虚伪，成为权力的帮凶，成为置人民生死于不顾的历史的同谋。这里的时间之镜虚伪、残酷、无情、冷漠，是受利益引诱、趋炎附势的小人，是政治、权力的帮凶，它们堂而皇之地操纵历史书写。通过审视人民生存之镜（“壁画”）和时间之镜这两面镜子，北岛对时间和历史产生怀疑，进而认清历史虚伪和冷酷的本质。警惕之余，北岛在之后的诗作里进行着更深入的审视和反思。

1976 年，北岛参加“四五”运动，愤怒于“四人帮”的强力打压和歪曲历史的行径，北岛于 1976 年 4 月作出坚定的《回答》，由《结局或开始》一诗开启的反抗者形象和承担意识，至此更加义正词严，让人热血沸腾。1976 年 7 月，北岛的妹妹赵珊珊在湖北游泳救人时不幸罹难，突如其来的打击令北岛悲痛欲绝。北岛收敛了对抗当局以死相逼的火力，从高亢激昂的反抗转向沉默不语的旁观。他在给妹妹的纪念册上写下诺言：“我将追随你那自由的灵魂，为了人的尊严，为了一个值得献身的目标，我要和你一样勇敢，决不回头……”[①] 由于妹妹的不幸，加之在以往反抗斗争中感受到的死亡威胁，北岛在这段沉寂期对“死亡”有了新的认识：生命的未来是死亡，死亡是存在的终极形式，而人拥有的只有今天。当下拥有的生命就是此生仅有的筹码，在生命到达死亡之前，这些珍贵的筹码应该为值得实践的理念而付出，而不是为了总要到达的死亡而过多的纠缠烦恼。既然时间终会收回它所给予的一切，死亡是个没有商量余地的定论，相形之下，生命存在的“过程”，反倒比结果更值得为之付出努力。参悟至此，北岛不再执著于丧妹之痛，他明白妹妹的生命因救人而获得新的存在价值。反观自身，尽管目前理想的实践如同探不着边际的黑暗，但是实践理想却是令生命摆脱死亡束缚、觅得全新意义的唯一途径。而机会总是青睐有准备的人，在历史的转折点，北岛抓住了可以实现对妹妹的诺言并使生命更有意义的机遇——在政治环境相对宽松的1978年底与芒克等人创办民间诗歌刊物《今天》。到1980年底被迫停刊止，在短短两年左右的时间里，北岛等“今天派”诗人围绕《今天》发表诗歌、举办星星画展、组织诗歌朗诵会和文学创作研讨会，以各种形式反抗政治高压，要求自由。北岛以诗歌干预政治的理想在此得到实践，而“一代人心中的英雄”形象最初也是由《今天》阵地树立的，并在1979年官方刊物《诗刊》转发后获得巨大影响。从破土而出到被迫关闭，北岛等人为《今天》奋斗的过程，实为践行理想的一个镜像。虽然与“诗歌意象”之名不甚相符，但是仔细审视这个巨大镜像，我们可从中看到北岛与历史关系的微妙变化：从单打独斗到群起而攻之，再到最后被官方接受。表面看是北岛等“今天派”诗人

① 北岛：《断章》，《七十年代》，北京：生活·读书·新知三联书店，2009年，第45页。

被官方收编，实际上是主流文化从抵抗到接受，是“今天派”及其反叛精神成功渗透到官方正统的过程。官方掌握话语权，话语权影响历史书写，故“今天派”诗人以诗歌干预政治、主动参与历史书写的理想在一定程度上得以实现。这是北岛在“《今天》时期”与历史的周旋，并在写作中不断反思历史。

北岛对历史的反思，除了对历史虚伪、漠视人民意志、为权力意志所控制的本质的思考外，还通过镜类意象揭示历史对人民的伤害，诗歌《触电》尤为典型[①]。与人握手是人际交往中常见的基本礼仪，而在诗人笔下，“我”与“无形的人”、“有形的人”甚至是自己握手，都要使他人或自己受伤，留下难以磨灭的“烙印”。“烙印”是烫在人身上的不易磨灭的火印，是某一瞬间的定格，是时间的印迹。这与镜子记录时间并将时间空间化、定格化的延伸意义有一定相似性。并且揣摩此诗的“烙印”，还有一种外显性，引人观察、审视，仿佛是他人认识“我”的一个切入点，这与镜子给人提供观察、审视的途径功能相似，所以可将“烙印”归入镜类意象的范畴进行论述。我们再回到诗歌，细细品读，不难理解，诗中“无形的人”喻指“历史”，“我”与“历史”握手，手被“烫伤”并留下难以磨灭又引人注目的“烙印”。此处喻指个体的人被“历史”所伤。“烙印”之深，不只停留在手上，也深深烙进灵魂，扭曲人性，以至于“我”也去烙烫他人，甚至自己。个体的人对他人和自己的伤害将在第二节展开分析，单看这第一个“烙印”：“我”怀着友善之心去靠近“历史”，而残忍的“历史”还我以“烙印”。这是“文革”那段疯狂的历史对人的伤害的真实写照。透过“烙印”折射出历史对人的无情伤害，可见北岛对“文革”历史的认

① 北岛：《触电》，《结局或开始》，武汉：长江文艺出版社，2011 年，第 85 页。

识之透彻，反思之深刻。

北岛对历史的反思从未停止，也许是过重的历史焦虑所致，也许是根植于灵魂的家国情怀所致，不管是《今天》时期、在国内还是漂泊海外，他一刻都没有停止过反思。诗集《结局或开始》第五辑（1993-1994）的诗歌《领域》把北岛对现实和历史的思索表现得入木三分①。“在墙上干杯”的影像开启了“今夜”的旅程，以友谊为基底的喝酒相聚，却是“妙语”连珠的虚与委蛇、互相寒暄。也许把目光转移到墙壁上，看那映在墙上的“客人”和那“与灯周旋”的话语，才是正确解读这个世界和此刻现实生活的准确视角。墙壁是镜子，照出演戏人的虚伪。多年过去，人与人之间的关系还是这样不真实，而这正是生活的本来面目，是真正的现实。北岛凝视“墙”这面镜子，不只明了虚与委蛇的人际关系，还参透现实和历史的真相。现实终将成为历史，而已经随历史消失的“狗”，在必要时还可以被“挖掘出来”继续替当权者为非作歹，它“把住”门口，和“主人”一起决定哪些人被写进历史，哪些人被驱逐，而无权进入历史者，只能侧目而视，投之以“凶狠”却无奈的“目光”。这无奈的“目光”折射出历史的虚伪，历史永远是权力意志的傀儡。这却是我们真真切切的“领域”，我们生存的真实环境。好在北岛还是对未来充满希望，给我们送来“春天”，即使是在“乡下木匠”“重新支撑的天空”下“眺望”，聊表慰藉。

二 自我审视

不管是 70 年代的高歌挺进，还是 80 年代的趋于和缓，北岛一

① 北岛：《领域》，《结局或开始》，武汉：长江文艺出版社，2011 年，第 182 页。

直在写作中进行审视、反思。反思是助北岛诗歌取得高度的良师，也是帮他获得深度的益友。与同时代诗人相比，北岛的深度表现在他不只反思历史，还时时进行自我审视、自我反省。他发现历史的问题，也发掘自身的不足，在否定中肯定自己，不断认识自我，完善自我。

在北岛的诗歌中，对自我反思力度之深、认识之透彻的首推《同谋》：

> 很多年过去了，云母
> 在泥沙里闪着光芒
> 又邪恶，又明亮
> 犹如腹蛇眼睛中的太阳①

随着时间流逝，当年的英雄也随历史大潮而去，在泥沙中沉淀下来，回忆往事，审视过去。“云母”正是当年的反叛英雄、现在的审视者“我”，虽被埋没，但是追求自由真诚、公平正义的理想信念和反叛精神不死。所以即使混于“泥沙”中，也难掩“犹如腹蛇眼睛中的太阳”的“光芒”。并且“蝮蛇眼睛”这面可怕的镜子里呈现的映像是“光明”且“邪恶”的——经历过“文革”的黑暗专制，亲历那罪恶的年代，“我”充满仇恨，变得冷酷。“蝮蛇”是有名的毒蛇，毒汁着人手手断，着人脚脚断。诗人用“蝮蛇眼睛”这个镜类意象，着意表现作为“文革”那段特殊历史的受害者，“我们”被时代扭曲、异化，“我们”也具备伤害他人的能力，揭示“文革”伤害人、扭曲人性的真相。同时，也暗含另一层

---

① 北岛：《同谋》，《结局或开始》，武汉：长江文艺出版社，2011 年，第 56 页。

反省："我"作为当时的启蒙英雄、反叛精神领袖，在"文革"这一历史阶段中处于什么位置、发挥了多大作用，我们的自由理想、人性复归的要求有没有实现。而从"蝮蛇眼睛"这一意象可以看出，自由理想的实现和人性的复归还有很长的路要走，"我"还需付出更艰深的努力。这是北岛对自我的叩问和反省。我们再回到诗歌：

> 手的丛林，一条条歧路出没
> 那只年轻的鹿在哪儿
> 或许只有基地改变这里的
> 荒凉，组成了市镇
> 自由不过是
> 猎人与猎物之间的距离
> 当我们回头望去
> 在父辈们肖像的广阔背景上
> 蝙蝠划出的圆弧，和黄昏
> 一起消失①

诗人通过"猎人"和"猎物"之间追逐猎杀的角逐，参透"自由"的真谛：自由就是在死亡到来之前认真地、全力以赴地生活，珍惜仅有的生命时间，努力完善"过程"而不要太注重"结果"。这与1976年妹妹珊珊去世时北岛参悟的生命存在的意义并无差别。但是当诗人回想当年为追逐"过程"的意义、为"自由"而战的反抗"革命"的奋斗经历，对比寂寥如昔、仿佛什么也没有

① 北岛：《同谋》，《结局或开始》，武汉：长江文艺出版社，2011年，第56页。

发生过的此刻世界——热血沸腾、立志“改革”的“起义”的过去和冷淡漠然、了无改观的现实境况让诗人恍然大悟：那些赖以言说的词汇和句式，将无可逃脱于历史文法之外，至于书写之喉舌，则由屹立不倒的父辈所扼，而“我们”那以生命为代价、风起云涌的“起义”根本不值得一提。“当我们回头望去”，在称之为“回忆”的这面波澜壮阔的镜面上，诗人北岛重新审视过往的奋斗，反思自我与父辈、与历史的关系。北岛的理性和深邃决定了他的审视不会仅止于此，反思仍在加深：

> 我们不是无辜的
> 早已和镜子中的历史成为
> 同谋，等待那一天
> 在火山岩浆里沉积下来
> 化作一股冷泉
> 重见黑暗①

恼怒于在父辈的阴影下奋斗的诗人更加悲哀地发现，“我们”与虚伪的历史、与强权的父辈早已结成同谋。凝神注视，“镜”中的历史是虚伪冷酷的，“记忆”中的父辈是专制暴力的，与此刻镜中呈现的“我们”何其相似：那些曾经用以表达自我意志的慷慨激昂之势，其实是借用了父辈发号施令的蛮横姿态；那自以为崇高而伟大的理想追求，在模仿的姿态下，则被消解为一个平板的政治口号；那冒生命危险主动承担起启蒙重担、为“一代人”发声的英雄形象，也不过是模仿“伟大领袖”的政治游戏。以正义、自由和人

① 北岛：《同谋》，《结局或开始》，武汉：长江文艺出版社，2011 年，第 56 页。

性为名的反抗，不过是模仿父辈，用以暴制暴的方式夺得历史书写的主导权。“我们”“在反抗父辈的历史暴力和进入历史进程的过程中，习得了暴力”[①]，最终变成了自己厌恶的“父辈”。见证历史的镜子，不只记录了历史与父辈强权的合谋，在它的烛照和镜外反思的“我”的逼视下，另一个邪恶的“我”也在镜中露出真面目——阴森权谋的成功模仿者、暴力强权的追随者。至此，北岛对自我的审视和反思攀至峰顶，曾经义正言辞的号召和振聋发聩的启蒙瞬间烟消云散，“一代人”心中的英雄形象土崩瓦解。诗人只愿沉积成“冷泉”，潜入地下，进行深刻的反省。回看北岛的奋斗历程，他一直高度警惕权威的影响，到头来还是不能摆脱步父辈后尘的宿命。

不仅《同谋》中的“镜子”使北岛认清自己同谋者的身份，北岛面对“履历”审视、反思的结果也是一个与历史合谋的自我。“履历”是一个人的工作经历。《履历》[②] 实为北岛的个人传记，也是一面反射北岛生平的镜子，供读者大众观察和诗人自己审视自查。虽然“履历”是诗题，却不失为本诗的重要意象，失去这一意象容易让人陷入迷局。北岛用戏谑的手法、玩世不恭的态度细数了自己“文革”前期的经历、写作的热情、反抗的高昂以及《今天》的创办等历程，待一一展示完毕，最后定格在镜中的是被倒挂在树上眺望世界的诗人形象。也许这正是北岛意欲寻找的角度，一个重新审视自己生平的角度。回顾当年的反叛“起义”、《今天》的创办及发行过程中与官方的种种周旋，若将后来普遍评价中的反叛精

---

① 张宏：《北岛，或关于一代人的成长小说》，《声音的诗学》，北京：中国人民大学出版社，2003 年，第 7 页。

② 北岛：《履历》，《结局或开始》，武汉：长江文艺出版社，2011 年，第 54 页。

神、英雄气概、革命气质等置换成权力渴望，那么这段慷慨激昂、离经叛道的过去不过是诗人与权力合谋的产物：

我不得不和历史作战
并用刀子与偶像们
结成亲眷，倒不是为了应付
那从蝇眼中分裂的世界
在争吵不休的书堆里
我们安然平分了
倒卖每一颗星星的小钱①

“我”是地下组织，“历史”是官方体制，二者的不同仅在于政治信仰方面。而二者同属一个民族，共享相同的群众偶像和民族英雄，两股势力的摩擦仅在于价值利益的判定取舍方面。是以，若在二者接受的合理范围内，完全可以“互利共赢”，“安然”地、和平地瓜分群众目光的期许和群众赋予的权力。抛却启蒙责任、捍卫人权的英雄外衣，“我”不过是依附于权力、玩弄权术的政治小丑。在此时北岛如炬目光的审视下，彼时的“自我”露出了醉心于权力、与历史同谋的真面目。

北岛对自我的反思力度之深，由以上《同谋》和《履历》二诗可见一斑。而至于反思层面之广，除了反思自我在“文革”历史所处的位置及与历史的关系外，“文革”对人性的异化也是他经常审视的一个层面。在第一节中论及到《触电》中的第一个“烙印”是“文革”特殊的历史对人的伤害的罪证，北岛审视“烙印”对

① 北岛：《履历》，《结局或开始》，武汉：长江文艺出版社，2011 年，第 54 页。

历史进行反思。历史与人、历史与自我的关系是缠绕在一起的，北岛的反思也往往同时涉及二者。《触电》余下诗节里的两个“烙印”正是北岛审视、反思二者的镜子。第二个“烙印”是“我”与“有形的人”握手时，烫印在“他们”手上的难以磨灭的痕迹，伴随“烙印”的那“一声惨叫”仿佛在诉说惊恐和难以置信，余音还夹带着愤恨和报复的意味。显而易见，“有形的人”喻指普通平凡的人民大众、无辜他者，也是在第一个“烙印”中被烫伤的“我”的形象。这个“烙印”所折射出来的是这样一个事实：在“文革”中被无形的历史伤害的“我”，在与历史斗争的过程中，潜移默化间被同化，习得伤人的本领，带有了“蝮蛇”的毒性，无意间伤害无辜善良的他人。具有讽刺意味的是被害者变成了害人者。在此，北岛不仅反思、讽刺了自我被罪恶同化，继承暴力的质变，还揭示了“文革”对人性的异化，导致人际关系的支离破碎。更具讽刺意味的是第三个“烙印”。“我”“不敢”也不想去伤害他人，所以“我”藏起双手。而当“我”“双手合十”虔诚地向上苍祈祷时，“内心”却被烫伤，留下“烙印”。“烙印”从手上转移到了“内心”深处，从生理上的伤害深化为精神上的摧毁。“我”的双手成了敌人，“我”站在了自己的对立面。这第三个“烙印”透射出人性扭曲之彻底，“我”被伤害，继而去伤害他人，甚至伤害自己。一个“我”如此，千千万万个“我”亦无法逃避“文革”的伤害。这讽刺、荒诞的剧情却是生命最真实的面目。审视第三个“烙印”，北岛对自我、对人、对历史的反省更加彻底，触及人最根本的生存困境。

“文革”对人的伤害，除了造成上文所述外显的“烙印”外，更为常见的是内在的隐痛——普遍存在于人与人之间的深深的隔阂。人与人之间无法互相理解包容，人与自我之间也难以和谐相处。在诗歌《陌生人》里北岛对此类现象进行了反思：“你”、“我”作为芸芸大众的普通一员，每天过着平凡的生活，也许有交集，也许做着同样的事情，但是我们互不相识，我们是“陌生人”。对《陌生人》[①] 可以做两种解读：一种是“你”、“我”是两个单独的个体。“我”寂寞地过日子，晕头转向迷失了自我，渴望在与他人的交流中辨认自己，却没有可以诉说的对象，最后在“模糊不清的镜子上”认不清自己。“你”在冰冷的水泥丛林遇挫，渴望热情的太阳融化冰封的内心，最终却只是在水坑的倒影里看到陌生的自己。历经风雨，镜中的“你”“我”是模糊陌生的，孤立的两个个体都难以认识自我，更不要说再去主动了解他人，正是这种故步自封的状态造成了人与人之间这种冰冷的陌生关系。另一种理解是“你”“我”实为一个人的两面，人的外在表面和内在心理，或者犹如镜子内外的两个“我”。现实生活种种不如意，遭遇挫折，寂寞绝望之际，对镜自照，总有恍惚陌生之感。“我”难以走进自己的内心，无法认识自我，更不能从身心和谐统一中获得丝毫的慰藉。“我”不仅拒绝与他人交流，而且对自己也无法敞开心扉。通过审视镜中“陌生人”，北岛表面上是揭露人与人之间麻木的关系、冰冷的隔阂状态，实质上是控诉“文革”对人际关系的破坏、对人性的摧毁。他意识到这是人际关系之间的信任危机所致，但是北岛总会在绝望之余再找到一线希望，他让“玻璃的鸽子”小心试探，他尝到甜蜜的“糖果”，看到含泪的微笑，他让自己主动跨出这一步，“门柄转动了一下”。也许我们很快会看到屹立在人与人之间的冰墙融化倒塌，在融融春水里，诗人能够看清自己的影子，重新认

① 北岛：《陌生人》，中国诗歌库，参见网址 http://www.shigeku.org/shiku/xs/beidao.htm。

识自我，开启自我反思的新旅程。

想象总是美好的，现实也总是一如既往地令人失望。在写作中反思，时常会遇到“陌生人”一样的自我，迷失自我、难以重新认识自我甚至是指责自我的状况时有发生，北岛在许多诗歌中借助镜子向我们展示了这些困惑。在北岛众多的“无题”诗中，《无题(对于世界)》[①] 表达的对自我的矛盾认识尤为深刻。“我”与“世界”互相不能理解，维系我们之间关系的是相互的“轻蔑”。在镜子中相逢的双方只有影像而没有声音，而且这个单薄虚幻的影像眼神必定是空洞无物的，失去语言和眼神的交流，相逢也只能是擦肩而过的陌生人。而“我”与“自己”的关系和“我”与“世界”之间并无二样。“我畏惧黑暗”却拒绝光明，选择与自己的影子相伴，与心为敌。“我”的内心在一片黑暗中纠缠，难以看清，即是迷失自我。“我”与“自己”亦是“相逢在镜中”的状态，镜中“我”和镜外“自己”，即使是面对面凝视，双方面对的都是最熟悉、最亲密的自己，也无法看透真实面目，知晓内心想法。在现实生活中，我们时常会遇到这种无法认识自我的时刻，有时是自我难以探寻，有时是我们弄丢了自我。“影子脱离了我们/被重新裁剪”[②]，我们都是任权力意志随意捏造的假人，不是影子抛弃我们，而是我们只剩下影子。空壳一具，更无从审视自我、认识自我。有时自我还会主动现身，“我从明镜饮水/看见心中的敌人”[③]。镜子

① 北岛:《无题(对于世界)》，中国诗歌库，参见网址 http://www.shigeku.org/shiku/xs/beidao.htm。

② 北岛:《别问我们的年龄》，中国诗歌库，参见网址 http://www.shigeku.org/shiku/xs/beidao.htm。

③ 北岛:《这一天》，《结局或开始》，武汉：长江文艺出版社，2011 年，第 171 页。

中的人正是心中的敌人，凝视镜子，审视镜中人，内心掀起了审判的风暴。有时寻找自我会陷入更深的“迷途”：

沿着鸽子的哨音
我寻找着你
高高的森林挡住了天空
小路上
一颗迷途的蒲公英
把我引向蓝灰色的湖泊
在微微摇晃的倒影中
我找到了你
那深不可测的眼睛①

由于过度的朦胧和含混，评论家对本诗各有不同的解读，也许可以允许这样一种解释：在“迷途的蒲公英”的引导下，“我找到了你”，“你”即是自我。“那深不可测的眼睛”正是“我”在湖面上倒影的眼睛。“深不可测”表明难以通过眼睛读懂内心的想法，探寻、审视自我遇到阻碍，更何况诗人还是通过一面“摇晃”的“灰蓝色”的镜面。意识到自我的迷失，诗人要以实际行动改变现状，重新认识自我：

河水涂改着天空的颜色
也涂改着我
我在流动

① 北岛：《迷途》，《结局或开始》，武汉：长江文艺出版社，2011年，第35页。

我的影子站在岸边
像一棵被雷电烧焦的树
我要到对岸去①

此刻有三个“我”：河水倒映的我、岸边我的影子和站在岸边的我。审视着被历史大潮即河水涂改的“我”和“被雷电烧焦”的“我”，站在岸边的“我”难以辨认真正的我，所以萌发了“要到对岸去”的想法，去寻找真正的“我”。这是北岛凝视千姿百态的镜子进行自我审视、自我反省并重新认识自我、寻找自我进程中不可或缺的步骤。

小结：理性之境

当理性遇上北岛的诗歌，反思自审就成为诗歌花园里的常客。

在“文革”中成长起来的北岛，对自我和历史的关注贯彻诗歌创作的始终。尤其在“文革”结束、反抗“起义”落潮后相对开放宽松的政治环境中，北岛审视自我、反思历史的力度更为深刻。北岛通过“壁画”和“时间之镜”审视历史，对时间和历史产生怀疑，进而意识到历史虚伪和冷酷的本质。反观自己在一系列反抗实践中与历史的周旋，北岛领悟了历史的黑暗属性，并通过“烙印”、“蝮蛇的眼睛”，透视历史对人民的伤害和对人性的扭曲。回顾与父辈做斗争的过去，在历史的镜子中审视自我，进一步发现自己只不过是阴森权谋的成功模仿者和暴力强权的追随者，进而在《履历》之镜展示的画面中无情地揭露醉心于权力、与历史同谋的

① 北岛：《界限》，《结局或开始》，武汉：长江文艺出版社，2011 年，第 38 页。

自我本质，最后在面临自我的指责和迷失中以实际行动寻找自我，重新认识自我。

在《同谋》中塑造的“同谋者”形象是北岛在许多访谈中一再提到的。他基本否定了自己朦胧诗时期的诗作，尤其是代表作《回答》。他认为那是一种“革命腔调”，是对自己所希望摆脱的官方话语的模仿，自己仍旧活在父辈的阴影下。从以上一系列反思诗作中可以看出，北岛通过审视镜子，揭露了作为反抗者“我”的以暴制暴的本质，这一反思是深刻的，尤其是对自我的审视，但是他对朦胧诗时期的作品的否定是欠妥的，正如吴晓东教授所评价的：“所谓的‘反省’不能构成对历史的否定，否则就是非历史的态度。个人可以悔其少作，但是不能以今天的判断和后设的标准抹杀既成的过往。”① 审视北岛一代人的成长背景不难发现，他们在革命、斗争的环境中耳濡目染，接受的教育又是宣扬伟大领袖青年时期通过起义、革命取得新中国的胜利的英雄事迹，因而潜意识里习得了“革命腔调”甚至继承暴力传统。在高度政治化的语境中反抗权力系统，就避免不了写政治内容，北岛自然而然站到了政治的对立面，用潜意识里习得“革命腔调”进行对抗。这在“文革”时代背景下是在所难免的。所以，反思自省固然好，但不能否认诗歌的历史价值，更不能抛弃其中的反叛意义。

“诗正在纠正生活/纠正诗的回声”②，北岛“一直在写作中寻

---

① 吴晓东：《北岛论》，《二十世纪的诗心》，北京：北京大学出版社，2010年，第3页。

② 北岛：《安魂曲——给珊珊》，《结局或开始》，武汉：长江文艺出版社，2011年，第216页。

找方向，在不断调音和定音”①。所以他把一切交给诗歌，在诗歌中对镜审视，反思历史，重识自我。在这个过程中，也许我们要对北岛严格要求甚至求全责备，以期他达到更高的理性之境，在审省中更加全面、客观地看待自我与历史，使其诗歌在不断审省中挖掘更大的深度。

（指导教师　梁笑梅　教授）

① 唐晓渡：《传统就像血缘的召唤——北岛访谈录》，《诗潮》2004 年第 3 期，第 70 页。

戈麦诗歌语言的试验①

周俊锋

戈麦对于语言的态度是谨慎严苛的，同时又是大胆而冒险的。戈麦是诗歌语言试验的先行者，戈麦诗歌执著于诗歌语言的试验。单从方法论意义上看，戈麦的诗歌语言试验目的在于：为诗歌语言的表达能力增加一种新的“可能”。首先应当明确的是，我们探讨戈麦诗歌语言试验，不满足于浅层面分析戈麦诗歌语言的特征，而侧重从语言技艺层面来了解“戈麦式”诗歌语言的形成方式和加工

① 改选自硕士学位论文《戈麦诗歌艺术研究》第一章。全文摘要：20 世纪 80-90 年代是汉语诗歌的时代。戈麦等人从词语意识和诗歌本位，从精神书写和个性自觉，从时代生活的各个方面全身心投入诗歌创作和精神探索。诗歌是可以被加工和生产的艺术品。戈麦诗歌的独特印迹，在其鲜明的试验探索和先锋精神，将诗歌语言、诗歌意象作为独立的元素参与组合排列，来突破诗歌传统表达方式的穿透力和敏感度，使得戈麦诗歌成为一种诗歌写作技艺和范式的代表。对戈麦诗歌语言的试验进行切入分析是文章的开篇任务。这一章着重讨论戈麦诗歌语言试验采用的方式方法，呈现并评述诗歌语言试验的效益，努力揭示戈麦诗歌语言试验背后的思维模式。文章第二部分专注于分析戈麦诗歌意象的集成方式，从切入角度、意象集群、思维方式三方面来揭示戈麦诗歌意象集群的显著特点。同时，有关诗歌结构的探索成为研究戈麦诗歌的第三个切入点，结尾这一部分从诗歌张力、悖谬方式、痛苦经验等角度呈现戈麦诗歌的总体性结构，在词语意象、篇章技法、精神意蕴三方面发生相互作用的机制来探究戈麦诗歌艺术的整体性特质。

过程。下文梳理相关诗歌语言学论述，着重对戈麦诗歌语言试验的方式和方法进行考察。

一　语言技艺：戈麦诗歌语言试验的方式方法

语言作为一种特殊的符号系统，索绪尔《普通语言学教程》从语言本质、语言机制等诸多方面为语言学分析确立了基本范式。索绪尔对语言机制的考察，提出了横向组合和关联聚合两种模式，从分析具体某个辞项中得出横向组合关系，从联想一个或几个辞项中得出关联聚合关系。语言符号既有任意性又有关联性，这种既依附又挣脱的双重关系可谓是一种“荒谬的原则”，戈麦诗歌语言一方面强调“分裂”与“破坏”，另一方面又强调“试验”与“建设”，恰是对上述这种辩证关系的有力诠释。

过渡至诗歌语言学，我们注意到：日常语言中的组合关系是较为确定的，语义要素的搭配较为符合一般性的语言原则；而文学语言中的组合关系，在符合一般性语言机制的情形之外，常常还有一定程度的扭曲和变形，甚至可以认为以诗歌语言为代表的文学语言的魅力就在于破坏一般性的语言原则。在遵循的同时予以破坏，在破坏的同时进行建构。李心释在文章中谈诗歌语言：“（文学语言）语义搭配上对日常语言的偏离是普遍特征，原因正是出于诗人、作家的联想关系或聚合系统之独特。诗人在玩味内心聚合系统的时候也在不断变换句段关系的表达，以形成组合对聚合最大限度的涵盖。”① 而实际上，诗歌语言试验较为集中地在这一技术层面陆续

① 李心释：《索绪尔语言学视野中的诗歌语言分析》，《南京理工大学学报》（社会科学版）2012 年第 10 期。

展开，戈麦诗歌创作的语言技艺在“破与立”这一层面得到丰富。

（一）破裂重组与语言节制

现代英语和汉语科学考察声带活动情况、发音部位、发音方式等等，针对性提出爆破音和破裂音[①]。这里所要借助的是声音的开张度和破裂度，类比破裂音的发声方式来强调戈麦诗歌语言试验的冲突性和动作性。通过诗歌语言的试验，使外部破裂的方式得以进行内部呈现，加剧一种语言的内部紧张与破裂程度。一方面戈麦的诗歌语言试验通过破裂重组，竭力破坏一般性的语言组合关系。但同时这样一种语言的破坏试验是循序渐进、有规律展开的，从思维框架上符合横向组合和关联聚合的语言机制和原则，外在的诗行诗节形式与内在的情感蕴藉均表现出一种有意为之的“理性的节制”，并非杂乱无章式的喷薄而发。通过一系列连续递进式的破裂发音，声音的开张度和破裂度得到释放。

语言的破裂度凸显差异性和节制性特点。上文引出语言的破裂重组和语言节制贯穿戈麦诗歌的全部，也凸显为戈麦诗歌语言试验的特色。戈麦《我要顶住世人的咒骂》[②] 全诗共五节，一开始便设疑：因何咒骂，咒骂什么。“制造另一个用意”，那么其“用意”何在？“我”之所以要反对“每一穗麦子，每一张绷紧的弓，每一块发光的土地”，所指向的“反对”是一种紧张的压力和断裂的危

① 有关爆破音的发音特点和语言规律的研究文章信传华：《爆破音的英汉音义联系探析》，《佳木斯大学社会科学学报》2010 年第 28 期，第 3 页；段苏平：《对英语语音中“不完全爆破”运用规则的再补充》，《安阳师范学院学报》2007 年第 3 期；梁庆合：《英语爆破辅音［t］［d］的发音特点对比研究》，《佳木斯大学社会科学学报》2003 年第 21 期，第 6 页；平悦铃：《汉语方言爆发音声学特征研究》，《语言科学》2006 年第 5 期，第 3 页。

② 戈麦：《戈麦诗全编》，上海：生活 · 读书 · 新知三联书店，1999 年，第 124 页。

险。这种紧张和断裂首先是破坏语言的连贯性，日常逻辑的延续性被破裂之后呈现为一种残缺和饥饿。“绷紧的弓、尖锐的顽石、发硬的雨滴、滴血的刀”，诗歌语言本身传达出一种低沉的基调、反常的追寻、悖逆的欲求，在人群面前孤身决绝，在不完整的碎裂性中彰显“我”桀骜的主体形象。再者，使虚实、有无、生死、明暗等矛盾性语言作尖锐对峙。对峙中诗歌语言的矛盾体得以直接出场和正面交锋，呈现一种直接对话。“第一扇灰蒙蒙的窗子和最后一道街衢”，前者表达未知的探索，后者表达无路可走的境遇；“不再理会活的东西”意蕴丰富，史册中的业绩、词语、折扇、诺许、恶果、字据等等在时空中延伸，影响在延续，静止的死物成为一种“活的东西”。“辉煌的星辰”与“发硬的雨滴”“我沉陷的路上必不可少的道具”同样强调生死、轻重、存亡、形神、有无、难易之间的对峙。同时，语言的开张度和破裂度在极致的碎片化中凸显出另一种“完整性”，“完整性”的价值恰恰在于语言试验中开放度和破裂度的完成。精神的焦虑和痛苦无时不在，总是被要求记载、担负、兑现、报应、偿还，需要顶住咒骂，不能摆脱生存。

（二）意义匮乏与意义剩余

一直以来文学理论强调文学的“意义”而相对忽视单线思维下遗漏的意义之外的“无意义”，这是有失片面的。雅各布森论述文学的隐喻，克莱夫·贝尔谈及“有意味的形式”，福柯强调文化的断裂和权力的支配，德里达否定文本的终极意义，如此诸种均在极端意义上肯定了意义之外的非理性意义，认识到文学的哲学性、审美蕴藉、不可言说性、超现实性的独特价值。特别是德里达之后，解构理性成为潮流，对固定意义的消解和重估成为现代和后现代文论的反拨方向。只有对理性意义、非理性意义的全面观照，才能深化认识开拓研究领域。杨春时在《文学意义和“意义剩余”》一文中强调："所谓意义，作为阐释的结果，是被理智把握的、能够言说的、有明确的内涵和外延的东西，一般指理性、意识形态、现实性等。而意义剩余作为阐释的遗漏，则是不被理智把握的、不能言说而又确实被体验、理解到的东西，一般指非理性、审美和超现实性等。"① 因此就诗歌意义而言，在诗歌逻辑之外，应当允许一种无意义的表达，或对固有诗歌意义的超越。一般意义上语言的横向组合和关联聚合的规律，是建立在一种日常、平易、顺畅、稳定的语言关系之上的，突变性和开张度不够，紧张感和断裂感被压抑、隐藏、扭转或内化。诗性语言逻辑，往往表现为一种对日常语言逻辑的破坏。诗歌语言的魅力，往往存在于一种"懂"与"不懂"之间，在"意义匮乏"和"意义剩余"之间，缺乏修辞与过分修辞，语义含混与跳跃表达等，诞生新的意义。

造成意义匮乏与意义剩余的原因无疑是复杂多样的，就戈麦诗歌语言试验来看，以往对诗歌语言的分析，着力强调其语言表达的"意义"，而客观上较为忽略诗歌语言自身的"无意义"表达。应当承认，在符合诗性逻辑的基础之上应当承认一部分无意义表达的必要性，语言内容的实指意义消退，换而积淀成为一种有意味的形式，内容意义开始向形式意义延伸转化。缺乏修辞，或者过分修辞，往往会造成诗歌语言特征的削弱和减退，"因为这样的做法会阻碍人们真正领会其语义的创新之处。个中原因是我们只能接受习惯表达法或者约定俗成的东西"②。但"戈麦式"诗歌语言的表达不是一种通常意义上的修辞平庸，戈麦语言鲜明直截，极力从正面

① 杨春时：《文学的意义与"意义剩余"》，《文史哲》2013 年第 3 期。

② 热拉尔·热奈特：《转喻：从修辞格到虚构》，吴康如译，桂林：漓江出版社，2013 年，第 14 页。

切入拓展诗歌表达能力和空间范围，通过一种适当的“无意义”表达，衍化并生成一种崭新的“意义”，这可以从数字、颜色、修辞三方面具体分析。

数字语言表达的重要意义，无需赘述，但也应当看到一部分数字表达的无意义。试分析戈麦诗作《送友人去教堂的路上》：“有三种生活你没有经过／有三只燕子你在房内捕捉／有三种信念你铭刻树上／有三条河流你的脚只伸出一只……”这一数字语言的表达，超越了数量关系和日常语言逻辑的表达，成为一种“无意义”。“三百种光线”、“三千颗石子”、“三万根利剑”、“三亿艘航船”等表达，众多的“三”所构成叠加的无限和广袤，在于从根本上凸显一种无法抵达的不可能境遇，种种可供选择的方向实际上早已经闭合、阻隔，“在出生的日子相继沉没”。客观上的数字语言表达没有指向日常生活的实质内容，但恰恰是通过此种无意义表达，使思考的方向逼向不可能的绝地，力求洞悉命运的真相，这使得此首诗歌语言获得更为丰满、更为丰富的意义。实际上，这种通过数字语言表达的拓展内涵，在戈麦的诗歌语言试验中占有较为明显的地位，非理性意义、审美超现实性得到增强。因此，表面上诗歌语言意义的匮乏，实际在另一个维度上获得崭新的生发和超越，诗歌意义的蕴含指向不可言说的非理性，成为一种“意义剩余”，诗歌意义的含混效果得到恰到好处的发挥。这在戈麦诗歌中还有许多直接的呈现，如“九十九座红色的天堂飞驰在夜的上空，九十九架红色的梯子垂悬在胸口之上”（《守望人间》），“一亿杆步枪拆光了子弹，一亿只鸵鸟啄空了记忆的谷仓”（《幻象》），“十二只乌鸦背对着燃烧的狂野，十二个雅典人的后裔怀抱水獾”（《悲剧的诞生》），“三个蜂状的人翻开一本空白辞典”（《镜子》），“我思念你，像一百条光棍”（《银币上的女王》），“我衰老的父亲，和一百多个空中垂吊的瓶子”（《故乡·河水》）……“九十九”、“三”、“十二”等数字语言，有生存向度的虚无和荒诞感，有时空交错的无限和神秘感，深层次指向广阔的生存价值和宇宙空间的“不可知”。

颜色语言表达，同样也是如此。有关戈麦诗歌语言试验的研究中，有学术观点认为戈麦对语言色彩的表达是一种探险①。除开一些“类颜色”诗歌语言的表达，例如黑色与“黑夜”、“黑暗”等类似黑色，从“黑色的披风，黑色的星，圆木沉实而雄壮”（《浮云》）以及“我站在黑夜的尽头”（《献给黄昏的星》）等语言表达可以归类：黑色的表达，比蓝色、白色、红色等颜色更容易展开丰富而复杂的诗性内核，承载诗人更为深邃的生存之思。这里对颜色表达的讨论，目的在于一种提示性的思考，即回归诗歌语言自身，重新还原一部分颜色语言表达的“无意义”。关于“蓝色”的表达如：“一只蓝色的影子在窗口像死一样绝望”（《沧海》），“走到一些冻土上蓝色的植物，像大海抛在岸边的星星”（《眺望南方》），“孩子把深蓝色的烟看作真实的海洋，他预想着海上可能出现的风暴”（《孩子身后的阴影》），“暗蓝色的旧军袍，几块发锈的夕阳”（《望见大海》），“你的面容得以用蓝色保持”（《秋天的呼唤》）等。关于“红色”的表达如：“一个少女闷燃得暗红的肉体”（《我坐在黑暗中，看到……》），“摆上一颗颗粉红色蹩脚的象牙”（《家》），“长着火红色长长的叶子”（《记忆》），“一颗火红的彗星，像一条长尾巴的狐狸”（《总统轶事》），“棕红的手垂躺在岸上”（《MALCOLM的启示》），“在树上，是猫头鹰桔红色的眼睛”（《哭》）等。分析可知，颜色语言的表达赋予诗歌复杂多样的内涵，也必须看到戈麦对颜色语言的偏爱和集中性表达，“我”的主

① 孙佃鑫：《戈麦诗歌色彩论》，《剑南文学（经典教苑）》2012年第5期。

体情感是强力介入引导型的，颜色服务于情感，由大海而蓝色而晦暗，由彗星而红色而闷燃，在诗意的锤炼过程中颜色语言本身没有得到凸出。戈麦倾向于突破一般常规性表达，部分诗歌语言试验收效不够理想，颜色与情感脱轨并行，因此可以理解为一种意义的匮乏。

相较数字和颜色而言，修辞语言表达的无意义及其蕴含的非理性和超现实性因素更加丰富而深刻。广义上讲，可以将数字和颜色的无意义表达也看做是一种具体的修辞手法，但这里谈及修辞表达的无意义，更加针对性地强调异于现实逻辑的诗歌语言表达，是狭义上的诗歌语言修辞术。在诗歌逻辑链条中，充分运用直喻、隐喻、借喻、引喻、类喻、博喻等，以及拟人或拟物，包括诗意语言的跳跃性表达和象征性符号等，使得诗歌逻辑的线索跌宕变化，相当程度下以比喻修辞为代表的诗歌语言衍申出较丰富的非理性意义和审美价值。在戈麦诗歌语言试验中，修辞往往被置于突出的位置，诗意具有不可言说的含混性。诗歌语言的无法解释并非不能解释，但是需要在一首诗的内部形成感情的线索和诗意的逻辑。例如，戈麦《誓言》一诗的开头，“好了。我现在接受全部的失败／全部的空酒瓶子和漏着小眼的鸡蛋”，《开始或结局》一诗中“一瞥有捌角的眼神”，《九月诗章》一诗中“落在教士背上的毒”，《大海》一诗中“飞跃万代的红铜”，《疯狂》一诗中“成群的云朵盘旋在磁带的上空”，《渡口》一诗中“在碱没有遮住的地方／只有睫毛的烟”，《罪》中“幼小而荒凉的秤上／空白的废纸没有罪”等等。以上诸例并非无法解释，但却留有诗歌语言逻辑的不合之处，实际造成一种意义的匮乏。“漏着小眼的鸡蛋”和“一瞥有捌角的眼神”似在于传达一种悲观凝重的情绪，而实际意义所指较为含混和模糊，甚至于不可言说或不能解释。关于“捌角”出现于戈麦另一首诗歌《儿童十四行》中表达一种虚无梦幻、漂泊无依的惶惑形态，“捌角。印记。死亡的杯子。”戈麦诸种修辞的表达，一方面背离日常逻辑的语言组合形态，同时从诗性逻辑出发生成一种崭新的意义，在于更深层次把握现实生活和情感意绪，戈麦个人独创性较为凸出。而这种独创性，恰在于戈麦式的较为成熟的语言组合链条，在不断加深的诗歌语言试验中，浅层的意义匮乏得到有效转移，因理性的压抑节制，而生成为另一种“有意味的形式”。

语言专业化走向极致，必然导致“语言空心化”，过于抽象和形式化的语词在语言加工过程中有意遗漏的部分，恰恰丢失了与现实接壤的泥土气息和新鲜味道。敬文东谈走向极端的“语言空心化”问题，“它在逻辑上或许无懈可击，对我们的日常生活来说，顶多只能算是智力体操”①。我们肯定其语言试验的成绩，关注戈麦诗歌语言组合策略的同时，也应当承认“无意义”本身所固有的缺陷，独创性和极端化的语言加工容易剑走偏锋，诗意的晦涩、僵硬、朦胧必然影响着整体的诗美。

（三）语义混淆与语义聚合

戈麦诗歌在追求诗歌语言试验的力度感的同时，硬度、力度凸显，生硬、晦涩的弊病同样有一定程度的显现。从诗性逻辑出发，对日常逻辑和正常秩序有所打破，重新试验一种语言要素的横向组合和关联聚合方式，在主动尝试中使旧的形式和意义破裂、混淆、糅合，生成新的诗歌语义和精神内涵。戈麦进行诗歌语言试验方式是有益的探索，虽有创新，亦有不足。考察戈麦诗歌语义混淆和语义聚合的特点，可以从形态上、时间上、组合上三方面具体看待。

形态层面上，体现为一种合理的界定和不合理的变形。通过含

---

① 敬文东：《灵魂在下边》，开封：河南大学出版社，2009 年，第 409 页。

混语言，打破固有的空间哲学，从线性思维到立体式、空间性思维，无论是从西方空间哲学还是从中国的空间经验汲取营养①，旧有的空间形态通过语言试验的扭曲、挤压、扩大、缩小等方式进行变形，获得更为奇异怪谲的表现力。这样一种变形方式，可以借助新批评派代表人物燕卜逊的含混观念来进行合理解释。燕卜荪在《含混七型》中对“含混”、“复义”、“朦胧”的重新界定凸显了诗歌语言蕴含多重意义的可能性，值得注意的是这七种类型分别指向的不同思维角度。一方面，这种冲突是语言试验中无意安排、预料之外的隔膜；另一方面，含混变形的冲突本身造成了意义的新变和繁殖，甚至其他维度的衍化。因此语义混淆和含混的收效甚微，受众无法产生共鸣。戈麦式诗歌语言试验，着力点在于：理性运用各种变形和陌生化的方式，突破日常语言逻辑的正常秩序表达，力求通过含混和变形的语言和思维，提升诗歌的精神穿透力和内在张力。而实际上，这一含混有着明显的冲突和弊端。戈麦诗歌语言试验呈现的含混类型中，语义混淆、语词矛盾等含混变形方法的使用占有不少比重，如《女人》中“一只手挽起的母鸡细长的脖颈”，《死亡诗章》中“两片肿大的肺，在洁白的被单上轻唱着”，《我要顶住世人的咒骂》中“每一座辉煌的星辰，都已成为昏暗的天气里发硬的雨滴”等，将奇崛的变形艺术发挥到极致，而《欢乐十四行》为代表的诗篇中“雪茄。马裤。海的牙……”等空间形态变化的追求过甚，过度变形必然产生过度晦涩。而这“晦涩”也成为戈麦诗歌语言试验的新意和不被理解的秘密。

时间层面上，追求一种混淆共时与历时的后果，使时间趋于无

① 有关空间哲学的论述可参阅：童强：《空间哲学》，北京：北京大学出版社，2011 年；巴什拉：《空间诗学》，上海：上海译文出版社，2013 年。

限接近的融合，突出语言的含混效果和丰富表现力。通常意义上，时间观念界限的打破可以造成思维的解放和自由融合。最大化联通过去和未来、现实与梦幻、局限与自由、开始与结局、出生与死亡之间的边界，从诗歌技艺层面看，戈麦式诗歌艺术和诗歌精神的疆域得到较大程度的拓展，这也是戈麦诗歌中运用大量"骨骼"、"石头"、"黑夜"、"流弹"、"白雪"、"黄昏"等辞项，与抑郁、沉静、孤独、暴力、血腥等颇具强力和质感的情绪结合在一起，在对自由和存在等生命主题的凝重思考中，生产一种扑面而来、无际无边的诗歌意蕴。

组合层面上，横向组合和关联聚合呈现为一种拆解后重新组合的方法，优化诗歌语言元素，优化组合以期效果的最大化，类似一种数学上的排列组合。西渡在2012年6月8日的首都师范大学戈麦诗歌研讨会上发言，"戈麦的写法与骆一禾、海子不同。他后期的写法，用臧棣的话来说是按照'工程图纸'来操作的——一首诗要用哪些词，哪些意象，他都预先有笔记，再进行组装，是一种非常冷静、理智的写法"①。较为直接地点明了戈麦诗歌语言试验的程式，组装组合的意识和方法被戈麦运用得比较成熟。戈麦作于1990年4月《献给黄昏的星》一诗复杂多变的优化组合，"黄昏"作为明暗交接的分界，而"黑暗"作为全诗一个在场的缺席者无疑增添了整诗的深刻内涵。

二　语言效益：戈麦诗歌语言试验的效果评述

戈麦诗歌的试验，其语言给读者一种沉郁、冷静、坚硬的质

---

① 吴思敬：《诗探索》第4辑，桂林：漓江出版社，2013年，第146页。

地，呈现一种悲观、厌世、凝重的情绪，诗歌的尖锐度和分裂感较强。洪子诚、刘登翰著《中国当代新诗史》援引《狄多》一诗作为戈麦诗的代表，指出“戈麦的许多作品，表达了他对这个世界，对人性，也对自己的深刻的失望，有浓重的厌世色彩”①。谭五昌在《诗意的放逐与重建》一书中对海子与戈麦进行比较：“海子诗歌中悲剧意识具有强烈的自我崇拜色彩，戈麦诗歌中的悲剧意识则充满谦恭、朴素的心灵意味，戈麦总是以一个普通人的身份来表达自身对于生存、命运及人性的悲观感受与深刻领悟的。”② 较为一致的关注点在于悲观、失望、厌世的诗歌面貌。而造成这样一种诗歌面貌的直接原因在于，戈麦创作中倾向性运用了较为冷、暗、硬、悲的语言，加深了智性沉思和悲剧意识。这一系列冷、暗、硬、悲的诗歌语言面貌，使诗歌充裕着孤寂之感和厌世情绪，如《献给黄昏的星》、《悲剧的诞生》、《空想人生》、《死亡诗章》、《关于死亡的札记》、《我要顶住世人的咒骂》。《大海》一诗语言中对晦暗色彩的强调，“那是我不明不暗的前生”，再如《秋天的呼唤》一诗中“流弹击中牙齿”，《誓言》一诗中“还有死鸟留下的衣裳”及《三劫连环》一诗中“他们逃不开我，就像我逃不开／内心的恐惧，世界逃不开我可怕的诅咒”等，呈现出冷峻阴暗的诗歌语言色调。诗歌语言的冷峻度、分裂感和穿透力，在戈麦早期直至逝世前的诗歌历程中表现程度逐步得到强化，甚至于部分诗作过于悲冷寂寥、凝重晦涩，使读者难以理解。

综合戈麦诗歌试验的情况，戈麦式语言带有先知式的神性和哲

① 洪子诚、刘登翰：《中国当代新诗史》，北京：北京大学出版社，2010 年，第 280 页。

② 谭五昌：《诗意的放逐与重建》，北京：昆仑出版社，2013 年，第 248 页。

性，理性节制情感，正如谭五昌所言“戈麦对于神性的追求充满了高度的生命自觉，且对于诗歌与人生的秘密具有先知般的洞察与预见能力”①。这种卓越的洞察和预见能力，首先表现在词语的想象力丰富而奇崛，其次是戈麦式诗歌语言的思维价值。词语的想象力和生造能力较为突出，导致一个直观的印象：理性雕饰的痕迹略为明显。臧棣在《犀利的汉语之光》一文中指出，“常常是一个词、一个句子、一种语式、一种节奏、一种韵律、一种语感，就能自足地构成一首诗的动机”②，肯定其创造力的同时也应看到，戈麦诗歌中生造新词的意识突出，较之语式、节奏、韵律等方面的变化更为丰富，创造出很多诡谲、奇异、生硬的陌生语，拓展了汉语诗歌的表现力和穿透力。例如《艺术》一诗中“拥有洁净的抽屉／拥有无数肥沃的靶场／静坐中看死亡从墙上飘过”，《一个人》中“可我把有甜味的碘酒染在衣袖上／远处传来有泪的海洋”，死亡和人生的平常题旨在陌生化表达中获得新奇效果，哲思开阔，诗意显得广袤而深邃，诗歌语言试验的效果较为成功。戈麦诗歌语言试验呈现的直观面貌中神性、哲性、理性因素较强，诗歌语言沉郁、冷静、坚硬的质地，呈现为一种悲观、厌世、失望的情绪。在诗歌语言试验的实际过程中，通过奇崛陌生的语言、阻滞创新的句法使得戈麦诗歌在广度、深度层面上升至一个新的艺术台阶，艺术加工的痕迹在戈麦这里显露得并不突兀，诗歌语言技艺臻于自然的化境。人工技艺和理性雕琢的痕迹在戈麦成熟期诗歌中得到隐遁和转移，戈麦诗歌语言的试验仍为 90 年代汉语诗歌开创了新的语言典范。

---

① 谭五昌：《诗意的放逐与重建》，北京：昆仑出版社，2013 年，第 248 页。

② 戈麦：《戈麦诗全编》，上海：生活·读书·新知三联书店，1999 年，第 441 页。

三 语言典范：戈麦诗歌语言试验的思维价值

戈麦语言试验的方法和面貌背后，隐藏的是戈麦式诗歌语言的思维方式，包涵戈麦特有的诗歌认识和逻辑思维。戈麦诗歌语言试验的出发点在于诗歌语言，也即词语本身；而语言试验的最终落脚点，在于拓展诗歌自身的表现能力。戈麦进行诗歌语言试验的探索方向，首先的切入点在于词语要素的排列组合，相较于诗歌精神内蕴的提升来说，对诗歌语言进行加工的实践操作性较强，为新诗创作提供了一条可供借鉴的路径，无疑为当时及90年代以来的汉语诗坛树立了典型和范式，使得知性和智性诗歌的写作风潮蔚然兴起，由词语性力量而上升到智性力量的高度，诗歌中对历史传统和文化反思的关注度加强。

戈麦式思维价值首先在于其鲜明而强烈的词语意识。在日常固有运用的诗歌辞项中，戈麦通过理性节制情感，分裂词语后重新组合，达到戈麦所言“在词与词的交汇、融合、分解、对抗的创造中，一定会显现出犀利夺目的语言之光照亮人的生存”的诗歌追求。谭五昌也认为戈麦身上自觉的“词语意识”较之其同时代的任何一位诗人都显得强烈一些，并进一步指出其根源在于“一方面由于戈麦严肃的艺术态度和艺术追求，另一方面也在于戈麦对汉语写作本身所存在的巨大潜能与优势（自然也包括汉语写作的局限与不足）具有清醒的认识和独到的发现”①。词语的想象力与创造力，在戈麦语言试验中尤为被重视，一个直观的例子在于戈麦的几首点顿式十四行诗，具有优异的词语联想生成意识。《爱情十四街》、

① 谭五昌：《诗意的放逐与重建》，北京：昆仑出版社，2013年，第251页。

《儿童十四行》、《下一代》、《十四行：存在》、《铁》等，成为戈麦式语言的典范。“把绳索捆在身上。把肉体晾在岸上。/ 航海者的一切。土著居民。”[①] 这首《十四行：存在》运用腾挪布景式的画面呈现单个的、独立的词语个体，在意识流和感情线的串联下，包罗万象的复杂意绪得到聚和凝练，诗歌内涵得到拓展和增强。如《岁末十四行》第二首诗中写道：“我那积存的行旅和破绽，都已长高 / 可连结着骨架结合处的勇气，还是那样矮”，“有许多言语别人早已讲过，长长的信 / 长久的孤独。我不是一个嗜好语言的人”。在生活的长度、高度、细密度、情感度上，用新颖创造性的联想思维进行有效整合，事实上，“我”恰恰是一个嗜好语言的人，用尽所有心力使语言和词语富于表现力和生命力。

戈麦式诗歌语言的思维价值还体现于忧患意识和责任担当。解构的目的更在于建构，恰如戈麦的诗歌姿态：拒绝、反对、分裂、决绝，戈麦的诗歌语言常常一针见血、寒气逼人，充满紧张感。某种意义上说，戈麦的“犀利”是一种卓越的“洞见”。臧棣对戈麦的分析较有代表性，“他对汉语本身的敏感和洞察超过了他对诗歌素材的敏感和洞察”[②]，而这种洞察是建立于戈麦对诗歌、对汉语的重新理解和深刻感悟基础之上的。戈麦的语言风格，严峻、密实、坚硬、生涩、暴烈、沉重、晦暗，乃至于愤怒、诅咒、决绝，甚至于把自我放置在一种极端分裂的危险边缘，渴望绝地求生。戈麦诗歌的汉语意识、词语意识浓烈，积极有意识地将诗歌语言的试验植根于字词、句法、结构等诗歌形式的执著创新上，甚至于走得偏执而激进。例如《叩门》、《送友人去教堂的路上》、《北风》、

① 戈麦：《戈麦诗全编》，上海：生活·读书·新知三联书店，1999 年，第 170 页。
② 同上，第 440 页。

《佛光》、《浮云》等诗，有意强化词语本身的力量和强度，甚至过度于理性为诗，类似用建筑工程和图纸设计的匠心运作，紧密铺就而成略带沉重、艰涩的诗意，则不足为取。

戈麦式诗歌语言表达的丰富性和独创性，从试验和开创角度，以及技艺的成熟度来看，在事实上影响了20世纪80年代末90年代初期汉语诗歌“智性”和“理性”的语言探索路径。评价戈麦语言试验的思维价值，首先需要明确评价标准的合理和科学性，是否指向汉语自身更具生命力和创造性的诗歌语言发展趋向。探索和革新总是有破有立，有利有弊，在矛盾冲突之中凸显戈麦式诗歌语言试验的价值。宏观来看，戈麦立足于词语自身和语言本位的诗歌试验，从一定高度力图达到汉语诗歌的“拯救”愿景，从戈麦时期至于当下诗歌均有着很大的启悟。诗歌和语言的自由度需要更大程度的解放。西渡在《拯救的诗歌与诗歌的拯救》一文中说：“诗歌的拯救，意味着去发现一种新的语言，重新确立诗人和语言的关系。现代汉语诗歌近七十年的操作使确立的关系模式，使诗人凌驾于语言之上。”① 戈麦式的语言，戈麦式的思维，是一种深刻的洞见和难能的胆识。

典范并不意味着没有缺憾，戈麦的诗歌语言试验，具有单一的思维向度，存在着自身无法克服的弊端。但至少代表了一种可行的探索方向，从汉语母体自身，从词语主体自身，寻找根源进行诗歌创作的理性操作，同时注重诗歌主题和诗歌情感的严肃性庄重性，用理性节制情感，冷峻深邃直抵人性深处和事物内核。戈麦的语言试验是成功的，至少戈麦语言试验的思维价值是得到认可的。“实验风格吞噬着向前滚动的每一行诗句的写作，同时，这种写作的挺

① 戈麦：《戈麦诗全编》，上海：生活·读书·新知三联书店，1999年，第458页。

进又展示着诗人对形式的迷恋。"[①] 诗歌的形式属于内容，内容也包涵形式，诗人和诗歌都在自主进行更新探索和淘汰选择，戈麦诗歌的生命力已经成为事实明证。戈麦的思维价值需要重新认识，戈麦诗歌的语言方式因为其操作性和技艺性的成熟，也因其文化担当和先锋意识，对当代汉语诗歌理性、智性因素的发展趋向有很大的促进作用。

（指导教师：张传敏　副教授）

① 戈麦：《戈麦诗全编》，上海：生活·读书·新知三联书店，1999 年，第 448 页。

音乐文学研究

主持人语（童龙超）：

毛翰先生不仅从事歌词理论研究，而且长期涉足歌词创作实践。优雅的文人气质和诗歌的语言功底使他的歌词创作具有较高的文学品位。吕进先生是中国现代诗学界的前辈，也是最早从诗学视野关注中国现代歌词研究的学者之一。他在现代诗学领域中建立音乐文学研究方向，带动一批中青年学者投身歌词研究，培养音乐文学专业的研究生，开辟音乐文学研究的发表园地……《毛翰歌词佳作点评》是作为诗评家的吕进对作为词作家的毛翰的创作点评，某种程度上体现了当前诗学界对于词界发展的一种关注或某种希望。该文采用“评点”这种中国诗文批评的传统方式，它与作品结合在一起，关注文本本身的优劣，通过其形式要素或文义内涵等具体方面的细读赏析，点明精彩之处，令人耳目一新。该文运用这种方式不仅有助于歌词作品的欣赏和评析，也于歌词创作的实践直接有益，可多体会。

本期另外两篇文章也是从文学视角对歌词的研究。张炜珏的《三毛歌词创作与台湾“现代民歌运动”》探讨三毛歌词创作和台湾“现代民歌运动”的独特关系，以材料实证见长。韦文韬的《刘三姐歌谣在当代广西文坛的跨界传播》探讨刘三姐歌谣如何在当代广西文学中利用、转化和传播的问题，视角比较新颖。均值得一读。

毛翰歌词佳作点评

吕　进

近些年来，毛翰以歌词评论闻名，其文章见于《词刊》的有近五十篇，还出版了《歌词创作的原理和方法》、《歌词创作学》等专著。同时专注歌词创作。我见过毛翰所作的不少歌词，忽然想到，如果将其佳作汇集起来，做一次分类品评，看看他自己的创作如何贯彻其理论诉求，或者说，看看其理论思考是如何影响其创作的，这应该是一个有趣的话题，对于歌词作者们，也应该有借鉴意义。为此，选出毛翰歌词36首，分为“情爱絮语”、“家国情怀”、“人生感悟”、“山水寄兴”、“文化沉吟”五题，试逐一评点。

一　情爱絮语篇

《我的恋人在远方》：

我的恋人在远方，在一个幽静的小村庄。有一年秋天枫叶红，她做了别人家的新娘。/从此我怕见天边的月，怕见流泪的红烛光。高山流水天然调，如今都僵在琴弦上。/也曾让鸽子捎过信，问起过那束夜来香。夜来香至今无消息，鸽子也不知流落何方。

点评：一个感伤的爱情故事娓娓道来，冷月、红烛以及高山流水，尚在读者的审美期待之中，鸽子和夜来香则在意料之外，那是一份意外的审美惊喜吧。

《凉州有词》：

我那一首凉州词，填不进你的采莲曲。采莲曲呀是天籁，不采秋波它采秋雨。/我那一坛渭城酒，斟不进你的夜光杯。夜光杯呀夜无眠，不斟浊酒它只斟泪。/天边谁家月，月下谁家妹？谁与我同歌，谁与我同醉？

点评：凉州词、渭城酒、采莲曲、夜光杯，古典意象的重组，成就了一番关于人生失落的浩叹。结束四句更见天工。

《陪你走过这个季节》：

陪你走过这个季节，便是永无重逢的分别。真不知该送点什么给你，为了纪念也为了忘却。/我不愿让你带走，那泪水凝成的相思豆。也不想为你系上，那愁绪打成的丁香结。/就送你一缕清风吧，不曾开放的花朵也不会凋谢。就送你一剪白云吧，不曾点燃的烛光也不会熄灭。/小路弯弯已隐入丛林，这是个不可重复的秋夜。远处有一首无字的歌，天空有一钩无眠的月。

点评：古诗云：江南无所有，聊赠一枝春。将此诗意舒展开来，将相赠的目的，相赠的避讳，相赠的理由，相赠的余绪一一写出，就有了这份今人的缠绵。

《相约在五月》：

五月的天呀天蓝蓝，我们相约去爬山。山上有一座神仙庙，我们到那庙里去看神仙。/五月的水呀水蓝蓝，我们相约去划船。江心有一座月光岛，我们到那岛上去会婵娟。/五月的丁香为谁瘦？五月的山水为谁秀？五月你为什么不守约？辜负了一枝相思豆。/五月已来了你没来，五月的日记一片空白。五月已来了你没来，五月你还不清相思债。

点评：歌词的至境是天籁，是民谣。“我们到那庙里去看神仙”、“我们到那岛上去会婵娟”，如果不是境到句到的脱口而出，那一定经历了百炼之功。

《夜来香花开》：

夜来香又是这般轻柔，穿越了春来穿越了秋。我的思绪被它撩乱呀，想写封信给久别的朋友。/朋友呀今夜你在何方，可也有暗香在你窗口？你说过只要夜来香花开，就是相思病流行的时候。/夜来香又是这般轻柔，有人却一去不再回头。一封没有地址的信呀，写不尽我夜来相思依旧。

点评：关于爱情，人们说都是月亮惹的祸，此词则在告诉我们，都是夜来香惹的祸。穿透夜空，穿越时空，撩动夜来相思，引发相思病，夜来香为祸证据确凿。而嫁祸夜来香，正是一个不错的构思。

《预约情缘》：

预约一段情，预约一段缘，预约一段情缘在春天。春天的风轻柔，春天的雨缠绵，风里雨里谁撑一把伞？/预约一段情，预约一段缘，预约一段情缘在秋天。秋天的月儿白，秋天的云儿淡，云里月里是谁的一双眼？/轻敲几个键，敲动了谁的心弦？一串铃儿响，是谁把我呼唤？/人生有几分真，人生有几分幻？有一种境界，在真与幻之间。

点评：情缘非天定，预约可人为！得此诗题需要灵感，完成这一诗题需要的则是举重若轻的功力。

《失联的爱》：

有一个人就在茫茫人海里，我一直苦苦地把她寻觅。她是我前世的爱人，来世的伴，今生今世却失去了联系。/有一个人就在茫茫人世间，我一直苦苦地把她呼唤。她是我前世的爱人，来世的伴，今生今世却一直失联。/她一定也在呼唤我的名字，从南到北，从东到西。她一定也在寻找我们的家，从春到秋，从冬到夏。

点评：情歌泛滥，更需要独出心裁。把爱延伸到前生后世、永生永世，相信今生今世的爱情缺失只是我和另一个彼此深爱的人的暂时“失联”，这就是独出心裁吧。而将近年的空难报道才出现的“失联”一词用于情歌，可能让人耳目一新。

《星星为什么不像苹果》：

我曾经梦见一个女孩，我和她一起去过郊外。枕着唐诗我们一起看天呀，一直看到星星相亲相爱。/我曾经梦见一个女孩，我和她相约去看大海。枕着宋词我们一起唱歌呀，望着星空她却独自发呆。/我知道她想要天上的星，我没有天梯我不能给她摘。我想编个童话编一个家呀，我怕她有一天会轻轻离开。/我知道她想要天上的星，我没有天梯我不能给她摘。星星为什么不像苹果呀，苹果熟了自己就会掉下来。

点评：“星星为什么不像苹果”，有了这匪夷所思的一问，前面所有的动人的吟唱，包括枕着唐诗看天、枕着宋词唱歌，都成为铺垫了。

二　家国情怀篇

《千秋中国梦》：

内忧外患都曾经过，泰山与长城依旧巍峨。振兴中华百年一梦，英雄的大业后有来者。/痛苦屈辱都曾经过，黄河与长江依旧执着。振兴中华千年一梦，神州不改汉唐气魄。/龙飞凤舞是永远的图腾，光荣与梦想召唤你我。光荣与梦想召唤，召唤着你，召唤着我。/让历史预言，让未来承诺，盛世的辉煌属于中国。让明月吟颂，让太阳高歌，万里江山千秋中国。

点评："艰难困苦，玉汝于成"，人如此，国亦然，歌词于是洋溢乐观向上的精神。

《大中华》：

大中华，大中华，那是我们的家。长江黄河万里长，还有一道大海峡。大中华，大中华，再大也不分家。长城内外是故乡，海峡两岸是我家。/大中华，大中华，那是我们的家。夏商周秦青史在，还有美丽的神话。大中华，大中华，再大也不分家。方块汉字是故乡，浪漫的唐诗是我家。/同一群中国人，同样的黑头发。同一个中国梦，泱泱大中华。

点评："还有一道大海峡"，"海峡两岸是我家"，这是全新的家国表述。"方块汉字是故乡，浪漫的唐诗是我家"用以概括文化中国的内涵，也显得别致而自然。

《钓鱼岛》：

仙山约，水云邀，泛兰舟，望海潮。/以虹为丝，以月为钩，有一位仙人在这里垂钓。御风为歌，鼓浪为谣，有一座仙山神州怀抱。五百年前我的祖先，就高卧这天赐的钓鱼岛，钓千古江山永遇乐，钓万里海天渔家傲。/以虹为丝，以月为钩，有一位仙人在这里垂钓。青史为凭，苍天作证，这是我中华美丽的一角。五百年前我的祖先，就来到这仙山采仙药，采一味仙丹海芙蓉，采一篮神农的灵芝草。/日出东海兮朝朝潮，天佑中华兮乐逍遥，海盗船来兮触我礁。

点评：诗仙李白自号“海上钓鳌客”，自称“以虹霓为丝，明月为钩”，由此切入，诗意扑面而来。泛兰舟、望海潮、永遇乐、渔家傲，皆为词牌名。

《海上丝绸之路》：

我家的桑来我家的田，桑田呀桑田好家园。采桑的女儿走过来呀，走进了汉唐美丽的诗篇。/我家的桑来我家的田，桑田养育了好多的蚕。蚕儿它吐丝又作茧呀，织出那丝绸天下惊艳。/我家的桑田连着沧海，碧波万顷到天外。海上一条丝绸之路呀，让东方的时尚流行全世界。/我家的桑田连着沧海，云帆万里踏歌来。海上一条丝绸之路呀，让中国拥抱那多彩的世界。

点评：中国的丝绸，产自桑田，飘过沧海，成语“沧海桑田”如此这般的化用，真有点不同凡响。

《归字谣》：

寄你一枝二月兰，二月兰乡是家园。山中的杜鹃水边的燕，相问游子何时还？/寄你一枝湘妃竹，湘妃夜夜歌如哭。五月的龙舟六月的浪，湘妃望断天涯路。/寄你一枝重阳菊，重阳最是伤心日。老父的白发老母的泪，不孝的儿女长别离。/寄你一枝陇头梅，梅花三弄雪花飞。又是一年风光老，天涯游子你归不归？

点评：梅兰竹菊，冬春夏秋，“花中四君子”与一年四季的配置，竟如天造地设。

《梅在他乡》：

中华一剪梅，流落到他乡。水土几时服，家国几曾忘？一支紫箫曲，三更明月光。关山万千重，梦里归汉唐。/中华一剪梅，流落到他乡。天纵风与雅，何须惆而怅？雪落天下白，心裁旧时装。西风不相识，问是谁家香。

点评：原产中国的梅，据说很难移植海外。古人的咏梅诗极多，但以“梅在他乡”写其故国情怀，还不曾有过。真理往前再跨一步，据说就是谬误，诗思往前再跨出一步，则可能是全新的境界。

三 人生感悟篇

《空山鸟语》：

清晨在空山听鸟语，仿佛听到了神谕。神说大地要有诗情，大地便有了一派新绿。/黄昏在空山听鸟语，仿佛听到了神曲。神说天空要有安宁，天空便呈现一盘棋局。/人间有太多的浮躁，人心有太多的空虚。误读了人生多少年，今日在空山听鸟语。

点评："神说，要有光，就有了光。"以这出自《圣经》的句式，表达一种颖悟，不失灵动。

《传说中的大学》：

传说中的大学，是我的理想，理想的王国。大学里有大楼，大楼里有大师，大师他很渊博。知识的海洋，我一叶扁舟，任自由的风吹过。还有明媚的月光，拨动着吉它，唱一支浪漫的歌。/传说中的大学，是我的童话，童话的王国。大学里有思想，思想它很年轻，我就是思想者。与历史对话，与今天辩论，到未来去跋涉。还有火红的玫瑰，簇拥着爱情，起舞在周末。/传说中的大学，她在哪里，她难道只是传说？我一直在找她，我找得很苦，她是否也在找我？

点评：此词颇见思想力度。副歌几行，看似脱口而出，却可能经历过"众里寻他千百度"的苦思。

《月光如歌》：

一叶扁舟在轻轻荡漾，今晚迷失了方向。月光如水洗去了征尘，月光如梦还在我的行囊。/一叶扁舟在轻轻荡漾，在这无眠的晚上。天地弥漫无边的诗意，古今唯余那一片秋香。/我不知道啊今夕何夕，青春已去了何方？月光如酒谁与我一起醉，月光如歌谁与我一起唱。/今晚的真情啊无须掩藏，世界如此地坦荡。月光是溅落一地的音符，月光是随风飘散的惆怅。

点评：毛翰另有一首《月到中秋》："月到中秋，人到中年。倚月而醉，抱月而眠……"两处诗境相互印证，通透宽广，明澈旷达，却不免凄清悲凉，月光如许，如之奈何？"中秋月自高，中年人已远，再随明月走一程，各自逍遥到天边"吧。

《美丽圆舞曲》：

人海茫茫，难得一次邂逅；人生碌碌，难得这从容的节奏。踏着七彩的星光，走下舞池，旋起你的风采，就是今晚的皇后。/让烦恼去烦恼，让忧愁去忧愁，今晚我们起舞，让快乐乐个够！与美丽同步，与浪漫牵手，今晚我们在格律中，寻找自由！

点评：第一段还较为舒缓从容，第二段一句赶一句，妙语连珠，须以狂放的旋律配合之。

《青春怨》：

青春是一首歌，青春是一支舞，青春的神采飞扬，谁为她欢呼？青春是酒一杯，青春是花一束，青春的情窦初开，谁为她祝福？/灯红酒绿但见，青春在人前笑，凄风冷雨谁知，青春在梦中哭。青春不想感伤，青春不说孤独，唯有一份真情，不知对谁倾诉。/告诉你吧世界，我其实很无助，告诉你吧世界，我其实很无辜。在呀在水一方，谁把我守候？曲呀曲终人散，何处是归宿？

点评：古人有闺怨、宫怨，不曾有青春怨，查《全唐诗》《全宋词》，只见温庭筠一句“青春奈怨何”。然而，今人的青春怨歌须借助古人的“在水一方”、“曲终人散”之类的语象才更为蕴藉。

《年轻的感觉真好》：

无名的野花，无名的野草，这一路上我们蹦蹦跳跳。阳光以及雨露都很灿烂，年轻的感觉呀真的很好。/谁认识花儿，谁认识小鸟，这一路是谁在吵吵闹闹。青春不屑去追逐时尚，自有时尚追逐我青春年少。/未来可以梦想，可以创造，张开双臂我们与未来拥抱。青春不会忧伤，不会烦恼，偶尔流泪也会破涕一笑。/别说没车没房，没有钞票，月光一族我们快乐逍遥。别说我们现在还两手空空，丑小鸭的明天你等着瞧。

点评：此篇全无古典语象，就连“月光”也与李白一族无关。彻底从传统文化里逃亡出来，是毛翰歌词创作的一次有意的尝试吧，那“年轻的感觉真好”吗？

《可爱的女孩不可以爱》：

青山青，白云白，那是谁踏青到郊外？青山青，白云白，那是谁的歌声飘过来？/美女美，帅哥帅，那是谁把春天揽入怀？美女美，帅哥帅，那是谁把天上的星星摘？/可爱的女孩不可以爱，你不可以爱你爱的女孩。可爱的女孩不可以爱，你心爱的女孩情窦未开。

点评：一直待到“青山青，白云白”、“美女美，帅哥帅”的铺陈到位，“可爱的女孩不可以爱，你不可以爱你爱的女孩”的点题之句才按部就班。其实，这绕口令式的句子，在作者心里怕是已经纠结了很久。而“情窦未开”云云，只是一种自我解嘲。

四　山水寄兴篇

《衡山雁字谣》：

> 大雁大雁向南飞，飞到衡山心儿醉。七十二峰高，洞天福地美。人生何必太匆匆，且驻衡山听泉水。/大雁大雁向南飞，飞到衡山眼儿媚。人文始祖在，三教流芳菲。衡山读罢更无山，君看春来雁字归。/云之外，天之南，人间仙境数衡山。祝融秀，神仙寿，劝君莫忘衡山游。

点评：江山也要文人捧，南岳有缘又得歌。回雁峰是其中的关键意象，诗思于是展开。作为衡山七十二峰之一，其峰势如雁回转，相传北雁南飞至此而止，遇春而回。

《滕王阁》：

> 南昌有个滕王阁，阁高千尺也寂寞。多亏来了个少年郎，少年的名字叫王勃，王勃挥笔写文章，文章倾倒天下客，天下客人慕名来，来看秋水共长天一色。/南昌有个滕王阁，滕王阁上美文多。美文就像那西天的霞，谁是最美的那一朵？南昌有个滕王阁，滕王阁上好诗多。诗人就像那满天的星，谁是最亮的那一颗？/【诵】滕王高阁临江渚，佩玉鸣鸾罢歌舞。画栋朝飞南浦云，珠帘暮卷西山雨。

点评：此篇应为少儿歌曲。第一段，一个顶真贯穿下来，一气呵成。（顶真中断了一下，留点破绽，并不刻意补之。）以今日才情，咏古代才子，犹嫌不足，最后，直接朗诵王勃《滕王阁诗》，向先贤致敬。

《鼓浪屿之歌》：

鼓浪屿白鹭飞翔，浪漫写在天上。鼓浪屿鼓动青春来，青春啊一路歌唱。日光岩上眺望，长虹飞跨海浪。天有情，海有爱，我们拥有你美丽的厦门港。/母亲城碧波荡漾，海岸几度沧桑。母亲城广厦千万间，凤凰花门前开放。皓月园中徜徉，两岸华灯初上。天有情，海有爱，我们拥有你美丽的厦门港。/鼓浪屿琴声悠扬，日夜在海天回荡。有多少人间失落的梦，都在这里珍藏。珍藏点点星光，珍藏鸟语花香。天有情，海有爱，我们拥有你美丽的厦门港。

点评：横看是天地人（天有情，海有爱，我们拥有你），纵看是日月星（日光岩、皓月园、点点星光），诗思华丽而缜密。

《美在泉州湾》：

海边有一座山，山中有一道泉，自从盘古开天地，流淌了多少年。有泉山也绿，有泉海也蓝，山海环抱一座城，美在我泉州湾。/海边有一座山，山中有一道泉，自从海上生明月，流淌了多少年。有泉就有人烟，有泉就有神仙，人间仙境一座城，美在我泉州湾。/海边有一座山，山中有一道泉，自从海上有丝绸路，又过了多少年。文化是人造就，山水本天然，天人合一一座城，美在我泉州湾。

点评：泉州近年荣膺“东亚文化之都”的殊荣，又被联合国教科文组织认定为“海上丝绸之路”起点城市。这首天籁般的歌谣，亦足为泉州增色。

《武隆行》：

我从红尘中，来到红尘外。来到仙女山，仙女在不在？白云谁家客，白马何所待？还有一支歌，穿过春天来。/我从红尘中，来到红尘外。武隆天外天，到处是天籁。天坑是谁凿，地缝是谁开？还有一片情，与天地同在。/我从红尘外，回到红尘中。我把我的魂，丢失在武隆。万古天生桥，千秋芙蓉洞。悠悠明月光，我永远的梦。

点评：武隆是重庆郊县著名景区，迥然出尘。“我从红尘中，来到红尘外”，有此颖悟，词已成就了一半。

《泰国你好》：

泰国你好，泰国你好！久慕你的美名我来了。来游湄南河，来拜千佛庙，来看看曼谷这天使的城堡。/泰国你好，泰国你好！向往你的风情我来了。浪漫芭堤雅，情迷普吉岛，还有那清迈她靠着金三角。/一样的世界不一样的风骚，泰国的名片何止是欢乐妖娆！一样的世界不一样的拥抱，如果没有泰国，这世界多么单调！/泰国你好，泰国你好！骑上你的大象我乐逍遥。椰风轻轻吹，金佛微微笑，笑散了人间那千年的烦恼。

点评：主歌三段，第一段的兴奋点在风光，第二段的兴奋点在风情，第三段进而赞美其心灵世界。泰国人称曼谷为天使之城，故有“城堡”之说。泰国盛产人妖，故有“妖娆”之气。

《地球家园》：

草原已经变成沙漠，森林还在夷为荒坡。丹顶鹤今晚无家可归，梅花鹿早已流离失所。啊，人类呀，地球是我们共同的家园，请珍惜每一片生命的绿色。茫茫的宇宙无边无际，地球是生命唯一的天国。/蓝天已经变得灰暗，大海已经变得污浊。美人鱼不知流落何方，白天鹅正在唱着悲歌。啊，人类呀，你是这个世界的灵长，保护家园是你的职责。千年的家园毁于一旦，明天谁来收留你我？

点评：因为欲壑难填，人类正在自毁家园，并连累其他所有的生物。丹顶鹤、梅花鹿、美人鱼、白天鹅是最有灵性的动物，以它们对人类的提醒、谴责，代替人类的自省自责，也算是构思的一个别致之处。

五　文化沉吟篇

《关关雎鸠》：

关关雎鸠，在河之洲。窈窕淑女，君子好逑。/不要问河边是谁家阿妹，不要问河水往哪里流。女儿天生爱戏水，女儿女儿她像水一样清柔。/河水溅湿了谁的美梦，谁的梦里女儿含笑回眸？水草青青，水鸟儿唱，谁在拨弄着琴弦把她挑逗?/风儿吹过那古老神州，谁在挥霍着爱情和自由?水草青青，水鸟儿唱，一支情歌经典了千秋!

点评：上古的风情，今人的梦。朱熹说：郑卫之乐皆为淫声。其实《诗经》卷首之《关雎》就是“淫声”。中国人的情感禁锢是宋代程朱理学兴起之后的事。今人听那“水草青青，水鸟儿唱”，想象“风儿吹过那古老神州，谁在挥霍着爱情和自由”，不禁心驰神往。

《伊人》:

伊人伊人在水一方，从春到夏蒹葭苍苍。小路总是曲折漫长，伊人总是梦里新娘。啊，伊人，月儿已被流水漂白，你的美丽让我忧伤。/伊人伊人在水一方，从秋到冬白露为霜。箫声总是如泣如诉，伊人总是国色天香。啊，伊人，雁字已经飘零南天，你的寂寞让我惆怅。

点评：琼瑶《在水一方》“绿草苍苍，白雾茫茫，有位佳人，在水一方”是对《诗经·蒹葭》“蒹葭苍苍，白露为霜。所谓伊人，在水一方”的逐句直译。毛翰《伊人》则是随意演绎。“你的美丽让我忧伤”、“你的寂寞让我惆怅”尤为得意之笔。

《有女同车》:

那辆车呀它来自何方?我也不知道它去的方向。我们偶然相遇在车上，车载着一段美妙时光。/你问我芙蓉花儿时开放?我说芙蓉她开在盛唐。你问我今晚有没有月亮?我说月亮还住在西江。/你问我芙蓉花什么模样?我说芙蓉她醉在潇湘。你问我今晚有没有月亮？我说这城市已把它遗忘。/车到站了你背起了行囊，道一声再见你眼含忧伤。我知道再见就是无缘再见，人生的邂逅就是这样。

点评：《诗经》有云："有女同车，颜如舜华。将翱将翔，佩玉琼琚。彼美孟姜，洵美且都。"写一男子与貌美如花、身轻如燕、佩戴美玉的姜姓女子同车出行的激动。此词用同一标题，写"有女同车"的现代体验。以哲学和文化意味论，现代人的体验当然要深切而优雅得多。

《庄周梦蝶》：

庄周我梦见了一只蝴蝶，庄周就是那梦中的蝶。世俗的烦恼解脱后，生命真是一份好感觉。蝶儿翩舞在梦境中，已记不起庄周为何方的客。/可惜美梦不长久，尘网依旧千千结。我不知道我是谁了，谁正躺在这个黑夜。究竟是蝴蝶梦庄周，还是庄周梦蝴蝶？/庄周与蝴蝶应有缘，蝴蝶与庄周也有别。大道化育了天和地，万物都在其中相约。这亦真亦幻的存在里，你分不清你流落在哪个世界。

点评：毛翰的"诗经变奏"都在借题发挥，这首《庄周梦蝶》则只是对庄子原作的今译。其译本还有一个五言体的："庄周曾有梦，梦中化为蝶。蝶出红尘外，烦恼都抛却。美梦不长久，尘网千千结。百年蝶梦周，一夕周梦蝶。天地有大道，物化为世界。同在梦中游，蝶与周有别。"

《萧郎弄玉》：

> 你可知萧郎风华绝代?你可知萧郎红尘外?萧郎吹箫天下无双呀,箫歌一支凤凰来。/秦国公主叫弄玉,千人仰慕万人爱。弄玉听箫丢了魂呀,不是萧郎她不睬。/玉箫相伴做神仙,太华山上年复年。一朝乘龙跨凤去呀,箫声飞到天外天。/萧郎玉女今何在?人间空余凤凰台。凤凰台上听吹箫呀,听箫的人儿头已白。

点评:萧郎与弄玉的故事见于《列仙传·萧史》。把一个美丽的传说,改作一支动人的歌,词家的工作已经完成,剩下的,就看作曲家了。

《孔雀东南飞》:

> 孔雀东南飞,五里一徘徊。那是谁的歌声,轻轻飘过来。孔雀东南飞,五里一徘徊。那是谁在起舞,蓝天做舞台。/十三能织素,十四学裁衣,十五弹箜篌,琴声如天籁。红尘深万丈,容不下一个爱,爱情的小巢,美梦已不在。/孔雀东南飞,五里一徘徊。人间的歌与舞,句句是无奈。孔雀东南飞,五里一徘徊。惟愿时空得变幻,让美丽重新展开。

点评:在汉乐府原作中,“孔雀东南飞”只是作为一个起兴,出现于首句。到这首歌词里,“孔雀东南飞”已经变成一个中心意象,贯穿全篇,反复出现,仿佛梁祝化蝶,殉情的儿女已经化作一对孔雀,在展翅飞翔,且歌且舞,词因此而飘逸,歌因此而唯美。

《国宝》:

夏商周秦汉，文明一脉传。华夏先民创世纪，神州做家园。彩陶舀黄河，碧玉出天山。天下为公大道行，金石铭风范。/魏晋南北朝，国事多纷扰。入世出世费斟酌，三家儒释道。古寺山中藏，仙乐云外飘。一篇神品兰亭序，天人共倾倒。/唐宋元明清，长安到北京。泱泱中华山河在，文化集大成。月落莫高窟，风吹紫禁城。阅尽春秋千百度，国宝皆有灵。

点评：此题所咏，是作为中华文明载体的中国文物，所谓国宝。漫长的中华文明，被分为三个段落，国宝与时见，诗韵随机转，一派自然天成。

《世上最美是梅花》：

世上最美是梅花，天生的风骨天生的侠。自信梅在春就在，高歌一曲平天下。/世上最美是梅花，天生的风姿天生的雅。不劳尘世苦相逼，怀抱孤芳到天涯。/徽墨端砚长江的水，一笔写出了两个梅。兼济天下英雄出，独善其身隐者归。

点评：达则兼济天下，穷则独善其身，入世、出世两种价值取向，都可以借由梅来表达，前者如陈亮之梅“欲传春信息，不怕雪埋藏”，后者如林逋之梅“疏影横斜水清浅，暗香浮动月黄昏”。毛翰此词则试图借由一枝梅花同时表达英雄和隐士两种情怀。

三毛歌词创作与台湾“现代民歌运动”①

张炜珏

“现代民歌运动”被认为是台湾流行歌曲的文艺复兴②。研究者普遍认定1975年6月6日杨弦在台北中山堂发起的“现代民谣

① 节选自硕士学位论文《三毛歌词创作与台湾“现代民歌运动”》第一章。全文摘要：三毛，一位充满传奇色彩的台湾女作家。由她作词的《橄榄树》、《一条日光大道》、《七点钟》、《梦田》等歌曲是台湾“现代民歌运动”中的经典，在台湾流行歌坛乃至整个华人世界都有着重要的影响。学术界至今尚没有对三毛歌词的专门研究，三毛和台湾“现代民歌运动”有何关系，其歌词为何成为现代民歌经典，其歌词创作有何审美特征，这种审美表现的来源是什么等等，是本文想要探究的问题。本文绪论部分介绍三毛歌词创作概况与台湾“现代民歌运动”发展轨迹，提出本论文研究缘起及目的。第一章从学界对“现代民歌运动”看法上的疏漏和运动时间进程的模糊性出发，分析三毛歌词的现代民歌实质。第二章基于三毛歌词属于现代民歌的观点，分析三毛在现代民歌中独有的审美特色。首先，从歌词的文体意识出发，力图探求三毛歌词中诗歌与音乐相结合的形态。其次，透过三毛歌词的文本内容，把握三毛歌词与三毛散文之间的关系。最后通过歌词的配乐与演唱特征，分析歌词、音乐与演唱如何在相互召唤的形式中呼应。第三章探讨三毛歌词的写作意图，指出三毛有参与“现代民歌运动”的主动意识，同时指出这种参与在后期也可以被看成是突破写作瓶颈的努力，歌词独有的审美特色则是作为通俗作家写作追求的表现。结语部分点明三毛歌词创作是“现代民歌运动”中独具特色的财富，是精英文化与通俗文艺结合的一种可行性尝试。

② 陶辛主编：《流行音乐手册》，上海：上海音乐出版社，1998年，第213页。

创作演唱会”是这场运动的开端[①]。三毛20世纪70年代的四首歌词写于1971–1974年间，从这种界定来看，三毛的歌词创作早于“现代民歌运动”。

1985年，滚石唱片公司发行三毛作词的《回声》唱片，而当时的台湾流行音乐界已经出现了以罗大佑《之乎者也》与苏芮《搭错车》专辑为代表的具有颠覆现代民歌风格的“黑色狂潮”[②]。流行歌曲开始注入社会批判意识，不再是铺天盖地的风花雪月情调，变得更加多元。此时的现代民歌受到商业营销手段的侵袭，与一般流行歌曲的区别模糊难辨。1985年，新格唱片发行最后一辑《金韵创新》[③]纪念专辑后宣布不再举行金韵奖的甄选活动，此举被认为是“现代民歌运动”的终结[④]。从“现代民歌运动”的开端到结尾，三毛的歌词创作时间都不太契合这场运动。

三毛有一首歌词叫做《轨外》，似乎很形象地描绘了她的歌词创作面对“现代民歌运动”时的尴尬位置。但是其70年代的《橄榄树》、《一条日光的大道》却成为现代民歌经典。80年代的《梦田》也在之后的民歌纪念活动中被多次演唱。作为这样一个处在“现代民歌运动”时间轴“轨外”，但作品又被选为其中无法超越之经典的作词者，三毛是“现代民歌运动”的参与者吗？这个问题，没有人提起过。

---

① 重返61号公路：《遥远的乡愁——台湾“现代民歌”运动三十年》，北京：新星出版社，2007年，第43页。

② 李涵：《校园音乐对后校园流行音乐的影响》，天津音乐学院2014年硕士学位论文，第7页。

③ 钟绮华：《七十年代“校园民歌”之内蕴与艺术性探讨》，华南大学2007年硕士学位论文，第8页。

④ 同上。

一 从学界的“现代民歌运动”论述出发

学界对“现代民歌运动”的总结性论述主要有两种观点。

张钊维在《谁在那边唱自己的歌——一九七〇年代台湾“现代民歌”发展史》中认为：“约在一九七〇年代中期，在台湾的年轻知识分子以及大专青年当中，兴起了一股自己作词作曲、并使用木吉他自弹自唱来发表的风气。透过专文的讨论、论战，以及唱片、电台、电视台的传播，这样的风气逐渐在大专校园以及年轻知识分子群当中取得共鸣。稍后，这样的音乐形式更转折、扩大到社会上，成为一新的、有别于既有国语歌曲的流行歌曲类型。”[①] 在此基础上，依据参与者的社会身份及意识形态，把“现代民歌运动”划分为以杨弦、余光中为代表的“中国现代民歌路线”、代表了“左”翼知识分子民主诉求的“淡江——《夏潮》路线”以及与唱片工业相结合的“校园民歌路线”。

李皖在《风雅颂和艺术的业余精神——概论台湾校园民歌》[②]中则根据现代民歌歌词的内容将其划分为风、雅、颂三种类别。包括代表清新、自然风格取向的一类，力图衔接中国传统文化以及向高层文艺界靠拢的艺术审美一类以及在民族情感下阐释家国情怀与历史责任的一类。当然这三种类别之间是有交叉与重叠的。

之后的研究者多在这两种观点的基础上对现代民歌进行论述，通常把“现代民歌运动”视为台湾20世纪70年代乡土运动的一支

---

① 张钊维：《谁在那边唱自己的歌——一九七〇年代台湾“现代民歌”发展史》，台北：时报文化，1994年，第19页。

② 李皖：《风雅颂和艺术的业余精神——概论台湾校园民歌》，见赤潮编：《流火——1979-2005最有价值乐评》，兰州：敦煌文艺出版社，2006年，第61-84页。

生力军，并且显露出民族主义与乡土关怀诉求，是流行音乐界与乡土文学、云门舞集、洪通画展等一系列呼吁回归本土的文艺活动相呼应的时代产物。

（一）被遗漏的参与者

根据既有的论述，“现代民歌运动”主要产生于各大专院校的学生之间，是一场以年轻的知识青年为对象，并且也是由知识青年推动起来的运动。但是追溯“现代民歌运动”的源头，“现代民歌之父”杨弦对现代民歌的推动却并非直接来自于校园，而是借助余光中作为诗歌界泰斗身份，用现代诗谱曲，继而为这种唱所谓我们中国人自己语言的“民歌”造势。在杨弦打响第一枪后，举起“唱自己的歌”旗帜，呼吁关注普通百姓生活的代表人物李双泽也喜欢用文人的诗歌谱曲。如其谱曲的《美丽岛》、《少年中国》、《心曲》[①] 就分别选用陈秀喜、蒋勋、徐讦的诗作。即便在“现代民歌运动”发展最蓬勃的时期，金韵奖、民谣风比赛中涌现的众多歌手和创作者，依然喜欢用诗人、作家的诗词进行配乐。如洛夫、罗青、杨牧、周梦蝶、张晓风、罗门、席慕蓉……这些名字作为词作者出现，为现代民歌增添了更多的诗意与雅趣。

除了民歌手偏爱用诗歌入乐，许多主流文艺界人士也曾积极地参与到这场运动中来。余光中曾写《民歌的常与变》[②] 一文为“现代民歌”的正当性进行辩护，甚至利用自己在文学界的影响大力支持杨弦的演出。蒋勋、杨牧、罗青、柏杨等人也撰文并参与有关现代民歌的座谈讨论会，提出对现代民歌这种音乐形式的大力认可和

---

① 《美丽岛》由梁景峰改写，《少年中国》由李双泽改写自蒋勋的组诗《写给故乡》，《心曲》节选自徐讦诗歌《寄》的最后一段。

② 余光中：《民歌的常与变》，《余光中集第5卷：散文》，天津：百花文艺出版社，2004年，第109页。

继续发展的可行性方案①。而且在“现代民歌运动”发展初期，民歌手并不被出版商以及电台、电视节目制作人看好，如果没有专职资助文艺发展的洪建全基金会以及资深电台主持人陶晓清提供的大量媒体资源，恐怕这场改变台湾流行音乐的运动就不会是后来的模样。正是这些诗人、作家以及主流文艺界人士的努力，依靠他们自身的社会影响，带动了现代民歌的创作与发展。也因为他们的参与，为现代民歌获得文艺界高层以及政权意识形态的认可提供了可能。作家、诗人对“现代民歌运动”的参与，是现代民歌发展及兴盛的重要前提与保障。

因此，单一地把“现代民歌运动”定论为青年知识分子之间兴起的运动恐怕有所欠缺，诗人、作家对这场运动的参与，特别是在初期的鼎力相助，是“现代民歌运动”中不可欠缺的一环。他们一方面为无歌可唱的年轻学子提供了歌词文本，并且从一开始就为现代民歌的文学性提供了完美的借鉴范本；一方面也用诗人、作家的名气招揽了听众，同时在严苛的歌词审查制度中找到发展的正当理由与空间。

三毛就是以诗人、作家一类的身份介入“现代民歌运动”的。70 年代三毛的歌词，《橄榄树》、《风》、《一条日光大道》都脱胎于其文学作品，或直接以诗歌谱曲，或是对之前散文的改编。这种倾向跟运动中“中国现代民歌路线”提倡的诗歌入乐是相同的。1979 年《橄榄树》大热之时，也正是三毛从遥远的非洲回到台湾的时期，“三毛热”带动《橄榄树》等歌曲的发表，歌曲通过三毛的作家身份获得了市场与关注度。

---

① 张钊维：《谁在那边唱自己的歌——一九七〇年代台湾“现代民歌”发展史》，台北：时报文化，1994 年，第 73 页。

（二）民歌风格的形成与转型

“童稚”、“田园牧歌式的乡土或怀乡”、“流浪”[①] 等词汇通常是“现代民歌”的代名词。“民歌是一种特别清亮、特别纯美的风格”，“从不唱人事纠缠、世间纷扰”，呈现出一种粗糙却淳朴的风格，并且由“一群素雅清新的男生女生”演唱[②]。民歌手几乎都来自校园，他们用未经雕琢的声音，抱着一把吉他，用最简单的旋律唱出最质朴的心声。这也是“现代民歌”带给后世最宝贵的财富。再就歌手的造型而言，“现代民歌”区别于其他流行歌曲的特点一般被归纳为：“衣着朴素且不化妆（或化淡妆）”，这种装扮“接近当时一般大学生日常打扮的风格为主”[③]。这一评价后来成为众多论者总结现代民歌与其他流行歌曲区别的依据之一。

但是本文认为，这些特点是现代民歌手区别于其他流行歌手的表现，却并非民歌手和流行歌手相异的原因。从歌词的“风花雪月”特征来看，早期“中国现代民歌路线”以及“淡江——《夏潮》路线”的歌曲，更多抒发的是深刻的民族历史感，沉稳而厚重。《红毛城》、《美丽岛》、《乡愁四韵》、《匆匆》、《今山古道》……信手拈来的皆是年轻的知识分子在风云变幻、动荡不堪的时局下对历史的反思与对社会的关注。而到了“校园民歌路线”风靡乐坛的时代，“原本文学气质浓厚、充满大时代使命感的‘中国现代民歌’，渐渐被一种曲风清纯、旋律简单的‘校园民歌’所取

---

① 张钊维：《谁在那边唱自己的歌——一九七〇年代台湾“现代民歌”发展史》，台北：时报文化，1994 年，第 182 页。

② 李皖：《风雅颂和艺术的业余精神——概论台湾校园民歌》，见赤潮编：《流火——1979-2005 最有价值乐评》，兰州：敦煌文艺出版社，2006 年，第 61-84 页。

③ 张钊维：《谁在那边唱自己的歌——一九七〇年代台湾“现代民歌”发展史》，台北：时报文化，1994 年，第 182 页。

代，内容多半描写学生时代特有的青春情怀"[①]。纵使现代民歌作为席卷流行歌曲界的潮流，取得了决定性的胜利，但充斥耳边的却已然大多是那些小情小爱与幼稚童真的内容了。正如李皖把“现代民歌运动”中涌现的歌曲划分为“风”、“雅”、“颂”三类，“风”只是其中的一面，且笔者认为，“风花雪月”一类的歌曲在运动后期风靡一时的原因，正是金韵奖、民谣风比赛选拔出的一大批学生歌手所引起的。“一首好歌也许是灵感迸发，但是要一直写好歌，则是需要功力的。”[②] 作为学生的歌手或许一时兴起写了一首精彩的歌，但是要成为一个专业的作词人，无论从文学修养还是音乐素质上，都需要经过更进一步的专业培养，这是在校的年轻学子无法企及的。

而且，衣着、妆容和歌星不同，最初也并非是民歌手努力要使自己区别于流行歌星的原因。“现代民歌运动”发展之初，除了洪建全基金会这样非盈利的公益性组织，并没有唱片公司愿意为民歌手们发行专辑。民歌手们缺少必要的包装、训练与宣传，必然不能和已经形成完善包装体制的流行歌星媲美。因此，衣着妆容的朴素虽然在现代民歌最兴盛之时成了歌手要取得市场就必须模仿的必备条件，但这种特点形成的原因却一部分来源于作为学生身份的民歌手在运动之初的无人问津。

其实木吉他伴奏的简单旋律，青涩纯美的嗓音也不能概括整个“现代民歌运动”的配乐与演唱风格。杨弦《中国“现代民歌”集》中的歌曲除了杨弦本人的嗓音，其他歌者都“使用了许多艺术

① 钟绮华：《七十年代“校园民歌”之内蕴与艺术性探讨》，华南大学 2007 年硕士学位论文，第 34 页。

② 李皖：《风雅颂和艺术的业余精神——概论台湾校园民歌》，见赤潮编：《流火——1979-2005 最有价值乐评》，兰州：敦煌文艺出版社，2006 年，第 61-84 页。

歌曲的表现方式”。“除了《江湖上》及《回旋曲》是由杨弦独唱、《民歌手》由杨弦主唱之外，其他歌曲当中都有大量美声唱法的质素。”① 其编曲亦使用大量的弦乐器并搭配以钢琴、爵士鼓等。“现代民歌运动”中的杰出代表李泰祥、陈扬、李寿全、陈志远、侯德健等人也在配乐上突破单一的吉他配乐而趋于乐器的丰富性，风格上也更加富于艺术性。这种不同的原因在于杨弦虽不是音乐专业出身，却经过专业的音乐训练，精通配乐，以上提到的这些民歌参与者，也全部出身于古典音乐界或受过专业的音乐训练，这是普通的青年学生民歌手无法企及的。如齐豫在采访中就提到，她从金韵奖比赛中脱颖而出后得到了正规的演唱训练，纵然是生就的天籁之音，发声换气也比之前获得了更多的专业指导②。歌手在成名前后，所拥有的资源便大不相同。

因此，从现代民歌的歌词内容、歌手形象、配乐、演唱各个方面来看，现代民歌被认定为质朴清纯的特点背后，实则是青年学生缺乏支持与认可的窘态。这也是为什么现代民歌在高层文化界、专业音乐工作者的带动下逐渐占据市场，拥有了强大的唱片公司为其提供资金及资源保障后，就迅速和流行歌曲界限模糊的原因。80年代中期之后，唱片公司对民歌手包装、培训、改造等一系列举措使得现代民歌无论从配乐还是演唱上都得到了更专业的经营。现代民歌已经转型，既有民歌的风格，又加入更加多元的素质。三毛80年代发行的《回声》专辑、《说时依旧》制作精良，虽已处于“现代民歌运动”的末尾，却应该归纳进现代民歌与流行歌曲相融合的

① 张钊维：《谁在那边唱自己的歌——一九七〇年代台湾“现代民歌”发展史》，台北：时报文化，1994年，第75页。

② 马世芳：《音乐543：专访齐豫》，土豆视频，http://www.tudou.com/programs/view/DbJ0PhMIxIA。

情况之中，是现代民歌和唱片工业产业链式的营销方式相结合的变种产物。

（三）与“乡土文化”的关系

“现代民歌运动”被认为是“70年代风起云涌之乡土文化运动里头的一支生力军”[①]，并且众多研究者把这一点放在重要位置进行论述。台湾70年代“乡土文化”运动与其说是对西方思潮的反思与对自我民族文化的回望，不如说是对台湾强权政治的抗议。“现代民歌运动”是一场发生于年轻学生间，并且具有一定反思、抗争意识的活动。但是这样的定义却扩大了学生参与这场运动的根本动机。

确实，从杨弦、余光中深感中国没有自己的歌可以唱的忧思，到李双泽愤然摔下可乐瓶质问台下听众“一个中国人唱洋歌，什么滋味?”[②] 再到侯德健怒气写下《龙的传人》。《今山古道》、《归人沙城》、《出塞曲》、《柴拉可汗》……这一首又一首歌曲唱出了民歌手对民族命运的关切和对遥远大陆的怀念。天真烂漫的情歌对社会话题避而不谈，却是这些歌曲“尽去了学生妹的清纯和甜美，在台湾风行一时，甚至在某些时期，还有盖倒‘风花雪月’之势”[③]。因此，现代民歌与“乡土文化”运动之间的关系，主要是指涉这一类现代民歌的情况。值得注意的是，这一类现代民歌，或是用诗人

---

① 张钊维：《谁在那边唱自己的歌——一九七〇年代台湾“现代民歌”发展史》，台北：时报文化，1994年，第68页。

② 重返61号公路：《遥远的乡愁——台湾“现代民歌”运动三十年》，北京：新星出版社，2007年，第76页。

③ 李皖：《风雅颂和艺术的业余精神——概论台湾校园民歌》，见赤潮编：《流火——1979-2005最有价值乐评》，兰州：敦煌文艺出版社，2006年，第61-84页。

诗歌入乐，不然也是“古代诗歌意境的白话”[1]。无论是苏来、靳铁章、侯德健、陈云山……我们“能清晰地感受到浓浓的古意，是怎样与现代青年人的精神融会到了一起”[2]。

再看以金韵奖、民谣风比赛产生的现代民歌，青年学生的蜂拥参加恐怕就不单纯是民族自尊与乡土意识的驱动，而是在个人爱好、同学影响以及风气所趋下所做出的决定。齐豫在接受参访时谈及当初参加金韵奖比赛的初衷，坦言是因为同学包美圣得了奖，认为自己并不比她差，并且同学之间有参加比赛的风气，因此结伴报名[3]。因此这也就更不难解释为何当民歌手有机会发行自己的唱片而走红之后，很难再写出具有社会担当的歌曲。一方面受制于市场的需要，一方面是学生纵有“初入世事站在人生边上眺望岁月人生的沧桑感，促成了民族兴亡、大漠古国、功名事业这一类歌曲的诞生”[4]，却幼稚摇摆，后劲不足，迅速在流行歌曲历史中被淹没了。因此，当80年代现代民歌已经和流行歌曲相结合开始转型之后，我们不能奢求那些歌里到底有多少“中国现代民歌路线”中要承接的沉重责任，现代民歌在后期带给后世更宝贵的，或许是那份艳阳高照的豁然开朗。在定义“现代民歌运动”的时候，也许不妨把这场运动分开看待，早期沉稳厚重，后期则是一群年轻人自娱自乐中透露出来的青年人的健康朝气。

三毛的《橄榄树》，通常被论者提升到对精神家园的追求层面

---

① 李皖：《风雅颂和艺术的业余精神——概论台湾校园民歌》，见赤潮编：《流火——1979-2005最有价值乐评》，兰州：敦煌文艺出版社，2006年，第61-84页。

② 同上。

③ 马世芳：《音乐543：专访齐豫》，土豆视频，http://www.tudou.com/programs/view/DbJ0PhMIxIA。

④ 李皖：《风雅颂和艺术的业余精神——概论台湾校园民歌》，见赤潮编：《流火——1979-2005最有价值乐评》，兰州：敦煌文艺出版社，2006年，第61-84页。

上进行讨论。也因为歌词中出现的“故乡”、“远方”等意象，被认为是精神的归乡。这种漂泊、追寻与对故乡的怀念被理解为乡土文化诉求的折射。到了80年代，既然“校园民歌”路线中已经少有关乎民族兴亡、历史回归、家国情怀的歌曲，“乡土”这一概念更多的被转化为对自我家乡的怀念，逃离城市去往田间的向往以及对自然景物的热爱，是适合年轻学生们进行浪漫幻想的。三毛歌词《远方》、《梦田》、《说给自己听》虽然融入了都市题材，却依然是其流浪与返乡故事的变种，是70年代乡土文化运动的承接。

二 “现代民歌运动”进程时间的模糊性

“历史研究向有明确起始时间的习惯，实质上许多史实既无终点亦无起点，尤其波澜广阔的社会变动、文化更迭和潮流变迁，缘起和余波都会无比涣散。”① 用1975-1985这十年来界定“现代民歌运动”未免太显武断，翻阅大量民歌时代的资料，可以梳理出一些容易被忽略的事实。

（一）发轫

早在1968年，音乐家黄友棣有感于当时国语流行歌曲歌词过于肤浅，发起了“净化歌曲的运动”。他就当时流行歌曲中的意识灰暗、内容鄙陋、演唱媚俗等问题发难，指责国语流行歌曲是靡靡之音。杨乃蕃作为支持者提出“要净化流行歌曲，最重要的还是歌词”，建议以“艺术歌曲流行化，流行歌曲艺术化”为净化目标②。

---

① 李皖：《风雅颂和艺术的业余精神——概论台湾校园民歌》，见赤潮编：《流火——1979-2005最有价值乐评》，兰州：敦煌文艺出版社，2006年，第61-84页。

② 钟绮华：《七十年代“校园民歌”之内蕴与艺术性探讨》，台湾华南大学2007年硕士学位论文，第32页。

“艺术歌曲流行化，流行歌曲艺术化”的标准为之后歌曲创作的艺术性指明了一种值得借鉴的方向。1971 年 3 月 12 日起，中国广播公司播出的《金曲奖》节目，制作人顾英德策划提出“鼓励国内创作歌曲”。刚刚从淡江文理学院毕业的洪小乔化名“金曲小姐”成为主持人，在节目中公开征集歌词作品，由她在节目中进行修改并即兴配乐演唱①。李双泽怒吼出“唱自己的歌”口号是在 1976 年，但在 70 年代初期台湾各种餐厅、咖啡厅里，已经存在大量的驻场歌手，鲍勃·迪伦、琼·贝兹为代表的具有社会批评意识与反抗意识的西方乡村民谣、摇滚乐是驻场歌手们的首选。他们偶尔也会自己创作中文歌曲，在 1974 年就举办个人演唱会“美丽的稻穗”的胡德夫是一个代表。有一批学生虽不在咖啡厅驻场，但咖啡厅是他们聚会与打工的场所。1973 年，胡德夫创作《牛背上的小孩》，杨弦为《乡愁四韵》谱曲，还有吴楚楚、吴统雄、杨光荣等，皆是在杨弦于中山堂举办演唱会之前就已经开始有意识创作自己的歌曲了。

这一系列迹象昭示着“唱我们自己的歌”的念头在 70 年代初就已经开始在民间蠢蠢欲动，只是缺乏一个契机使其爆发出来宣告天下。

三毛就是在这种社会氛围下介入到“现代民歌运动”之中的。1971 年，三毛结束留学生活回到台北，由许博允介绍与李泰祥相识。李泰祥是“现代民歌运动”重要代表人物之一，从 1971 年开始李泰祥即受到乡土意识的影响开始酝酿“草原之歌”系列，希望以“草原，只要有阳光和雨水就能茂盛”之意展现“土地的辽阔

---

① 重返 61 号公路：《遥远的乡愁——台湾“现代民歌”运动三十年》，北京：新星出版社，2007 年，第 78 页。

与生命力，表达出希望、情感与风格”①。为了这一目标，李泰祥找到叶维廉、三毛、余光中等人合作，创作了一系列以诗歌谱曲的作品。时值《金曲奖》节目征集歌曲，这个标榜“创作、演唱我们自己的歌”的节目进入到他的视野，李泰祥化名“易之青”参加其中，而作词人“Echo”，即三毛的外文名。

这是三毛和李泰祥的第一次合作，也可以说是透过李泰祥的作曲，三毛的歌词第一次与“现代民歌运动”联系起来。

（二）尘封与改写

三毛 70 年代的歌词创作虽然在 1974 年之前就全部谱曲完成，却一直没有找到合适的人进行演唱。直到 1978 年李泰祥在“传统与展望”活动中发表《橄榄树》、《风》和《一条日光的大道》，歌词才重见天日。但是由于“传统与展望”活动本身更加偏向于严肃音乐，能够去观看“新歌创作发表会”的人并不多，没有引起较大范围的影响。1979 年，齐豫同时获得金韵奖和民谣风冠军，作为评委的李泰祥终于找到了适合演唱这些歌曲的嗓音。通过齐豫，三毛的歌词才开始大放异彩。歌词具有“非自足性”②，“词人的创作只是整个歌曲创作中的一个环节，还要受许多其他因素的制约。它有待于作曲家的二度创作——谱曲，还有待于歌唱家的三度创作——演唱，一支歌曲的完成是以歌唱家的公开演唱为标志的”③。按照此种看法，三毛的歌曲最早的完成时间应该是 1979 年。那时，台湾流行歌曲的主导是现代民歌，齐豫是民歌手中炙手可热的新

---

① 郭丽娟：《流浪远方的橄榄树——被桎梏的音乐灵魂》，《源杂志》2006 年 59 卷，67–73 页。

② 翁颖萍：《非自足性语言研究——以现代歌词为例》，杭州：浙江大学出版社，2011 年。

③ 许自强：《歌词创作美学》，北京：首都师范大学出版社，2000 年，第 378 页。

星，《橄榄树》在成就了齐豫的同时也使三毛歌词确立了在“现代民歌运动”中的重要位置。

再需要提出的是，《橄榄树》这首最被人熟知的歌曲，其实是经过改写的。1971 年三毛创作的歌词本叫《小毛驴》，据称是受到西班牙诗人胡安·拉蒙·希梅内斯诗歌《小毛驴之歌》的感染，又因为怀念在西班牙的生活而作。

歌词的第二段原为：“为了天空的小鸟，为了小毛驴，为了西班牙的姑娘，为了西班牙的大眼睛。”[①] 1978 年，为了“传统与展望”活动，李泰祥找到杨祖珺，希望她可以演唱这些三毛的歌曲。当时台湾乡土文艺思潮风头正劲，杨祖珺认为《橄榄树》歌词中描写西班牙缺少一点乡土情怀，且并不十分押韵，所以把西班牙、小毛驴等歌词删去，改成“为了天空飞翔的小鸟，为了山涧轻流的小溪，为了广阔草原”。歌词在修改之后，具有更符合本土化的审美意味，也更契合当时现代民歌的审美风格与情感要求。

（三）薪传

三毛的《回声》专辑发行于 1985 年，之后还有 1987 年为歌舞剧《棋王》所做的歌词与 1990 年的一首《说时依旧》。《棋王》因为需要配合剧情的需要，从歌词和音乐的表现形式都偏向歌剧，在此不论。《说时依旧》风格则和《回声》专辑中的《七点钟》、《飞》相似。因此《回声》专辑是三毛 80 年代流行歌词创作的最主要作品。但颇为尴尬的是，研究者多以 1985 年作为“现代民歌运动”的终结，理由是当时的民歌已经与流行歌曲难以分辨，民歌手和流行歌手最大区别的质朴特点也变得不再明显。1985 年金韵

---

① 杨祖珺现场录音，马世芳：《音乐 543：送别李泰祥》，土豆视频 http：//v. youku. com/v_show/id_XNj YwNj -A2NzA0. html。

奖比赛的停办，被认定为“现代民歌运动”的绝响。但是，现代民歌却并没有因此消失，依然在转型中继续发展。

首先，现代民歌被翻唱、出版，并以纪念专辑、演唱会等形式不断衍生。1995 年《滚石金韵民歌百大精选》，1997 年《滚石民歌时代百大精选》，1995 年民歌二十年纪念活动，2004 年中华音乐人交流协会主办民歌三十年系列活动，包括红情歌、好民歌、美诗歌演唱会以及 2005 年的《民歌嘉年华会——永远的未央歌》。现代民歌甚至漂洋过海，掀起了内地 90 年代校园歌曲创作的热潮。根据网络上简单统计，仅《橄榄树》一首，就有费翔、费玉清、卓依婷、刘文正、毛阿敏、孙燕姿、朱逢博、关牧村、宋祖英、韩红等人的翻唱，多不胜数。《不要告别》、《梦田》、《七点钟》、《说时依旧》也是歌手们喜欢翻唱的歌曲①。

其次，前一节所提及诗人、作家对“现代民歌运动”的参与，并不因运动的落潮而终止。以现代诗歌谱曲的传统并非始自“现代民歌运动”，自“五四”时期赵元任谱写的《新诗歌集》起，现代诗歌入乐这一传统就贯穿整个“现代民歌运动”，并且一直延续至今。80 年代中期之后，当现代民歌已经渐渐沉默在逐渐多元的乐坛中，这种以诗人诗歌谱曲的形式依然保持了下去。如 1986 年李寿全《八又二分之一》专辑集合了张大春、吴念真、詹宏志等文坛人物；李泰祥每年一度的“传统与展望”活动，发表以诗人诗歌谱曲并由其女弟子演唱的众多精致细腻的歌曲……现代诗歌谱曲从属

---

① 如刘文正、吴楚楚、李建复、殷正洋曾翻唱《一条日光大道》；凤飞飞、洪小乔、齐秦、杨坤、张惠妹曾翻唱《不要告别》；李宗盛曾翻唱《七点钟》；南方二重唱、木吉他乐队、陈淑桦、水木年华、S. H. E、张靓颖曾翻唱《梦田》；梁文福、好妹妹乐队曾翻唱《说时依旧》。更有毛阿敏 1985 年《三毛留下的歌》专辑，对三毛《回声》专辑的全部翻唱。

于现代民歌中的一环，却走得比现代民歌更远。这是音乐与文学结合的魅力，也是现代民歌不衰的原因之一。

还需要提及的是80年代中期后，一大批从“现代民歌”运动中脱颖而出，在运动中经过历练的创作者、制作人、歌手，“如李寿全、李宗盛（木吉他合唱团）、陈秀男（木吉他合唱团）、童安格（旅行者三重唱）、罗大佑、陈志远、小虫、马兆骏、黄大军、李子恒等人，先后成为台湾流行音乐创作力量的重要组成部分”①。《回声》专辑的全体制作、演唱人员，全部出身于“现代民歌运动”。作曲人李泰祥、李宗盛、陈扬，编曲翁孝良、陈志远，制作人王新莲以及演唱者齐豫、潘越云。《回声》专辑的问世是现代民歌人物的一次重聚，包括1990年《说时依旧》的演唱者林慧萍也是以演唱现代民歌出身的。这一批音乐人秉承了民歌时期严谨非功利的创作态度，在现代民歌的转型时期共同创作了这张集现代民歌风韵和流行音乐韵味的传世之作。

因此，依据此节论述，如果专断地把1975-1985年作为“现代民歌运动”持续的时间，稍显不妥。纵然民歌的时代已经过去，但是那些曾经感动了一个时代的歌曲却以各种形式流传了下来，一代又一代地被唱下去。三毛的歌词即是这场歌曲历史洪流中的一支，从无名的汇聚到汹涌的盛名，之后是细水长流式的传唱。

① 尤静波：《流行音乐通论》，北京：大众文艺出版社，2011年，第148页。

刘三姐歌谣在当代广西文学中的跨界传播[①]

韦文韬

在中国历代漫长的文学长河里，一直都不乏大师级的人物对歌谣的文学性进行辨析论证，例如曹操、李东阳、李梦阳、杨慎、冯梦龙、梁启超、钟敬文等不一而数。他们站在特定时代的文学悖反矛盾面前，力求文学去伪存真、自然贴切、富于道义、敢于讽上，恢复民歌"感于哀乐，缘事而发"的情感特性。因此，民歌在我国古代一次又一次地得到了折返回归，几乎推动着每一个时代艺术的变革和文学思潮。可是到了当代，随着"诗"和"歌"的分离越发严重及其各自特性越发凸显，这种奇景已经不再出现。20 世纪五六十年代，鉴于广西文学的发展需要和刘三姐歌谣辉煌的传播现象，如何对此现象加以有效利用，转化为作家文学的丰富形式和作者的创造意识，就自然成为了诗人作家们切要思考的一个关键问题。况且，新中国成立后，国家实行了新的民族政策和文艺政策，并提倡挖掘民歌以及其他民间文化，力争创造出人民群众喜闻乐见

① 节选自硕士学位论文《刘三姐歌谣的文学性生成和传播》第二章。

的民族艺术形式，这无疑就是一个绝好的机缘。那么，问题就是：以国家的文艺政策为中介诱导，刘三姐歌谣如何与广西现代汉语写作产生联系？或者用一个直接的说法是：如何以刘三姐歌谣的创造经验接通汉语写作的经验？毕竟我们无法否认“歌谣是最古的诗”这样一个文学共识。广西缺乏现代汉语写作的经验，有且只有丰富的刘三姐歌谣编造经验。刘三姐是广西各个民族的歌仙歌神，刘三姐歌谣的形式到处攀爬在歌者的脑海里，广西著名诗人包玉堂就曾经认为：“我写《虹》之前，根本没写过诗，也不懂诗，第一次起稿，就是用七言四句民歌体写的，写了两百多行，写不下去了，确实是感到了受到了限制。后来我改变了方法，格式、语言、节奏基本上保持民歌的特色。但字数不一定跟七言四句民歌那样古板。”① 这里说明包玉堂已经具备刘三姐歌谣的思维意识，只是如何摆脱局限，这是个节骨眼问题。包玉堂认为“字数不一定跟七言四句民歌那样古板”，显然他没有，至少不完全理解现代汉语诗歌的写作渠道和歌谣的意义所在，并且因此有效地将两者融合铸造。相反，稍后的广西著名诗人苗延秀认为：“诗人不应奴隶似的追随在民间文学之后，而应该当它的主人。诗人应该创造性地利用它，按照他自己诗的构思所要求的那样来利用它，把自己诗的构思、诗的形象和色彩有机地和民间的文学融为一体，互相丰富起来，结果就产生了新的诗歌，有了自己的独立的生命，而不是民间文学的抄袭和模仿。”② 这个看法已经有了深刻的变化，它表现出了强烈的主体创造性欲求，预示着广西诗歌对刘三姐歌谣这个宝贵的民族经验接收

① 包玉堂：《歌唱我的民族》，上海：新文艺出版社，1958 年，第 72 页。

② 苗延秀：《大苗山交响曲》前记，《大苗山交响曲》，上海：新文艺出版社，1954 年，第 4 页。

的乐观前景。下面就逐步对刘三姐歌谣民族经验的移植进行作品举例阐释和总体论述，展示歌谣经验移植的大致面貌。

一 歌谣体在韦其麟诗歌《凤凰歌》中的运用

《凤凰歌》是一部用刘三姐歌谣体创作的长篇叙事诗。作者是中国作协副主席、著名诗人韦其麟。作品于 1964 年公开发表，1979 年出版了修改版，1981 获全国少数民族文学创作奖。奖项多少证明了经验移植的成功。全诗共四章二十节，加上歌引和歌尾，两千余行，讲述了壮族少女达凤一家受到了国民党乡长独眼龙的残酷迫害，其父母相继遇害，达凤由阿妃带大，最后她参加共产党游击队，把自己年轻的生命献给了党。只要看了《百鸟衣》和电影《刘三姐》便一目了然，此诗内容上同质现象很明显，但是它完全采用了刘三姐歌谣体的形式，这意味着刘三姐歌谣体在诗中担当着叙述和描绘的双重角色。也就是说，它不仅要考虑叙述什么的问题，而且要考虑如何叙述才能照顾到各种叙述物象和事态之间的平衡问题。另外，运用歌谣体写作，既要推动情感的升华，也要保证叙事的转换可能。毕竟歌谣不像诗歌那样抽象或者完全形象地深入，它的深入是在故事里和结构里深入，完成通俗表面下的故事内涵推进。《凤凰歌》在这点上确实做到了。

首先，故事可谓一波三折，结成一道坚实的故事因果链。达凤的父亲被沉潭遇害，母亲因此难过也跟随跳湖，只剩下孤独的达凤，而达凤长大后也因为唱山歌被财主强逼离家。这三个原因逼迫着一个行动的产生。亚里士多德在《形而上学》这本哲学论著里试图接近艺术创造学，他认为："我们只能认明事物的基本原因后才能说知道了这事物。"达凤就是一个被国民党反动派压迫的达凤。

就是“怎是”，为一切事物的起点，我们也在此找到了创造的起点，同时亚里士多德认为：“极因是一个终点，这终点不为其他什么事物，而其他事物就为了这个目的，有了这末项，过程就不至于无尽的进行。”① 极因是什么？是达凤反抗国民党反动派的残酷压迫，所以接下来的一系列斗争都源于这个极因。达凤参与了五次对国民党反动派的斗争活动，从最初的莽撞，到逐渐成熟，从她用山歌来教育国民党士兵，抵抗敌人，牵引敌人，直至被敌人杀害，这一系列行为顺理成章地表明了一个成长成熟的革命女青年形象。

其次，充满了传奇的色彩。所谓传奇，通常是超乎寻常规则，违背常理，近乎神奇的事。达凤一次次地用歌声与敌人斗争、周旋，救出了副队长，也用歌声教育了敌人。同电影《刘三姐》一样，刘三姐在囚房里用歌声和外面的阿牛哥对话，使财主奴才莫名其妙，这在现实中是不可能的。但正是因为这些传奇的色彩融入了故事情节中，才使得故事不仅仅是故事，而且幻化出了强烈的诗性，敷上了一层理想浪漫的色彩。

再次，超越民族经验的个人体验。虽然《凤凰歌》在故事的素材上与电影《刘三姐》有一些同构现象，也与他的第一部长诗《百鸟衣》有相似特点，即都是被一乡之长压迫囚禁，而后以歌声暗示，但后两者都得以成功解救，而达凤却死于牢中。这也反映了在革命战争年代里，壮族人民对敌斗争的残酷以及勇敢作出的牺牲，这是《凤凰歌》超越现实经验题材的内心独特体验，是作品的成功之处。

《凤凰歌》是刘三姐歌谣文学性传播的第一次试验，因时代和

---

① 亚里士多德著，吴寿彭译：《形而上学》，北京：商务印书馆，2012 年，第 39 页。

个人局限，不成熟之处在所难免。广西艺术学院教授杨长勋就曾批评过《凤凰歌》："之后的《凤凰歌》，不论是自由形式的一面，还是抒情格调的一面，都因为诗人采用七言四句的格律和形式而大大地受到了限制。……对于诗人采用这种唱法来写《凤凰歌》，许多读者和批评家都持有保留的意见和沉默的态度。……这一次诗人没有获得自己艺术悟性的自由的方式，没有自由地舒展自己的情感。"① 现在难以采集到当时的具体批评材料，但从"读者和批评家都持有保留的意见和沉默的态度"中可以看出，当时的许多批评家和读者不是很赞赏。也许刘三姐歌谣体的试验只适宜于优雅恬静的生活情调，随着社会的发展，诗歌也会更多地需要反省、理性，需要哲学思辨的启迪。这就是刘三姐歌谣经验移植受限的时代变化原因吧。

二　歌谣体在柯炽长篇小说《刘三姐》中的运用

刘三姐歌谣体在小说中的运用和在诗歌中的运用有何区别呢？应该说归根到底还是小说和诗歌文体本身的区别。诗歌以抒情为主，不乏叙述，且跳跃性强，而小说则以塑造人物形象为中心，有着完整而复杂的情节叙述。既然刘三姐歌谣体在长篇叙事诗歌中能被自如地运用，那么在小说的情节叙述中，当然也会不折不扣，游刃有余。柯炽的刘三姐歌谣体长篇小说《刘三姐》就是成功的一例。该小说完全根据结构的营造和人物形象的塑造需要，运用了叙事、抒情、议论等各种修辞手法，让人读完之后掩卷沉思，同时佩服作家的"小说歌谣化"能力。

① 杨长勋：《朝圣者的沉思》，《广西文艺》1984 年第 6 期。

小说主要以刘德覃香夫妇及覃香祖辈一家受当地财主马六爷不断迫害致死为社会背景，着重叙述了他们一家和外来逃难的白朽才一家热爱生活和敢于反抗压迫的故事。同样，这个故事梗概跟电影《刘三姐》及别的故事似有同质现象，可是仔细分析，就会发现在小说的开头，作者已嵌入了一个同病相怜的白朽才一家，造成了故事情节更为强烈，更为感染人心，同时也使得故事有了进一步讲述的可能。白朽才夫妇半路被戏班解雇，且妻子刚产下一子，于是逃难到山里一屋人家，不料正好刘德覃香夫妇也在茅屋下产下刘三姐，于是这个巧合便预示着故事的结尾了。白朽才夫妇在刘德夫妇家里渡难一些年后，又因为刘德夫妇一家与当地财主马六爷结怨，被迫逃离当地，回到广东老家。后来，刘德夫妇果然被马六爷杀头，刘二刘三姐事先逃离，在逃离的过程中，刘二身亡，刘三姐巧遇上一个秀才，这个秀才便是当初白朽才的儿子，叫白秀才。刘三姐以唱歌寄人篱下，走投无路，在白秀才的邀请下，再三考虑后，双双回广东的老家，他们临别时给送别的乡亲们留下一首首留恋的歌……所以这个结尾给读者的感觉是20世纪五六十年代或者说在意识形态影响下的一个温暖的结尾，但是一旦和作者预先设下的伏笔对照，便也可以做如此理解：人间的相互关怀战胜了一切苦难。

小说最大的特点应该是一以贯终地运用了歌谣体语言。歌谣体语言不仅最大可能地体现了小说中人物的歌者形象，而且考验了作家自我的民歌编造能力。好在柯炽自己是广西闻名的歌师，在歌谣体小说《刘三姐》创作前的他，已创作了将近百万字的民歌作品，出书10本，最有影响的当属五辑《广西情歌》，收集广西情歌16000多首。90年代创作歌谣体小说《刘三姐》显然已经具备了足够的民歌编写资源。整个《刘三姐》首先让我们看到刘三姐所唱歌谣的前后艺术对比的过程。作为一个逐渐成熟的刘三姐，首先前后的歌唱水平是不同的。小时候在姨妈和母亲覃香的教导下，了解了生活的方方面面，最后在她逃离家乡四处流浪时，逐渐成为一个成熟的歌者。试看："山歌出口闷悠悠，一朵莲花水面浮，有船有桨跟花去，无船无桨看花流"，"风吹云动天不动，水推船流岸不流，劝歌莫学杨柳摆，学柳扎根在沙洲"。山歌既形象又通俗，已经达到了炉火纯青的地步。更令人赞赏的是，作者不止是善于在小说中做刘三姐歌谣技术上的前后对比，而且善于调用"闲笔"。也就是说，如果从头到尾地以山歌叙述，不免使读者感到疲乏，所以作者神不知鬼不觉地在小说的中部，以大人对刘三姐教导明理的方式，嵌入了一些神话故事，正如同一些小说在叙事的过程中，插入一段风景的描绘，使紧张的阅读心理得到了一点缓冲，使得小说飘逸超脱，富于想象性。

柯炽正是善于将刘三姐歌谣和小说紧紧地结合起来，出色地完成了《刘三姐》这部长达20多万字的长篇小说。柯炽用自己毕生的精力付诸于刘三姐歌谣的创作改编，并且有效地运用于文学创作上，同诗人韦其麟一样，是第一个也是唯一一个用刘三姐歌谣体写作小说的人，为刘三姐歌谣文学性的有效传播奠定了一个坚实的基础。

三　歌谣经验在广西汉语诗歌中的泛化倾向

当歌谣体创作无法在诗歌中体现当下的生活状态时，诗人们就会自然摒除歌谣体式，只保留"语言和意义"。实际上，广西早期诗人写作诗歌时，多少都会以刘三姐歌谣为模版，如上文所述著名诗人包玉堂。还有诗人韦其麟也认为："要广西少数民族作家诗人用本民族语言来写作，那是叫人水中捞月。在目前以及可见的将来，广西各少数民族的作家诗人，恐怕仍然是用汉语的方块字进行文学写作。”[①] 广西诗人仍然得将自己民族的“文学作品翻译成其他民族的语言文字”。韦其麟感到苦恼，苦恼的是没有写作诗歌的本民族语言环境。没有语境，写出来也只是翻译，诗歌的精神境界无法表达出来。问题在哪呢？笔者认为有以下两点：

其一，广西的文学发展基础薄弱。虽然自明代以来，已经出现用汉语来写作的诗人，但没有形成气候。晚清有“临桂词派”的几个诗人如王云鹏、况周颐等在全国出现，这之后又陆续有了郑献甫、韦丰华、谢兰、黄焕中、农时达等一批文学家。然而，欧阳若修等人在《壮族文学史》中认为：“郑献甫文艺观大体上接近袁枚的‘性灵’说；韦丰华认为诗歌有真情实感，才能获得生命力；……它们的观点大体上是汉族古典文艺理论中的经常议题。”[②] 他们只是用汉语去写作诗歌，无法体现出独特的民族经验所在。壮族文学研究者黄绍清认为“真正的壮族文学（以文字写作为准）是在新中国的灿烂阳光照耀下才迅速发展起来的”[③]。这似乎道出了广西文学发展的一个重要现象。

其二，民族语言转换的艰难。毋庸置疑，壮语文学和汉语文学无所谓高低。每一个民族都有自己文学上的优势，它们是一个驳杂众生的姿态。可是，作为诗人，究竟有没有深刻地把握到本民族文学的优势？如果把握到了本民族文学的优势，是否也具备了民族语言转换的能力？这两个基础是各种文学交融发展的可能，否则就如同韦其麟所说的“文学作品翻译成其他民族的语言文字”，把真正

① 韦其麟：《关于诗的民族特色的感想——致友人》，《广西日报》1982 年 3 月 5 日。
② 欧阳若修等：《壮族文学史》，南宁：广西民族出版社，1986 年，第 123 页。
③ 黄绍清：《壮族当代文学引论》，南宁：广西师范大学出版社，1993 年，第 4 页。

的民族经验丢失了。

不管是否具备了文学基础，国家的文艺政策已经颁布下达，一定程度上为刘三姐歌谣的文学经验传播提供了契机。新中国成立后，国家实行了新型的民族政策：坚持各民族平等团结、实行民族区域自治、促进各民族共同繁荣。当时流行一句话“百家争鸣陆定一，民族团结李维汉”，说的正是新中国成立后的政治氛围和文化环境。而毛泽东提出的“百家争鸣，百花齐放”的方针，更是一时促进了文艺形式的自由更新发展。1949 年 10 月，中央人民政府文化部部长矛盾号召“开展国内各少数民族的文学活动”，这是从国家层面上确认少数民族文学发展的开始。1950 年 10 月，《广西日报》开辟文艺副刊，专门刊发文学作品，但并没有繁荣兴盛。这是很值得注意的文学现象。现在看《诗选（第一集）》，从 1950 年到 1956 年间，广西能入选的作品仅有姚冕光、陈桂芬和李志明等 3 位诗人的作品。自 1957 年国家实行“新民歌”运动以后，文艺开始大众化，带有喜闻乐见和中国气派风格的作品便陆续出现。因此，从《诗选（第一集）》的 1956 年到 1959 年 4 年间，已经有 39 位诗人的作品入选其中。在这段时间，1955 年韦其麟发表了《百鸟衣》、1956 年包玉堂发表了《虹》、1957 年包玉堂又发表了《仫佬族走坡》组诗等，广西诗歌开始在全国形成了气候。这是国家文化政策和刘三姐歌谣双重影响的结果，正如包玉堂认为：“党解放了我的民族，党也解放了我……是党教会了我歌唱，是我的民族教会了我歌唱”[①]；韦其麟认为：“文学创作是党的整个事业的一部分，我们学习创作不是为了好玩，更不是为了一些卑下的目的，而是用

① 《广西当代作家丛书》，桂林：漓江出版社，2012 年，第 250 页。

自己的作品去改造，教育人们，鼓舞人们去建设社会主义”①。

综上所论，一个很显然的事实是刘三姐歌谣经验的文学嫁接是很复杂的，它是在不成熟的条件下成长，患有强迫症，但与此同时，它又应当是刘三姐歌谣自然而然转化的结果。当代的批评家都忘了一定程度上广西的现代汉语诗歌是刘三姐歌谣自然而然转化的结果，“在一些当代文学史中论及广西诗人时都会以‘民族特色’这样一个被动的词汇称之，而忽略了文学作品的创作者是从少数民族地区走出来的，是以歌者的身份进入文学创作的，他们本身具有构造民族经验的主动性”②。也就是说，民族经验的构建是主要的，带有强烈的文学性特征。具体可以有以下两个类型：第一类型是从韦其麟的直接以歌谣体的形式植入现代汉语诗歌写作内开始的。这样不免简单化、形式化，其有效性前边已经论及，不必做讨论，但是这种直接的形式给人的反思，直接导致了第二个类型的产生：民族经验的文化语境置入。

首先，以刘三姐歌谣体为对话形式，以地方语词为替换语言，间接插入。

如何创造出具有独特的文化语境，使得诗歌具有中国气派和喜闻乐见的民族风格，诗人们其中想到的是保留部分歌谣的对话及其一些地方语词语调的运用，如依易天的叙事诗《刘三妹》中有山歌体的对话：“你聪明/一只大船几多钉？/一棵榕树几多叶？/问你江，水几多斤？”刘三妹应答道：“是聪明/大船数只不数钉/榕树数棵不数叶/你舀江水我来称”，苗延秀的《珠郎与娘梅》中：“青草绿绿比山高/我俩干活不知劳/妹牵牛来哥掌耙/挖山就共种棉花”，

① 《中国少数民族作家传略》，西宁：青海人民出版社，1980年，第181页。

② 陈代云：《1949—1966广西现代汉语诗歌民族经验的构建》，首都师范大学硕士毕业论文，2009年。

韦其麟的《牛佬》中：“看牛难呵看牛难/日日赶牛过高山/日晒雨淋度日月/野菜木根当饭餐”。用了山歌体对话，才能在一般的叙事语言之外，直截了当地体现出壮族劳动人民独特的精神内涵。另外，很多诗人在写作时，运用了地方的俗语，也随意组合了地方的词汇，以便谐音相关，语义相关，达到把壮族人民的生活习惯、思维逻辑形于文字中，如苗延秀的《大苗山交响曲》中用了“搭伴、懒饭、调杠、达别、达哼、花萨”等词汇。包玉堂也认为：“在诗歌创作上，题材的广泛性，主题的鲜明性，以及饱满的热情，清新的语言，浓郁的民歌风味和地方民歌色彩，始终是自己努力追求的”①。这些生动形象的人民群众语言，不需要多少加工，便是很好的诗句，它们栩栩如生地再现了当地的环境背景、人民群众的语气腔调，既保留了贴近大众的民歌风味，又塑造了诗中人物的个性形象。

其次，刘三姐歌谣的印象融入。

广西位于云贵高原下端。这里山重水复，山高水长，神奇的喀斯特地貌孕育出了神奇的山歌声，源远流长的歌谣习俗已经深深地刻在了人们的记忆中。不论劳动、婚娶、斗争，人们都会用唱歌表情，歌声充满了壮族人民健康、积极、乐观的精神面貌以及铸就他们不屈不挠的精神品格。广西诗人写作诗歌时有意无意中都会塑造一批歌者用歌声来斗争的丰富形象。如《虹》中的花姐姐，皇帝三次出难题来为难她，第一次要她在七天内用五彩线织一只会跳会唱的大公鸡；第二次要她七天内织一只会跳会唱的鹧鸪；第三次又要她织一只会叫会生风的仙龙，但皇帝的难题都没有难倒花姐姐，她最后骑在自己织的、染了自己手指的鲜血而活起来的仙龙身上，飞

① 《中国少数民族作家传略》，西宁：青海人民出版社，1980年，第182页。

到了天上。柯炽的《姑娜》收入三部叙事长诗：《姑娜》、《忠直的故事》、《蛇郎》。其中《姑娜》中的姑娜也是一个“唱歌不怕爹娘骂”、“唱得皇帝脚抽筋”的姑娘。当然，《凤凰歌》中的达凤、《刘三姐》中的刘三姐也是用唱山歌这种日常表达方式来反抗压迫的代表。有些就连诗的题目也是按歌来写的，如《绿梅歌》、《三代人之歌》、《歌声》、《悬崖歌》、《歌手》、《花山壁画之歌》、《歌神》、《江湖黄六成为歌手的故事》、《岑逊的悲歌》、《韦江歌》、《红河之歌》、《大苗山交响曲》等，诗与歌一体，达到了不分彼此的地步。

再次，歌谣体经验在诗歌写作中的泛化倾向。

国家政治话语起到对刘三姐歌谣民族经验与广西现代汉语诗歌写作的嫁接作用。这种官方话语体系是一把双刃剑，既指导了广西文学的发展，又是文学的民族经验普遍泛化概念化的诱因。在五六十年代，刘三姐歌谣体可以直接运用于诗歌写作中。随着经验的成熟与反思，歌谣体只能以对话部分间接嵌入诗歌写作，而后又随着国家政治话语的逐步淡化和社会生活的翻天覆地变化，刘三姐歌谣体完全不能嵌入诗歌写作了，只能去掉体式，但仍保留了思想上的简化体式。让我们从早期五六十年代的诗歌中探讨，如依易天的叙事诗《刘三妹》中：“三妹唱一声/人人争来和/可谁也唱不过刘三妹/她的歌子比树叶还多/她唱了三天零三夜/唱得涧水不再流/唱得月亮团团转”。这首诗已经没有了明显的刘三姐歌谣体，但是却保留了思想上的简化体式。也就是说，形式和思想是一体两面，当国家政治话语的退出，而内在本质上并没有全然退出。改革开放后，邓小平指出，“党对文艺工作的领导，不是发号施令，不是要求文学从属于临时的、具体的、直接的政治任务，而是根据文学艺术的特征和发展规律，帮助文艺工作者获得条件来繁荣文学艺术事业，提高文学艺术水平，创作出无愧于我们伟大人民、伟大时代的优秀的文学艺术作品和表演艺术成果。”① 但是事实上并非如此简单，一系列关于文艺的争论从未休止。尤其在少数民族地区，那些残留在个人意识中的政治意识，那些狂热地为党为人民服务的阶级观念非常浓厚，同时伴随着一股感恩的情感充斥在诗歌中，无疑给诗歌套上了抒情言志的笼子。另外，这也是歌谣化意识的结果，比如歌谣中关于一片风景，一件小事的感兴比比皆是，而透过事物背后深思，做到情知合一则是很难的。于是这才导致了以后决绝的“百越境界”诗歌运动。这场诗歌运动不提民族经验，正如 2008 年张清华指出：“确实存在着一个常识意义上的作为‘文化地理’的‘广西诗歌’。只是要从文化和美学来说清楚这个群体的部落，说清它究竟是以什么样的方式和特点存在着，却让人感到茫然无力”，“它必须与地域传统之间保持审慎的界限，以确立其现代性特质，传统意义上的地理属性恰恰是他们不愿意看到的。他们必须通过时间意义上的先锋来呈现地域意义上的合法性，否则，这种地域性就没有意义”②。从“百越境界”而后，如刘春所说的，全国有过的诗歌运动，在广西都有回应。从此，广西的诗歌写作已经脱离了民族经验，而具有了纯粹先锋的精神特质。

① 邓小平：《邓小平文选》，北京：人民出版社，1983 年，第 185 页。
② 张清华：《汉语在葳蕤宁静的南方》，《广西文学》2008 年第 9 期。

诗评家专访

主持人语（吕　进）：

西南大学中国新诗研究所建所已经近三十年，培养诗学人才一直是我们研究所的一项主要任务。从西南师范大学最早的硕士点之一，到一级学科博士点，新诗研究所创造了难忘的记忆，我们至今怀念方敬、邹绛等前辈。从这里走出的现代诗学博士和硕士目下已经遍布国内外，从这里走出的小有名气的诗评家也不在少数。有学者曾经说，到处都活跃着新诗研究所的人，国内几乎任何一个大型诗学会议，都必然会有一位或几位新诗所毕业生在座。

从本辑起，我们开设“诗评家专访”栏目，将用访谈形式持续介绍二十来位从新诗研究所走出的诗评家。本期向读者介绍的是：王珂，新诗研究所1987级学生，东南大学教授；蒋登科，新诗研究所1987级硕士生、1997级博士生，西南大学教授；张德明，新诗研究所1998级学生、湛江师范学院教授。

似是故人来

——王珂教授专访

张　蕊

王珂（1966- ），重庆人，男，汉族，东南大学人文学院中文系三级教授，博士生导师。首都师范大学中国诗歌研究中心兼职研究员，西南大学中国诗学研究中心客座教授，湖州师院中国散文诗研究中心副主任，香港《当代诗坛》编委，大陆《诗学》编委等。1987 年毕业于西南大学外语系英语专业；1990 年硕士毕业于西南大学中国新诗研究所中国现当代文学专业现代诗歌理论与创作研究方向，导师方敬教授、邹绛教授和吕进教授；2002 年博士毕业于北京师范大学文学院文艺学专业文学基本理论方向，导师童庆炳教授；2004 年在首都师范大学文学院及中国诗歌研究中心做博士后，导师吴思敬教授。2003 年破格任教授，2008 年任博士生导师，2007 年入选福建省高等学校新世纪优秀人才支持计划。出版、发表各类文字六百多万字，其中专著六部，编（参）译著作七部，论文三百余篇，还在《星星》、《当代诗歌》、《诗人》、《诗潮》、《绿风》、《紫丁香》（台湾）等诗刊发表诗作和诗译作近百首，在《文化》、《中国国情国力》、《羊城晚报》、《青年晚报》等发表散文近千篇。

曾参与国家社会科学基金重点课题一项，独立完成省级社科课题两项、人事部博士后基金课题一项、教育部省属高校人文社会科学重点研究基地（首都师范大学中国诗歌研究中心）课题一项、福建省教育厅课题一项、福建师范大学教学改革课题一项。主持教育部课题一项；获省社科二等奖和三等奖各一项。

1. 王珂老师，您好！很高兴能采访到您！您是我非常敬重的诗评家前辈，请问您什么时候开始写诗歌研究文章的？

王珂：最早是在1985年夏天，当时我在西南大学外语系读大二，大一修了吕进先生讲授的“现代文学作品选读”课程，我是这门课程的科代表，他对我非常关心。在大一时就决心要考他的新诗研究生。为了显示出自己有这方面的能力，就逃课一个星期写了一组研究朦胧诗的文章，一共三篇，共三万多字。1986年冬天，我用了一个月时间写了一篇研究中外诗的定义的流变历史的文章，一万多字。1987年进入西南大学中国新诗研究所上研究生后，才开始写。那时读理论书导师要求写读书报告。我的第一篇读书报告写于1987年9月，写了一万多字，是写吕进先生的《新诗创作与鉴赏》一书中关于“诗的定义”的，写得较认真，受到了吕进先生的表扬。我写的第一篇当代新诗诗人的评论是写重庆诗人华万里的，时间是1988年冬天，结合钟嵘的《诗品》写的。当时新诗所的教育很重视培养学生的理论修养，目的是培养新诗理论家。我本科读是外语系英语专业，又长期写诗，对理论不太重视。为了改变我的知识结构、写作语言方式及思维方式，吕进先生特地叫我编选《外国诗论选》，我从1987年10月到1988年10月，在重庆图书馆、西南大学图书馆抄写从古到今的西方诗论，一共抄了五十多万字。书没有出版，但是我的知识结构发生了巨变，写作的语言风格也发生了变化，直到现在都喜欢写长句子，除了本科是学英语的原因外，英语的复合型长句比汉语多，还与那时抄了大量外国诗论的翻译文字有关。我在学术刊物发表的第一篇诗歌研究文章是《冰心·泰戈尔·日本俳名》，发表于《文学知识》1988 年第 12 期；发表的诗评文章是《黄土地上的热风景——论梁志宏的诗》，发表于《城市文学》1990 年 6 期；发表的学术论文是《论散文诗的文体独立性》，发表于《西北师范大学学报》1992 年第 5 期。

2. 从您如此之多的著述中可以看出您是一个极其勤奋的学者，那在您的著述里，您觉得哪些专著或者论文是您的代表作？

王珂：论文代表作主要有四篇：《中西方诗本体论探微》，发表于《社会科学战线》1996 年第 2 期，刊发时被当成那期刊物的重要作者，配上了作者的相片。后收入“人大复印资料”《中国古、近代文学研究》1996 年第 7 期；《论科举制度的消亡对白话新诗的生成的影响》，发表于《人文杂志》2003 年 6 期，《中国社会科学文摘》2004 年第 2 期；《网络诗将导致现代汉诗的全方位改变——内地网络诗的散点透视》，发表于《河南社会科学》2004 年第 1 期，收入《新华文摘》2004 年第 10 期；《论大陆和台港新诗的诗形建设》，发表于《文艺研究》2007 年第 10 期，收入《中国社会科学文摘》2008 年第 2 期。

我出版了六部著作，都与诗歌文体或诗体研究有关。《诗歌文体学导论——诗的原理和诗的创造》（2001 年），61 万字，宏观探讨了中外诗歌文体及代表性诗体的生成原理，分为三部分——文体理论研究：文体进化与诗歌本体研究；诗的体裁研究：诗的形体与诗的类型研究；诗的风格研究：诗体创造与社会文化。《百年新诗诗体建设研究》（2004 年），21 万字，微观探讨了新诗诗体定型难的原因，分为三部分——破坏大于重建：新诗诗体建设的曲折之路；非诗多于诗：新诗诗体建设难的主要原因；有常体好于无常体：新诗是否应该适度定型的诗学思考。《新诗诗体生成史论》（2007 年），58 万字，重点探讨了新诗诗体生成与流变的历史及原因，分为七部分——功能决定文体：新诗问世的历史境遇；从改良到改革：新诗革命的非诗特征及影响；外国诗歌对新诗生成的影响；民间诗歌对新诗的影响；古代汉诗诗体的流变及对新诗的影响；新诗生成及新诗诗体建设的个案研究；新诗诗体建设历史的散点透析。《诗体学散论——中外诗体生成流变研究》（2008 年），39 万字，较全面地探讨诗体的概念和影响诗体进化的各种因素。分为五部分——中国古代诗体研究、中国新诗诗体研究、外国诗歌诗体研究、诗体生成生态研究和诗体生成模式研究。《新时期 30 年新诗得失论》（2012 年），45 万字，对新时期新诗的诗体、技法、功能及生态进行了全方位综合研究，试图完成“跨学科”的“新诗生态学”研究，主要分为新诗诗体研究、新诗技法研究、新诗功能研究、新诗生态研究和新诗田园调查五个部分。《两岸四地新诗文体比较研究》（2015 年）43 万字，对内地、台湾、香港、澳门四地的新诗生态、功能和文体进行了较全位的研究。全书分为总体研究、个案研究、作品研究和策略研究四个部分。我最喜欢第一部和第六部著作。

3. 您曾表示，“真正的诗评家既要对当下的诗歌负责，更要对历史与未来的诗歌负责”，您认为诗评家要具备怎样的品质与素养才能做到上述一点，您能详细谈一谈吗？

王珂：诗评家一要大量读诗，“操千曲而后晓声，观千剑而后识器。”二要有文学感悟能力。具体分为三大方面：人对文学语言，如对“诗家语”的敏感；人对文学情感，如对人性的敏感；人对文学形式，如对文体的敏感。三要熟悉中外诗歌理论和诗歌研究方法，尤其是西方的研究方法，如“英美新批评”。四要做人正直，敢仗义执言。

4．您是怎么评价诗评的现状？

王珂：今日新诗诗评家常常分为诗人诗评家和学者诗评家，极少有诗人与学者一体的诗评家。诗人理论家总是喜欢根据自己的创作体会和经验作“随感式”的印象批评；学者型理论家的理论虽然“系统”，却总是与创作脱节，给人以隔靴搔痒之感。诗评家容易受到政治思潮、个人情绪和商业利益的影响，缺乏既学识渊博又人格高尚的、既精通理论又熟悉创作的诗评家。诗坛上的风云人物，常常不是那些甘于寂寞，潜心修道，十年磨一剑的“诗论家”，而是四处当“诗坛广告人”的“诗评家”，特别是“媒体诗评家”。因此近年学界竟然出现这样的说法：“做不了正经学问，就去当诗评家。”“诗人坏，诗评家更坏。”

5．诗评家与诗人的关系一直是复杂而微妙的。您自己是怎样看待诗评家与诗人的关系的？

王珂：良好的诗歌生态需要诗人、诗评家和读者共同建设。诗评家与诗人的关系应该是“结同心”又“不结同心”。“结同心”是指在做人上是“平等”的，在“诗神”面前是平等的，两者应该团结。“不结同心”是指在“诗艺”面前，有时诗评家的水平比诗人高，就应该当仁不让当“教练”，尤其是面对诗坛的歪风邪气，诗评家就应该出来当“城管”。在这方面我是比较“尖锐狂妄”的。我常对诗人说：“作为诗友，我是‘王珂’，但是作为诗评家，我就是‘王苛’。所以有些诗人称我为‘新诗城管’、‘学术警察’。”我不太与诗人交朋友，不参加任何诗人组织，就是为了让我的诗评写作不受人际关系影响。

6. 我知道您是有着诗歌创作经验的诗评家，仅在西南师范大学（西南大学前身）读书期间便完成了《追求集》、《困惑集》、《浪荡集》、《幻灭之春》、《希望之春》和《幽灵启示录》六部诗集共八百多首诗，创作成果可谓丰硕。您能和我们分享一下这段创作经历吗？

王珂：我写诗只是把诗当成记录生活的日记写。如我1987年10月13日在西南大学中国新诗所上研究生时写的《十月十二日男人的一天》，完整记录了我那一天从早到晚的日常生活。全诗序诗如下："清晨起来依稀记得/昨晚又干了一件傻事/M的青春第一课韵味犹存/发誓要浪漫一天/非常浪漫非常浪漫/十月十二日是男人的日子/青春的日子爱的第一个祭日/男子汉的伟大日子。"诗中写下午在研究所写论文的生活："研究所里寂静怕人/大堆书大堆卡片胡乱堆砌/写论文听音乐比午睡有趣/独处可以尽情胡思乱想//《给爱绮丝》引诱我又思念M/歌德有《少年维特之烦恼》/养育了维特和绿蒂/我该不该再为M唱圣歌//提起笔才犹豫万分/一千零一本情诗集/造就了一个诗人/却没有合成相聚的魅力//好吧发誓不再写情诗情书/为你去流浪流浪远方/把诗集随思念抛出窗外/听《英雄交响曲》竟/听到M的声音/好甜　好甜//'趁着今夜星光明媚/让我记住你的泪'/我下决心静心写论文/写出我的悲伤你的泪痕"。除了"抒情"外，我比较强调写诗的"快乐"。

7. 在我看来您既是诗评家又是诗人，您自己是怎样平衡诗评家与诗人的身份的？

王珂：我有时候觉得没办法平衡。我从12岁开始写诗，连续写到28岁，大学期间、研究生期间和刚工作的三年间是我疯狂写诗的岁月，写诗本随身带着，几乎每天都诗兴大发。1994年后基本不写诗了。一是做学问没有时间写作。二是做学问需要平静的心态和稳定的生活，没有写诗的生态。三是形象思维与逻辑思维真有些冲突。近年又开始写诗了，但也写得很少。

8．新诗自问世以来一直受到很多人的质疑甚至反对，“合法性危机”和“公信度危机”一直伴随着新诗的成长历程。但是您却把“衣带渐宽终不悔，为诗消得人憔悴”作为您的座右铭，品味写诗和研究诗赐予您的“百味人生”。这是为什么呢？据我所知，您大学本科攻读的专业并不是新诗，是什么契机使得您对于新诗怀抱如此坚定之态度？

王珂：可以用“天时”、“地利”与“人不和”来回答。“天时”是指我青少年的生活特“自恋”和“自我”，一直当班长，被学校视为“社会主义的好苗苗”，甚至还以“重庆市优秀学生干部”之名高考加了十分。对自己过分的“高标准严要求”养成了“反思”甚至“自责”的习惯和总想不当好孩子干点坏事的“叛逆”心态。所以从小就悄悄写诗。“地利”是从小学到大学都有写诗的环境。家里父亲写诗，还有一些亲属是比较有名的诗人，很小就接触到诗人。大学时遇到了诗评家吕进先生，还遇到了蒋登科这样的诗友，80 年代西南大学有一个特别好的写诗环境，当时整个大学甚至整个中国都出现了写诗潮。“人不和”是指个人的情感生活不顺利，通过写诗使自己活得快乐充实。我是深刻地体会到诗有“启蒙、审美和治病功能”，所以愿意“为诗消得人憔悴”。

9．吕进老师在《三大重建：新诗，二次革命与再次复兴》中提了关于新诗诗歌精神重建、诗体重建、诗歌传播方式的重建的看法，您认为对于新诗来说这“三大重建”中最困难的是哪一个？您能谈一谈“三大重建”的提出对诗歌界，或者说诗评界的意义是什么吗？

王珂：吕进先生很早就提出了“诗体重建”的口号，并召开了多次学术会议讨论这个话题，我都参加了。这个话题一提出就受到了新诗理论界的高度重视，成了最近十年的“热门话题”，因此引发了新诗史上第三次“诗体之争”。2009年8月，我在武夷山主办了的“现代诗创作研究技法研讨会”上，这个话题也成了主要议题，因为自由诗派和格律诗派的代表性理论家都参加了会议。叶橹先生甚至说：“有关‘诗体建设’、‘诗体重构’的议论依然时起时伏。这些理论的提倡者虽然都是学养有素的学者，但是我却觉得他们是不是把精力浪费在一个‘伪话题’的理论上了。”我的诗歌文体学及新诗体学研究吸取了新诗所吕进先生、邹绛先生的很多研究成果，所以我主张百年新诗的最大问题就是诗体建设问题，主张建立“宽松而有节制”的“准定型诗体”，所以当时是支持诗体重建的，但是我对“诗歌精神重建”一直持“保留”态度，几年来一直没有对此表态，直到今年才写了“新诗现代性建设研究”系列论文12篇（《创作与评论》从2015年第1期连载），才意识到新诗精神重建的意义，认为现代诗必须要有助于培养现代人。我2003年写过网络诗歌的论文，是《新华文摘》转载的第一篇网络诗歌论文，后来又研究过博客对新诗传播的影响的论文，深知诗歌传播方式的重要性。所以认为吕进先生提出的“三大重建”对当今诗坛是很有意义的。它对诗坛的影响也越来越好，最开始是有些被人误解，认为“三大重建”是要“重振朝纲”甚至“走回头路”，把它与意识形态结合得太多。吕进先生也修正了表述，消除了很多误解。如他发表于《西南大学学报》2012年第1期的《新诗诗体的双极发展》中对“三大重建”作了完整科学的“定义”：“在正确处理新诗的个人性和公共性的关系上的诗歌精神重建；在规范和增多诗体上的诗体重建；在现代科技条件下的诗歌传播方式重建。”

这个“定义”中的“个人性”和“增多”两个词是非常重要的，显示出“重建”的不极端，体现出现代社会的民主精神。“三大重建”最难的是“诗体”重建，我做新诗诗体学研究近三十年，深知叶橹先生的观点是普遍性的，尤其是台湾，几乎没有人赞成诗体建设。但是我认为诗体建设的意义重大，因为诗体是诗的形体范式，是诗的体裁属性的具体的显性表现，是对诗的形式属性制度化后的结果，即规范化、模式化的诗的语言秩序和语言体式，具有制定做诗法则的意义，不仅有诗学意义，还有政治学意义。

10. 您是从新诗研究所走出的诗评家，您有什么话对新诗研究所说吗？

王珂：我1983年进西南大学外语系，1983年8月就见到了吕进先生，1985年9月新诗所刚成立，主办了“新时期新诗研讨会”，我任会务组组长。我在外语系的本科学士论文和在新诗所的硕士论文都是邹绛先生指导的。所以我对新诗所有一种特殊感情，曾说新诗所永远是我的“家”。在此，希望新诗所在读的师弟师妹们“耐住寂寞，潜心学问”（这是1987年9月8日吕进先生对我们刚入学的研究生说的话），希望新诗所越办越好！

诗评家的精神探求与豁达情怀

——访蒋登科教授

邱食存

采访对象：蒋登科

采访时间：2015 年 5 月 30 日上午

采访地点：西南大学学府小区诗评家蒋登科寓所内

蒋登科，诗评家，文学博士，西南大学中国诗学研究中心（重庆市首批重点文科研究基地）副主任，中国新诗研究所教授，博士生导师。中国作家协会会员、重庆市第二届学术带头人、中外散文诗学会副主席、重庆市作家协会评论委员会主任、重庆市文艺评论家协会理事。2001-2002 年作为富布莱特学者在美国加州大学做访问学者。2002-2009 年担任中国新诗研究所所长、《中外诗歌研究》主编，2005 年起担任西南大学期刊社副社长，《西南大学学报（社会科学版）》副主编。主要从事中国现当代文学、中国现代诗学研究，出版诗学研究著作有《散文诗文体论》（2002）、《九叶诗派的合璧艺术》（2002）、《九叶诗人论稿》（2006）等九部，主编有

《中国跨世纪诗丛》(1992,1993)、《中国新诗的精神历程》(2010)、《重庆诗歌访谈》(2013)等四十多种。在《文学评论》、《文艺研究》、《中国现代文学研究丛刊》、《文史哲》、《诗刊》、《人民日报》、《文艺报》等期刊、报纸上发表诗评、诗学论文二百二十余篇。四次获得省级政府社科奖,先后主持完成国家社科基金项目、教育部和省级社科基金项目等十余项,主持的国家社科基金项目结题成果被鉴定为优秀。

邱食存:蒋老师,您好!承蒙《诗学》杂志“诗评家专访”专栏的委托,很荣幸能对您就新诗评论进行专访。首先,请允许我对您能于百忙之中接受这次专访表达我最衷心的谢意。

蒋登科:食存好。作为从中国新诗研究所走出来的诗歌研究者,能成为西南大学中国诗学研究中心、中国新诗研究所主办的学术丛刊《诗学》杂志“诗评家专访”专栏的首批受访者,也是我莫大的荣幸!很乐意同你一起就中国新诗和新诗批评方面的问题进行交流和探讨。

邱:第一个问题想请您回忆一下,您什么时候开始撰写诗评的?

蒋:撰写诗评的具体时间很难说清了,读诗笔记是在20世纪80年代初就开始写了,记录一些点滴感受或者零星思考,也在一些小报小刊上发表过。我从1987年9月开始在新诗研究所攻读硕士学位,至少从那时起就开始了较为集中地撰写诗歌理论评论文章,算起来也接近三十年了。

邱:我注意到,您1989年11月在《山花》发表了《诗人的人格建设》一文,后来还得到了香港《现代诗报》的一个奖项。现在看来,诗人的人格建设仍然具有极大的现实意义。90年代以来,中国新诗一直有走“低”变“轻”的倾向：从以“下半身”写作为标志的70后诗人肉体诗学，经由1999年“盘峰论战”中“民间写作”与“知识分子写作”剑拔弩张互相攻讦，演变到分别于2001年和2003年出现的“废话”写作、“垃圾派”写作等等这些都说明诗人人格建设的紧迫性和重要性。接下来，我的另一个问题是在您出版的九部著作和发表的二百二十余篇论文里，您觉得哪些专著或论文是您的代表作？

蒋：我在采访别人的时候，也问过关于代表作的问题。其实，让作者给自己的成果贴标签，好像不太合适。我个人一直对九叶诗派比较感兴趣。这方面的系统研究始于1997年开始攻读博士学位的时候，出版了《九叶诗派的合璧艺术》和《九叶诗人论稿》两本书，发表了近二十篇论文，总字数八十万字左右。九叶诗派的特色主要体现在对中西诗歌艺术的融合方面，同时关注现实，而且是深度关注而不仅仅是表面的批判或者赞美，他们把对人的全面思考与对现实的深度打量进行了很好的融合，这在新诗史上是有特色的。这个群体不但奉献了很多优秀的作品和观念，而且对新时期以来的诗歌艺术探索也产生了很大的影响。

邱：讲到中西诗歌艺术的差异与融合，您应该很有切身体会。2001年到2002年，您曾远赴美国加州大学做富布莱特访问学者，师从叶维廉教授。西方的文学理论对您的中国新诗批评产生过什么影响吗？

蒋：2001年7月到2002年6月，我作为美国政府当年在中国遴选的24位富布莱特（Fulbright）学者之一，到加州大学圣迭戈校区（University of California，San Diego）文学系做访问学者，合作导师是著名诗人、比较文学专家叶维廉博士。置身美国，中西文化的冲突是很明显的。中西文化对待自然、传统、人、经济与文化的观念等等方面的态度，都存在着很大的差异。我喜欢观察、分析，尤其是了解二者不同的根源，在比较开阔的视野中学习、思考，然后判断。对于学习和科研，我一直主张这样几个过程：了解、理解、接受或批判、发扬或创造。这样，我们就可以比较客观、辩证地思考问题，在一定程度上了解二者的长处与不足。这也许就是比较的好处。

我对西方的文学理论了解得比较杂，喜欢从中接受一些与中国诗歌观念具有一致性、有助于思考中国诗歌文化的因素。譬如精神分析理论，可以帮助我们从创作的角度思考诗歌的生成；新批评提示我们对文本的重视是文学批评的基石；解释学可以提供作品解读的多种角度；文化学批评可以帮助清理诗与文化、历史、社会、人生的关系；解构主义可以使我们不断重新审视中国新诗的成就得失。我一直赞同“拿来”，但反对那种见到一种理论就搬过来的做法。任何一种理论都有其生长的社会、文化土壤，搬用别人的东西而不考虑自己的处境，无助于中国诗歌和文化的建设。

邱：您是诗评家，同时也是高校教师，申请高级别项目除了评定职称等现实需要外，更能给您提供优良平台，就某个研究对象进行深入而广泛的系统研究，让您在诗歌评论、诗学理论研究等方面有了更加深入考量的机会。您主持或主研的各级项目很多，我想就其中您主持的两个项目请您谈谈心得体会。一个是教育部人文社科项目“朦胧诗后中国新诗的精神缺失与精神重建研究”（2006-2010），另一个是国家社科基金项目“《诗刊》与中国当代诗歌的发展”（2009-2014）。首先，有关第一个项目，我想问的是，您是如何想到把新诗中的精神缺失与精神重建作为研究对象的？

蒋：我首先是一位教师，研究诗歌只能算是教学之外的业余爱好。你所说的这个项目的缘起是“新诗二次革命”主张的提出。

2004年9月，由原西南师范大学中国诗学研究中心、中国新诗研究所主办的首届“华文诗学名家国际论坛”在重庆举行，吕进、骆寒超等专家提出了“新诗二次革命”的主张，引起了一百多位与会专家的热烈讨论。会后，海内外诗歌界、学术界对这一主张产生了热烈反响，其中赞同者居多，但误解者、批评者有之。事实是，会议之前，吕进教授已在多篇论文中比较明确地提出了倡导“新诗二次革命”的基本理由和诗歌艺术的“三大重建”，即诗体重建、诗歌精神重建、诗歌传播方式重建。为此，吕进、蒋登科、梁笑梅等先后成立课题组，分别从“三大重建”的一个方面展开研究，他们申报的相关项目也先后被批准为重庆市人文社会科学重点研究基地西南大学中国新诗研究中心的重点研究项目，其中“朦胧诗后中国新诗的精神缺失与精神重建研究”于2006年被批准为教育部人文社会科学规划项目。

邱：我注意到这个项目最终成果《中国新诗的精神历程》已在2010年由巴蜀书社出版，相比项目名称，研究对象由“朦胧诗后中国新诗”扩展到整个中国新诗，有什么特别的考量吗？

蒋：按照最初的设想，本项目只是探讨朦胧诗后的中国新诗在精神建设方面所具有的特点和存在的问题，并提出一些矫正策略。但后来发现，仅仅研究这个时段的诗歌创作，我们面临了一些难以解决的困难，即，如果只研究某个时段的创作，尤其是还没有深度历史化的创作，就可能忽略对诗歌精神整体演变轨迹的把握，忽略已经为诗界公认的艺术元素，失去对当下新诗进行评价的历史标准，最终可能导致因为偏爱或偏激而出现的偏废。叶维廉教授曾提出“历史的整体性”批评原则，就是在研究任何作家或者文学现象的时候，一定要放在比较开阔的历史背景上进行打量，在广泛的参照中才能获得比较准确的评价。这对我们调整课题的思路产生了重要影响。经征求有关专家意见，并经课题组认真讨论，决定将课题研究范围扩大到整个新诗的精神历程。这样，新诗精神建设的整体线索就更为清晰，对朦胧诗后的诗歌精神建设问题也就有了源头和参照，提出的建议就具有更强一些的历史与学理支撑。

邱：2014 年 2 月，您主持的国家社科基金项目“《诗刊》与中国当代诗歌的发展”的最终研究成果“《诗刊》与中国当代诗歌的发展”被全国社科规划办鉴定为优秀，这是很不容易的，请您谈谈该项目所取得成果的相关情况。

蒋：2009 年 7 月，这个课题被批准为国家社会科学基金项目年度项目，最初申请的研究年限为两年半，也就是应该在 2011 年 12 月完成，但是在研究过程中，不断出现一些新的问题，于是按照程序申请了延迟结题，最终导致课题结题时间延迟到了 2013 年底。前期成果包括九篇论文，分别是《文艺研究》上的《网络时代：诗的机遇与挑战》；《人民日报》上的《心灵与时代的交响》、《信息时代的诗意阅读》；《文艺报》上的《诗歌的无名时代：问题与机遇》；《西南大学学报》（社会科学版）上的《〈诗刊〉与“上园派”的形成及其影响》、《“重庆诗歌研讨会”及其影响》、《学术创新与“诗学隽语”的生成》；《江汉论坛》上的《诗人的艺术姿态及其艺术效应》；《北方论丛》上的《偏于一极的诗歌时代》。这些前期成果产生了较好的社会、学术反响，《新华文摘》2011 年第 12 期、《中国社会科学文摘》2012 年第 4 期、《高等学校文科学术文摘》2011 年第 2 期先后转载了部分成果。结项成果为《〈诗刊〉与中国当代诗歌的发展》，34 万字，于 2013 年 7 月完成。

邱：《诗刊》被誉为中国诗歌的“国刊”，但相关研究显得相当薄弱。到目前为止，您的这个项目仍然是以《诗刊》为研究对象唯一的国家社科基金项目，意义重大。请您谈谈该项目取得了哪些建树。

蒋：其实，我在项目的成果中已经谈到了关于《诗刊》的大量研究成果，数量不少，有些质量也相当不错，只不过断代性、话题性的研究多一些。我在设计课题研究的时候，主要是把创刊以来的《诗刊》作为一个整体来考察，这样可以在纵横两个向度获得更多的参照和延伸。大致可以从五个方面来看这个成果的一些特点：(1) 第一次将六十多年的《诗刊》作为一个整体进行较为系统的研究，而且在探讨其自身发展的同时，对整个中国新诗的发展进行了打量，既尊重历史，又敢于结合整个诗歌的发展进行辨析。(2) 以小见大，通过一个刊物的历史考查，将与之有关的话题纳入一个整体的系统进行打量，既涉及背景，又涉及历史与现状，既涉及创作，又涉及理论；既涉及史料梳理，又涉及学术评价，使读者可以通过这个课题了解新诗发展的整体状况。(3) 根据文献、采访等，甄别了一些历史问题，比如徐迟在《诗刊》发展中的地位和作用、新时期三个理论群落的出现与诗学研究的繁荣、重庆诗歌讨论会的历史事实等等，为读者和后来的研究者提供了真实可信的史料和学术信息。(4) 提出了一些新的理论观点，比如文学期刊研究的主要任务、《诗刊》研究中存在的不足、诗歌刊物与诗歌发展的互动关系等等。(5) 在研究方法上也有所突破，突破了单纯依据史料的研究方法，借用了比较研究、学理讨论等方法，还采用了访谈等有效手段，使成果的学术信度获得了较大程度的提升。

邱：您怎样评价当下的诗歌批评现状？

蒋：相比于社会文化和文学的其他样式来说，当下的诗歌艺术探索可以说是处于中国文化的边缘。但真正走进诗歌世界，我们又会发现，诗歌内部其实是很活跃的，写诗的人多，好作品不少，诗歌观念不断更新和发展，诗歌的传播方式也发生着很多的变化。只是在整个社会文化之中，诗歌的社会影响度相比于抗战时期和新时期低了不少。诗歌批评的处境也差不多，在整个学术界处于相对边缘的位置，但这个研究群体比较稳定，囊括了老中青三代学者，而且不断有年轻的力量加入，因此也不断有成果推出，不断有新的观念涌现。虽然其中存在很多问题，比如圈子问题、诗歌评价的标准问题、学术视野问题、人文关怀问题、贩卖表扬的问题、学风上的浮躁问题等等，但作为一个长期关注这个领域并置身其中的人，我对诗歌理论和批评的未来是充满信心的。也许正是这个人数不多的群体，可以为中国新诗保留下不可或缺的精神与学术火种，这对中国文化的传承和创新将发挥非常重要的作用。

邱：您是从中国新诗研究所走出来的诗评家，您有什么话要对新诗研究所说吗？

蒋：中国新诗研究所是1986年6月18日成立的，是当时中国第一家也是唯一一家独立建制的专门的新诗研究机构。吕进教授长期担任研究所所长和学术带头人。经过近三十年的努力，中国新诗研究所在许多方面都取得了令人欣喜的收获。承担的研究课题、出版的学术专著、创办的期刊、培养的博士硕士、举行的各种诗歌研讨活动、参与的海内外学术交流等，都得到了海内外诗歌界、诗学界的公认。学术队伍不断壮大，吕进、陈本益二位教授的影响自不待言，即使比我年轻一些的学者也都很有才气，向天渊、熊辉、梁笑梅、张传敏、张立新、邱雪松、余祖政、魏巍、杨晓瑞、许金琼等都有自己的研究领域。在人才培养方面，从建所初期每年招收一两名硕士研究生到现在在读博士硕士研究生近百人，不少毕业生已经成为所在单位的学术骨干，成为颇有名气的诗学专家。2006年建所二十周年前夕，我和吕进教授主编了三部书：在职教师论文选《二十年：探路与开拓》、《中外诗歌研究》二十年文选《现代诗学的多维视野》和中国新诗研究所史料选《寻梦之路——中国新诗研究所二十年》（上、下册），比较全面地回顾和总结了研究所的历史、成绩、经验。它们是过去的积累，也是今后进一步发展的基石。

新诗研究所的三十来年，许多事情都令每一个参与其中的人怀念。我直接经历了新诗研究所的成长、发展，对它的几乎所有的事情都铭记在脑海里，在编辑那几本书的时候，有些材料找不到了，有些事件已经模糊，我凭借自己的记忆，居然通过各种途径把好多材料重新找到，而且材料的记载和我的记忆没有多少出入。这不是我的能耐，而是因为新诗研究所在我生命中具有特殊的分量。新诗研究所的团结和谐、工作人员的敬业精神、海内外诗界和诗学界的前辈和朋友们的关注与支持等，是新诗研究所的学术活力与发展动力的重要来源。

每次外出参加学术活动的时候，很多诗人、评论家都会向我问起新诗研究所的情况，他们说，西南大学有这样一个研究所实在是学校之福、新诗之福。我期待新诗研究所的年轻学者们传承长期以来形成的求实、创新、高效率的学风，注重人文精神的建构，以包容、豁达的胸怀面对各种诗歌现象，努力克服当下社会上流行的浮躁、功利情绪，不断推出新成果。祝愿新诗研究所发展得越来越好。

诗歌批评有自己独特的生命

——张德明教授专访

陈李力

张德明，1967 年生，湖北天门人，文学博士，北京师范大学文学院博士后，中国南方诗歌研究中心主任、广东岭南师范学院人文学院教授，西南大学中国诗学研究中心客座研究员，全国中文核心期刊评审专家。1998 年在西南师范大学（现西南大学）中国新诗研究所学习，获中国现当代文学专业硕士学位，导师为陈本益教授。2001 年在四川大学文学与新闻学院学习，获比较文学与世界文学专业博士学位，导师为曹顺庆教授。2008 年在北京师范大学文学院博士后流动站工作，顺利结业，合作导师为张清华教授。目前，主要致力于中国现当代新诗批评与研究。已出版《现代性及其不满——中国现代文学的张力结构》、《网络诗歌研究》、《新诗话·21 世纪诗歌初论》、《新世纪诗歌研究》、《当代艺术思潮论》、《百年新诗经典导读》等六部学术著作，主编《新红颜写作及其争鸣》、《2012 中国年度好诗三百首》、《生命的幻象书写：陈陟云诗歌研究》、《最美的白话诗》、《中国当代民间诗歌地理》等，在国内重要期刊上发表论文百余篇。曾获广东省青年文学理论类一等奖、首届“名作欣赏”杯优秀论文奖、第二届南方评论优秀学术奖一等奖、2013 年“澄迈·诗探索奖”理论奖、2014 年“中国·星星年度诗评家”奖等。

1. 陈李力（以下简称陈）：张老师您好！访谈之前首先祝贺您最近获得了《星星》诗刊2014 年“年度诗评家”大奖。这是吕进老师指导我们做的《诗学》的“诗评家专访”栏目。作为新世纪的批评家，请问您是什么时候开始撰写诗评的？您能否谈谈第一篇诗评的前因后果和这个时期您的思想状况？

张德明（以下简称张）：如果把所有针对诗歌发言的文章都算诗评的话，那么我从事这项工作很早了，20 世纪 80 年代后期在中学教语文时，就在一些语文杂志上发过一些豆腐块文章。不过，现在回想起来，那些文章都很浅陋，只能说是关于诗歌的读后感吧。我真正开始从事诗歌批评应该是 1998 年考入西南师范大学新诗研究所攻读硕士研究生之后，我记得研一时吕进老师教我们“中国现代诗学”这门学位课程，学期结束时给我们布置了一篇课程论文，要求我们围绕某个诗学话题写一篇三千字以上的论文。我写的是《捆绑与挣扎——略论新诗的艺术生成及诗体重建问题》，这篇文章写成后，受到了吕老师的肯定。他还鼓励我说：可以试着投投，应该可以发表。我于是把这篇论文投给了《荆州师范学院学报》，很快发表出来。这篇文章应该算我撰写并正式发表的诗歌批评文章吧，当然其中的许多观点都是听了吕老师那门课而得来的。

2. 陈：在您的著作里，您觉得哪些专著或论文是您的代表作？

张：我出过好几本学术著作，也发表了一百多篇学术论文和诗歌批评文章。我觉得迄今为止，还没有特别满意的。比较而言，

《翻译文学与中国现代文学现代性》(《人文杂志》2004 年第 2 期)、《中国新诗鉴赏与诠释中的细读问题》(《中国现代文学研究丛刊》2011 年第 2 期)、《沈从文“文体作家”称谓的内涵流变》(《民族文学研究》2012 年第 1 期)等几篇有一定的学术意义。

3. 陈：作为诗歌评论家，您平时也会写作诗歌吗？

张：是的，我平时也写诗。我把诗歌创作看作体验诗性、了解诗人工作过程的一种特定方式。我记得诗人安琪对诗评家写诗有过一定论述，她认为：“批评家向来以理论见长，职业训练造就出的发达的逻辑思维如果再辅之于诗歌的形象思维，可谓相得益彰。写诗的批评家进入诗歌文本往往更能一步到位已是批评界的共识，而诗人们对会写好诗的批评家自然也有着天然的亲近和信任。”安琪的话是有一定道理的。

4. 陈：2010 年，您和文学评论家李少君发表了访谈式评论文章《海边对话：关于“新红颜写作”》，文中谈论了从 20 世纪 80 年代至今的有关女性诗歌创作发展的情况，也特别谈论了 21 世纪以来，女性诗人的大量出现和女性诗歌的创作实力等等，并正式提出了“新红颜写作”这个概念，在诗歌界引起哗然。有人对这个命名提出了质疑，您能解释一下这个概念吗？

张：“新红颜写作”的提法确实在诗歌界引起了很大反响，赞同与反对的人都不少，其实无论赞成还是反对，只要引起争论，人们就会更为关注这种现象。李少君在接受一家媒体采访时，曾仔细诠释过这个概念，他说：我们把个人博客时代出现的大量年轻知识职业女性写诗的现象，称之为“新红颜写作”，也有人称之为“白领新红颜”，因为写诗者中，很多是企业高管人员、政府公务员、教师、记者、律师等等。“新红颜写作”的特点主要有两方面：一是对现代女性的生活生存状况和命运的实践与反思，由于她们身处急剧竞争和变化的市场经济时代，她们获得了独立自主意识的同时，也相应独自承担起重任，因而写作上比前几代女诗人更尖锐更悲壮；二是在写作风格追求上，她们有回归中国古典美学的迹象，因为此前女性诗歌包括男性诗歌创作很多是对西方现代主义的追随和模仿，那么现在一些年轻诗人开始恢复传统，寻找中国历史上的诗教传统，女性诗人在这方面又尤其有优势。

5. 陈：您觉得“新红颜写作”对当下的诗歌界有什么影响？诗歌创作逐步女性化的趋势，对男性诗人的创作现状是否会有冲击呢？

张：互联网语境下的女性诗歌写作者日益增多，这对当代诗歌的发展是有帮助的，女性情感细腻，感觉敏锐，她们的思维更具有诗性思维的特征，她们能写出男性诗人无法写出的某种情感形态和生命经验。女性诗人的日益壮大，既给男性诗人的创作带来了压力，也促进了诗歌生态的发展和变化。

6. 陈：2014年《突围》邀请了九位诗评家对首席诗人南夫的作品《我的富农生活》进行评论，好像当时只有您一个人给了差评，随后您更是在博客贴出了《口语写作的十宗罪》，并在当时引起了很大的争论。您觉得新世纪诗歌的审美标准是什么？

张：新世纪以来，由于媒体的异常发达，诗歌的产量是异常巨大的，而对诗歌评判的审美标准也并不确切，显得模糊和混杂。在我看来，当下许多所谓的诗歌都不能真正称为诗歌，上海交通大学的何言宏教授把它们称为“亚写作”或者“亚诗歌”，我觉得说得较到位。对于新世纪诗歌的价值评判，需要确定相对统一、多数人能认同的标准，在《新世纪诗歌八问》中，我提了一个公式，即：好诗=精巧的结构+优美的文字+真挚的情感+（深刻的思想）。这个公式也许可以为人们确定当下诗歌的审美标准提供重要的参考。

7. 陈：你觉得存在“精英诗歌”和“民间诗歌”的区分吗？现在活跃着许多“打工诗人”，您如何看待这个群体？

张：诗歌是利用意象、象征和暗示来表情达意的语言艺术，这使得它的阅读理解必须经过一定程度的破解和翻译才能实现，由于人们的知识结构、生活阅历和美学视野各自相异，对同一首诗的理解也就会各有不同，这或许是诗歌常常会引发争议的原因。我认为诗歌确实是分层的，有写给少数人读的诗，也有多数人能接受的诗。至于这两类诗是否用“精英诗歌”和“民间诗歌”这样的术语来称谓，则另当别论。

“打工诗人”是指生活在底层、以打工营生的诗人。这群诗人虽然工作繁重、生活艰苦，但在内心深处没有泯失文学的梦想，也时常涌荡着表达的渴望，他们对于文学尤其是对诗歌的挚爱是值得肯定的，借助诗歌来抒发情志、记录生活也难能可贵。这群诗人数量虽大，但作品质量还有待提升。

8. 陈：20个世纪80年代，中国新诗进入一个繁荣的时期。随之而来的是中国诗歌批评体系的形成。在从西方借鉴了一系列的批评方法之后，很多学者也开始强调汉语独特的批评理论和方法。您认为今天中国新诗有哪些独特的批评理论或成绩？您是怎么评价诗歌批评的现状？

张：80年代以来，当代诗歌批评的成果是相当丰硕的，优秀的诗评家和诗学论著大量涌现，令人欣喜和赞叹。诗评家们在从事诗歌批评和研究，不仅能广泛吸收和借鉴西方的诗学理论，灵活运用外来的各种批评方法，也能向古典诗学学习，在综合古今中西之中探索现代诗学发展的新路径。不过，令人深感遗憾的是，当代诗歌批评和理论尚缺乏属于自己的独特体系。

新世纪以来，诗歌批评较为活跃，尤其学院出身的诗歌批评家很明显占据着主导地位和话语权，他们对诗歌的分析和阐发比非学院的批评家更深透，更有系统性。当然，学院派诗歌批评也存在沉稳有余而锐气尚欠的弊端。

9. 陈：诗歌本身呢？比起80年代，当代中国的诗歌是不是更少了一种西洋味道，而具备了汉语的自身特征？（比如陈先发、韩东、雷平阳这样的诗人）

张：由于受日常生活美学观念的影响和个人化写作的不断深入，新世纪以来的诗歌创作日益与当下语境、与现实生活状况发生深刻的关联，雷平阳、沈浩波等诗人便是此方面典型。同时，对现代化的深层反思，也迫使一些诗人将目光从世界拉回到民族，去寻找传统人文思想与精神的亮光，陈先发、杨键等便是此方面的代表。不能否认，上述诗人的诗歌实践的确凸显了新诗的汉语个性，但由于当下诗歌公共性追求上的某些欠缺，他们究竟在多大程度上能推进当代诗歌民族个性的建构，还是一个必须由一定时间来检验的诗学问题。

10. 陈：诗歌批评一般都来自于学院，它对诗人的写作和自省往往起到独特的促进作用。但一般读者似乎无法从中受益。您觉得诗歌批评是否应该兼顾普通读者，如何通过批评促成大众和诗人之间的相互理解？

张：你的判断没错，当代诗歌批评确实是由学院派在主导。诗歌批评一方面可以起到督促和鞭策诗人的作用，另一方面也要在提升读者的艺术品味和欣赏能力上扮演重要角色。我觉得，诗评家应在发现当代优秀诗作，对佳作加以细致读解上作文章，这样对于诗歌与大众的相互理解是大有助益的。

11. 陈：前段时间，许立志、余秀华等诗人在诗坛受人关注和热议，有人还曾将二者相提并论。您认为他们各自的特征是什么，有相同之处吗？

张：许立志和余秀华有一定可比性，都代表了底层人群，都有对文学的挚爱。所不同的是，余秀华的身上还有更多的符号，比如女性、脑瘫病人等等。由此，二者被诗坛所知晓的方式就显出了差别。

12. 陈：您的研究关注新世纪诗歌。您认为网络诗歌对于中国诗歌的发展起到了什么样的作用？

张：我的关注和研究重心在新世纪诗歌，网络诗歌正是这一阶段最为重要的诗歌形式。在我看来，互联网的出现，极大地改变了新诗的发表、传播与接受方式，网络为新诗的发展提供了极大的自由度和广阔的承载空间，自然也导致了泥沙俱下的混杂局面。

13. 陈：今天文学的传播渠道也大不同于以往，像《诗刊》、《星星》这样的纸质期刊受到网络冲击，成了文学期刊的普遍命运。那么文学期刊在今天的独特优势是什么？

张：应该承认，纸刊也好，网络也好，都是诗歌发表与传播的媒介，二者在本质上没有什么区别。所以当个人博客时代到来后，许多诗人将博客作为诗歌面世的最主要手段与载体，认为在博客上将自己的新作发表出来，就意味着可以供读者阅读，可以跟大家分享了，这都是很正常的现象。不过，由于严格的审稿制度，纸刊的发表肯定比网络的发表要困难得多，因此，纸刊的权威性无疑是网络无法取代和撼动的，一个诗人要想获得诗歌同行的普遍认可，就得在有影响的诗歌刊物如《诗刊》、《星星》上多发表作品。

14. 陈：一部分诗歌批评家认为当下诗歌是新诗百年以来最繁荣的黄金时期，而一部分则认为是貌似繁荣，是一种假象。千人一腔，万人一调，高度同质化倾向日益严重，极具视角和独特话语的诗歌文本少之又少。请问如何看待这一现象？

张：当下诗歌创作虽然佳作不少，但从普遍上看，同质化还是很严重，有独创性的诗歌文本的确还不多见。有人议论当下诗歌是“虚假的繁荣”，是有一定道理的。究其原因，主要是当代社会在文化教育和知识传承上的日益普及化和大众化造成的。由于文化资源共享的范围越来越广泛，公民接受教育的过程越来越近似，彼此之间的知识修养和人生阅历相差无几，这自然会使得诗歌表达无论是思想内涵还是思维模式都会大同小异。此种情形下，每个有志于在诗歌事业上开辟自我疆土的诗人，都应该有意识地集成有别于他人的知识信息库，同时培养别具一格的审美趣味和话语方式，这样的诗人数量多了，中国新诗的艺术画廊里才会各具其美，异彩纷呈。

15. 陈：您认为重庆诗歌创作的主要问题有哪些？应该如何解决？

张：在中国当代诗歌版图中，重庆其实是一个不可忽视的重镇，这里活跃着许多优秀的诗人，傅天琳、李纲、华万里、李元胜、李海洲、金铃子等等。不过，重庆当代诗歌也存在一定的不足，比如，诗人数量不少但在国内诗坛独领风骚的人寥寥，缺乏有影响的诗歌社团和诗歌刊物，诗歌批评曾经处于国内领先位置但近些年来有衰落的迹象，等等。我认为，要想解决上述问题，既需要政府加大对诗歌的扶持力度，也需要诗人们自身的努力。其实，重庆独立为直辖市的时间并不长，它的诗歌未来是值得期待的。

16. 陈：您是从中国新诗研究所走出来的诗评家，您有什么话要对中国新诗研究所说的吗？

张：对中国新诗研究所，我首先要说的是感谢，感谢这块诗歌的圣地，这是我开展诗歌研究的起步之处，是我学术梦想开始的地方，也是给了我一生都取之不尽、用之不竭的精神营养的乐土。这里有国内知名的学者和诗评家如吕进先生、陈本益先生等，也有当代诗学界的新锐力量如蒋登科、熊辉、向天渊等。他们要么是我的师长，要么是我的师兄弟，我也要感谢他们。其次我要说的是祝愿，祝愿新诗所越来越红火，越来越兴旺，祝愿新诗所永远立于中国当代学术和批评的前沿阵地，培养出更多的诗歌研究人才，为当代诗歌研究和批评的发展不断作出新的贡献。

诗学序跋

主持人语（张立新）：

本辑诗学序跋的三位作者都具有诗评家兼诗人的双栖身份。

“新来者”是新时期重要的诗歌群落，作为享誉海内外的诗评家、诗人，致力于新诗建设和发展的吕进教授在新诗发展的历史坐标中首次提出了“新来者”这个诗学概念，在经过了长期的思考和准备后，又着手主编了《中国新时期“新来者”诗选》。本辑选录的《低处的露珠》就是吕进为该诗选中的排头兵——“新来者”山西诗人毕福堂的诗集《露珠之光》所作的序言。在意趣丰沛的谈天说地、纵横开阖中，吕进先生指出，毕福堂这位始终站在低处的诗人，其诗作“真实淳朴，厚重天然，有农民的悲悯，也有军人的坚强”，其中“既有生存关怀，也有生命关怀”，而这正是“新来者”共同的审美追求。

本辑首次选录了蒋登科教授的两篇序文。作为重庆本土有影响的诗评家和诗人，蒋登科对重庆诗坛的关注和研究由来已久，“重庆诗坛的特点之一就是沉静而不浮躁，稳健而不乏创新，默默耕耘的诗人很多”。《每个诗人都是一个世界》是蒋登科为《重庆诗人十二家》下卷所作的序，作者系统地阅读了十二位重庆诗人的作品，对每位诗人都作出了精要的概括，如专注于三峡诗歌的柏铭久、“在单纯之中努力创造着精致”的王顺彬、短诗高手赵兴中、多面手金铃子等，“每个诗人都建构了一个属于自己的诗歌世界”。《透过昨日的痛苦，抬头仰望蓝天》是蒋登科为重庆青年女诗人海烟的诗集《单行道》而作的序文，在对其代表作的细致解读后，蒋登科以为，海烟的诗具有一种超越的情怀，“寓激情于平淡，寓疼痛于坦然”，在情感质地和艺术表达上都显示出了超拔于同龄女诗人的独到之处。

对诗与非诗的问题一向非常较真的老诗人乔延凤，也是《诗歌报》的资深编辑。本辑选录的《穿越世纪的铜号声》是乔延凤为《〈诗歌报〉十支铜号作品集》所作的序言。“十支铜号”是《诗歌报》的经典栏目，该作品集收入《诗歌报》从1997年第2期到1999年第1期刊登在这个栏目的134位青年诗人150首诗，从中也可以看出《诗歌报》的诗歌主张和艺术追求。作者从诗歌语言和诗歌与现实关系问题出发，在与“颓废诗”、“垃圾诗”、“口水诗”的比较中，对诗人们传播着时代正能量的“铜号”声给予了热情的褒扬。

低处的露珠

——序毕福堂《露珠之光》

吕　进

2014年8月，《中国新时期“新来者”诗选》由西南师范大学出版社出版。

这是我长久以来就准备着手选编的集子。我把我在《文艺研究》2010年第3期发表的论文《论中国新时期诗歌与“新来者”》搁在诗选的前面，作为代序。所谓“新来者”，我指的是在上个世纪新时期的一个庞大而有影响的诗群，就是当年不写朦胧诗的年轻诗人。新时期诗坛的老诗人有“归来者”诗群和不属于“归来者”的资深诗人，新时期诗坛的年轻诗人有朦胧诗群和“新来者”诗群。四个诗群相互辉映，他们动人的合唱成为中国新诗发展史上令人怀想的辉煌岁月。

《中国新时期“新来者”诗选》共选入99位“新来者”，以山西诗人毕福堂打头，以军旅诗人朱增泉押尾，因为，诗选是以诗人姓氏的拼音排列的。“A”姓诗人，如阿垅、阿红都不是“新来者”，“B”姓的“毕”自然就当上排头兵了。

福堂是典型的“新来者”，他在上个世纪的新时期开始写诗。

一个北京新华社警卫连和天安门国旗班的小战士，沿着诗之路前行。他从李瑛那里学得处理艺术和生活的关系的真经，他从李钢那里学得诗家语的锤炼，他从洛夫那里学得意象的创造，最后成为在《人民日报》、《光明日报》、《人民文学》、《诗刊》、《解放军文艺》、《星星》等大报大刊上发表作品的诗人。他的诗观和部队的“新来者”代表诗人雷抒雁、周涛如出一辙。既有生存关怀，也有生命关怀，这正是“新来者”共通的审美追求。

山西是一方古代大诗人明星璀璨的土地。尤其是在唐代，许多山西诗人引领群伦。如王勃所说：“高阁名篇千古稀，天涯海内耀光辉。”光耀唐诗的山西诗人很多，今河津人王勃（649 或 650—676 或 675）、今汾阳人宋之问（约 656—712）、今太原人王之涣（688—742）、今太原人王昌龄（？—约 756）、今祁县人王维（约 701—761）、今运城人柳宗元（773—819）、今祁县人温庭筠（812—870?），还有王绩、卢纶、元好问，以及因祖辈世居于太原，而自称“太原人”的河南人白居易，等等。

新诗百年，山西现代诗人能在全国领军的人物却罕见，但是这块土地上仍然诗意浓郁，我认识或知道的山西诗人就不少。周涛算是有全国影响的领军者，是谈及新时期边塞诗时的必须话题。董耀章、张不代、张承信、周所同、郭新民、梁志宏、潞潞、李杜、唐晋，以及其他好几位，都有才气。李玉臻（寓真）刊布的聂绀弩一案的材料令我震惊，也佩服作为法官、作为诗人的寓真的一颗正直的心。

这不，从屯留又走来了毕福堂。屯留是个古城，县名起源于春秋时期赤狄的支属留吁，晋国剿灭赤狄后，改名纯留，后又在春秋末年改名屯留。唐武德五年（622），县治迁至今屯留县城。清代进士梁迪《留城早春》一诗，极言屯留的美，诗中有“上党天高四望遥，留城佳气动春潮”之句。毕福堂就这样带着深厚的历史积淀向我们走来。

1986 年，中国新诗研究所成立后不久，召开诗歌研讨会，山西诗人中，董耀章和毕福堂应邀与会，这是我和福堂友谊的开始，掐指算来，居然已经过去快 30 年了。其间，他去夏县“扶贫”一年，又去了子长县挂职 6 年，去守候尧的故里，守候尧的长子丹朱受封的“丹城”，守候“填海”的“精卫”的故乡。这 7 年没有见到他，但是时而会听到他“当县官”的消息。下乡 7 年，2010 年回到山西省文联后，2012 年、2014 年他都来到西南大学，连续出席我们的两届华文诗学名家国际论坛。

福堂为人真挚、热情、义气、善良，大家都喜欢他。2012 年 12 月上旬，第四届华文诗学名家国际论坛在西南大学举行，120 余位来自十几个国家的学者、诗人出席。在一次吃饭中，他们一桌的诗友“王”瘾大发，居然以家乡地域为依据，相互封王，福堂受封“晋王”。台湾《葡萄园》诗刊事后对此趣事还加以报道。

其实，历史上的几位晋王可都不太靠谱。晋王司马昭就架空、欺辱曹魏第四位皇帝曹髦。《汉晋春秋》记载：曹髦写《潜龙》一诗，表达苦闷之情，被司马昭在朝堂上大声斥责。曹髦不能忍受，把心腹大臣找来商议，说出了那句名言：“司马昭之心，路人皆知。”另一个晋王司马炎的好色也是“路人皆知”。统一天下后，司马炎居然禁止全国老百姓结婚，便于他挑选宫女。灭吴后，又将孙皓后宫五千美女全部纳入后宫，终日淫乐。

福堂这位“晋王”当然不是这种人了，不然他怎么会成为大家的好朋友呢。他是三代贫农之后，血管里流淌着世代农民殷红的血；他是人民军队培育出来的军人，就像国旗班一样，站得直，站得稳，站得久。诗如其人，福堂的诗真实淳朴，厚重天然，有农民的悲悯，也有军人的坚强。读他的《露珠之光》，我屡受感动。诗人就应该这样：眼睛向下，走到低处，融入民间，关注家国。那些眼睛总是向着自己，只倾诉一己悲欢、杯水风波的人，实在没有资格和福堂这样的真诗人站在一起。

《老子》第45章："圣人恒无心，以百姓之心为心。"低处就是"圣人"的高处。福堂站在低处，就占据了精神高处，他是一位低处的同情者，又是一位高处的思想者。

《露珠之光》共4辑，无论"老井"、"等你"，还是"寒山寺之钟　谁在敲响"、"多年来　我低头走路"，我们看到的都是一位永远把低处挂在自己心上的诗人。

望着雪花，诗人想到的是农民的汗水——
农民种田流汗，老天适时降雪
他们原本都是血脉般的水呀
——《雪花如期降下来了》

断水的日子，诗人想到的是国家的脉管——
断水的日子　猛然发现
不露声色的脉管何等重要
它和心脏密不可分
——《断水的日子》

他为刨煤矸石的女孩叹息——
刨煤矸石的女孩
希望在这个越发寒冷的冬天
找回一丝久违的温暖
——《寒风中　刨煤矸石的女孩》

他给马路清洁工投去尊敬的目光——
仿佛昼伏夜出的动物
总也见不到太阳

——《马路清洁工》

2014年10月，福堂参加第五届华文诗学名家国际论坛，攀登重庆武隆的仙女山，诗人想到的是背脊，这是神来之笔啊——

如果没有这些
上上下下骨节般的阶梯
这些接力似的弯弯曲曲的背脊
即使一部的断裂
世间的惊叹何以抵达

——《仙女山的阶梯》

诗人即使寻访苏州、扬州、凤凰古城、曼谷，他的眼仍在低处，心仍在高处——

陪衬在小桥流水旁
你整日闷闷不乐
横竖不露一丝笑容
甚至不止一次任苦涩的泪珠
从石缝间点点滴滴渗出　渗出

——《假山石》

我们可爱的诗人，肚里“没有脂膏”的诗人，当某些文学艺术作品热衷于官场、商场、情场的时候，他依然向着低处；在这薄情的时代，他依然唱着他的深情的歌；在这物欲横溢、世风低俗的时尚里，他依然执著地向往着完美的人格，高贵的人生——

我只知道　皎洁的月辉
是世界的乳汁
——《旅途中　月亮一路相随》

像那草木之下的蚂蚁
小的不能再小　低的不能再低
低到极处　哪里都是安乐窝
——《多年来　我低头走路》

假如有天我收拢了翘起的视线
就是收拢了我的整个一生
——《等你》

福堂的诗可以说时时处处都是和“低处”相连。这正是打开福堂的诗的殿堂的钥匙，也正是他的诗打动我的地方。《新来者诗选》以他的《等你》开篇，我弄不明白，这首《诗刊》1988 年第 11 期发表的诗，怎么会被收进《古今情诗》、《秘藏爱情诗精选》和《当代青年诗人情诗选》。我读到的好像不是情诗呀，如果要说“爱情”，那也是和低处相通的大写的“爱情”吧！诗歌读者从来就有误读的权利，但是编者可没有这个权利。

福堂的第一本诗集《摇篮梦》是由天津百花文艺出版社在

1991 年推出的，已经过去 24 年了。24 年磨一剑，“可怜九月初三夜，露似珍珠月似弓”。从《露珠之光》，我们可以看到诗人毕福堂的拓展和探索。今夜露水重，明朝太阳红。我有把握地祝福诗人霞光满天的明天。

是为序。

穿越世纪的铜号声

——《〈诗歌报〉十支铜号作品集》序

乔延凤

《〈诗歌报〉十支铜号作品集》即将与广大诗爱者见面了，这是继《〈诗歌报〉封二诗人作品集》出版之后，诗友们的又一喜讯！

在《〈诗歌报〉封二诗人作品集·后记》中，诗人俞强对《诗歌报》在中国现代诗歌进程中的作用，说了如下一段话：

> 她将诗歌艺术的包容性和前瞻性高度地辩证地统一，注重生命体验，她所倡导的诗与世界、与社会的深层次的相遇、碰撞，她所致力的诗歌精神内涵与艺术语言的统一，诗歌内容和形式的不可分性，以及诗歌艺术审美的广度与深度，还有她的编辑者们在办刊过程中形成的编辑作风、坚持的原则，都已经和她的诗歌文本一道，形成一种博大的人文精神，为当代中国文学乃至中国文化注入了一种新的肌质。

“十支铜号”作品集出版，《诗歌报》又一重要文本问世，可以使我们更好地理解这段话的意义。

本书收入《诗歌报》从1997年第2期，到1999年第1期，刊登在本栏目的134位青年诗人150首诗。从中我们不仅可以看到他们的作品，而且可以看出《诗歌报》的诗歌主张和艺术追求。

当初，我们决定设立“十支铜号”这个栏目、每次推出十位具有影响力的青年诗人的作品，就是意在集中展现他们的风采，以满足诗爱者阅读的需求；同时为当代中国新诗提供第一手可资研究的文本，以推动现代诗歌运动的蓬勃发展。

今天再读这些作品，当年十支铜号的声音，依然激越、嘹亮，它高昂的旋律，已穿越了20世纪，还将继续地穿越下去。

认真保存《诗歌报》资料、深情传播《诗歌报》文本的读者、诗友，现与日俱增，他们真诚的努力，令我十分感动。《诗歌报》之所以能够得到全国诗友们的广泛认同和支持，这与她始终坚持的诗歌精神，引领着诗歌潮流，是密不可分的。

上世纪80年代开始的中国现代诗歌运动，对中国诗歌的发展，起到了有力的推动作用。而《诗歌报》在诗坛的重要性，也就在这一进程中，显现了出来。

在现代诗潮中，后来为人们所诟病的“颓废诗”、“垃圾诗”、“口水诗”，则是这一运动中另一股思潮的产物：一些打着“先锋”、“现代”旗号的人，实际上做着与高尚的中国现代诗追求背向的事情。

在这里，我想主要谈谈诗歌语言的问题和诗歌与现实生活的关系，它是涉及我们诗歌创作与发展的基本问题。

“口语诗”，即口语入诗的提法，很容易将诗歌语言引向混乱，这是一个并不科学的提法。

诗歌的语言，是文学语言，口语不是文学语言。口语和白话，二者常常被人们并提，但二者也是有区别的。

口语是相对于书面语而言的，白话是相对于文言而言的，白话文和文言文都是书面语。

诗歌是语言的艺术，诗歌的语言是书面语，不是口语，而且还是一种要求很高、更为精致的书面语。以致诗歌被称为艺术王冠上的明珠。

口语是一座富矿，它有着无比的生动性和丰富性，但它需要我们去开采，去提炼，把它吸收进我们的文学语言、艺术语言中来。口语不仅有重复，不精炼，而且其中含有许多临时性词汇，随着时间推移，它们会被淘汰。后人阅读起来，这些临时词汇，就会成为人们的障碍；我们进行创作时，要考虑到这一情况，以使我们诗歌的语言获得更持久的生命力，具有更恒久的艺术魅力。

晚唐起，人们的口语跟今天的口语就基本相同了。

文言文本来也是从现实的口语中形成的书面语，作为一种书面语，它具有相对的独立性，被一直保留至今，它的许多句式、词汇，今天仍活在我们的口语、书面语之中；我们诗歌的语言，也与之血脉相连。诗歌语言不仅是书面语，而且是文学语言，应该是包含这所有一切都在内的，经过提炼、创造而形成的。文学语言的产生，是要经过作家、诗人的创造性劳动的。

唐代白话诗人王梵志的诗中，运用的口语“貌哨”、“较些子”，今天有谁能懂？王实甫《西厢记》中用的口语“抢皱”、“胡颜”、“艾焙”、“热趱”、“掩犯”、“转关”、“调犯”，同样不加注释今人都无法明白。可见使用临时语汇不能持久。

诗坛上曾一度泛滥的“口水诗”、“垃圾诗”，与不懂得文学语言与口语的区别，不无关系。

当然，“口水诗”、“垃圾诗”、“颓废诗”的产生，还有诗歌内容上的问题。诗歌的内容同样需要选择、提炼，需要有精神气度的统领。

我们倡导诗与世界、与社会的深层次的相遇、碰撞，就是从内容上要求诗歌的内容与现实社会密切联系起来，深刻地反映现实的社会生活。

诗歌创作的过程，是一个客观外物主体化、主观精神客体化的过程。

诗歌要用活生生的艺术形象，去感染读者，打动人心。

细读这部作品集中的诗篇，就能领会这个问题。这些诗篇，用富于表现力的诗歌语言（文学语言），饱含着作者的情绪、思想，通过诗歌形象感染读者，而这些诗歌的内涵也是饱满的。

这些诗歌的语言，是文学的语言，体现了作者的个性，它们又是活生生的，有生命的。

同时，每个时代有每个时代的精神，我们诗歌的精神应该体现出时代的精神，需要诗歌深刻地反映社会生活。

从《诗歌报》的栏目设置中，就能看出我们这样的导向。

“十支铜号”、“大屏幕投影”、“世风民情”、“民族花篮”、“民间社团专号”等，已经成为《诗歌报》乃至诗歌史中令人怀念的经典栏目。

重读“十支铜号”的作品，我们对这些问题的认识，就会更加清晰起来、更加深刻起来。

收入这本诗歌集的青年诗人 134 人，各以自己的风采和声音，歌唱着，吹着嘹亮的铜号，这是时代的声音，这是传播正能量的声音。从内容上，就与那些“颓废诗”、“垃圾诗”、“口水诗”区别开来，泾渭分明。

这部诗集为青年诗人许军所编选。

我认识许军还是上世纪 90 年代，那时，他还是一位年轻军人，当年他来到诗歌报社我们相见时的情景，今天仍历历在目，而时间已经过去了 20 多年。

他对《诗歌报》一往情深，他所做的编选工作，完全由对诗歌事业的挚爱、责任和追求使然。他选诗的原则和做法，都体现出《诗歌报》的精神和编辑风格，我由衷地感谢他；同时感谢那些和他一样始终挚爱着《诗歌报》的读者们、朋友们、诗爱者们，他们也是我获得源源不绝的精神力量的源泉！

每个诗人都是一个世界

——序《重庆诗人十二家》（下）

蒋登科

2012年的秋天，诗人黄亚洲在造访西南大学的时候，写过一首诗《西南大学：新诗研究所》，其中有这样的诗行：“由于峭壁和井绳，诗歌叮当有声/依我说，中国诗歌的半个灵魂，都在重庆山城。”作为长期生活在重庆且一直关注重庆诗歌发展的人，我当然因此而自豪。重庆诗坛的特点之一就是沉静而不浮躁，稳健而不乏创新，默默耕耘的诗人很多。重庆诗坛也不缺少热心人，他们时常举行诗歌交流活动，编辑出版诗歌刊物，举荐和扶持年轻诗人，使人甚觉诗歌和人情的温暖。十年前的2004年，一群热心的诗人编辑出版了《重庆诗人十二家》，推介了十二位不同年代出生的优秀诗人的作品，诗人叶延滨专门为此撰写了热情的序言。十年之后，又有另外一群热心人打算在复刊这本选集的同时，新编《重庆诗人十二家》下卷，实在是一件令人高兴的事情。

我没有参与这十二位诗人的遴选，但我对他们都比较了解，有些还非常熟悉。稿子编定后，杨平、兴中诸位朋友希望我为这本选集写点什么，我本来有些犹豫。在重庆，有资格写这篇文字的人很多，但首先可能不是我。比如我的老师吕进教授，比如我敬重的兄长周晓风教授，等等，都长期关注重庆诗人与诗歌，对重庆诗歌的发展非常熟悉。在重庆之外，同样有很多诗人、评论家关注重庆诗歌的发展，关注重庆诗人的创作。但他们说这些诗人、专家虽然都很合适，不过我要年轻一些，时间也相对充裕，不能什么事情都让年长的诗人、专家亲自操刀。我自然就没有理由推辞了。

十年前的“十二家”选择的诗人出生于上世纪30年代到70年代初，跨越近四十年。这次选择的十二位诗人出生于上世纪40年代中期到70年代中期，跨越近三十年。我们可以看出，在新诗发展的不同时期，重庆诗坛都出现了一些具有特色和影响的诗人。他们共同为重庆诗歌的发展奉献了自己的天赋与智慧。

柏铭久是我敬重的诗人，“铆住三峡，见证三峡，再铸三峡诗歌辉煌”是他一贯的追求。他长期坚守在三峡这片神奇的土地上，时常登山涉水，体验三峡文化的底蕴，与三峡文化、三峡人同乐，同苦，同思考，创作了大量具有影响的作品。我曾经做过不完全统计，近20年来，柏铭久是在《人民文学》、《诗刊》、《青年文学》等重要刊物发表组诗最多的重庆诗人之一，并上过《诗刊》的头条，入选过“每月诗星”，出版了多部关注三峡的诗集。近几年，铭久的诗依然关注三峡，他说：“我爱　这片江山/两只鸳鸯在倒影间游弋/为此浪费一辈子/是值得的”，但他当下的一些作品中多了些回忆、怀念的成分，甚至开始思考生与死的话题。这也许和年龄有关，他以这种方式沟通曾经与当下，在曾经的足迹中获取对于生命、价值的再思考、再感悟，其中不乏一些落寞、寂寥的孤独感。他的诗中出现了“黑”、“旧”、“寒流”、“寂然”、“阴影”等暗色的、向下的语词：“过了天生石桥　心生寂然/拨开没顶茅草/除了狐蛇/知音难觅”，只有诗歌能够带给他永恒的温暖。

王顺彬是一位执著的诗人，他的诗在题材、主题等方面涉及甚广，既有关于红色历史的话题，亦有关于个人、人生的细微思考。他曾经参加过“青春诗会”，入选过《诗刊》的“每月诗星”栏目，《春天的汽修工》是他的代表作之一，将软与硬、外与内巧妙地杂糅，把对人性的关注融合到细小的现实场景中，别有情趣。顺彬常常于现实的细节中把捉生命的底蕴，感悟生命的真谛，关于友情、爱情、亲情，关于自身的渴望、困顿、纠结、畅想，都在他的语言中次第绽放，有时细柔，有时豪放；有时低沉，有时高昂。我们很难在他的诗中梳理出单纯的意象、格律之类的传统元素，但它们确实又隐含在诗人的文字之间，因为诗人开阔的想象而增加了诗的力量。《写给水厂的女工们》以“水”为线索，抒写了女人与水的关系，抒写了女性带给诗人的生命活力，我们很难用简单的概括来梳理作品的思路、结构、主题，但读了之后会发现，诗人的想象和感悟确实在单纯中体现了繁复，在孤立的现象间找到了内在的关联。读王顺彬的诗，一定要注意汉语的丰富和汉字的多重意味。

杨平的诗在数量上并不算多，只出版过《感动》、《抵达》两部诗集。他是一个慢吞吞的诗人，也是一个尽力克服了浮躁的诗人。杨平的诗不追求繁复，倒是在单纯之中努力创造着精致，他希望在诗中创造一些独特而又具有哲理的诗句，他写登山：“摸着历史的余温上山/我们不停地向一座山鞠躬”，他写油菜花：“它们不是脚踩着了脚/就是表情碰着了表情//这支艳丽的部队/懂得如何占领//它们不是成群结队/就是化整为零”，趣味与意味同时在这些诗句中生长，诗味也因此浓郁起来。虽然雨夜里大雨滂沱，但“我从不把雨水比作眼泪/因为雨水轻　泪水重”，诗人真正的思考不在雨，而在隐藏于文字背后的感悟。杨平特别喜欢春天、秋天这两个最富有诗意的季节，而且可以读出它们的不同味道，关于历史、现实，或者关于人生、自己。

赵兴中是写短诗的高手，他常常于短小的诗篇中借助细节、意象、奇妙的想象以及由此生长的独到的发现，抒写点滴的体验，而这些体验又最终组合成一个诗人的精神形象：敏锐、多思、克制、善良。他的“小镇”经验在世俗中发现人性，在文字中建构了一个独特的诗“江湖”，曾经让很多人着迷。兴中不善饮，但他肯定醉过，不然无法理解饮者之心灵，于是有了“酒歌”。在中国，诗与酒、人与酒的关系历来为人所关注。兴中的“酒歌”十章，揣摩饮者心态，寻觅饮者心迹，或因爱，或因恨，或因回忆，或因畅想，或因寂寞，或因流浪，或因友情，或因爱情……林林总总，不一而足。这实际上是他的“小镇”体验的延续，是人生的又一种“江湖”，是诗人感悟人生、现实、历史、梦想的一个独特的切入角度。无论对于哪种状态，诗人都试图寻觅一种新鲜的发现。在他看来，“酒是另一种温度，也是大寂寞/醉他的是一座高山，是看不见的风/醉他的是一种仰望，也是失去的高度”，醉酒的状态“是每个世俗人免费获得的梦境”，而“没有真正醉过的人，交不出灵魂/如果酒是卑微的，大醉就是一种清醒/骨，肉，血，只是身体中的瑕疵”，“没醉过酒的人，已经习惯了旁观者清/而世上的清，相对于浊依然晃悠悠/像酒鬼转山，蹒跚而上”，表达克制、内敛，不只涉及酒与醉的问题，而是关涉人生、世界。

周开兰对诗的爱好起于很早，但她真正拿出作品是在最近几年。她的作品不是很多，还疾行在不断成长、成熟的路上。周开兰的这几首诗篇幅都比较长，如传统文学中的赋体，铺陈其事，反复吟咏，显得比较繁复。在这一点上，她有点类似于王顺彬的有些作品。在阅读之后，我们必须撇开他们的文字，去重新收集、整理诗中那些直接切入诗人情感的意象、文句，之后才能较为准确地把握诗人的心绪。周开兰这组作品都和她长期生活的江津有关，尤其是关于塘河古镇的，将历史与现实、个人与文化融合在一起，抒写诗人“梦回古人”的那种体验，多与爱情有关，但对于不了解这个古镇及其历史的读者，这恐怕是一种挑战。不过，透过一些不错的诗句，我们还是可以较好地揣摩诗人的内心世界，比如“今夜，我让虫声追到远处/他宽大的耳廓上/一定有月光咬过的痕迹//今夜，他一定在一首诗里/将我细细打磨，周围的蛙声/搬来语言的木梯，他在北斗星上打坐”，虚实相生，动静相偕，现代的语言里，有一种超然的古典味道。

刘清泉是一位比较有特点的诗人，爱是他诗歌的一贯主题。清泉的诗不是那种激情澎湃的作品，他总是于淡淡的抒写中说出自己的孤独、忧伤和梦想。他表达的爱是那种孤独甚至带有痛苦的爱，是那种深入骨髓的爱，和传统的爱情诗相去甚远。在表达上，他的语言具有独特的个性，跳跃、变形等情形时常在他的诗中出现。“快速来到这里，四月在这面，三月在那面/情绪被阴阳历分开，却又紧紧纠缠/可能要归结于铺张，可能出自策划/写下一行字，就是擦去一层粉黛，露出肉色/春天式微，我们的身体已用旧”，这是他对人生的切肤体验，真实、纠结、本色。这也恰好是他的诗歌的本真之所在，每一个字都是内心甚至灵魂的外泄，只要能够真正走进去，我们就会感觉到一种震撼。清泉的诗抒情味比较浓，他细致的观察、细腻的体会往往会引发读者心灵的震颤：“阴天，丰满了相邻的整条南开步行街/也有等待者，像我一样张望/幻想把所有的场景都录制下来——/或者生，或者活，或者不同于生活/更多的思念，像墨汁在画布上浸淫/可能是一双黑眼仁，也可能是一粒旧月光”，这里融合了多少的岁月沧桑、人生态度和无法淡化的爱的梦想。

姚彬善于抓住现实中的一些蕴含诗意的场景，加以适当剪切，就成为一幅现实的画面，也成为一首诗。这些场景或许都是我们经历过的，从现象学上讲，它们在我们和诗人的现实眼光里本身并没有多少差异，真正的差异出现于诗人剪切的功夫。很多场景经过姚彬一剪切，对立出来了，内涵出来了，张力也出来了，于是诗也出来了。姚彬的另一个独到的功夫就是对口语的采用，很平常的语言一进入他的诗中，就有了特别的味道。他自称“俗人”，关注的都是日常的、俗世的现象与事物，采用的是俗世的语言，但他的诗俗中有雅，而且可能是大雅。这样的功力，不是一般人能够达到的。“那些比细节还细的不是丝线/是情诗的铆钉//那些比天空还高远的不是思想/相爱的人不图那境界——//只顾左手抵着右手，‘一个是你，一个是我’/只顾两颗头挨着，‘来世还这样’//那些比土地还矮的不是水/是火//只顾在地下燃烧/只顾照亮半米的距离”，我们能说这里没有令人惊奇的真实？我们能说这里没有值得反复玩味的诗意？我们能说这中间没有包含着大雅？

金轲在网络诗歌的圈子里非常活跃，后来又逐渐走向了传统的纸质媒体。如果我们说网络帮助和成就了金轲和他的诗，应该不会有太大的出入。金轲的诗既关注大话题，比如信仰问题、民族意识等等，也关注日常的小话题，比如个人的情绪情感。但他不是通过赞美来表达这些体验，而是通过反讽、消解等手段，表达自己对当下某些存在现象的不满甚至反叛，或者通过现象揭示了令人瞠目的本质。《长歌当哭》是一首长诗，抒写了现实中的一系列怪现象，人们期望、反对、表现、行动的背后，支撑其行为、思想的东西根本就还不存在，“他满身血污，爬出母亲的身体/可是他还远未诞生/野蛮的号哭，震动乡村子夜/悲伤和恐惧还远未诞生/他支配一只乳房，吸附着形如手雷的世界/疯狂掠夺还远未诞生/他蠕动着舌头，抄袭人类的口型/鹦鹉的轻佻还远未诞生……”“还远未诞生”是全诗的核心理念，贯穿整个作品，从个人的出生，一直到政治、历史、文化等等，涉及甚广，通过揭示种种荒诞而获得了独特的诗意。《我在毁坏我的身体》抒写了人在现实之中不能自己掌握自己命运的悲哀。这样的诗是需要眼光、勇气和视野的。我们可以从这样的作品中，看出诗人身上值得肯定的使命意识和忧患意识。诗出侧面，诗人在打量世界的时候往往从一些新的角度切入对象，也因此切入别样的内心世界，获得了与别人不同的新鲜诗意。

金铃子是个多面手，她写短诗，也写长诗和散文诗，还兼事书法、绘画。她曾经参加过“青春诗会”，获得过《诗刊》年度青年诗人奖、徐志摩诗歌奖等多种具有较大影响力的诗歌奖项。金铃子出版了多部诗集，《越人歌》可以视其为代表作。金铃子的诗不太好读，她的作品在语言上比较讲究，往往意象丛生，象征迭出，用跳跃性极大的表达抒写外人难以把捉的内在体验。《越人歌》使用了大量的意象、象征，一个又一个闪过的故事、情节之间穿插着对话、自白，蕴含着诸多故事、情节与文字背后的意味。因为意象和象征的大量使用，这首诗可以有多种解读，爱情体验、人生超越、神性感悟等等都隐藏其中；那个神秘的“你”在不同读者那里可以有不同的指代，可以是具体的人，可以是生命的引导者，可以是一个想象的存在，也可能是一个虚拟的神（有时是上帝，有时是神仙）。整首诗抒写了从世俗欲望到神性追求的心路历程，其间的执著、欲望、纠结、失落、超越等情怀此其彼伏。这首诗是诗人的自我解放：“华丽的披风里掩藏着精灵/它们彼此拥挤，妖娆/你知道我，我不是天使/脸上涂满油彩　头上插着鲜花/我爱，随心所欲地处置我吧”，这样的表达没有任何遮掩，因为诗人的内心始终拥有一个敞亮的目标："我就这样仰望，更远的你，更远的星空/在布满大丽花的星球，星星/坠毁于两个原因/一颗毁于绝望，一颗毁于爱情。"诗人用爱串起生命中的各种滋味，因为爱，诗篇的境界得到了提升。诗人说："爱是我唯一的场景/不朽是我唯一的奏鸣曲"，这也许是解读这首长诗的钥匙。

梅依然在重庆女诗人中具有自己的特点。她的作品主要以女性为题材，从一个女性的角度感受和理解女性的不同身份、角色，以及由此带来的快乐、梦想、痛苦、忧郁、纠结等情绪。她的两部诗集《女人的声音》、《女人书》都没有离开"女人"这个词。她的诗中使用了肉体、嘴唇、乳房、亲吻等词语，甚至也有不少性爱的象征，但她并不是贩卖女人的欲望、隐私，即使写了，也写得很含蓄、很艺术。她更多的是关注女性的内心世界、精神领域，通过现实与心灵的纠结，肉体与精神的矛盾，抒写自己对于爱的理解和渴望，对于尊重与尊严的梦想。她的不少作品喜欢使用一些大词、抽象词，甚至以此作为诗题，比如"辩解"、"困惑"、"空白"、"辩证法"、"形而上学"、"信仰者"、"投资者"、"艺术"、"思想"等等，有时甚至让人觉得这些题目与诗本身没有什么关系，事实上，它们恰好是诗人希望通过具体的感悟所表达的话题，而且可以形成一种特殊的艺术张力，有些是正解，有些是反用。在诗人看来："作为女人/我们的局限在于：/在一间自我的房子中/做着一个并不完满的梦/——我们的旅程短暂且充满艰险"，"肉体的旧楼梯/装着捕捉/与被捕捉的梦"，而事实上，她面对的往往是这样的纠结："我吸收一切被称之为爱的事物/——痛苦从我的身体诞生"，"当你再次穿过我的身体/如果我还能够保持一种理性/我以为会读到下面这部分内容：/坚强与软弱/荒凉和慰藉"，在诗人那里，爱与痛苦、渴望与迷茫往往是纠缠不清的存在，而这种纠缠恰好是她的作品生发诗意的一种方式。

白月是一个内敛的诗人，现实中的她言语不多，好像生活在现实之外，或者说生活在自己的世界里。这体现了她对外在世界存在某种提防，但她的内心却聚集了强大的力量。白月的诗大多是短诗，抓住一个场景或者瞬间的感悟，落笔即成。白月喜欢白色，她的诗集就叫这个名字。她梦想着一个白色的、纯净的世界，而现实的世界往往又满是其他颜色，比如黑色，比如杂色，于是她就用诗来清洗它们。我们可以从她的诗中读到许多充满硬度的词语如“死亡”、“刀”、“黑夜”等等，这些是她抗争的对象或者工具。白月的语言有时使人吃惊，奇妙的搭配、超然的组合将我们带入一个特别的世界：诗人眼中和心灵的世界。于是，世界在白月的诗中显出了真相，我们也因此读到了诗人的内心：渴望、痛苦、梦想、超越……她说：“我要保持优良的爱好：渴望/渴望，再渴望”，但她也同时发现：“爱，动词：嚼碎。爱，伴随着伤害”，她甚至觉得对爱的呼唤是因为“疯了”：“肯定是疯了/没有任何事物成为我活着的证据/它们诠释着更僵硬的死亡：高楼，马路/被切割机切割的时间，我的/无名指咬着恐惧不放的恐惧”，因此，白月的心中、诗中总是充满多种情绪的纠结，“白天包着夜晚，夜晚包着白天——如此纠缠”，而这种纠结主要源于她的“局外人”身份和被抛弃、被忽略的体验，“保安多于亲人/小区多于村庄，丰乳多于奶汁/礼貌管制下的野蛮：紧锁的门里/生命耗尽，希望的油烟/看不起一盘裸露的肚条/自寻管道的生路//没有属于自己的房间/只能瞳孔中端详自己/需要向内扩建/向上垒一层，向最高空”，从这些诗行中，我们可以读出诗人希望解构的世界和希望消除的块垒。

张远伦长期生活在山高水长的彭水，那里有著名的摩围山、乌江画廊。他是在自然的画幅中领略过生活和艺术的诗人。他后来到了主城，见到的景致肯定不同了，山依然高，水依然长，但没有了自然的画幅，更多的是高楼、马路，匆匆的人流和奔驰的汽车。我反复强调“画幅”，是因为张远伦的诗特别善于捕捉和剪裁“画面”。虽然他说：“我倦于阅读欧美/疏于翻检魏晋/这几乎是不可原谅的”，换句话说，他对于西方的、传统的东西都有些厌倦了，这当然只是诗人在某一刻的心情，而我们可以从他的艺术方式上体会出传统哲学的影响：尊重自然，尊重现象，尊重一切存在的事物的自由“演出”，自我“表演”。他的诗，往往是截取现实中的画面，让这些画面自己说话，自己表达。这样的诗考验的是诗人的发现，是诗人寻觅诗意的心灵和独特的剪裁工夫。比如，他反复强调“不要……”，因为世界太大，想象之外的事情太多，不能以井蛙的视野轻易下结论，“我想领着你逛重庆/而不是一直呆在你那小小的墓穴里”，这才是诗人真正想说的；他曾经“构思”过很多东西，但是“当我不再构思的时候/我把自己丢在华福巷/只要三分钟，就可以去曾家岩人防洞乘凉”，“构思”的东西永远都在不知道的未来，有时可能是一种重负，干脆放下来，反而轻松许多，反而可以进入真正的人生。他通过茶叶识别了季节，悟出了人生：“你给我的茶/让我认识到和你的温差、海拔差，还有春夏之差//尽管茶叶微笑起来，水波都跟着晃/我还是觉得，谷雨停留在惊蛰，是精神错乱了”。张远伦的诗，于小中见大，于淡中蕴浓，于不经意间说出一些微妙的感触。这是一种接地气又可以回味的诗，一种不走寻常路但同样获得意趣的诗。

终于写到了这里，可以稍微舒一口气了。回头想想，完成这篇文字比写其他的东西要困难很多。在平常，读完一个人的作品，只要有点感觉，只要自己愿意和时间允许，就可以写出一篇不长不短的文字。这段时间读了十二位诗人的作品，每个人的作品都近乎半部诗集，而且差别很大，每个诗人都建构了一个属于自己的诗歌世界，我随着每个诗人的文字苦乐沉思，回忆或梦想，花费的时间不少，最终却只能为每个人写上一小段简单甚至粗疏的文字。但是，我还是很高兴，又一次比较系统地阅读了重庆诗人的作品，又一次对重庆诗歌的当下和未来充满了信心。杨平、赵兴中等诗人不但长期坚持诗歌创作，而且为其他诗人的创作、交流搭建平台，打破的“文人相轻”古训，这是值得肯定和令人钦佩的。作为一个诗歌爱好者和长期关注重庆诗歌的人，虽然这部选集入选的诗人和作品也许会有争议，更不可能完满，但我还是要向他们的这种奉献精神表示深深的敬意。

当然也有遗憾。对这部作品集，我只是一个普通的阅读者，在身份上和阅读其他文本没有什么两样。我不知道“十二”这个数字是怎么来的。记得在很多年前，《星星》诗刊开设过“台湾诗人十二家”、“台湾青年诗人十二家”等栏目，介绍了不少台湾地区的诗人。我猜想，他们可能是因为刊物每年只出版十二期才选用了这个数字。我不知道“重庆诗人十二家”最初是不是这样来的。编书编刊物，限定是必需的，但这个限定必定会无可奈何地遗漏许多优秀诗人和作品，也难以全面反映重庆诗人队伍的真实面貌，多少有些可惜。在当下的重庆诗坛，60 后、70 后诗人已经成为主力。我估计，要不了多久，80 后、90 后诗人就将走上重庆诗歌的前台。这是我所期待的，我想，肯定也是众多重庆诗人、重庆诗歌所期待的。这些信息暂时无法在这本选集中体现，因此，我期待下一个更全面的选本的出现。

透过昨日的痛苦，抬头仰望蓝天

——序海烟诗集《单行道》

蒋登科

重庆是一座充满诗意的城市。

它山高路不平，爬坡上坎成为人们的习惯，使人无法停下探索的脚步；它充满变化和新奇，每一处都有不同的风景；它有大都市也有大农村，可以让人在感受现代文明的同时享受生命的安静；它有大江大河流过，流淌着不尽的灵气与向往。

重庆的诗人多，在新时期以来，重庆的女诗人尤其多。傅天琳、虹影、冉冉等是早已成名的诗人，从上世纪90年代后期开始，随着“界限”诗歌网站的建立和影响的不断扩大，重庆的女诗人群体也越来越壮大，引起了诗界的广泛关注。这些诗人，很多都首先是在网络上发表作品，然后再走向传统媒体的。海烟是这个群体中比较出色和值得关注的一位。

作为重要的现代传播方式之一，网络的作用当然不能忽视。但是，在网络（尤其是自媒体）上发表作品，一般没有经过审稿、编辑等中间环节，不少诗人在创作完成之后，没有经过反复修改就直接将作品发表在网络上，这必然导致很多在网络上首发的作品在艺术上显得比较粗糙，缺乏精细的提炼和打磨。而且，网络信息很大，过去称为“海量”，现在则用“云”来形容，即使存在少量优秀的作品，也很容易被其他信息瞬间覆盖。因此，即使对于那些主要在网络媒体发表作品的诗人，我还是赞成他们在一定的时候将自己认为优秀的作品进一步打磨，收集成册，以传统的方式出版。至少在我看来，印刷的书刊具有更多一些的文化感、厚重感。

海烟也是首先在网络上受到关注的诗人，但她已经走过了单纯的网络发表时期。她在很多报刊上发表了作品，也出版了《原来可以这样爱你》(2010)、《零点的远方》(2011)等诗集，《单行道》是她的又一本诗集。海烟的诗大多从个人的人生经历出发，通过丰富的意象营造和独特的语词组合，抒写内心的点滴体验。她的诗关注人生与现实的诸多方面，包括痛苦的、困顿的，但她基本上不以发牢骚或者大吼大叫的方式面对人生的艰难，而是换一个角度，以感恩的心态寻觅和感受生命的温暖。在多年的写作中，她已经积累了一些具有代表性的作品，比如《原来可以这样爱你》，在发表之后收入了多种选本，一些报刊也进行了转载。全诗如下：

原来可以这样爱你
不靠近，不远离，不说出痛和幸福
想哭的时候，就把头高高抬起
我所经历的七月，眼看着
就要遭遇一场尖叫的风雨

当我们的誓言，碎成一地残骸
何必管它死去的方式，是在火中还是土里

即使翅膀，灵魂和诗句
瘦成嶙峋的枯枝，那截时光
依然会在凌晨两点
以石头或花朵的姿势颤栗

原来可以这样爱你
什么都可以说，什么都可以不说
让我采一束月光吧
插在今夜我寂寥的窗前
过了今夜，我不再会有气力
为你写诗和流泪

诗人抒写的主题很平常，但她打破了一般爱情诗的写法，既不张扬激情，也不倾诉怨恨，更不属于情色或者色情的范畴，而是通过独特的意象营造，在看似无所谓和平淡的抒写中，表现出诗人对爱情的理解，尤其是对人们常说的“爱情不是占有”之类的感情进行了诗意的刻画。这样的诗，寓激情于平淡，寓疼痛于坦然，在情感质地和艺术表达上都具有自己的独到之处，因而能够受到读者的喜爱。

诗人郁葱在综述“2013 年好诗”时，列举了很多他认为优秀的作品，其中引用并谈到了海烟的《请不要谈论悲伤》。他说这首诗“充满神性，短小却有经典的意味。海烟超越仇恨和悲伤，‘见山还是山，见水还是水’，是性情也是境界”。（郁葱：《或者是灯盏，或者是阳光——2013 年的中国诗歌》，《诗选刊》2014 年第 3 期）这首诗刊发在《诗选刊》2013 年 11—12 期“中国诗歌年代大展特别专号”上，也收载了这本诗集中。全诗是这样写的：

我的悲伤何其小，又是那样
一片狼藉，我已决然地
还给世界，无论仇恨的火把
在多么高的地方燃烧。
如今我的痛苦正一点一点消失殆尽
请不要谈论悲伤
我感到，一个欢乐的天使
在我体内歌唱，为了春天所有花朵的
盛开，如同一道爱的指令。
而所有的失业、流离、灾难和死亡
这些更为深切的悲伤
我像拥抱我的孩子一样拥抱它
并给予深深的慰藉。

超越悲伤、仇恨、痛苦，而且敢于去拥抱“更为深切”的悲伤，还要“给予深深的慰藉”，这需要多么强大的精神力量。而这种精神力量，正是海烟和一般女诗人显出差别的重要原因之一。

其实，在海烟的诗中，这类具有超越性的诗很多，构成了她诗歌的重要主题和精神取向。我们一方面可以由此感受到诗人面对的现实处境非同一般，另一方面也许正是因为这样的处境才磨炼了诗人强大的内心。我们随便找出《我还是愿意说出原谅》:

莫非是我远离了昨日的生活
我才独自走在这无人的路上?
其中还有，能捕获我的

陷阱、暗器、或者一盅毒蜜。

香樟树孤独地舔着它的影子
我舔着自己的。
而我内心的河流，谁也不知道
它有多深？那一而三再而三受伤的地方。

我还是愿意说出原谅，
为什么我可以宽恕一切？
我只是不想，透过昨日的痛苦
竟不敢抬头仰望蓝天。

诗人需要拥有坦然面对一切的人生态度和开阔的胸怀才可能获得这样的体验。自己深深地“受伤”，但“我还是愿意说出原谅”，其实理由很简单，这种“宽恕”不仅是对他人，也是对自己，只有原谅了（他人与自己），不把怨恨深埋心中，我们才能“透过昨日的痛苦”“仰望蓝天”。痛苦和迷茫是很多诗人在遇到困境之后难以走出的心结，而海烟却以一种超然的胸怀对待过去的一切，使诗的格调显示出难得的亮色。在这中间发挥作用的是诗人自身的修炼和人生姿态、人格力量，最终也使诗篇透射出一抹生命的希望之光。诗善忧愁，没有经历彻骨痛苦的人一般难以成为优秀诗人，但诗人不应该只是个人和人类苦难的复述者，而应该是人类精神的发现、表现和引领者，他们不能只躺在具体的事象和单一的感觉上，客观描摹这些现象或者感觉，而应该从现实的体验中提升一种精神，在诗歌中赋予一种精神与力量。海烟努力在朝这个方向摸索，她的诗中具有一种超越的情怀，这是值得我们关注和肯定的。

我在很多场合都说过，一个优秀的诗人应该有自己的代表性作品。代表作往往体现一个诗人的创造力和人文情怀，体现其在某一时期艺术探索上获得的个人独创，是其创作历程上影响最大、艺术水平较高的作品，且拥有较多的读者。这些作品和诗人的名字紧紧结合在一起，互为存在。当我们提到某个著名诗人的时候，往往会立刻在记忆里浮现出他的代表作。比如，提到郭沫若，我们就会想起他的《凤凰涅槃》、《炉中煤》、《天上的市街》等等；提到戴望舒，我们就会想到《雨巷》、《烦忧》、《我用残损的手掌》、《萧红墓前口占》等等；提到艾青，我们就会想起他的《大堰河，我的保姆》、《雪落在中国的土地上》、《我爱这土地》、《向太阳》等等；提到何其芳，我们会想起他的《花环》、《我为少男少女歌唱》等等；提到叶延滨，我们会想到他的《干妈》等等；提到舒婷，我们会想起《致橡树》、《神女峰》、《会唱歌的鸢尾花》等等；提到李钢，我们会想他的《蓝水兵》系列……一个诗人一生可能会创作很多作品，但最终能够留下来的毕竟只是少数，而其中最主要的可能就是他的代表作。没有代表作的诗人有时是很可悲的，别人也许会读过他的作品，但无法说出究竟是什么作品。这种情况会随着时间的流逝而变得越来越严重，直至最终被人忘记。我们不是说海烟的代表作已经具有很高的艺术成就和很大的影响，但她毕竟拥有了自己的代表性作品，确立了自己艺术探索的主要方向。这样的诗人在同龄诗人中应该算是佼佼者。

爱是海烟诗歌的核心主题，涉及爱情、友爱、亲情。她也爱自然，关注生活在底层的人。如果细心阅读，我们会发现，海烟的诗基本上都是对自己的生活和心灵感受的抒写，她的诗中几乎没有那种应酬式的作品，也没有那种违背自身体验的高蹈的调子。海烟属于那种爱护自己羽毛和尊重自己内心的诗人。当然，对于诗歌来说，题材、主题都只是部分的构成元素，真正体现诗人创造性和艺术智慧的是诗人对这些题材、主题的表达方式。

海烟善于采用意象化的抒写方式，采用意象、象征和细节截取等手段，避免感情的直接流露。意象、象征、细节等的巧妙使用，可以避免诗人直接说出情感的名字，而是让情感、体验蕴含在这些物化的对象中，实现诗歌表达的含蓄蕴藉。这种方式带给读者的不是单一的情感导向，而是留下了更为开阔的感悟线索与诗意空间，使每个读者都可以从中读出类似但又可能完全不同的人生体验。诗的丰富由此而生。在意象、象征的使用中，有些诗人喜欢堆砌大量物象，偶尔读读，似乎很新鲜，但细细感悟之后，却发现这些物象之间似乎没有必然的内在关联，自然也就难以串联起独特而可感的诗意。海烟在营造诗歌意象、使用艺术象征的时候，不是为了意象而意象，为了象征而象征，而是让这些意象、象征服务于情感体验的表达。她的诗始终有一条可感的情感线索在引导读者，而意象、象征、细节等元素则将这些具有主观性、抽象性的情感元素进行客观化处理，最终实现虚与实的相生、内与外的协调。诗人的心灵秘密就隐藏在这些字里行间。

对情感的节制是海烟在创作中常常体现出来的重要特色之一。诗歌是需要节制的。诗歌创作当然不可能只有一种方式，而每种方式都可能存在自身的优劣，比如直抒胸臆的诗如果把握不好，就很可能出现感情表达的一泻无余。一览无余的诗也许充满激情，但在很多时候可能缺乏引人反复阅读的余味。从诗歌鉴赏的角度来说，缺乏余味的诗在很多时候都难以成为好诗，当下的一些自称“口语化”写作的作品就存在这样的不足，新奇倒是新奇了，但过分的写实使作品缺乏提炼和升华，也就往往使作品难以超越具体的事象，无法站立起来成为具有独立性的优秀作品。在创作中，海烟不希望在作品中把一切感受都表达出来，而是尽可能让它们蕴含在字里行间，有时甚至只是点到为止，或者为读者提供进入其情感世界的缝隙，使作品具有一种自身的吸引力，让读者自己去完成对诗人情感的把握，而这种把握中同时也多了读者自己的体验元素。

意象化、情感节制的抒写方式使海烟具有良好的诗感。她总是善于从平常、普通的事象中发现诗意，并从中引发出独特的体验。同时，她也善于将个人的独特感受投射到合适的物象上，使自己的感觉找到适合自己的依托。她对人生有自己独到的认识，不追随潮流，不放逐自己，而是始终拥有自己的人生向度。简单说，这种向度就是一种超越性，即超越自己在现实中面对的苦难、困顿、迷茫、仇恨等负面体验，而从更高的层面去理解人生、创造人生。“我惯于从悲伤中吸取力量”（《我不与冷酷的人为敌》），这是贯穿海烟诗歌的精神向度。这使我想起了艾青在其《诗论》中所说的“把忧郁与悲哀，看成一种力”的诗歌人格理想。海烟的这种取向一方面使她的诗具有了一种独特的人格力量，这恰好是当下不少诗歌所缺乏的；另一方面使她的作品体现出如郁葱兄所说的“境界”，这种“境界”不只是诗歌的境界，而且是生命的境界，它对诗人来说是一种向往和目标，对读者来说是一种启迪。我不知道海烟是不是信仰佛教，但她的很多作品中确实有一种包容的佛性，“我不与冷酷的人为敌，/更多时候，我喂养他们/以月光、笑脸和干净的心”（《我不与冷酷的人为敌》），这种佛性的渗透确实带给生命以温暖，也使她的作品实现了精神上的自我超越。

单行道是没有考虑回程的旅途。海烟正是以这样的方式对待爱情和人生的：

……你一定无法想象

它只是认真地呆在那里，爱着
每一刻，爱着风或者寂静。每天
除了车轮的探访，一切
毫无变化，它只是眺望着
它自己的远方。你一定无法想象
那样的坚持和幸福。

有远方，有坚持，就有幸福。这是海烟的人生哲学，也可以说是她对待诗歌和自己所爱的一切的态度。我欣赏她诗中的包容、超越情怀，也欣赏她对待人生与诗歌的姿态。她已经走上了诗歌探索这条道路。这条路没有回程，无论快乐还是艰辛，都需要诗人自己去感受，去坚持。

就在我认真阅读海烟的这部诗集的时候，我见到中国作家协会2014年会员发展公告，重庆共有九人被吸收为中国作家协会会员，其中与诗有关的就占了六人。这中间就包括了海烟。虽然我们不能把加入中国作家协会作为文学创作的目标，更不能说，谁加入了中国作家协会，谁的艺术水准就很出色，但对于一个写作者，能够从众多的写作者之中被选择、被关注、被认可，或多或少应该算是一件值得高兴的事情。1993年岁末，当我得到中国作协批准入会的通知时，心情大致就是这样。我在这里主要想说的是，从诗人、诗歌批评家所占的会员比例中，我们可以在一定程度上感受到重庆诗歌的实力与潜力。这也许可以回应我在本文开头所说的“重庆是一座充满诗意的城市”的说法。我一直坚信这个观念。

我真诚祝愿重庆诗歌的不断发展，也期望海烟能够在未来的探索中收获更多的果实，为重庆诗歌、为中国新诗的发展添砖加瓦。

图书在版编目（CIP）数据

诗学. 第7辑 / 吕进，熊辉主编.—成都：巴蜀书社，2015.11
ISBN 978-7-5531-0620-5

Ⅰ.①诗… Ⅱ.①吕…②熊… Ⅲ.①诗歌研究—中国—当代
Ⅳ.①I207.22

中国版本图书馆 CIP 数据核字（2015）第 243600 号

诗学（第七辑） 吕 进 熊 辉 主编

责任编辑 陈亚玲
出　　版 巴蜀书社
成都市槐树街2号 邮编 610031
总编室电话:(028)86259397
网　　址 www.bsbook.com
发　　行 巴蜀书社
发行科电话:(028)86259422 86259423
经　　销 新华书店
照　　排 成都完美科技有限责任公司
印　　刷 成都翔川印务有限责任公司
版　　次 2015年11月第1版
印　　次 2015年11月第1次印刷
成品尺寸 210mm×148mm
印　　张 13.5
字　　数 350千字
书　　号 ISBN 978-7-5531-0620-5
定　　价 32.00元

本书若出现印装质量问题，请与工厂联系调换